U0589984

子研究文库 第2辑

子研究文库编委会 编

历史与理论

赵稀方选集

赵稀方 著

China World Association for Chinese Literatures

南方出版传媒

花城出版社

中国·广州

图书在版编目（ＣＩＰ）数据

历史与理论：赵稀方选集 / 赵稀方著. -- 广州：
花城出版社，2014.11（2021.7重印）
（世界华文文学研究文库. 第2辑）
ISBN 978-7-5360-7308-1

Ⅰ. ①历… Ⅱ. ①赵… Ⅲ. ①中国文学－文学研究－
文集 Ⅳ. ①I206-53

中国版本图书馆CIP数据核字(2014)第247542号

出 版 人：肖延兵
责任编辑：李　谓　李加联　杜小烨
技术编辑：薛伟民　凌春梅
装帧设计：林露茜

书　　名　历史与理论：赵稀方选集
　　　　　LISHI YU LILUN ZHAO XIFANG XUANJI
出版发行　花城出版社
　　　　　（广州市环市东路水荫路 11 号）
经　　销　全国新华书店
印　　刷　北京一鑫印务有限责任公司
　　　　　（北京市顺义区北务镇政府西 200 米）
开　　本　880 毫米×1230 毫米　32 开
印　　张　9. 625　2 插页
字　　数　290,000 字
版　　次　2014 年 11 月第 1 版　2021 年 7 月第 2 次印刷
定　　价　49. 80 元

如发现印装质量问题，请直接与印刷厂联系调换。
购书热线：020－37604658　37602954
花城出版社网站：http://www.fcph.com.cn

出版说明

　　有海水的地方就有华人，有华人的地方就有中华文化的流播，也就伴随有华文文学在世界各地绽放奇葩，并由此构成一道趋异与共生的独特风景线。当今世界，中华文化对全球的影响力不断扩大，无疑为我们寻找华文文学创作与研究的世界性坐标，提供了有利的条件和新的机遇。

　　改革开放三十多年来，中国大陆华文文学研究界的老中青学人，回应历经沧桑的世界华文文学创作，孜孜矻矻地进行了由浅入深、由少到多的观察与探悉，取得了相当丰硕的研究成果。为了汇集这一学科领域的创获，为了增进世界格局中中华文化和不同文化之间的交流与对话，为了加强以汉语为载体的华文文学在世界文坛的地位，也为了给予持续发展中的世界华文文学以学理与学术的有力支持，中国世界华文文学学会与花城出版社联手合作，决定编辑出版"世界华文文学研究文库"。

　　这套"文库"，计划用大约五年的时间出版约 50 种系列图书。

　　"文库"拟分为四个系列：自选集系列、编选集系列、优秀专著系列，博士论文系列。分辑出版，每辑推出 8 至 10 种。其中包括：自选集——当代著名学者选集，入选学者的代表作；编选集——已故学人的精选集，由编委会整理集纳其主要研究成果辑录成册；优秀专著——世界华文文学研究领域的最新学术专著，由编委会评选推出；博士论文——世界华文文学研究的博士论文，由编委会遴选胜出。

"世界华文文学研究文库"将以系统性、权威性的编选形式，成就华文文学研究领域的大典。其意义，一是展示中国世界华文文学研究的整体性学术成果；二是抢救已故学人的研究力作；三是弥补此一研究领域的空缺，以新视界做出新的开拓；四是凸显典藏性，有较高的历史价值与人文价值。

"文库"在编辑过程中，参考并选用了前贤及今人的不少研究成果，在此谨向众多方家深表谢忱。由于时间仓促，遗珠之憾和疏漏错差定然不免，尚祈广大读者多加赐教。

花城出版社

2012 年 10 月

目　录

香港的文化身份

在后现代的历史视野中，从来不存在所谓客观的历史，只有历史的叙述。需要澄清的是，后现代历史观并非不承认历史本身，它以为历史事件是客观存在的，但这种历史事件却不能自动呈现于我们，而必须通过叙述表现出来，这种历史叙述并不是客观的。这种非客观性既来自于历史，也来自于语言。福柯认为，文本的操作是一种话语实践，它植根于社会制度的权力关系之中。在海登·怀特看来，历史事件只是因素，经过加工才能成为故事。

既然对于香港的历史叙述无不受制于各自的立场，那么香港的文化身份究竟能否得到呈现呢？怎样得以呈现呢？这是我们在论述香港时，不得不首先面对的问题。这一问题的背后，事实上隐含着这样一个潜在的前提，即认为文化身份是一种固定、统一的东西。斯图亚特·霍尔（Stuart Hall）有关文化身份的论述在此或可给我们启示。霍尔关于文化身份是一种未完结的"生产"的说法，常常为人称引，这里我更感兴趣的是他在分析文化身份时对于"断裂"和"差异"的论述。霍尔认为，一般将文化身份定义为一种共同的文化，但"除了许多共同点之外，还有一些深刻和重要的差异点，它们构成了'真正的现在的我们'"，在他看来，身份"决不是固定在某一本质化的过去，而是屈从于历史、文化和权力的不断'嬉戏'"，"过去的叙事以不同方式规定了我们的位置，我们也以不同方式在过去的叙事中给自身规定了我们的位置，身份就是我们给这些不同方式起的名字"。①在这种观念的指导下，霍尔根据三种"在场"——非洲的在场、欧洲的在场和美洲的在场——来重新界定加勒比人的文化身份。被殖民统治的香港文化身份，不是也正可以在几种不同的历史叙述之中加以展现吗？当然，香港与加勒比地区的历史情境既有类同又有差别，本书所选择的"在场"自然有所不同，它们分别是"英国殖民书写""中国国族叙事"和"香港意识"。

一、殖民叙事

（一）

关于香港的英国叙事，其情形与霍尔对于加勒比人文化身份的描述完全一样。"非洲是未被叙说的一个例子，欧洲则是无休止地叙说的一个例子——并且是在无休止地叙说我们"。香港开埠百年之内的历史叙述全部来自于英文史著或报刊。英国殖民者的香港叙事主要是依赖于印刷媒体如报刊、史书等来完成的。香港开埠之后他们几乎垄断了所有叙事文本。英国人创办的报刊有：*Hong Kong Gazette*（1841）、*Friend of China and Hong Kong Gazette*（1842）、*Hong Kong Register*（1843）、*China Mail*（1845）、*Daily Press*（1857）、*Hong Kong Government Gazette*（1853）、*Hong Kong Telegraph*（1881），不仅这些英文报刊，如《遐迩贯珍》（1856）等中文报刊也是由英国经营的，一直到 1873 年，由华人创办的《循环日报》才出现。至于香港史的领域，可以说完全为英国人所把持，香港的历史叙事几乎完全为英国殖民者所垄断。早在 1895 年，就有 E. J. Eitel 撰写的 *Europe in China* 这样厚厚一大本香港史的出现，其后出现了大量的西人撰写的香港史，如 G. R. Sayer, *Hong Kong 1841—1862：Birth, Adolescence and*

---

① 斯图亚特·霍尔：《文化身份与族裔散居》，收入罗钢、刘象愚主编：《文化研究读本》，北京：中国社会科学出版社 2000 年版，第 211 页。

Coming of Age; G. R. Sayer, *Hong Kong 1862—1919: the Years of Discretion*; Hennessy James, *Pope*, *Half - Crown Clony*, *A Historical Profile of Hong Kong*; Endacott, G. B., *Government and People in Hong Kong 1841—1962*; Endacott, G. B., *A History of Hong Kong* 等等，中文的香港史直至百年之后的 20 世纪中叶才出现。英国殖民者在香港叙事中的历史想象和叙事策略如何呢？本文试图通过香港史上的报刊、史书、小说等文本对此加以分析。

中国南方的海岛香港，原与英国毫无干系，为了合理化英国对于香港的占领，英国的香港叙事首先改变香港与中国及欧洲的空间关系，确立香港与英国的渊源。

出版于 1895 年的艾特尔（E. J. Eitel）的《中国的欧洲》是第一部编年体的英文香港史。*Europe in China*，这一题目非常简洁地指明作者对于香港的时空位置的处理：香港虽然在地理位置上处于中国，但它本不属于中国，甚至不属于亚洲。书中开头就说：

> 香港从来不是亚洲的一个有机的组成部分，它对于中国政治或社会组织并无任何实际意义。它的名字从来就不为中国的地志学家和政治家所知，是西方人给予了它在东方历史中的命名。它位于中华帝国遥远的东南端，与英国在非洲、印度和北美的殖民地遥相呼应，组成了英国——中国自然的太平洋驿站。香港从来不是天然地属于亚洲或欧洲，按照上帝的神义，它命中注定要成为二者的桥梁。①

自古代起香港地区就一直处在中国政府的行政管辖之内，岛上既有居民也有房屋建筑。但艾特尔却言之凿凿地说它从不为国人所知，这让我们想起香港总督在占领香港后宣布香港只是一个空无一人的荒

---

① E. J. Eitel. *Europe in China*. Published by Kelly and Walsh, Limited, and Luzac and Company, 1895.

岛。在上述叙事中，按照上帝的安排，香港本来就不属于亚洲和中国，而是联系亚洲和欧洲的通道，天然地构成了与英国在非洲、印度和北美的领地遥相呼应的殖民地。几乎所有的英文香港史都是这样叙述的，从英国发现香港开始，然后以历届港督治理香港的政绩为章节进行叙述的。香港在英国发现之前的历史，就这样轻而易举地被抹掉了，它与中国的联系也因之失去了。

除了构造香港在"本源""神义"上就不属于中国、而与英国相连之外，英国的香港叙事还要肩负起具体地合理化英国占领香港这一历史事件的使命。英国人办的《遐迩贯珍》第 1 号有一篇题为《香港纪略》的文章，这篇概略性的文章并不长，却典型地体现了英国叙事对于鸦片战争及英占香港的叙事逻辑。此处容我做稍长的征引：

> 溯前十二载，林文忠奉命到粤，禁绝鸦片。原宜将船烟拿获，一并入官。但林文忠竟将城外商民，不分青白，及有无贩卖鸦片者，一概封锁，并将在内佣工汉人，均行撤尽，断给口食，致令各商民，备受艰难，几有性命之忧。其中竟有与烟无涉，或属传道，或属行医，或属职员，非此则彼。似此不分良歹，岂得为公平之道乎？总因林文忠尚未谙他国事务之故。盖无人不深悉我国（按，指英国），断不容无故受屈，致启后衅，即兴我国皇后（按，指维多利亚女王），彼时知良民被害，赫然大怒，即兴师旅，盖欲雪此恨，而杜将来之患也。林文忠等素轻视西邦，不以为劲敌，意以战船兵丁即来，何难除灭，以了其事。追溯昔时，中国名将奇材甚多；俯视今日，内地猛士异能不乏，以英国不过渺如渊岛，岂敌中华幅员之盛！唯英国属地，既多且广；船只人民，通行于天下，是别国一平民受害，必不肯置之罔闻。况因中华历来藐视外国，不通交往，以致外国商民，近年迭兴美利，中国竟不能稍获其益，林文忠岂不知之！彼时皇上渐悟其办理误谬之处。英兵攻克城池，径至天津具诉，朝臣允其所请，而船始南旋。迨后又复食言，故更兴兵，陆续攻克数处城池，直驶

长江，几陷江宁。其时，英官所讨，始皆允肯，军乃撤退。英国初意非为土地，只为本国之民照常贸易，免受平空之欺藐而已。后因所愿不遂，致起兵衅，我国不得已而讨取行师军饷之费，另一小岛，以备居息之所，往来商船，得以湾泊屯守，兵士借为住扎。遂择地于香港，所定文约，即于癸卯五月二十九日，互交收执，此后香港割出中国版图，永属英土地矣。①

这段描述可作为新历史主义关于任何表述都受制于意识形态的逻辑和语言描述的修辞的分析例证。鸦片战争和香港割占，在中国人看来是蒙受帝国强盗侵略的悲剧，在英国人的上述叙事中，它却成为一段匡扶正义、报仇雪恨的喜剧故事。在海登·怀特看来，将历史事件化为特定的故事，取决于叙述者的叙事策略。这些叙事策略包括："1.'精简'手中材料（保留一些事件而排斥另一些事件）；2. 将一些事实'排挤'至边缘或背景的地位，同时将其他的移近中心位置；3. 把一些事实看作是原因而其余的为结果；4. 聚拢一些事实而拆散其余的，这在于使历史学家本人的变形处理显得可信；5. 建立另一个话语即'第二手详述'它与原先话语较为显著的表述层并存，通常表现为对读者的直接讲述，并且通常都向话语的显现形式提供明确的认知根据（就是说使前者合法化）。"②鸦片战争和香港割占这一历史事件，之所以变成了喜剧的故事，正是由于这些叙事策略所达到的效果。我们可以将鸦片战争和香港割占这一历史事件的元素，按顺序排列如下：

1. 早在鸦片战争前，英国人就希望拥有中国一岛，方便对华贸易。

---

① 《香港纪略》，《遐迩贯珍》1953 年 8 月第 1 号。
② 海登·怀特（Hayden White）：《历史主义、历史与历史想象》，收入张京媛编：《新历史主义与文学批评》，北京：北京大学出版社 1993 年版，第 192 页。

2. 鸦片战争前，英国人在香港水域大量进行鸦片交易。

3. 清政府的禁烟令，受到英人抵触。

4. 林则徐禁烟，包围商馆，断绝供应。

5. 1939 年 7 月，英国水手肇事，中国村民林维喜被杀害。

6. 林则徐禁绝对澳门英人的食品供应，并谕令澳门当局驱逐英人，将英人赶至香港海面。

7. 英方拟进行军事干涉，交战前英国外务大臣照会清廷，内中正式提出赔偿烟价、割让岛屿等要求。

8. 战争，条约。

这里，我们能够看到《香港纪略》一文对于历史史料的加工过程。它首先忽略了第 1 项和第 7 项，只字不提英国方面因为贸易等原因一直想占领中国海面的一个岛屿，而在进攻中国之前就已明确提出要割让中国岛屿的要求，却竭力渲染英国在中国受迫害的第 4 项和第 6 项。这就使得历史事件的因果关系得以转变，原来历史的顺序是：英国人原来就希望拥有中国领土进行贸易，现借贸易争端而发动战争，实现了占领领土及开埠贸易等要求。现在变成了，因为清廷藐视英人，使其在华受到不公正待遇，女王发兵报仇雪耻，发兵中国，战胜之后"不得已"要求赔偿所耗军费，顺便占据了一个小岛。在此被忽略的事实还有第 5 项，即中国村民林维喜被杀之事。事实上，此事与林则徐对于英人的制裁很有关系，这后面还牵涉一个治外法权的问题。林维喜在中国领土被杀，英人却不服中国管辖，自行在海上设庭审理，这种侵犯中国司法主权的行为令中方愤怒。其后才出现林则徐禁绝对澳门英人的食品供应，并谕令澳门当局驱逐英人，将英人赶至香港海面的事件。《香港纪略》根本不提这一事件，将交战原因完全归结到禁烟事件之中。而在对于禁烟事件的叙述中，文章却又以极为简略的交代模糊了英方对于禁烟的态度，"林文忠奉命到粤，禁绝鸦片。原宜将船烟拿获，一并入官。但林文忠竟将城外商民，不分青白，及有无贩卖鸦片者，一概封锁……"，这一叙述给读者的印象是，英方所责并不在禁烟本身，而是林则徐不分青红皂白地冤及他人。事实上，英方抗拒的是禁烟本身，因为鸦片交易给他们带来了巨大的利益，英方发动战争的直接目的就是要求赔偿被林则徐销毁的鸦片。在军事压力下，清廷后来被迫认同英文的这一立场，只好归罪于林则徐，称"上年钦差大臣林等查禁烟土，未能仰体大皇帝大公至正之意，以致受人欺蒙，措置失当"①。经过这样的增删变动，鸦片战争及占领香港的行为就极富逻辑性地合理化了。而作为专门谈论香港的文章，在作为关键的香港割占一事却被轻描淡写地处理成一个无关紧要的附属事件。"英国初意非为土地"，只在战后要求赔偿的时候，另附一小岛。这一说明，纯属此地无银三百两。香港土地及其人民的命运，就被这"另一小岛"四个字决定了。

怀特认为，历史叙述的效果取决于作者的话语框架，它具体是由语言表述的比喻修辞层面构成的。在《香港纪略》一文中，有很多对于中国和英国的修辞性描述。对于中国的描绘有："中华历来藐视外国，不能交往。""林文忠等素轻视西邦，不以为劲敌，意以战船兵丁即来，何难除灭，以了其事。追溯昔时，中国名将奇材甚多；俯视今日，内地猛士异能不乏，以英国不过渺如渊岛，岂敌中华幅员之盛！"对于英国的描述有："盖无人不深悉我国，断不容无故受屈。""唯英国属地，既多且广，船只人民，通行于天下，是别国一平民受害，必不肯置之罔闻。"中国封闭自大，轻视西邦，而英国却国力强大，断不容欺负，这些看似与中心事件无关的叙述，就是此文预设的话语框架，内中词语的褒贬，构成了鲜明倾向性。由此，自大挑衅的中国受到匡扶正义的英国的惩罚，这就成了一个皆大欢喜的喜剧。

需要说明的是，笔者无意以"中国叙事"纠正"英国叙事"。在此历史事件中，中国是受害者，但这并不意味着中国的国族历史叙事就是"客观"的。以内地较为权威的《十九世纪的香港》为例，这本书在叙述鸦片战争和香港割占时，完全不提禁烟时林则徐封锁广州

---

① 佐佐木正哉编：《鸦片战争研究（资料）》，第13页，见《余绳武、刘存宽主编：《十九世纪的香港》，北京：中华书局1994年版，第45页。

英人会馆，断绝食水，撤走中国人之事，而这在《香港纪略》是叙述的重点，是英国发兵的原因。《十九世纪的香港》中的这一变动，令中国人变得更加无辜，而英人显得莫名的蛮横。这样，我们就读到了两个完全不同的故事。在英、中对于鸦片战争和香港割占同一历史事件的不同处理中，我们清楚地看到了福柯所强调的知识与权力间的关系。立场不同，侧重点就会不一样。

刊载《香港纪略》的刊物《遐迩贯珍》，是颇值得一说的。《遐迩贯珍》是香港最早的、也是很有影响的中文报刊。据此刊主编理雅各在1956年6月《遐迩贯珍》"告止序"中说：此刊"每月刊刷三千本，远行各省。故上自督抚以及文武员弁，下递工商士庶，靡不乐于披览"①。因为英国人的汉语水平有限，故英国人办的英文报刊很多而中文报刊寥寥，在此情形下，《遐迩贯珍》就成了宣传殖民者意识形态、形塑港人西方文化认同的重要阵地。《香港纪略》一文对于香港来历的合理化叙述，目的在于在港人心目中重新塑造英人的形象，为香港的历史身份"正本清源"。

《遐迩贯珍》体现出英人在叙事中塑造西方认同的努力，它的一个基本叙述策略是，时时不忘表彰英国制度的完善，同时贬低中国人的愚昧，从而构成一种对比。如1855年8月号上有一篇禁止赌博的文章，文章在宣扬赌博为害，"大英立法严讯，既禁之于前，必不行之于后"之后，接着拿内地进行了对比，"试观内地赌风盛者，其游民必多，盗贼由此而起"②。1855年5月号上有一篇禁止溺死女婴的文章，文章贬低了《大清律例》的有关条款，以为"父母杀婴儿一款，律无明文，官无讨罚，此国政不彰，民俗浇漓，莫此为甚"③。英人甚至在发表香港粮饷进支时，也不忘记攻击中国："以上所录本港旧年进支粮饷各数，读者或以为此款无关于致知格物之义，无与于

---

① 理雅各：《遐迩贯珍告止序》，《遐迩贯珍》1856年6月号。
② 《赌博为害，本港自当严禁论》，《遐迩贯珍》1855年8月号。
③ 《香港人数加多，幼男多于幼女论》，《遐迩贯珍》1855年5月号。

推情度理之端，载列贯珍，甚无为也。余今略说其意，盖欲以表大英等国常例耳！……尝闻中国与余为友者，说及官府所取于民，不入国库者强半；所受以给兵，而不如数以与者亦然。此言果否，余不敢置议，唯以上所陈大英等国之常例，华夏未有行之，故敢略其概，庶使行政者于修己治人之方，或未必无小补云。"[①]叙述者虽说"此言果否，余不敢置议"，但却不负责地散布了国内"官府所取于民，不入国库者强半；所受以给兵，而不如数以与者亦然"的惊人事实，这漫不经心的一笔，是对中国政府致命性的攻击。上面几篇文章所述中国之腐败是否事实姑且不论，需指出的是英人叙事的别具用心。叙事都是具有选择性的，即以香港的长处对比国内的短处，比如港人一直还在遭受鞭笞等种族歧视的问题，就从不见提起。这种叙事的目的很清楚，是造成港人对于中国的疏离，培养他们对于英方的认同。

（二）

较之于历史叙事，小说是一种虚构文体，但唯其如此，小说较之于历史叙事更易于凸显叙述者的想象。

1895 年同时刊行于英国和美国的由 W. Carlton Dawe 撰写的小说集 *Yellow and White*（《黄与白》），是我所看到的较早地反映香港的英文小说。《黄与白》是这部小说集中的第一篇。小说的主人公 Gresham 是一个在香港的白种英国人，有一天他遇到一个中英混血女性，并为其倾倒。在发现她是一个本地中国商人的妻子后，他非常不平，"这个肥胖的中国猪凭什么拥有这样一个美妙的女性？他的黑色的斜眼，充满了狡诈和自得，他的油腻的黄皮肤，他的沉重松弛的喉咙……他恨不得马上给他的肥大的肚子重重的一拳才能解气。"他根本不顾忌这个中国男人，从正门出来后，立即从侧门爬上楼去和这个妇人约会。结果 Gresham 与其家人发生了武力冲突，在一系列的激烈搏斗之后，他英勇地突围而出，最后乘船离开香港。这是一个英雄救美

_____

① 《一千八百五十四年香港全岛进支粮饷费项》，《遐迩贯珍》1855 年 4 月号。

女的故事，所不同的，是白人英雄从黄种土人手里拯救混血女性。正如 Gresham 很容易猜测到的，这个混血女人的父亲是英国人，母亲是中国人，她是被英国父亲遗弃后，跟随母亲在香港长大的。这种香港并不少见的现象，本身就是叙事者罪孽的象征。而在 Gresham 看来，正是这个女性身上的欧洲血液使他变得出色，他甚至担心，"她身上的欧洲血液是否抵挡得了中国血液"。这种女性被埋没在肮脏的黄皮肤的中国人之中，太可惜了，因此需要拯救。而在叙事者的笔下，这个女性也是渴望被白人拯救的，Gresham 的战斗也是在这个混血女性的召唤下完成的。在小说叙事中，格兰士成了一个侠义的英雄，其行为的正当性是不言自明的，对于本地中国人的伤害则根本无需考虑——在这里，皮肤的颜色就是其正当性的根据。

小说集中的另外一篇小说《苦力》（Coolles），描写的是英国人在香港贩卖、镇压中国苦力的故事。800 名中国苦力在英国人的押送下，乘船从香港去新加坡。苦力们不愿意前往而与英军发生了冲突，最后演化为暴动。叙事者站在英国人种族优越的立场上，描写英国人机智、勇敢、残暴地镇压苦力的经过。我们可以想象，中国叙事会怎样叙述这个故事。我们常常会在如《海魂》这类的电影中看到下层的受压迫者揭竿而起、正义凛然的场面。在英国叙事者的笔下，情形正相反。中国苦力被轻蔑地形容为"最丑陋、最肮脏的贱民"，而暴动的苦力首领被形容为"一个丑陋的独眼猪"。在叙事者的眼里，黄种中国人不过是白种人任意支配的贱民，甚至自由买卖的畜生。

正如"黄与白"这一题目所昭示的那样，这部小说集叙述的是白种人与黄种人的冲突。故事的地点在香港及其他亚洲地区，在这里，白种人本是外来者，但他们却以一种高高在上的优越种族的面目出现，任意支配着黄种人。充斥于叙事语言的对于黄种人的轻蔑和丑化，反映出早期殖民者强烈的白人种族主义意识。

20 世纪英国文学对于香港的叙述，影响最大的当属克莱威尔（James Clavel）的小说。他的两部写香港的小说 *Taipan* 及 *Noble House*，以英国人史迪克家族从海盗发展为香港商业界巨擘的历程为线索，表现香港的历史兴衰，气魄很大。它们在西方流传甚广，对于建构西方人心目中的香港形象影响很大。80 年代以后这两部小说都有了中文译本：前者译名为《大班》，此书后因被改编成好莱坞电影而名噪一时；后者在中国有两个译本，一为《香港风云》，二为《望族》。

与 19 世纪相比，20 世纪涉及香港及中国的英国小说在叙事策略上有所变化。从前伴随着赤裸裸的种族歧视的侵略，现在成了输入文明的现代性启蒙事业。在克莱威尔的小说叙事中，英国人不远万里来到这个东方小岛，给中国带来了文明、带来了经济繁荣。因为史迪克公司在危难时刻受到了一个中国人的援救，从此，"完完全全支持香港和中国的贸易"，"使中国成为世界的一分子"，"使中国成为一个世界强国"，这从此成为史迪克公司历任大班上任时必须发誓遵守的信条。史迪克家族百年来的奋斗史，在我们看来是无比高尚的，他们不但致力于香港的繁荣，而且致力于整个中国的强大。在小说中，我们看到这样一个情节，在第三任大班德克·邓乐思任职期间，公司冒着极大的风险，在十分困难的情况下，全力支持孙中山的革命。由海盗贸易发展到武力侵占香港的英国殖民史，在这里被轻而易举叙述成了西方救世主向中国输入文明，催促新生的壮举。

小说中，史迪克曾与将要接任的第二任大班史罗伯有一段谈话：

　　"什么叫把公司完完全全支持香港？"史罗伯问。

　　"用它来和中国做贸易，使中国开放，使中国成为世界的一分子。"

　　"不可能的，"史罗伯说，"这不可能。"

　　"也许，可是这是'财富商行'的目标。"

　　"你是说，使中国成为一个世界强国？"高林问。

　　"对。"

　　"那太危险，他们会吃掉我们的。"史罗伯说。

　　"地球上四个人里就有一个是中国人，你知道吗？我希望他们也能学习法律和公正。"

"这不可能成功的，你再怎么做也是徒然。"

"可这是条件，五个月后你做大班，高林再接你的班。"

帮助中国人学习法律和公正，使中国走向世界，即使强大以后的中国会"吃掉"他们也在所不惜，英国人的诚意和气魄在此显得何其悲壮。但我们同时也看到，史罗伯事实上根本不同意这一信条，史迪克本人也并不相信中国能够强大。原因何在呢？从上述对话中我们即可以察觉，在他们看来，中国是一个需要他们启蒙的、没有文明开化的、低他们一等的民族。在美美帮助史迪克进行了一场海上混战之后，他们之间曾有一段对话：美美说："迪克，人是不会变的。""人是杀人的动物，我们中国人知道大多数人都这样。"史迪克回答："跟我们英国学吧！世界在法律下愈来愈有秩序，人愈来愈平等。"这就是作者所设计的中西文化的冲突，这是文明与野蛮的冲突。

英国人心目中的中国人到底如何？想要了解这一点，最简捷的方法莫过于考察小说中的中国人形象。在《大班》中，中国人主要有洋奴买办和下等人，基本上都獐头鼠目、形象猥琐。唯一可以得到正面描绘的，是可用来作为情妇的东方女人，比如说史迪克的情妇美美，她充满性感，富于魅力，深得史迪克之宠爱。这一情形验证了后殖民理论的一个隐喻，即对于西方来说，殖民地东方是一个充满性魅力、而又渴望征服的女性。我们看到，在小说中美美与史迪克的情人关系，其实是一种主人与奴隶的关系。美美深谙此点，无论她在史迪克面前多么受宠，她也从来没有梦想过与主人相同的地位，她在史迪克面前屡屡自称奴隶，即使主人教导她不是奴隶时，她仍然一如既往地坚持这一点，拒绝"启蒙"。在史迪克"启蒙"美美时，他似乎真的以为自己是自由、平等的化身了。但我们在另外一个地方，却看到了史迪克无意中泄露出自己对于中国女人的真实想法。有一次史迪克年轻的儿子高林向他请教在香港如何与女人打交道时，史迪克回答："拥有你自己的女人，在这里是很平常的事。那是你个人的事，你拥有她，替她付账，供给她食物和衣服，给她佣人等等。等你不想要她了，你只要给一点钱，就可以叫她走路。"年轻的高林对于男女关系还处于理想的阶段，认为这种做法未免过于残酷，而且像是奴隶买卖，史迪克回答："假如你认为她是奴隶，你就把她当女奴看待吧，都是一样的。"看来美美其实是聪明的，她知道自己在何种程度上可以被接受，她甚至比史迪克本人还要清楚他内心的想法。殖民地的土人是应该被启蒙的，但殖民者从来也没有想过将他们启蒙到与自己同等的地位。在这一方面，历史上的海地人就显得过于天真了，在法国大革命后不久，法属殖民地在法国大革命"自由、平等、博爱"精神的鼓舞下举行了要求自由独立的反殖大起义，结果转眼之间就被法国人镇压在血泊之中。

对于英国殖民者来说，文明的启蒙只是一种神话，他们在内心从来都只将殖民地人看作奴隶。小说中，史迪克号称要教会中国人法律、公正与秩序，但历史事实是，作为政治自由主义故乡的英国，在香港却不屑于应用其民主制度。令人难以想象的是，对付奴隶的鞭刑，在香港一直沿用到了 20 世纪上半叶。1927 年，鲁迅先生曾在香港《循环日报》上发现中国人受到英国警察鞭笞的记录，十分震惊。

值得一说的是，《大班》后来被好莱坞改编成了电影，而美美这一角色由出走美国的大陆原著名女演员陈冲出演。小说中对于华人/英国人形象的黑白分明的对比，在电影中并没有得到改变，对于中国人的丑化，反倒因为陈冲在电影中裸露身体诌媚殖民者的镜头而变得格外突出，这一点后来引起了国内外华人世界的强烈抗议，此影片后来在国内终于也没能得到公演。

二、中原心态

（一）

中国内地与香港的关系较为特殊，与加勒比之与美洲的异质关系完全不一样。香港自古以来就是中国的一部分，它的原始文化记忆就是中国文化，然而，中国的国族叙事却不能完全覆盖香港，因为香港自被英国人主后，已经发展出很多与内地不同的品格。

李欧梵将香港文化的特性概括为"边缘性"，他认为内地知识者从来具有"中心"式的精英心态，不将香港放在眼里，而香港以边缘自居，却发展出了自己的"边缘性"文化。[①] 他所用的"边缘"一词，不是经济学家的"太平洋边缘"（Pacific Rim）的概念，而是相对于"内陆"（hinterland）的"边缘"（littoral）。这个概念是由美国历史学家柯文（Paul A. Cohen）在研究王韬的著作中提出来的。柯文指出，中国近代的改革往往出于边缘对于中心的挑战。像王韬这样的并非出于科举而是成长于上海这样的通商口岸的"边缘"人物，思想往往比较活跃，成为中国改革的动力。[②] 柯文也许没有料到，来自"边缘"城市上海的王韬，在居住于更为"边缘"的香港时，却也表现出"中心"心态，很有点看不上香港。王韬到香港以后，在日记中记载他对于香港的感受："至香港一隅，蕞尔小岛，其俗素以操赢奇为尚，而自放于礼法，锥刀之徒，逐利而至，岂有雅流在其间哉！地不足游，人不足语，校书之外，闭门日多。"这几句相当刻薄的话，表明王韬从骨子里对于香港的蔑视。之所以蔑视，一是因为它的小而偏僻，与内地相比微不足道；二是因为它仅仅是一商埠，当地人只会追逐钱财，既不懂礼法，也不懂文化，没有高雅的阶层。后来在《香港略论》中，王韬仍认为："居是邦者，率以财雄，每脱略礼文，迂嗤道德。"王韬本是中国旧道德文化的破坏者，但商埠香港的无道德、无文化，却让他难以忍受。可以说，王韬既是香港文化的始作俑者，却又是最早的"香港文化沙漠"论者。

---

① 李欧梵：《香港文化的"边缘性"初探》，原载香港《今天》1995年3月总28期。收入《狐狸洞呓语》，长春：辽宁教育出版社2000年版。

② 柯文（Paul A. Cohen）：《在传统与现代性之间——王韬与晚清改革》，南京：江苏人民出版社1994年版。

"中国叙事"对于香港的想象，最典型地莫过于闻一多的《七子之歌》。此诗最初发表于 1925 年 7 月 4 日《现代评论》上。诗人自比为受凌辱的香港、九龙，替它们呻吟呼号。在诗人的想象中，英国殖民者仿佛狰狞的"海狮"和"魔王"，香港、九龙是在魔爪下遭受蹂躏的子女。它们在痛苦地挣扎着，"哭号呼喊""泪涛汹涌"，期盼着祖国的拯救。帝国主义侵占我领土，殖民统治铁蹄之下的港人必然生活在血泪之中，时时期盼着回归祖国，这种历史想象出自于大陆在情理之中。但香港是否完全符合这一想象呢？的确，帝国主义的侵略给我们带来了苦难和血泪，而香港历史上确有过很多反殖民的斗争，例如反对占领新界的群众斗争。但正如我们前面所说的，殖民性的另外一面是现代性。香港的确存在着殖民压迫，但香港逐渐建立了较为先进的经济社会制度，并最终发展成为现代化的发达都市，这使得香港有了优于内地的一面，从而引起了港人的认同。在五四文学中，郁达夫小说对于日本华人的弱国子民的境遇的描写，闻一多的诗歌对于地位低贱的美国华人的悲哀的抒发，都是表现海外殖民性的出色作品。闻一多对于香港等地境遇的想象，想必是依据于美国及日本华人的处境加以想象的，其实香港的情形有所不同。

　　旅美香港学者周蕾曾指出：香港与内地的历史差异"甚至可说是两地的基本社会性冲突（其中包括香港有、内地无的严格设立与运作悠久的法律制度，初步的直接选举，相对的议论自由等），却常常被'大家是同胞'诸如此类的神话抹煞；而这类血缘神话必须绝对服从，正因为它其实是完全空洞的。对同宗血缘关系的服从即是表示能动性力量的放弃，而只有建立在劳作与生机而不是建立在血缘与种族之上的能动性力量，才是管理一个社区之本"①。周蕾强调香港与内地之间社会制度的差异是实在的，而种族血缘的相同是空洞的。这一说法不无偏激，但却提醒我们，不能漠视香港的实际情况而盲目地自

---

　　① 周蕾：《写在家国之外》，香港：牛津大学出版社 1995 年版，第 35—36 页。

我想象。

与闻一多写作此诗差不多同时（1923 年），孙中山先生在香港大学发表过一场演讲。听一听这场演讲，我们就会发现闻一多对于香港的想象与实际有多大的距离。孙中山曾于 1887—1892 年在香港西医学院学习 5 年，对于香港有实际的体会。他对于香港的描述与闻一多的想象完全相反，在孙中山眼里，香港在制度上处处强于内地，这缘于一个良好的政府，而这正是他要进行革命的目标。孙中山回忆，他自幼的革命动力就来自于他在港期间对于香港、内地两地的比较，"回忆卅年前，在香港读书，功课完后，每出外游行，见得本港卫生与风俗，无一不好，比诸我敝邑香山，大不相同。……由此想到香港地方与内地之比较，因香港地方开埠不过七八十年，而内地已数千年，何以香港归英国掌管即布置得如许妥当？"他思考的结果是香港有一好政府，而国内政局腐败，故而港人都过上幸福生活，而国人则还存在于水深火热之中：

> 现在香港有六十余万人，皆享安乐，亦无非有良好之政府耳，深愿各学生，在本港读书，即以西人为榜样，以香港为模范，将来返祖国，建设一良好之政府，吾人之责任方完，吾人之希望方达。①

闻一多对于香港的想象，显然是"中原心态"的产物，与实际情形相距甚远。闻一多的《七子之歌》在"九七"香港回归之前被谱成了曲，流传于大街小巷，对于营造国人的香港想象起了重要的作用。但面对港人对于回归的抵触和回归前的恐慌，这一想象实在令人有荒谬之感。

（二）

香港文学史——自然是新文学史——最值得书写的重要事件之

---

① 《国父于香港大学演讲纪略》，《华字日报》1923 年 2 月 21 日。

一，是鲁迅 1927 年在香港的演讲和 1936 年胡适南下香港的演讲，它们被看作是国内新文坛关心、指导香港文化的标志，被视为了香港新文学前进的动力。五四新文化运动的领袖亲赴香港，倡导新文化，这自然是件功不可没的事，但香港的文化语境与国内是否完全一样？批判旧文化在香港能否起到与在国内相同的作用？这些问题鲁迅和胡适似乎都没有想过。他们将在国内适用的思想原封不动地搬到香港来，视之为天经地义，这其实也是中原心态的不自觉反映。

鲁迅承认，他在香港的演讲是"老生常谈"，"而且还是七八年前的'常谈'"。所谓"老生常谈"，指他不过在重复五四期间对于旧文化的批判和新文化的倡导。在两场名为《无声的中国》和《老调子已经唱完》的演讲中，鲁迅重弹惊世骇俗的"不读古书论"。他强调我们现在必须抛弃中国古文化的"旧文章，旧思想"，认为"生在现今的时代，捧着古书是完全没有用处了"。针对"我们看这些古东西，倒并不觉得于中国怎样有害时，又何必这样决绝地抛弃呢"的问题，鲁迅危言耸听地说："古老东西的可怕就正在这里。倘使我们觉得有害，我们便能警戒了，正因为并不觉得怎样有害，我们这才总是觉不出这致死的毛病来。因为这是'软刀子'。"他倡导白话文，主张让无声的中国发出声来，"青年们先可以将中国变成一个有声的中国。大胆地说话，勇敢地进行，忘掉了一切利害，推开了古人，将自己的真心的话发表出来。"①

鲁迅的"不读古书论"在国内的时候就引起了文坛的争议，而在香港的特殊语境，应该说尤其显得不合时宜。

在英文为官方语言，殖民教育偏重英文，歧视中文的香港文化格局里，历史遗留的主要由民间教习的中国古典文化担当着传承中国文化的重要角色，这与内地的情形完全不同。许地山曾批评港英政府对

---

① 见鲁迅：《无声的中国》，收入《鲁迅全集》第 4 卷，北京：人民文学出版社 1981 年版，第 11－17 页；《老调子已经唱完》，收入《鲁迅全集》第 7 卷，第 307—314 页。

于中国教育的漠视，他提醒我们："我们不要忘记此地国语是英文，汉文是被看为土话或外国文的。""教汉文的老先生也没法鼓励学生注意习本国文字，学生相习成风也就看不起汉文。"这就导致了香港学生中文文化水平的普遍低下，接踵而至的是中国文化认同的衰落。许地山感叹中文文化在香港的危机："如果有完备学校教育和补充的社会教育，使人人能知本国文化底可爱可贵，那就不会产生自己是中国人而以不知中国史，不懂中国话为荣的'读番书'的子女们了。"①在内地，旧文化象征着千年来封建保守势力，而在香港它却是抗拒殖民文化教化的母土文化的象征，具有民族认同的积极作用。在内地，白话新文学是针对具有千年传统的强大的旧文学的革命；在香港"旧"文学的力量本来就微乎其微，何来革命？如果说，在内地文言白话之争乃新旧之争，进步与落后之争，那么同为中国文化的文言白话在香港乃是同盟的关系，这里的文化对立是英文与中文。香港新文学之所以不能建立，并非因为论者所说的旧文学力量的强大，恰恰相反，是因为整个中文力量的弱小。因而，在香港，应该警惕的是许地山所指出的殖民文化所造成的中文文化的衰落，而不是中国旧文化。一味讨伐中国旧文化，不但是自断文化根源，而且可能会造成旧文学灭亡、新文化又不能建立的局面。

我们注意到，对于香港深为了解的许地山看待问题的角度与鲁迅是有所不同的。许地山强调整个中国文化认同的培养，新文化固需要，旧文化也同样重要。虽然他本人是五四白话文学的优秀作家，但他在香港却并不一味强调白话。他非常明确地说："其实若把学生教得通，不会写出'如要停车乃可在此'，'私家重地'，'兵家重地'一类的文句，也就罢了，何必管它白话、黑话。"②他在香港大学任职期间，尽管做了很多的改革，增加了许多课程，却始终没有开设他自己最有感情的"中国新文学"的课程。

---

①② 许地山：《一年来的香港教育及其展望》，《大公报》1939 年 1 月 1 日"文艺"第 487 期。

许地山是在香港任职多年，设身处地地站到了香港本土的立场上，才会有这番认识的。反之，推荐许地山来港的胡适，在香港演讲时却还在发挥鲁迅的逻辑。1935 年胡适南下香港接受香港大学的名誉博士学位时，严厉批评了香港中国旧文化潮流，特别是香港的太史派文学，认为这已经是不适用的东西。他认为，香港文化的格局仍落后于中国新文化的潮流之外，呼吁香港要"接受祖国大陆的新潮流，在思想文化上要向前走，不要向后倒退"①。胡适完全以一种"中心"的心态，统率各地，而未考虑香港的特殊情况。社会制度与内地有所不同的香港处于中国新文化的潮流之外，原是正常的情况，并非一定就是落后，而抛弃旧文化在香港是否一定是"往前走"，还很难说。

　　鲁迅演讲的另外一个为人称道之处，是对于港英殖民当局倡导中国旧文化的举动的揭露批判。"现在听说又很有别国人在尊重中国的旧文化了，那里是真在新生呢，不过是利用！"他认为这是中国人将要陷入苦痛的征兆，"以前，外国人所作的书籍，多是嘲骂中国的腐败；到了现在，不大嘲骂了，或者反而称赞中国的文化了。常听到他们说：'我在中国住得很舒服呵！'这就是中国人已经渐渐把自己的幸福送给外国人享受的证据。所以他们愈赞美，我们中国将来的苦痛要愈深的！"②港英殖民当局对于中国文化的承认，事实上是 20 世纪以来中国人反殖民斗争的一个成果。香港本土较为权威的《香港史新编》（王赓武主编）认为："一方面因为人口的骤增而带来中文学校的增设，另一方面更因在中国国内的新文化及五四运动，1922 年的香港海员罢工及 1925 年的省港大罢工带来的社会动荡及反英情绪，香港政府对中文教育的发展不得不采取了一些比较积极的态度。"于是有 1925—1926 年间香港第一所官立汉文中学筹备建立，还有更为重要的 1927 年香港大学中文系的出现。港大中文系的建立虽由港英

---

　　① 胡适：《南游杂忆》，《独立评论》，1935 年 3 月 10 日第 141 期。

　　② 鲁迅：《老调子已经唱完》，《鲁迅全集》第 7 卷，北京：人民文学出版社 1981 年版，第 307—314 页。

当局提出，但他们实际上只是允许而已，全部经费都由香港商坤及南洋爱国华侨捐款而成。港大中文系延请具有国学造诣的宿儒为师，教授中国文化经典，并组织以伸张中国文化为宗旨的中文学会，这无疑大大彰扬了香港的中国文化风气。《香港史新编》同时又指出："1920 年代中国国内事件的发展，中英关系及香港社会的重要变化虽然使香港政府对中国文教育开始关注，但其目标不过是为了缓和反英情绪及开始施行对由私人办理的中文教育的监视和管制，而政府的重英语及精英教育的政策，并没有改变。"①由此看来，虽然港英殖民当局关注中国文化有其用心，但我们却不能因之反对在香港提倡中国文化。这是一个来之不易的结果，在香港英文盛行而中文屡弱、民族文化日益式微的情形下，"整理国故"具有与内地完全不同的功能和意义。鲁迅对于港英殖民当局的"利用"中国文化的用心的揭露是很深刻的，但却不应将其作为在香港反对中国文化的理由。

（三）

20 世纪三四十年代内地作家两次南下给香港文学带来了繁荣，这是内地香港文学史津津乐道的内容。但我们前面已经说过，这其实是中国文学的繁荣。若从香港本土的角度看，我们看到的反倒是由此带来的香港新文学的萎缩。

20 世纪二三十年代之后，随着多种新文学期刊和作品的出现，香港新文学有了初步的发展。但在抗战爆发大批内地名家南下占据香港文坛后，香港本地新文学却出现了大的倒退，很多香港本土作家或者销声匿迹，或者干脆退回到了旧文学的写作上了，30 年代以来逐渐成长起来的一些新文学刊物也随之告退。侣伦回忆说：

> 在那个没有组织的"拓荒"时期，在新文艺工作上较为突
> 出的作者，有几个人是值得提起的。他们是黄天石、谢晨光、龙

---

① 王赓武主编：《香港史新编》，香港：三联书店有限公司 1997 年版，第 447—449 页。

实秀、张吻冰、岑卓云、黄谷柳、杜格灵、张稚庐、叶苗秀……

奇怪的现象发生在新文艺在香港已经扎根的时期,事情却出现了转折。特别是在抗日战争爆发以后,有部分曾经为新文艺工作致力的作者,却随了读者"口味"的转变而转变:离开了新文艺工作岗位,换了笔名去写连载的章回体小说。杰克(黄天石)以《红巾误》,望云(张吻冰)以《黑侠》,平可(岑卓云)以《山长水远》等单行本,分别为各自的新路向打开了门户,而且赢得了读者。①

对于这种现象,内地学者袁良骏先生的解释是:"殖民统治下的香港社会,提供给香港新文艺的除了在校读书的青年学生外,依然是原来的那个读者群。这些读惯了也读厌了鸳鸯蝴蝶派的老读者,并不能从新文艺作品中得到更多的新刺激。他们需要武侠、神怪、色情、但又多少带上香港的社会和时代色彩。至于广大的大中学生,带有传奇色彩的言情故事则最能投合他们的口味。这种市场需求,不能不影响到香港文艺的生产。"香港虽然已有新文学的诞生及轰轰烈烈的抗战文艺,但它们并不能占据香港文学市场,于是市场诱惑着一部分新文艺工作者去投合读者的口味,于是才发生了侣伦所惋惜的新文艺倒退的情况。②这其实仍不是根本的原因,商业性原是香港的本色,不足为奇,香港新文学并不惧怕商业性,它们正是在对于商业性的抗拒中诞生的。为什么现在他们忽而又倒退到商业性的文学中去了呢?显然另外还有原因,这个原因就是南下作家的排挤。卢玮銮曾指出:抗战之后香港文坛为内地南下作家所占据,而本土作家则失去了生存空间,"即使说边缘也还有些勉强,事实上他们完全无法被南来的文化人接纳的。""香港等于成为中国内地文学或文化活动的延续,反而香

---

① 《寂寞来去的人》,收入侣伦:《向水屋笔语》,香港:三联书店有限公司 1985 年版,第 29—31 页。

② 袁良骏:《香港小说史》,深圳:海天出版社 1999 年版,第 92 页。

港本土的作家却被驱向边缘，部分变成通俗作家。"①名家荟萃的内地新文学作家占据了香港文坛，实力孱弱的港派新文学自然难以争锋，此乃情理中事。

然而，说南下作家排斥本土作家，香港文学未能得到很好的抚育却又不尽符合事实。事实上，黄谷柳、侣伦就是受到左翼文坛扶植而出名的作家。左翼文坛对于培养香港本地文学青年历来十分重视。抗战期间，"文协"在香港的"文艺通讯部"在培养香港作家上曾做了大量工作。内地人士在香港曾专门创立了"达达学院"和"南方学院"培养香港本土文学青年。1948 年发表于《海燕文学丛刊》上的阿超撰写的《来港作家小记》一文，曾生动记述了内地作家臧克家、端木蕻良、杨晦、蒋天佐、陈敬容等人在达达学院讲课，受到本地青年欢迎的情形。问题的关键在于，左翼文坛只看中原来香港文学圈个别"要求进步"、愿意接受"指导"的作家，此外，他们宁愿自己从青年中培养。

对于香港，南来作家们的确是很不满意的。从抗日战争的战场——内地南下香港，他们对于这里的一切都看不顺眼。内地烽火连天，这里却是麻木不仁，作家们为香港感到"忧郁"了。适夷的《香港的忧郁》是此时的名篇：

> 习惯了祖国血肉和炮火的艰难的旅途，偶然看一看香港，或者也不坏；然而一到注定了要留下来，想着必须和这班消磨着、霉烂着的人们生活在一起，人便会忧郁起来。②

文坛上还陆续出现了诸如《香港冒险家的乐团》《可厌的都市》之类的批评香港的文章。下面一篇《关于香港的文化人》，是对于香

---

① 郑树森、黄继持、卢玮銮：《早期香港新文学作品三人谈·编选报告》，香港：天地图书有限公司 1998 年版，第 22—23 页。

② 《星岛日报》"星座"，1938 年 11 月 17 日第 8 版。

港文化人的批评：

> 我们在香港可以随时随地接触到许多文化人，但接触的结果往往使我们痛心，这就是说，许许多多（不敢说是大多数）从事文化工作的人，都表现着对抗战的冷淡。他们不是全然冷淡，他们也有时表现出热情，但是，很可惜，他们的热情只表现在口头上，只表现在每天经常的看战事消息上，除此外，他们的生活和抗战不发生什么关系，我自己便遇见过许多这样的人。
>
> ……
>
> 最后，我们应该深刻的了解，在敌人压迫下过着亡国奴生活的同胞们，并不是甘做亡国奴，也不愿就此投降日本，他们一颗中华儿女的心，依然存在着：他们极需要抗日，他们也愿意把自己的一份力量一滴血和一块肉供献给中华民族，为中华民族而牺牲，现在他们是正期待着我们去援助他们，期待着国土的收复啊！①

对于"中华民族"这样的国族大叙事，香港的热情可能不会有内地国人高，而"收复国土"这样的词港人听来一定也别是一番滋味，他们自己就一直生活在未收复的领土上呢？

左翼文坛一直在努力地"指导"着香港文学的写作，以"中国叙事"加诸于香港。曾有秋云的《香港有值得写的题材吗?》一文，具体阐述在港作家应该如何将香港题材与中国"当前的文艺战斗任务紧密联系起来"，并以《虾球传》为例加以说明：

> 在这里，我们可以举出一个有力的例证：《虾球传》的第一部——《春风秋雨》。这部作品完全以香港各社会阶层的生活作

---

① 岑桥：《关于香港的文化人》，《大众日报》1938 年 9 月 14 日"文化堡垒"。

为它的主要内容，但并不妨碍它和当前的文艺战斗任务紧密联系起来。从马专员的丑态，可以寻见自四大家族以下各级贪官污吏的卑鄙面容；鳄鱼头的名字和性格，显露官僚资本和地方恶势对民众的双重榨取；虾球和牛仔的受难，反映出帝国主义和封建势力统治下老百姓的冤苦。它教广大读者们去认识清楚自己"寄人篱下""供人榨取"的可怜地位，从而去反对直接或间接造成他们苦难的压迫者，这就自然发生了积极的激励战斗的作用。我们是应该承认它的政治效果的。虽然除了丁大哥朦胧的面貌外，我们在这部作品里面并没有看到任何人民战士的英姿，任何在翻身过程中的农夫农妇。①

左翼文坛的这种批评，一方面帮助了香港文学，另一方面又消解了香港文学原有的独特品格，将它导入了中国文学的模式之中。以侣伦、黄谷柳为例。侣伦原是一个洋场小说家，以写男欢女爱的情爱小说著称，他的小说中华洋杂处的背景、缠绵感伤的情调，表现出浓郁的"港味"。这类小说深受香港读者的欢迎，但因为不符合战时左翼文学主导的时代精神，侣伦日益感到压力。在《黑丽拉·序》中他检讨自己："因为心绪的关系，行文上就常常被过分浓重的感情所支配。这样无聊的东西，虽然据我所知，也为一些人所喜爱，在我却觉得是罪过的事情。可是自己又没有方法能够遏止。"到了1948年在左翼阵地的《华商报》上登载《穷巷》时，他终于算是遏住了自己的洋场小说的风格，而开始以阶级对立的写实模式描写下层生活，行文风格也一反抒情而变得明快通俗。梅子曾从阶级对立中的集体走向、知识分子的经历、社会文化的批判3个方面，分析左翼文艺对于《穷

---

① 秋云：《香港有值得写的题材吗？》，原载《饥饿的队伍——香港的一日》，新青年文学丛刊社，1948年3月15日。收入郑树森、黄继持、卢玮銮：《国共内战时期香港文学资料选》（1945—1949），香港：天地图书有限公司1999年版，第21—23页。

巷》的具体影响，颇有说服力。① 侣伦这种追随时代的努力当时曾受到左翼文坛的褒扬，《华商报》的编者华嘉曾专门写信称赞他从"做梦的青年男女中"走出来了。② 《虾球传》也连载于《华商报》，它的写作曾直接受到了夏衍的指导，夏衍曾回忆："这部小说连载后立刻引起了广大读者的欢迎，他（指黄谷柳）每隔三五天送来一次经过细心修改的稿件，并常问我报社和读者有什么反映。这之后，见面的机会多了，我向他介绍了一些在香港的文艺界朋友，还常和他一起到海边散步……一年多以后，他向我提出了入党的要求。"③ 《虾球传》中的虾球后来走向了革命，应该说与夏衍的指导不无关系。据夏衍回忆，《虾球传》的形式原非如此，其文体是由他直接给黄谷柳规定的。夏衍在答应发表《虾球传》时，要求作者黄谷柳将小说改为章回体，这是为了符合20世纪40年代左翼文坛对于文学民族化的倡导，"我告诉他这个长篇可以在副刊上连载，但提出了一个对他说来是很苛刻的要求，就是要他按照报刊连载小说的方式进行修改，每千把字成一小段并留有引人入胜的关节，他很高兴地同意了，说：'我正要向香港的那些章回小说家学习，这是一个很好的练习机会。'"④完全可以设想，如果没有左翼文学的引导，这些香港文学可能会呈现出另外一种面目。

这种状况令香港本地的论者十分不安，他们认为，南来作家主持了香港文坛，将主调定在了抗日救国之上，"边缘化"甚至"灭没"了本土作家，"腰斩"了香港的主体性，"香港的主体性被中国主体性取代了"。而香港作家是否会全部服从这种要求呢？内地文人究竟能否垄断了香港文坛呢？他们是有疑问的，"香港很多人不写这类型的作品，如经纪拉、望云等人根本不会写这些文章，提及这类事情，

① 梅子：《"穷巷"二题》，《香港文学》第41期。

② 华嘉：《冬夜书简》，《文汇报·文艺周刊》1948年12月15期。

③④ 夏衍：《忆谷柳——重印〈虾球传〉代序》，《虾球传》，广州：花城出版社1979年版。

所以我们看文章资料时，他们的声音很大，但实际是否如此，仍有待考证"。①

三、香港意识

二战以后，在全球性非殖民运动的影响下，英国开始在香港逐渐实施本土化的政策。自"杨（慕琦）计划"之后，港英当局逐渐改变政制，吸收当地港人参与管理。1949 年以后，内地与香港的交往中断，内地文化对于香港的影响急剧减少，这成为香港本土意识形成的外在条件。这里需要提到构成香港主体变化的更为重要的原因，那就是 20 世纪六七十年代以后香港资本主义工业化的进程。1842 年香港开埠后百年之内一直只是一个自由港，以转口贸易为主。1949 年中华人民共和国成立后，联合国对新中国实行禁运，香港的贸易衰落，被迫开始向工业化转型。经由六七十年代的工业化、城市化的过程，香港逐渐成为一个发达的资本主义社会，发展出了自己现代都市的主体身份。

南来作家颜纯钩有一篇题目很长的小说，名叫《关于一场与晚饭同时进行的电视直播足球比赛，以及这比赛引起的一场不很可笑的争吵，以及这争吵的可笑结局》，争吵的原因是因为看球时父亲倾向于中国队，而儿子倾向于香港：

> "你想香港队输，我就是看不过眼。"
> "比赛本来就有输赢，输了能怪人吗？"
> "你是香港人，不帮香港队，你就不对！"
> "咦，你也是中国人，你怎么不帮中国队？"
> "我们现在住在香港，是香港人！"

---

① 郑树森、黄继持、卢玮銮：《早期香港新文学作品选·三人谈》，香港：天地图书有限公司 1998 年版，第 22—27 页。

"香港也是中国的一部分，这你都不懂？"

　　"反正香港是香港，中国是中国。中国有什么好，厕所臭得要死！"

　　"厕所臭？你不也是从那地方来的吗？"

　　"我怎么知道？是你们要在那臭地方生我的，我没叫你们在那地方生我！"

　　这一段针锋相对，却又让人忍俊不禁的争吵，意味深长。父亲拥护中国队，是因为他割舍不断的母土情结，但在内地出生、香港长大的儿子却同样对香港产生了本土认同，这是父亲所没有料到、也难以容忍的。这一事件标志着一个新阶段的到来：新的一代本土港人已经浮出历史的地表。这些人或者生于香港，或者生于外地，但都成长于香港，他们以香港为家，不再有父母一代的浓厚的"故乡"情节和"过客"心态。前一辈从内地带来的一切，对他们来说已经是一种遥远的回忆。他们不太在乎内地怎样，却有着颇为敏感的香港意识。他们是随着香港的发展而成长起来的一辈，香港这个城市凝聚着这些年轻人的青春体验，使他们自觉地产生了认同感与归属感。

　　（一）

　　西西20世纪70年代后期的《我城》，代表了新一代本土作家对待香港这一城市的认同态度。在西西的笔下，住在这城里的人是轻松、快乐的。阿果找工作不过是为了有点有趣的事情做，在报纸上见到消息后，阿果做了一些"填字游戏"就被录用了，"你去做你高兴的事，我去做我高兴的事。"阿果做的电话修理工，这种工作需要串街走巷、登高爬低，但阿果并没有感到辛苦，"我觉得我的工作很有趣，这么高高地站在大街上空，看得见底下忙碌的路人。有时候，也有一两个路人抬起头来朝我看，我就想问问他，你说我的工作有趣吗，你的工作又是什么呢？"没有事的时候，就玩牌戏，"当这四个人坐在一起作牌的时候，气氛是热闹的，他们会把牌拍在桌子上拍得很响，好像谁拍得最响谁就会赢，即使不赢，那姿式，也赢了。"

"我的城""我们的城"是处处可爱的，小说用一系列语言重重叠叠地表达着兴奋之情："如果早上起来看见天气晴朗，我高兴／如果早上起来看见天气晴朗，牛在吃草你在喝牛奶，我高兴／如果早上起来看见天气晴朗，牛在吃草你在喝牛奶，大家一起坐着念一首诗，我高兴／如果早上起来看见天气晴朗，牛在吃草你在喝牛奶，大家一起坐着念一首诗，就说看见一对夫妇和十九个小孩骑着一匹笑嘻嘻的大河马，我高兴／高兴我高兴。"书中的人物最后喊出："我喜欢这城市的天空""我喜欢这城市的海""我喜欢这城市的路"。在西西心目中，香港是"我的城"，她在小说中所表现出的喜悦，正是她的"我的城"这一叙事立场的表现。

于此，我们才可以理解西西常常运用的魔幻手法和童心童趣：

> "有一组十众的人，干脆把整条街的两端以大力万能胶一封，喝一声'起'，即把街整个抬了回家。"
> "有一个人扎着我手臂，用针针了我一下，我的手臂因此即席生气。我只好给它吃棉花糖。"

小孩是以想象力理解世界的，在小孩的心目中，一切都是可能的，故西西将她所喜欢的拉美魔幻手法运用于此显得恰到好处。西西的手法，据她自己说是"幻"而不"魔"，小说由此变得天真而神奇，再配之以那些童话手法的幽默片段，更使整个小说荡漾着一种轻松的氛围。这种表述方式，现在看来，事实上表明了作者在香港这个城市中的自信而恰然自得的态度。

工业化和经济腾飞使香港发展成为一个国际性大都市，傲视于内地，这是西西等 20 世纪 70 年代港人赖以自豪的地方。在《春望》（1980）中，西西以一种纯"客观"的对话体形式，叙述了一个港人与内地人血缘不断的亲情故事。小说由主人公陈老太太与她的女儿美华及其他人的对话构成，主要是在谈陈老太太的姊妹来港探亲的事。

对话十分地枝蔓，但毫不影响我们对于故事的把握：

> "三十元零六毛四。明姨那里寄一百，珍婶那里寄五十，九叔那里寄五十。计算机一个，邮费是三元，和上次一样。"
>
> "大家姊妹，还谢什么，这些看来，他们生活也很艰苦呀，我总不忍心他们一家人没饭吃。"
>
> "手表，电视，我都带回去过啦，最近乡下有信来，说要造房子。"

从这些零零碎碎的谈话片段中，我们看到的是港人对于"水深火热"中的内地同胞的诚恳帮助。小说中的人物陈老太太、女儿美华、儿子家辉等十分热忱和有同情心的人，毫不势利。但在这种热忱和同情之后，我们看到的是巨大的优越感。这种优越感与其说来自陈老太太及其家人，毋宁说来自于小说的作者西西。在历史上，我们一贯看到的是"北望中原"的内地中心情结，现在情况似乎颠倒过来了。

（二）

也斯的创作直接由其本土意识引发。对于香港，外界有很多定型的看法。也斯曾提到一篇令他受到刺激的文章，此文出自一位台湾作家之手，题为"殖民地的中国人该写些什么"。该文对于香港的描绘是"贩毒走私，色情泛滥"，"高楼大厦，灯红酒绿，燕瘦环肥，赌狗赛马"等等。这篇使得也斯深受刺激的文字，我们内地读者肯定会习以为常。说实话，如果也斯没有专门点出此文为一位台湾作家所作，我会以为这是一篇出自大陆的文章，这种陈词滥调不就是几十年来极"左"的意识形态带给我们的香港想象吗？海峡两岸的意识形态相对立，但在对香港的鄙视上却出现了一致。也许可以说，在缺乏对于香港设身处地的感受这一点上，双方也是一致的。但对于本地人也斯来说，这只是一种自我中心的"他者"想象，是一种语言的暴力。

也斯自出生后第二年随家迁港，他在香港读的小学、中学、大学，其后又在本地的一些学校、公司等处供职。也斯是一个长于观察又长于思考的人，他痛切地感到外界对于香港的许多成见与他的所见所感相抵牾，"过去人们对现实已有了许多定型的看法，不知怎的这些成套的已有看法总回答不了我由亲身感受开始的问题。"但香港究竟是怎样的呢？作为一个身在其中的港人，他觉得感受同生活一般复杂，无法像那位台湾作家一样用四字成语表达出来，"也许正是无法用四字成语一下子说尽这复杂的感受，才使我尝试写小说的。""我写东西是要自己搞清楚生活其中的是一个怎样的世界、整理自己的感受、了解正在发生或已发生了的事情的一个方法"①。

也斯表现香港的成名之作是《剪纸》，它与《我城》一样出现于20世纪70年代后期。这篇小说主要有两个人物，一是"乔"，一是"瑶"，两人都是"我"的朋友，小说即由"我"对于他们的一些生活片段的叙述构成。"瑶"是个成长于传统家庭的女子。她喜欢剪纸、喜欢其中的那一份古老与宁静；她喜欢粤剧，沉浸于其中表现出的"那种情义，那种磊落，那种深情"，但她喜欢的这些东西在现实中愈来愈少了，故她变得愈来愈愤世嫉俗。她出来教书两个月，觉得很庸俗，对学生也失望，愤而辞职了。她在杂志上看到一篇谈性的文章，觉得态度轻浮，无法容忍，生气地将整份杂志都撕碎了。她自觉地在现实中扮演着一种正义的角色，与社会对垒，结果精神愈来愈不正常。"乔"是一个西化的女子。她希望能做一个墨西哥人，"如果我喝醉了酒，我要拥抱我的爱人"。她熟悉莲娜朗期伊安、珍妮斯伊安的歌词，喜欢《老爷》《花花公子》《纽约客》上的马克英格烈斯、罗拔哥斯文等人的插画，但对于中国传统文化却一无所知。一个爱恋她的男子"黄"用剪字形式给她寄来了表白爱情的中国诗词，其中包括《诗经》等旧诗词及何其芳等人的新诗，她却不解其意、茫然

---

① 也斯：《养龙人师门·后记》（1979），收入《寻找空间》，北京：中国人民大学出版社1994年版，第291页。

无措。"黄"从乔的画中看出了她的才华，但担心流行的艺术观念会影响她的发展，故而愿意去照顾她。他从"乔"的平常的举动中，感觉到"乔"是爱他的。实际上，乔在西化的机构呆久了，表达感情的方法与传统的"黄"完全不同，致使沟通上出现了问题。他们俩人对于对方的感受，是完全不同的。

在这里，我们并没有看到逻辑化的故事情节，只看到了香港不同的人群，不同的文化观念和他们之间的隔膜。面对于他人对于香港的无端指责，也斯已经不能像《我城》仅仅展示自己的城市归属感，或者将黑白颠倒过来，为香港辩护，他试图借小说客观地呈现香港，并思考香港的文化面目。《剪纸》中的中西文化观念的并置共存，正是小说家呈现给我们的东西，这也就是作者对于香港的体察与感受。在写作《剪纸》的同时，也斯曾有过《两种幻象》一文，分析香港文化的面目。在也斯看来，人们对于香港文化的"西化"或"传统"的界定都不准确，"如果说，骑着驴子缀满花朵走进教堂的希僻士对我们来说不过是艺术上的形象，那么'西风吹，雪儿飘'在北方磨坊中打转的驴子何尝不是另一个艺术上的形象？"①这两个形象对于香港人来说，都是不真实的。在香港，"西化"与"传统"各执一端地并存于香港，谁也不能占据主流、规范社会，造成了香港文化混杂的面貌。

读也斯《剪纸》，读者可能会不习惯，因为其中只有画面的或零乱或重复的展现，没有一个统摄的意义结构。也斯的写作方法，取决于他的本土化的立场和呈现香港的愿望。南来作家所奉行的具有意识形态色彩的批判现实主义，为也斯所反感，"世纪末的颓废艺术家，敏感地看到现代城市带来的罪恶和病态，沉溺于那种黄昏情调，认同

---

① 也斯：《两种幻象》，收入《书与城市》，杭州：浙江大学出版社2012年版，第2页。

游离于社会边缘的零余分子。"① 这也与也斯的感受不太一样，他选择了法国新小说。的确，此时再没有什么能比法国新小说更能合乎也斯的要求了。法国新小说特别强调对于强加于现实事物的主观意识的排斥，他们认为最值得注意的是客观事物本身，在它面前，任何自以为是的形容和掌握都显得肤浅。也斯初期的小说如《第一天》《船上》《鲨鱼》《象》《断耳的兔子》《热浪》《破碎》《病孩子》《波光》等，走的都是新小说的路子。这些小说没有统摄全文的内在意蕴，也没有刻意编造的故事，只是以逼真描摹、反复出现的手法，再现普通生活中的片段。用作者的话来说，小说采用的是"具体呈现，不加解说"的表现方法。

（三）

本雅明有一种说法，凡是变成影像的总是一些将要消失的东西，亚巴斯（Ackbar Abbas）认为它正说明了 20 世纪 80 年代以来的香港的文化景观。如我们前文所说，香港本是个政治感冷漠的地方，在文化身份上任由英国与中国的国族叙事加以构造。但自 80 年代初中英谈判开始后，香港现有身份的即将消失，忽然唤醒了港人的本土文化意识，于是有了大量的重构香港历史的"怀旧"之作，有了大量的对于香港文化身份的讨论。香港历史上本土意识发展的高峰，出现在香港即将失掉的时刻，这一看似吊诡的事实正出于逻辑之中。

引发香港的"怀旧"之风的最有影响的作品，是李碧华的《胭脂扣》（1985）。这部小说后来改编为电影（1989），由关锦鹏执导，梅艳芳、张国荣主演，获香港电影金像奖最佳电影奖，1990 年香港芭蕾舞团将其改编为芭蕾舞在第 13 届亚洲艺术节上演出，俨然成为跨文类、跨雅俗的香港"经典"之作。这部作品为何在香港如此受欢迎呢？它迎合了什么样的社会心理呢？它与香港意识又有何牵连呢？

首先是对于香港历史的重新寻找，作为对于英、中国族叙事的反

---

① 也斯：《书与城市·代序》，杭州：浙江大学出版社 2012 年版，第
262 页。

拨，《胭脂扣》以一个妓女为线索，构造出了一部充满"情义"的民间的香港历史。袁永定自认："如花，我什么也不晓得。我是一个升斗小市民，对一切历史陌生。"自居为"小市民"，承认缺乏历史感，这是港人在新的历史时期对自己的清醒定位。于是有了重新查找香港的历史的举动，但饶有兴味的是他查找的不是英、中文的历史大叙事，却是香港的娼妓史。娼妓史一向不会为英、中的"正史"所涉及，娼妓的存在甚至也不能为港英政府所容，但它的确是地道港人的历史，并且在这不为正人君子所齿的地方，有民间的情义存在。这样我们就理解了为什么这部小说会中有大量的甚至是节外生枝地对于香港娼妓史的详尽描写。袁永定在查阅资料的过程中发现，香港娼妓的历史与香港一样长，"香港从一八四一年开始辟为商埠，同时已有娼妓。一直流传，领取牌照，年纳税捐。大寨设于水坑口，细寨则荷李活道一带。大寨妓女分为：'琵琶仔'、'半掩门'和'老举'……我一直往下看，才知道于一九〇三年，政府下令把水坑口的妓寨封闭，悉数迁往刚刚填海的荒芜地区石塘咀。"如花这样向袁永定介绍"由发花笺至出毛巾、执寨厅、打水围、屈房……以至留宿"这一"叫老举"的例行手续，而塘西妓女的场面架势，也真让袁永定叹服。

周蕾在分析《胭脂扣》时说："对八十年代后期的读者和观众来说，这种鸳鸯蝴蝶派式的故事之所以引人入胜，重要的原因也是因为它的社会背景。李碧华显然为写这篇小说，做了不少历史调查，搜罗了 20 世纪初各个方面有关香港娼妓这门职业的有趣资料。小说《胭脂扣》因此也可看作是种某个历史时代的重构，透过这个时代的习俗、礼仪、言语、服饰、建筑，以至以卖淫为基础的畸形人际关系，这个时代得以重现眼前。"[1]这一分析是准确的，小说对于读者的一个巨大吸引力，正在于自一个边缘的角度对于香港历史的还原，这正迎合了"九七"临近时港人对于香港历史的重新想象、对于香港文化

---

① 周蕾：《写在家国以外》，香港：牛津大学出版社 1995 年版，第 50—51 页。

身份重新定位的需求。但周蕾所说的"以卖淫为基础的畸形的人际关系"却并不准确，或者说仍是历史大叙事的语言。在小说的想象中，这是一处令人神往的地方，刚烈的、如火如荼的爱情正发生在这似乎最不可能的地方，而相比之下，现代的人际关系才是"畸形"的。红牌阿姑如花爱上十二少之后，以全副身心投入于此，不惜得罪其他"恩客"，以至"花运日淡，台脚冷落"，但"终无悔意"。后来如花以死殉情，并且穿越阴阳界寻找到情人。这段爱情让袁永定等现代港人心荡神驰，他们在这里重新发现了香港人的情义和精神，找到了他们现在正在寻找的东西，这就是《胭脂扣》感动香港读者的地方。

但原有的香港就要失去，并且失去之后再也找不回来了，这一事件给香港人心理带来了空前绝后的影响。在恐慌、失落、痛苦、眷恋等感情的交织错落中，香港意识在这世纪末达到它历史的最高点。

黄碧云的小说《失城》是这段香港历史的写照。中英谈判触礁后，香港陷入了混乱，港元急剧下泻，市民到超级市场抢购粮食。小说的主人公陈路远在女友赵眉的哭诉下，像无数港人一样，惶恐而匆忙地移民到了国外。到了加拿大，他们以为会获得自由。没想到遥远而寒冷的加拿大，让他饱受了异国的冷落和孤独。

他们没有了工作，守在阴暗的家中。失去了家园的伤痛，一点点地吞噬他们的内心。他们空空如也，彼此间产生了无以名状的怨恨，陈路远甚至闪过了杀死赵眉的念头。在香港的时候，他们从不觉得那儿的生活有什么，但一旦失去之后，却让人不能承受。"我怀疑我们心里的什么角落，失去记忆与热情，正绵绵地下着雪。在三藩市，在香港。"赵眉去买了100米黑布，成天在踏衣车上缝窗帘，将屋子蔽得墨墨黑黑的，在家里又穿着雨衣，戴着医生的透明胶手套，穿一双胶雨靴。她对一切都十分恐惧。他们的愿望其实十分简单，不过是要求"长久安定"的生活。为了这一点，他们终于回到了香港。

他们跟每一个香港家庭一样。赵眉照旧像每个妻子一样送孩子上学，记得食品价格，见学校老师会精心打扮。明明学会多话，用电视肥皂剧主角的嚣张态度说黑社会术语，小二不停摔破家里的所有玻璃，小远毫无倦意地生病、肚泻、发热、皮肤敏感。但这一切的下面隐藏着恐怖，而且变得如此地不真实，"生命像一张繁复不堪的药方，如是二钱，如是一两。"这让陈路远忽然又怀念在加拿大的那种真实的孤独与恐惧。这时候他们才意识到，他们"从油镬跳入火堆，又从火堆再跳入油镬"。而失去的东西，再也找不回来了。这时，陈路远做一个决定，杀死赵眉、四个孩子和大白鼠。他以为这是爱他们，为他们考虑，既然一切都已不可挽回，何苦再受煎熬。但陈路远最终也没有弄明白，"到底是我毁了他们，还是他们毁了我，还是我们都是牺牲者"。

黄碧云其实直接写香港的小说很少，多数都是些远离香港的故事，然而小说中的人物在内心里却不能割舍香港，小说时时有对于香港的回应。这种后殖民的"写在家国之外"的角度与也斯的《烦恼娃娃的旅程》很接近，但黄碧云对待香港的态度却与也斯大不相同。也斯是在参差的映照中，理性地省察和书写香港；黄碧云却做不到这一点，她笔下的人物怀着失去香港的永远的伤痛，在世界各地不断地漂泊，他们思念香港，却又回不到香港，不得不忍受着世界的荒谬和生命的残暴。

在黄碧云后来的小说中，"香港"出现的愈来愈少，逐渐地没去，只余下了无尽的漂泊和灵魂的纠结。但如果我们不知道世纪末香港这一背景的话，便难以理解黄碧云小说的黑暗和苦痛。颜纯钩写在《其后》的封底上的话很中肯："如此年轻，如此才情横溢，却又如此苍凉酸楚，这'扬眉女子'也算是世纪末香港的独特产物了。"

（四）

香港的历史历来为英国殖民书写所垄断，后又纳入了中国叙事的框架之中，在香港意识日益强烈的世纪末，港人自己的历史叙事终于堂而皇之地出现了。较之于 20 世纪中叶以来零星出现的港人执笔的有关香港历史的书，王赓武主编的《香港史新编》之"新"，并不仅仅在于其作者阵容之庞大和篇幅之巨上，而在于这是二战以后的香港本土历史学家们首次集中起来、自觉地从"香港意识"的角度对于香港历史的全面叙述，这是极具历史意义的。

这本书对于"香港意识"有明确的自觉，"外来移民安顿下来，土著居民对外开放。通过不断一体化的教育体系，一种新的社会意识开始形成。到1970年代，一种源自中国价值观的，独特的香港意识出现了。它与英国和祖国大陆的主流意识形态不同。新出现的'香港人'便概括了这种特性"。更难能可贵的是，透过这种逐渐形成的香港身份，它已经意识到了加诸于香港的英、中国族大叙事，并在新的历史书写中加以质疑和修正。"西方的历史学家们仍旧关心香港作为政治和经济实体所取得的成就，而首先是祖国大陆，其次是台湾的历史学家们，则开始有兴趣从中国人的角度来撰写香港历史。""（香港人）这种特性也决定了我们需要对迄今为止所书写的香港历史进行彻底评估。新的一代历史学家，包括许多香港大学和中文大学的学者，开始了重新讲述香港故事的跋涉。"由于香港当时仍属英国统治，而不久后又要回归祖国，两方面都得罪不起，王赓武的这段话便十分客气。它没有揭露英国殖民书写的种族歧视，只是说明英国人仅仅强调他们给香港带来的"现代性"的成就；对于祖国则更加隐晦，仅仅说"从中国人的角度来撰写香港历史"，至于这个"中国人的角度"所包含的"中原心态"的局限则隐而未现。但本书对于英国和祖国的香港叙事的批评还是十分明确的，它是通过对于香港本土历史学家的工作的肯定委婉地表达出来的。王赓武认为：香港本土论述的贡献在于他们真正地关注构成香港主体的香港华人："他们是怎样组成的？是什么力量驱使他们奋力向前？又是什么能够唤起他们心底的回应？他们有什么话要为自己说？"正因为如此，这些历史论述才真正地具有贡献，"崭新的观点还是主要来自那些当地的历史学家们，他们使我们明了'香港人'概念的由来，以及他们走上前台的经过"①。这

---

① 王赓武主编：《香港史新编》，香港：三联书店有限公司1997年版，第2页。

种表述虽然十分委婉，但其实相当地有分量，言下之意是，只有我们才真正地代表香港人民，英国人百年来在香港研究中的成就，祖国在中英谈判中表现出来的"代表"香港人民的理所当然的姿态，都在这里被若无其事地一笔抹掉了。

与此同时，香港出现的小说形式的对于香港历史的重新叙述，那就是施叔青的长篇巨制《香港三部曲》：《她名叫蝴蝶》《遍山洋紫荆》《寂寞云团》。施叔青虽然来自于台湾，但居港已经近 20 年，早已获得了香港作家的身份。对于香港的认同，使她自居于香港意识之中，而自外而内的位置，又利于她敏感地呈现。施叔青的"香港的故事"系列表明了她对于香港都市的谙熟与浸淫，而正是这种对于香港的投入，令她对即将到来的世纪变动深有感触，从而产生了透过小说"参照历史上重要的事件，运用想象力重新搭建心目中的百年前的香港"的冲动。《香港三部曲》的经营规模相当惊人，它征用了大量的历史材料，包括正史、野史、方志、民间传说等等。大到 1892 年香港大瘟疫、英军攻占新界、"二七大罢工"、"六七暴动"、中英谈判等历史事件，小到不同时代的街景、建筑、室内布置、人物衣饰以至花鸟草虫，在小说中都有不同程度的表现。施叔青自述："我是用心良苦地还原那个时代的风情背景。"仅这种重新叙述历史的艰苦努力的本身，就是香港意识自觉的重要标志。

在《香港三部曲》中，施叔青与中英香港叙事既有重叠，更多差异，借此有更深入的反省。

小说的女主人公黄得云原是广东东莞的小女孩，被绑架到香港做了妓女，成了洋人的口中之食。在殖民者的眼中，殖民统治下的地区历来就是欲望和征服的对象，小说中史密斯对于黄得云的征服、玩弄，本身是殖民关系的一个象征。在史密斯充满欲望的凝视之下，是黄得云充满魅力的女性身体，"烛光下这具姿态慵懒的女体散发着微醉的酡红，斜靠着，渴望被驾驭。女体细骨轻躯，骨柔肉软，任他恣意搬弄折叠。史密斯是这女体的主人，黄得云说他是扑在她身上的海狮"。这幅图画很容易看作是闻一多《七子之歌》中的"如今狞恶的海狮扑在我身上，啖着我的骨肉，嗳着我的脂膏"诗句的演绎。对于这种侵略关系，小说交代得很清楚，"这不是爱情，史密斯告诉自己，而是一种征服。只要他愿意，他可以叫这具柔若无骨的女体，像马戏团的特技表演，把身体弯曲成一粒肉球，反腰把脸贴在床上，代他推磨，玩具一样。"殖民者对于被殖民者的征服，是建立在种族优越的基础上的，小说中写到了英国人对于中国的种族仇恨，"你们千万别低估了黄种人，虽然炎热的天气把他们的智力消耗尽了，可是中国人肯苦干，性情坚韧，欧洲大门边的敌人，就是亚洲的黄种人，知道吗？就是被大英帝国殖民的印度和半殖民的中国。如果欧洲人真的想念法国那个卢梭之流的平等自由邪说，那正好给埋伏在边界的黄种人乘虚而入，转过来统治我们。这黄祸千万不可小看！"在这种歧视和仇恨之下，史密斯在玩弄黄得云的时候甚至带着恐惧，生怕种族的退化，如菲立浦爵士说的那样生出"外貌不白不黄，心智像黄种人，行动迟缓，没有神经"的后代。他日日地做着噩梦，终于弃黄得云而去。

这一故事的开头情节与"中国叙事"在表面上很接近，无怪乎是国内在"九七"前热心于出版此书的前两集，借此将香港命名为被出卖的妓女形象，以此说明收回香港的意义，"百年来香港的屈辱史，也如黄得云一样是提供它的殖民宗主国海外冒险、享乐和发泄的一具'娼妇般'的肉体。""……不仅看到了被历史无形的手所摆弄的黄得云的命运，而且从黄得云的命运中看到了那个活生生吃人的殖民时代的历史。"①但施叔青的香港故事其实并不这么简单，黄得云虽然是身处被玩弄、被凌辱的位置，但她却不像阮朗笔下的女性一样以受骗上当开始，以愤怒反抗结束。她是心甘情愿的，她与殖民者之间事实上是一种各取所需的利益交换。他们之间的关系，或可用霍米·巴巴所说的"协商"（negotiation）的概念来表述。黄得云换了一个又

---

① 关诗佩：《从属能否发言？——施叔青"香港三部曲"的收编过程》，香港《21 世纪》2000 年 6 月。

一个男人，她的财富也同时急速增加。到小说的后来，我们看到，黄得云已经从一无所有的妓女成了香港地产界的大亨。这就是他们之间"协商"的结果。这其实也是香港殖民者与被殖民者关系的写照，香港出卖了自己，但换取了经济的发达。小说的第三部《寂寞云园》写到了香港的20世纪后半叶，描写了香港的城市建设的辉煌，"一个新的香港也在冒起。五十二层东南亚最高的建筑康乐大厦，造型具现代感的太空馆落成了，地铁通车了，海洋公园正式开放，连锁速食店一家家到处都是，还有市区边缘蹿起的一栋栋公共屋村，给低收的市民住的……"小说认为香港的经济成就出自于"政府征收低税率，对经商一向采取放任不干预的政策，加上完善而稳定的法律制度"。我们知道对于香港的现代性成就，历来是英国的香港叙事的重点，而中国叙事则强调前期香港被奴役的过程，略写20世纪下半叶的经济发展。王宏志发现："祖国大陆的香港史论述，在'完整全面'的表象后，几乎都无一例外地遗漏了一个时段：20世纪50年代至80年代初的三十几年"，他认为这"不可能是无心之失，而是出于故意的删除和抹掉"，原因有二，"一是不要让英国人'掠美'，独占把香港从小渔村发展为世界大都会的功绩，二是隐没香港人本土意识的成长。"[①]施叔青的《香港三部曲》显然并没有理会中英香港叙事的知识限制，而有着自己的视野。小说不但揭示了英人的侵略和港人遭受的耻辱，同时也彰扬了港英当局对于香港经济发展的贡献。

《香港三部曲》中黄得云与殖民男性关系的另一不同之处，是她与英国贵族西恩·修洛的爱情弄假成真。西恩·修洛和黄得云原来也

---

① 见倪文尖：《王宏志：历史的沉重》，《二十一世纪》双月刊，2001年6月号。另：王宏志列举的大陆香港论述有：电视系列片《香港百年》《香港沧桑》《二十世纪的香港》《日出日落：香港问题一百五十六年(1841—1997)》，遗漏了杨奇主编的《香港概论》（上下），此书谈论香港经济制度的下册事实上涉及的就是20世纪下半叶。但值得注意的是，此书没有从史的角度进行讨论，而是将制度抽象出来谈，这样就在一定程度上避免了为英国人"表功"。

是按照"各取所需"的原则相识的，西恩·修洛是为了让黄得云替他抵御小姐的进攻，而"黄家的一块块土产物业，就是在西恩上门啜饮由黄得云亲自奉上的一杯杯白兰地拼凑起来的"。但这位香港最有价值的单身汉，却逐渐为黄得云魅力所倾倒。对于西恩·修洛来说，在西方本土遭受压抑后寻找东方主义的幻象，这是并不奇怪的。但随着时间的推移，各种事件的发生，他们彼此间的感情却在真实地靠近。而在日本占领香港，西恩·修洛被囚禁之后，他们才互相发现自己爱上了对方。就像《倾城之恋》，为了一场爱情，整个香港覆灭了。黄得云与西恩·修洛的爱情故事，拆除了男性/女性，征服/被征服的殖民关系模式，寄托了作者在"九七"前夕对于香港华洋关系的新的想象。

《香港三部曲》中虽然写到了省港大罢工、保钓运动、"六七暴动"等在中国国族大叙事中大写特写的政治运动，但这些历史事件在小说中却并没有成为国族历史神话的构成部分，相反，作者在小说中有意以个性化的经验嘲弄冠冕堂皇的历史叙事。像黄得云这种社会底层受压迫的人，本应是这些"民族反抗"运动的承担者，但在小说中黄得云对这些运动并无兴趣，反倒借动乱得以发家。如在省港大罢工期间，香港方面宣称英国将以武力干涉中国，导致香港富商争相避难，黄得云却从西恩·修洛那里得知这一请求已被英相拒绝，于是她贷款买进房产，大大赚了一笔。小说甚至以浪女的性爱故事来讽喻历史宏大叙事，小说借黄蝶娘之口叙述香港的保钓运动，"我也跑去喊口号，打倒美帝国主义，打倒尼克森政府，后来还跟那两个反战的英雄到他们住的小酒店胡混了几天。"政治口号的庄严，被性爱的玩世不恭消解得无影无踪。在《香港三部曲》中，施叔青刻意采取了女性的、边缘的叙述立场，以此嘲弄"中心化"的香港历史叙事，显示差异的历史观。

香港的城市经验

一、现代主义与乡土文学

在20世纪中期以后香港逐渐形成自己的独立身份时，香港文学就不再受制于他人，而是围绕着香港现代都市的建立而展开。然而，都会的故事还得先从对于都会的抵制开始讲起。在六七十年代香港现代"商业都市"的身份浮现于世的时候，从香港的内部产生了两种对于这一身份的抵制。一种针对"商业"，表现在以刘以鬯的《酒徒》为代表的现代主义对于商业主义侵蚀文化的批判；另外一种针对"都市"，表现在以舒巷城和海辛为代表的乡土派文学对于工业化的批判。现代主义与乡土派文学，成为香港文化身份构成时期两种重要的文学形式。

（一）

如果说西方现代主义多反映理性社会中人的精神分裂，香港的现代主义则较少人性的形而上体验，这里最为急迫的现实是商业性对于文化的侵蚀，是金钱对于人性的扭曲。《酒徒》（1962）全面反映了20世纪60年代香港的文化沉沦状况，揭示了商业化的香港都市对于人的心灵的压抑与扭曲，并发展出了一套现代主义的叙事模式。

"酒徒"是一个职业作家，他14岁就开始从事严肃文学创作，有着较高的中外文学素养，他编过纯文艺副刊，办过颇具规模的出版社，出版五四以来的优秀文学作品。来到香港后，为生活所逼，他不得不放弃了二三十年的努力，开始为报刊写武打、色情小说。他无法不受自己良知的指责，但不如此又无以为生，他只好沉溺于酒中，用酒精来麻醉自己。

"酒徒"为自己的举止而感到羞愧，"一个文艺爱好者忽然放弃了严肃文艺的工作去撰写黄色文字，等于一个良家妇女忽然背弃观念到外边去做了一件不可告人的事情。""写过通俗文字的作者，等于少女失足，永远洗刷不掉这个污点！"于是他常常下决心戒酒，停止写这种东西，"如果不能戒酒的话，受害的将是我自己。如果继续撰写黄色文字，受害的是广大读者群。"但他又感到，抵抗的结果只是和自己过不去，于香港的文化丝毫无碍，"我必须生存下去。事实上，即使我肯束紧裤带，别人却不会像我这样傻。我不写，自有别人肯写。结果，我若饿死了，这'黄祸'也不见得会因此而消失。"严肃文学创作是一件艰苦的工作，在香港必须要耐得住清苦，为什么非得我来承担这份苦役呢？"香港的文人都是聪明的。谁都不愿意做这种近似苦役的工作。我又何必这么傻？别人已经买洋楼坐汽车了；我还在半饥饿的状态中从事严肃的文学工作。现在，连喝酒的钱都快没有了，继续这样下去，终有一天睡在街边，吃西北风。"他就这样欲罢不能，停而复始，一直生活在内心的矛盾与冲突之中。

香港是一个欲望的都市，一切物欲、肉欲都在商业之风的煽动下膨胀起来，身在其中的"酒徒"不得不随波逐流，但内心深处的信念时时让他感到痛苦。他常常借助于酒精的作用，放纵自己，他既与司马莉、杨露、张丽丽等女性来往，又与妓女在一起鬼混。但他毕竟曾经是一个纯正的文人，故而良心尚未泯灭。在一夜酒醒之后，出于对年色已老但仍操此业的妓女的同情，他将半个月的劳力挣来的稿酬塞到了她的手袋里，"我的稿费并不多，但是我竟如此的慷慨。我是常常在清醒时怜悯自己的；现在我却觉得她比我更可怜。"① 他拒绝

---

　　① 刘以鬯：《酒徒》，香港：海滨图书公司 1963 年版。

了 17 岁的少女司马莉的诱惑，送酒醉的杨莉回家，这都显示了他的内心深处的道义感。酒醉的时候，他是放纵的，酒醒的时候，他又有悔意，"我是两个动物，一个是我，一个是兽"，人与兽、本能与理智，时时在"酒徒"的头脑中交战，撕裂着他的内心。

在刘以鬯的笔下，人不但与社会疏离，与他人疏离，更与自己疏离。这样一种人性的异化、人格的分裂，才是香港都市所导致的更为严重的危害。这样的一种暴露，比之于政治的、社会的批判显然来得更为深刻一些。

城市在现实主义尚是一种切实的可能性，在现代主义则已经是一种心灵的幻象。刘以鬯不再拘泥于一种物质性的真实，而是将世界纳入到个人意识之中，在他的小说中，现实也已解体为一种散乱的印象。表现在形式上，刘以鬯打破了传统现实主义的小说模式，以一种非逻辑的表述形式，表现人物的内心世界。这种现代主义艺术形式，在 20 世纪 60 年代的香港文坛显得格外与众不同。

《酒徒》被称为中国当代第一部意识流小说，刘以鬯并没有首肯这一说法，他只是说《酒徒》中运用了意识流手法。的确，刘以鬯对于西方意识流手法还是做了中国式的改造。意识流小说虽能深刻展示人的内心无意识心理，那种错乱无序的形而上意识并不符合《酒徒》的要求，也不符合要求情节的中国读者的阅读期待。刘以鬯最喜欢的作家的是 J. 乔伊斯，但他最喜欢的作品却不是《尤利西斯》，而是福克纳的《喧哗与骚动》，其原因就在于《喧哗与骚动》相对来说情节性强一些。《酒徒》的构思很巧妙，其主人公是一个常常酩酊大醉的酒徒，书中贯穿着"醉"与"醒"两重结构。"醒"时主人公是理性的，书中的情节由此而得到交代；"醉"时主人公是失常的，他的内心的意识流动得上天下地也合情合理。读者既明白了情节，为其吸引，又感受到了人物内心流泻的深度。

《酒徒》在语言上也很有成就，刘以鬯一直致力于"以诗的语言去写小说"，对于意识流而言，跳跃的、意象性的诗歌语言产生了极为独特的效果。《酒徒》的诗化语言主要表现为：一，语句的分行、排比，段落的复沓。二，指陈性的叙述变为意象性的暗示。普通小说的散文体线性语言已被分行的、长短不一的、意象性的语句所代替，这给读者以突兀、跳跃、含蓄、朦胧的感觉，正切合了心理流动的特征。"走进思想的森林，听到无声的呼唤。朋友，当你孤独时，连呼唤也是无声的。/忘不掉过去。/过去的种种，犹如一件湿衣贴在我的思想上，家乡的水磨年糕，家乡的猥亵小调。有一天，我会重视老家门前的泥土颜色。/我欲启开希望之门，苦无钥匙。"这里的语言已不是一种实指性的逻辑陈述，而是一种暗示性的意象波动，表征了小说主人公广袤无边的难以言明的思绪。其实，诗化意象、音乐结构等是西方意识流小说家的常用技法，如伍尔夫的《海浪》，读起来就像是优美的意象派诗歌。刘以鬯《酒徒》的诗化语言或许受到了西方意识流小说的启发，但他已将其化为己用了，《酒徒》中的意象与韵律，无不显出作者不同于西方的东方诗国气韵。

台湾20世纪五六十年代的现代主义文学常为论者提起，但同一时期香港的现代主义文学却少有人提起，这一点很奇怪。就小说而言，香港的现代主义运动其实并不晚于台湾。台湾现代主义小说的兴起，归功于两个刊物：1956年9月夏济安创办的《文学杂志》；1960年3月欧阳子、白先勇、王文兴等人创办的《现代文学》。我们可以比较一下香港的情形：香港现代主义的先驱马朗创办的《文艺新潮》创刊于1956年2月，比台湾《文学杂志》早7个月；刘以鬯的《香港时报》文艺副刊《浅水湾》创办于1960年2月，比台湾《现代文学》早1个月。而且，香港的刊物非但聚集了本港的作家，也很受台湾作家的拥护，台湾现代主义作家的头面人物如纪弦、白先勇、王文兴、陈若曦等均在香港发表作品。如果说香港的现代主义文学运动影响了台湾文坛，那是毫不夸张的。更为重要的是，台湾现代主义基本上是西方"横的移植"，而香港现代主义与20世纪上半叶内地现代主义文学倒有承接的关系。1949年以后，台湾实行"清洁运动"，使文学史出现大量空白，台湾人要读大陆的文学作品常常要通过香港。香港的现代主义却是与内地一脉相承的。早在三四十年代，内地现代主义的宿将戴望舒、施蛰存等人就在香港活动。戴望舒自 1938 年以后生活于香港，并做出了如《元日祝福》《我用残缺的手掌》等名诗。1949 年以后，现代主义小说家徐訏移居香港，继续勤奋笔耕，创作出了如《彼岸》《时与光》等小说。刘以鬯早在内地时他们就与现代派诗人往来，并出版过戴望舒、施蛰存、徐訏等人的书。早在40 年代，刘以鬯就曾写过中篇小说《露薏莎》，"尝试用接近感觉派的手法写一个白俄女人在霞飞路边求生的挣扎。"30 年代中国的新感觉派对于现代都市中人的焦虑体验的精彩传达，历来为刘以鬯所欣赏，刘以鬯对于香港都市的体验和揭示，可以说是以香港的方式延续了上海的现代主义文学。研究 20 世纪中文文学中的现代主义，忽视了以刘以鬯的《酒徒》为代表的现代主义，不能不说是一个较大的缺憾。

（二）

英占以前的香港只是一个渔业小岛，开埠之后发展成为一个港口城市，规模逐渐扩大，但香港真正意义上的都市化却是伴随着 20 世纪六七十年代的工业化而开始的。都市化标志着人与社会存在方式的一次巨大变更，这种变更既是落后向先进的过渡，也是自然向人工的过渡，都市化给社会带来了进步，也给人类带来了灾难。乡土文学本应是香港文学的地域性标志，但因为政治的牵涉，初期的香港乡土文学未能充分展示自己的个性。五六十年代后，香港乡土文学终于摆脱了"他者"的影响，获得了属于香港自己的本土性。然而香港乡土文学在获得了一份创作的余裕时，香港的"乡土"本身却在接踵而至的工业化进程中失去了宁静。

在舒巷城的小说《太阳落山了》（1961）里，已经出现了商业竞争、文化炒作等工商社会的矛盾，但它们在小说中体现为一种负面价值，小说维护的是一种传统的乡土文化和古老的民间温情。舒巷城从过去走来，从民间走来，对于侵蚀民间价值的现代性无法容忍，对于迎面而来的不容抗拒的都市文明，他本能地做出了反抗的姿态。到了香港工业化最为迅猛的 20 世纪 70 年代，他再也无法容忍，写下了著名的抗拒都市的都市诗。在这些都市诗中，他以民间价值为参照，对香港的广告、大厦、赛马、噪声、旅游景点等各种都市现象进行了猛烈的抨击：广告唯我独尊，虚假的音像到处缠住你，让人迷失；大厦将人分隔开，使人相识不相见；"敷金镀银"的尖沙咀旅游景点是"拿来卖给旅客的 /一个特制的香港"等等。在舒巷城眼里，都市是一个丑恶的存在，它隔离了人与自然。他这样形容"都市人"："碧流清溪在哪里？/绿树红花呢/离他很远，很远 /他的风景/也不过是明信片/邮票/和扁扁的洋紫荆"。舒巷城对于都市的反感甚至到了神经质的地步，对于人们习以为常的维护都市交通的斑马线，他也感到恐惧："快一点，快一点/走过斑马线/线外/是不能失足的峭壁深渊/在那喧哗的/车辆的丛林中/连患着大肠热的巴士/也杀气腾腾/当心 /不要给撞下去/你瞧，那臃肿的/漆着满身广告的电车/像喝醉了酒的纹身大象/晃晃荡荡地向你奔来/快一点，快一点/走过斑马线/走过那市街的/狭窄的平原"（《斑马线》）舒巷城代表了第一代港人对于过去的乡村性的追忆，这种价值上的追忆并没有随着现代都市的建立而消亡，相反，文明的扩张更加激发了人们的反抗。20 世纪六七十年代以后，承接了舒巷城而持续抗拒都市的作家，较为突出的是海辛。

舒巷城对于香港都市的不适应主要是心理上的，他本人在一家洋行做会计师，衣食无忧，还能去欧洲旅游，但乡村的香港就像他的童年一样，成为他的一种心理情结，故而他私下写作，寄托他的梦想。海辛对于香港的不满则是现实的，他对于香港的愤懑与他在这个大都市的一系列坎坷境遇有关。痛苦的人生经历，令他感到资本主义都市的残酷，同时令他怀念起乡村的温情，而都市化对于过去一切的摧毁，尤使他感伤和义愤，他不由拿起笔来，为过去唱起一首首挽歌。

看林老头一辈子以山林为家，但商人却将整个山林收买了，要砍掉山林，建筑旅游区。老头想不通，何以一沓钞票就能换去这块土地呢？他住不惯城里憋气的房屋，他离不开这大山上的树木、岩石、流水。在树木一棵棵被砍掉时，他终因无法忍受而离家出走了（《山林的儿子》)。青竹街的旺兴伯善良而热心,他的渡船 18 年来曾给青竹湾带来过很多欢笑,后来"航行快速,座位舒适"的海上巴士开通了,取代了他的生意,他无法割舍这凝结了他多少年心血的渡船,仍坚持驾行。终于不再有人乘坐他的渡船时,旺兴伯与他的渡船同归于尽了(《鬼街渡》)。都市割断了人与自然的联系,利益原则无情摧毁了人的原始淳朴,这一切都令海辛感到辛酸,让他本能地厌恶工业化。

海辛对待都市的心态似乎有点矛盾,他知道历史的发展是无法阻挡的,故他相信自己并不是在排斥整个都市新潮,而只是在排斥其中的罪恶,维护一种古老的道义和价值。《最后的古俗迎亲》是这一倾向的极端表现。20 世纪 70 年代,父母还让大诚按照古村风俗娶童养媳,他愤而出走了,但鸟倦知还,游子思家,他终于还是从海外回来了,并且按照父亲的遗嘱举行了古俗迎亲。这篇写于 80 年代的小说,似乎成为海辛最终屈服于传统的标志。

工业化的推进,使得香港的都市越来越大,而海辛所喜爱的乡村越来越小,随着阵地的沦陷,海辛节节退缩,最后干脆退到了那些远离城区的海岛上,他写了不少关于这些岛上渔村的小说,在这里,他才能找到他所欣赏的古朴民风。海辛的另一个领域是香港高楼大厦间的无名小巷,在这些下层劳动者中,他也能找到他所需要的温情,所以当这些老街破巷随着城建逐步被高楼大厦取代时,海辛并不高兴,反倒有些感伤,在《香港无名巷·前言》中说:"前一阵子,很想写《香港无名巷》的续篇,走到旧居无名巷一看,那里已竖起一幢幢现代大厦,高耸入云,巷里的人家已悄然离去。心里像失落了什么珍贵的东西般。"① 海辛似乎命定地与香港都市铆上劲了。大概是终于感到旧有的一切实在难以在现实中找到了,海辛最后索性一头扎入了历史之中,开始创作《塘西三代名花》等小说,在过去,哪怕在妓女身上,他也能发现在今天的都市中难以找寻的美好人性。

---

① 海辛:《香港无名巷·前言》,北京:中国友谊出版公司 1987 年版。

读海辛的小说，有时令我们想到现代小说家艾芜。写底层漂泊者生活的《南行记》之所以不给人以阴郁之感，即是因为作者写出了人物直面人生、战胜苦难的意志，艾芜在未脱野蛮的人群中寻找着人性。海辛的努力与此相仿佛，他注重表现下层民众善良而美好的心灵，在贫困的生活中寻找生活的闪光点，这也使得作品看上去毫不阴暗。但海辛的不足在于理念化，描写下层小人物的美好人性以对抗这个都市的丑恶，成了他的一个思想预设，这使他对于小人物的表现往往流于肤浅。对于人性善的追求，使他在无形中忽略了人的灵魂的复杂性，影响了他的人性剖析的深度，这是他与艾芜所不能比肩的地方。

二、都市性及其反省

到了 20 世纪下半叶，上海与香港的地位发生了戏剧性的变化。由于联合国对新中国实行禁运等种种原因，1949 年后上海的对外贸易几乎中止，而香港作为一个自由港却经由贸易的发展而实现了经济腾飞，从 1947 年至 1986 年，香港的对外贸易增长了 198 倍。1993 年香港的对外贸易总值高达 21 188.48 亿元，超过整个内地的贸易额，而此时上海口岸的出口额在全国的比重尚不足 10%。大上海走向了没落，香港取代了上海而成为远东最大的国际贸易中心。上海盛极一时的时代是在 20 世纪上半叶，香港的辉煌恰恰在承续其后的 20 世纪下半叶，这两个城市的变迁形成了 20 世纪中国现代大都市的风景线。香港文学的特质，正是这种都市性带来的。20 世纪下半叶香港文学对于都市性的表现和开掘，为 20 世纪上半叶的上海文学、也为新时期以来的中国都市文学所远远不及。

五四以后，中国现代文坛反映城市生活的小说主要有两类：一类主要反映城市知识者的生活，如鲁迅、巴金的小说；另一类主要反映中下层市民的生活，如张恨水、老舍的小说。这一切离现代都市文明，似乎都遥不可及。左翼作家虽然生活在都市，但似乎对农村更有激情，当他们面对都市时，他们将棚户区的贫民引为同道，而对轿车洋房里的都市有产阶级不屑一顾。值得一提的是茅盾的《子夜》。像其他左翼作家一样，茅盾对工商社会也不了解，为写作《子夜》，他曾专门花几个月时间跑交易所体验生活。如此，《子夜》对于上海上流社会的表现不可避免地存在着概念化的痕迹。穆时英、刘呐欧等人的新感觉派小说对于旧上海的五光十色的表现，在文学史上确为别开生面，但不能不指出的是，新感觉派小说对于都市的着意渲染，其实正表明了作家对于这种都市生活的新奇和陌生。这些小说还仅仅停留在对于这个大都市令人眼花缭乱的生活场面和节奏的描述上，尚未能透过表面而深入到都市生活及人物心态的深处。主要原因仍是因为他们本身只是中下层知识者，对上层工商社会不太熟悉。20世纪40年代的张爱玲可能是中国现代文学史上最具城市感性的作家，在别人向往乡村自然而厌恶都市的喧嚣时，她却非得听到电车的声音才能入睡。读过张爱玲小说的人都知道，她的小说背景主要在封建大家族与现代社会之间，表现的是从传统中走出来的人们面对于现代都市的不安心理。就此而言，张爱玲的小说也非真正的现代都市小说。

20世纪下半叶以来的香港文学，让我们看到了真正的都市风采。近年来，梁凤仪的小说在内地十分风行，其中一个重要原因就在于她的小说所反映的香港都市上层社会上万上亿元的商场博杀、股海风云为大陆读者闻所未闻。香港文学补充了我们的都市文学中的一个重要空缺，即对于都市上流社会的表现，这就给我们带来了一个前所未有的新的世界，也带来了前所未有的新的观念。

（一）

施叔青在香港一直生活于上流社会，采访施叔青的舒非断言："从香港的故事中，可见您对吃喝玩乐的那一圈十分熟悉，您若不浸淫其中当写不出这种生活。"的确，从笔致的熟稔从容看，施叔青对于香港中上层生活的经验绝非刻意"体验生活"而能得。施叔青虽非资本家，但确属于有产者的一员，被戏称为"富婆"。她"长期泡在上流社会，过着养尊处优的生活。她有自己的优势，能穿梭于海峡两岸，远游欧美东南亚，有钱有闲能看到一般人所看不到的奇珍异宝稀世名画古玩，与高官名流交往"①。《香港的故事》所写的生活确实是施叔青所熟悉的。她说："住到香港来，确是过过五光十色的日子，有自愿的，也有推不掉的应酬。自愿是基于好奇好玩、叹世界的心理作祟，好听的说法是为了体验人生。身不由己的是陪着先生出现在宴会、鸡尾酒会交际。每到一种场合，我尽量使自己投入，听那般太太们抱怨司机、女佣和香港的天气，从来不想也没有必要摆出自以为清高的架势。"施叔青是反对专门去"体验生活"的，"记忆中从来不曾为了写小说而着意地身入其间，像丁玲说的，为了创作找题材，下乡体验生活，那样做太假了。"说的是丁玲，恐怕同样也可以移之于茅盾。施叔青的这种实际生活经验，使她在描写有产阶级生活场面时有"带入感""真实感"，这正是内地作家所缺乏的。香港还有很多富翁作家，如金庸、犁青等，个个都有不菲的资产，这是香港有别于内地的一个独特文化现象，他们有可能给我们带来原汁原味的中上层生活画面。

因文化的差异，上流社会的面目也个个不同，施叔青笔下的上流社会自有其香港特色。香港没有西方社会那种世胄大户，也没有那种因袭的文化传统，香港20世纪六七十年代经济才开始腾飞，今天的老板多是过去从一无所有拼搏起家的，艰苦的过去铸就了他们的今天。他们中的很多人是从大陆各地落荒而来，现虽已发家，但家乡的情结仍拂之不去，这些特殊的经历，对他们的心态都发生了重要影响。《情探》中的庄水臣不屑于像其他老板一样，在基业有成而时不假我时，整天沉迷于酒色打发日子。50年代从上海落魄来港、靠几元钱人民币起家的艰苦历史，使他不愿意虚掷钱财、花天酒地，他栽种花草，过着怡情养性的日子。不料，长发披肩身穿黑色旗袍的殷

---

① 潘亚暾：《香港作家剪影》，福州：海峡文艺出版社1989年版，第47页。

玫，唤起了庄水臣对于过去上海的回忆，对于旧日风韵的温情依恋。他试图将自己埋藏久远的梦，寄托到殷玫的身上。但香港毕竟是香港，它容不下庄水臣的诗意幻想。殷玫出卖肉体的真相，无情地粉碎了他的一厢情愿的梦，使他无望地踉跄于风雨之中。庄水臣的作为，缘于特定的历史和地域，这只能是一个香港资本家的故事。施叔青笔下的"上海人"，让我们想起白先勇笔下的"台北人"，前者是解放前夕流落香港的上海商人，后者是同一时期流落台湾的上海政要，其间的心态既相同又有差异，很值得研究。

常常来往于中西人士之间的施叔青在表现英国殖民者的时候，已不需要再以想象代替经验了。《一夜游》中的主角之一伊恩是一位英国殖民者，他位居香港文化部门高职，出入各种正式场合。他在英国原只是一个酗酒无端的浪子，为了逃避自己的过去，也为了逃避他的妻子，他来到了离英伦三岛遥远的地方。对于雷贝嘉的巴结，他并不拒绝，在她青春的身上，他寻找着自己的过去。但目下他的热情早已消逝，对她唯恐躲之不及。伊恩对于高雅的古典音乐毫无兴趣，每当官方宴会室内乐团演奏海顿的乐曲时，他都借口抽烟溜出去，他宁愿将时间消磨在烟雾腾腾的酒吧间，听爵士乐。伊恩的唱片几乎清一色的全是铜管乐，夜晚当他在雷贝嘉身上发泄完他的激情后，他常常一个人坐在黑暗中"紧闭着眼，沉浸在强尼·荷济士的萨克斯风，让黑人独有的哀怨无奈层层包裹着他，动也不动"。或许只有在这深夜，这空冷拔尖的铜管声才传达出了他内心不为人知的悲怆。小说写伊恩的笔墨并不多，基本上没有正面写，而是侧面通过雷贝嘉的眼看他。雷贝嘉与伊恩一中一外、一下一上，经历、地位都很悬殊，她对他的世界很陌生却又极羡慕，故她的感受尤为敏锐。作者只写她的所见和所感，而不做正面揭示，这一空白反倒给读者留下了想象的余地，造就了深刻的印象。这与小说中流行的漫画化的殖民者形象，显然高出不止一筹。

在真实地描摹人性这一方面，施叔青颇受张爱玲的影响。张爱玲对新旧交替时代城市人情世态的悉心洞察与逼真表现，很为施叔青的所钦佩。施叔青曾对张爱玲做过分析："张爱玲冷眼看世界，她对人性摸得太透彻，太深了。人性的基本被她抓住，难怪她的作品永远不会过时，张爱玲是不朽的。她对人不抱希望，人就是人，有他的贪婪、自私，却偶尔也闪烁着温暖爱心的。"施叔青对张爱玲的分析大体是准确的，张爱玲写人一般不采取善恶对立分明的古典式写法，而是参差地写出人性的层次，小善小恶，善恶一体，这似乎才是人的本来面目。施叔青写人时对戏剧的二分法的拒斥，与此有相类之处。施叔青在描写香港资本家和香港的殖民者的时候，都没有简单地去摆布他们，而是写出了他们庸常、功利卑微的心理，及其缘于特定历史背景的心理想象。施叔青对于女性心理入木三分的刻画，尤具张爱玲遗风。《愫细怨》中愫细对洪俊兴既藐视又难以割舍的心理、《一夜游》中雷贝嘉在屈辱中追逐虚荣的心理，表现都堪称出色。施叔青曾承认："在技巧表现上，我受她（张爱玲）的影响很深。"张爱玲主要表现旧家庭的子女在现代都市的际遇，而施叔青则将这种表现延伸到纯粹现代都市的上流社会中去了。张爱玲为上海人写了一部香港传奇，那是旧日的香港，施叔青则写出了现代香港的故事。

（二）

新时期以来，无论是改革文学、知青文学，还是市井文学，其主题模式基本上都是城乡冲突，在这种冲突中，传统的乡村意识往往占据了上风。随着经济的发展，在令人眼花缭乱的摩天大楼、立体交叉桥及形形色色的大商场、广告面前，人的欲望突飞猛进，城市的诱惑势不可挡。中国城市文学的主题，又回到了对于现代性的追求。

作于1994年的邱华栋的小说《手上的星光》，是近年来有代表性的都市小说。让我们看一看其中的青年主人公面对北京都市的感觉。

我们驱车从长安街向建国门外方向飞驰，那一座座雄伟的大厦、国际饭店、海关大厦、凯莱大酒店、国际大厦、长富宫饭店、贵友商城、赛特购物中心、国际贸易中心、中国大饭店，————一闪过眼帘，汽车旋即拐入东三环高速公路，随即，那幢类似于一个巨大的幽蓝色三面体多棱镜的京城最高大厦——京广中心，以及长城饭店、昆仑饭店、京广大厦、发展大厦、渔阳饭店、亮马河大厦、燕莎购物中心、京信大厦、东方艺术大厦和希尔顿大酒店等再次一一在身边掠过，你会疑心自己在这一刻，置身于美国底特律、休斯顿或纽约的某个局部地区，从而在一阵惊叹中暂时忘却了自己。灯光缤纷闪烁之处，那一座座大厦、购物中心、超级市场、大饭店，到处都有人们在交换梦想、买卖机会、实现欲望。

这种激动人心的描述，显示出作者对于现代化大都市的无限憧憬。书中外地来京的青年主人公，内心虽不免忐忑与恐惧，但更多的是搏击未来的激动与勇气：

当我们站在三元桥上眺望遥远的北京城区时，我想我们想在这里得到的不只是名利、地位，还有爱情和对意义的寻求。……我们站了许久，我取出了巴尔扎克的《高老头》，我朗读了该部书中的一个充满了雄心的人物拉斯蒂涅，站在巴黎郊外一座小山上，俯瞰灯火辉煌的巴黎夜景时所说的一段话："巴黎，让我们来拼一拼吧！"

这显然还是一幅初期都市化的图景，外在的现代化的向往与内在的个人奋斗交织在一起，组成了中国当下城市文学的基调。

香港的都市文学却早已超越了这个阶段，西西那种"我城"意识，那种自尊、自豪，在如钟晓阳、李碧华等更为年轻的作家笔下，早已不复存在。在钟晓阳、李碧华们长大的时候，香港都市已经定型，他们没有对于香港现代化的欣喜，更没有为香港做什么辩护的心理。他们习以为常香港都市的一切，所思所想反倒是香港的现代都市弊病，尤其是在与他们遥想中的过去相比较的时候。说起来也许有点

历史与理论

赵稀方一选集一

奇怪，内地所力图想挣脱的传统与古典，在香港却很有市场。在钟晓阳、李碧华这些香港的"新生代"作家的笔下，我们常常能够感受到一种对于现代的排斥和对于传统的眷恋。

年轻的钟晓阳着迷于古典的魅力，对此她有着丰富的想象力，在《停车暂借问》中她这样描写女主角宁静，"乌油油的麻花大辫，单单一条，斜搭在胸前，像一匹正在歇息吃草的马的尾巴，松松的，闲闲的。一字眉是楷书一捺，颜真卿体。两颗单眼皮清水杏仁眼，剪开是秋波，缝上是重重帘幕。……她着一件元宝领一字襟半袖白布衫，系黑布直裙，白袜套，黑布锅巴底鞋，素净似一幅水墨画，眼是水，眉是山；衣是水，裙是山。"钟晓阳将宁静与千重的爱、与爽然的爱写得是那样地千回百转，令人回味。双方的每一个眼神、每一个动作都牵动着彼此的心，欲说还休，如诗如幻。但这一份诗意却终于还是被打破了，如果说宁静与千重、与爽然的爱在东北失之交臂都有其偶然性，那么她最后在香港被遗弃则是钟晓阳有意安排的，悲剧于是有了针对性：现代香港容不下这一份古典的诗意。

在《爱妻》中，这份古典与现代的冲突显得尤为明显。小说中的女主人公有两位：一位是古典的剑玉，一位是现代的华荃。剑玉"眉清目秀，脸如满月"，"性沉静，端庄质朴，恬静温和，蛾眉婉转，女心绵绵，一种柔情，思之令人惘然"。华荃则能说能干，充满了主动和热情。"我"与剑玉是一见钟情，第一次顺路送回剑玉后，就觉不舍，"她走了，不知怎么心里就没着没落的，老是在那里想，不知何时才能又见到她。在那悄静的街口徘徊着。屡次往那饼店的灯光张望，心里想，这个姑娘我喜爱。"即便在娶了剑玉之后，他有时还不相信是真的，"晚饭席间，大家热热闹闹的，看着桌子四周一圈笑逐颜开的脸，我会以为那晚上她又要留在他们之间了，吃完饭我又必须单独离去。这时我总要在桌底下握一握她的手。"①这样一个娴静羞涩、无欲无求的女子，竟渐渐地使"我"有不足之感。现实的

---

① 钟晓阳：《离合》，桂林：漓江出版社 1996 年版。

"我"对这种宁静到了漠然的性情有一种无从把握的空虚感,而实利、热烈的华荃却正填补了这一种空虚。对于"我"在外面与华荃的关系,剑玉并不计较,而终于在无望中病去了。"我""大恸",但过去的再不会回头,"我"永远失去了我的爱妻。

钟晓阳小说中总有代表着古典爱情的女性,但她们的爱情在现实中总不得圆满,她们敌不过香港现代社会,于是并不是古典与现代的对抗,而是现代对于古典的毁灭。美好的东西被毁灭,这就形成了悲剧,钟晓阳的小说就是这样一些令人伤怀的悲剧。钟晓阳小说的这种结构模式,折射出她内心的价值追求:出于对现实的失望,她总是在现实中寻找着古典的情怀,但她确切地知道这种情怀在现代社会是无法存身的,所以她又不得不在作品中让它们逝去。钟晓阳以这种哀情的故事,传达着她反省现代香港都市的深刻寓意。

钟晓阳对于古典的钟情,不但表现在她编织的故事中,也贯彻于她的讲述手法和文字之中。《停车暂借问》第一部是《妾住长城外》,第二部是《停车暂借问》,第三部是《却遗枕边函》,完全是古代言情小说的题目。叙事手法也借鉴了古代章回小说,《妾住长城外》有云:"话说东北,位处边疆,地属塞外,自古屡受夷狄之患;及至现代,由于物产丰盛,又遭别国觊觎,可谓饱经祸患。"《爱妻》的开头是:"我的妻子原姓霍,名剑玉,广东中山县人,生于一九五七年一月四日,家中兄弟姊妹十人,排行第七。幼清贫,年十二即工编织,十五随父学制饼,中学教育程度,性沉静,端庄质朴……"一副旧小说的笔法,惟妙惟肖。钟晓阳的小说并非干巴巴的笔记小说,正相反,她的文字抒情味很浓,可以看出,这与她借鉴古代戏曲有关。出神入化的写景,融进人物的内心,便演成了一片意境。钟晓阳善于写月亮,宁静初次与千重出去,月光是明亮的,"月亮升起来了,光晕凝脂,钟情得只照三家子一家一村;宁静手里也有月亮,一路细细碎碎筛着浅黄月光,衬得两个人影分外清晰。"到宁静与爽然分手时,月光也充满了寒意,"月亮一上升她便感到它的玉玉寒意。月光浸得她一炕一被的秋波粼粼,她应付不及,一头埋进被窝里,哭起来,忽然真的觉得很冷清，冷得要抖，而这长长一夜是永远不会有尽头的。"

中国现代文学史上的张爱玲是写月亮的高手，读钟晓阳，我们仿佛看见了张爱玲再世，钟晓阳的小说中的那一种与她的年龄经历不相称的忧生伤世的悲凉的调子，尤其逼似张爱玲。我们看一看《二段琴》的开头：

> 莫非的胡琴，说起来真是长长的一段事情。太长了，一切都没有的时候，先有了它，一切都消失了后，剩下了它，整个世界，不管是朝上还是朝下，总是往前去的，而且不断地翻新。独有那胡琴声，是唯一的一点旧的，长性的，在汹涌人潮的最底层，咿咿哑哑地鸣咽人生的悲哀无绝期，一切繁荣虚华过去了，原来是那胡琴声，济沧海来，渡桑田去，朝朝暮暮，暮暮朝朝。莫非的事情，只是其中一个日白云灰的早晨，或者一个日清云冷的夕暮，谁也记不得了，说起来，就是这么回事。

施叔青对于张爱玲的借鉴主要在于刻画人物的手法，钟晓阳与张爱玲相像的地方则不仅仅限于文字，她与张爱玲还有着神似之处，她对张爱玲有一种彻骨的理解，存在着感觉上的共鸣。她曾谈及读伍尔夫与张爱玲小说的不同感受，她说读伍尔夫的小说"就觉得是个白热的下午"，而读张爱玲"有时是阴沉沉的衙内，有时是垂老的、有无限记忆的阳光，温暖而亲近，就算死了，也是个死去的亲人"。张爱玲是贵族大家之后，时代的新旧交替造就了她的虚无与恐慌，现代都市的年纪轻轻的钟晓阳却生就一副天老地荒似的虚无感，不能不令人称奇。恐怕只有从反省现代性的角度出发，才能够解释钟晓阳一往情深地寻觅古典诗意的特定心理。不仅仅是钟晓阳，在香港流行一时，引发了怀旧之风的李碧华可以作为另一个例证。

（三）

如果说钟晓阳尚在现实中寻觅古典诗意，那么李碧华对现实早已绝望，她宁愿回到古代去找寻那一份情意，仅此还不够，她还要以此来对照反讽现代香港，于是就有了一个个"借尸还魂"的故事。

李碧华的故事独特诡异，既非单写历史，也非单写现代，而是虚拟性地让历史人物回到现代，通过特定历史人物的眼睛看现代社会，感受现代社会，从而展开反省的寓意。在《胭脂扣》中，50 年前死去的妓女如花，返回世间，在袁永定与凌楚娟这一对情侣的帮助下寻找她的情人，于是两个时代的爱情破天荒地并置到了一起，而现代的爱情的苍白，唯在此种情形下才得以展现。在小说中，现代香港的情侣处处为 50 年前的爱情而心惊。袁永定与凌楚娟二人同在香港报界工作，平时同为工作所累，沉溺俗事，已经不知道"情趣"与"浪漫"为何物。如花对于爱情的执着让他们悚然觉醒。袁永定听如花说起十二少送她的"如梦如幻月，若即若离花"的花牌，倍感惭愧，"我在五十年后，听得这样的一招，也直感如花心荡神驰"，他自省平常的平淡实利，"我连送情人卡予女友，写错一画，也用涂改液去重写。我甚至不晓得随意所至，我一切平铺直叙，像小广告，算准字数交易。"而如花以身殉爱情的举动更让他们惊悚，阿楚追问袁永定能否为她殉情的时候，袁永定支支吾吾终于不敢承诺，"殉情，你不要说，这是一宗很艰辛而无稽的勾当。只合该在小说中出现。现代人有什么不可以解决呢？"这个不足挂齿青楼女子的爱情，唤起了现代人内心深处的一些东西，"我怎么欠缺了一个轰烈地恋爱的对象？——不过，如果有了我也不晓得。'轰烈'这两个字，于我甚是陌生，几乎要翻查字典，才会得解。"在如花这个来自于 50 年前的小女子面前，现代人的爱情显得何等的苍白！《胭脂扣》中有一段话，意味深长："我们都不懂得爱情。有时，世人且以为这是一种'风俗'。"①

《凤诱》对于现实的指涉更多，包括爱情及其港人的日常生活方式。这篇小说由"我"的苦闷而起，"我"的苦闷在于都市生活过于

---

① 李碧华：《胭脂扣》，香港：天地图书有限公司 1985 年版。

呆板，毫无情趣可言，在妻子的管理下，几点钟吃丸、几点钟入睡、几点钟起床都有规定，每天如一，"我在她的英明领导之下，逃不出魔掌，永不超生。堂堂一个男子汉，连做错事的机会也没有？真是天理难容。""我"想去寻求"激情"与"浪漫"，这在古代才有，于是"我"在朋友的安排下买"车票"两次去古代。在那里，"我"爱上了凤姐，并将她带回了香港。凤姐来到香港后，留恋于这个大都市的五光十色，不愿意再回去了。因为相貌出众，她参加了香港选美大赛，结果惨成众矢之的，"有个漏网消息指出她是舞女，报上绘形绘声，有三个妈妈生义无反顾。分别向三份八卦周刊暗示这'烂妹'是她们手底下的'女'呢。""我"这时患得患失，弃凤姐而转向老婆。凤姐来到世上刚刚一两个月就已饱经沧桑，她终于认清了香港都市的面目，绝望而返。她临走时对"我"说："我不适合香港，或者香港不适合我。""我"的浪漫也就此完结，从此一切如旧。古人想象不到现代社会的纷扰和现代人的心机，故而碰得粉身碎骨。古代的那种生生死死的爱现代香港也经受不起，虽然生活乏善可陈，大家渴望有变，但香港人要的只是"一点浪漫、一点童真、一点出轨的自由、一点意外的惊或喜"，"却不敢变得太多——怕无以回头"。

出自对于现代社会的抗诘，李碧华对于古典的情义向往不已，虽然知道这是一种幼稚，但仍一厢情愿。"啊，当我仍年少，总是痛恨自己未生于乱世，我曾幻想爱人忙着殉国，我为他殉情。"现代化的香港都市，一切都已化作功利，人的性灵、人的精神价值无从寄托，故而面临着钟晓阳、李碧华们的重审。李碧华对于古典的倾倒，达到了弄假成真的地步，她本人十分相信轮回或鬼神那些事情，而这些已经贯入了她的小说风格，她自言小说中的诡异、神秘并非有意为之。

三、大众文化

如果说乡土文学与现代主义是反商业都市的产物，那么言情、武侠等通俗小说则是香港商业都市的产物。都市性、商业性及其殖民性的维度铸就了香港通俗文学的特殊品格，使其成了最具香港性的文化标志。

（一）

台港言情小说常被人们混为一谈，事实上两者大不相同。与以琼瑶为代表的"老式"的台湾言情小说相比，香港言情小说在观念、体式各个方面具有鲜明的现代都市特征，它是"香港性"的产物。

从社会场面和生活方式上看，香港言情小说中显得十分的"现代"，有岑凯伦式的珠光宝色的豪华情调，有梁凤仪式的"数之不尽的商场风起云涌"，这与琼瑶小说笔下的平民色彩构成了差别。这些都还是叙述的表层。在对于作为言情小说核心的"情"的理解和处理上，香港小说家已与琼瑶有很大的差别。琼瑶小说中的人物不计较金钱，爱情至上，追求一种"问世间情为何物，直叫人生死相许"的梦幻纯情，这种古典的情调与商业都市香港显然格格不入。在亦舒、梁凤仪等人的笔下，早已没有了琼瑶虚幻的爱情童话，只有香港式的毫不浪漫的爱。香港的一切都沾有功利色彩，爱情也变得实惠。在这个工商社会里，女性无法再像琼瑶笔下的主人公一样柔弱无力，她们不得不为了生存而像男人一样在社会中艰难奋斗。在此情形下，爱情已无法像琼瑶小说中那样纯洁无瑕。商业社会的亦舒、梁凤仪无情地扯下了前资本主义时代的"温情脉脉的面纱"。商品社会让人懂得了金钱绝非丑恶，浪漫也不过是有钱人的消遣，不能当饭吃。

对琼瑶小说的主人公来说，至情与浪漫是最重要的，其他一切都微不足道，金钱不过是俗物，甚至是丑恶的象征。在亦舒、梁凤仪看来，琼瑶式的爱情在现代社会毫无价值，不过表明了她们对于现实得畏惧与规避。亦舒、梁凤仪笔下的女性显然现实得多。亦舒《喜宝》中的女主人公喜宝是一位美丽的小姐，家境不好，当巨富勖存姿直截了当地提出让她做情妇时，她像所有浪漫小说中的女主人公一样鄙夷地转头就走，但在车上，种种念头从她心里闪过：下年度的学费、生活的着落……"如果我要照目前这种水准生活下去，我就得出卖我拥有的来换取我所要的。我绝不想回香港来租一间尾房做份女秘书工作，一生一世坐在有异味的公共交通工具里。这是我一个堕落的好机会，不是每个女人可以得到这种机会。"于是她对计程车司机说："把车子往回开。"明知道是"堕落"，但经过精确的功利计算后，她自愿选择了回头的道路。也许读者会认为这是社会的错，她是被逼迫的，喜宝回答："我不会怪社会，社会没有对我不起，这是我自己的决定。"她认为"得"足可以偿"失"，"我可以正式开始庆祝，因为我不必再看世上各种各样人奇奇怪怪的脸色。""我已经太满足目前的一切。""只有不愁衣食的才有资格用时间来埋怨命运。"①

梁凤仪本人是商场中人，对于香港的金融与工贸都有过实际的接触，对于女性的社会境遇有着切身的体验。对于女性来说，青春也是一种可资利用的资本。香港人没有时间去为无谓的东西感伤哀叹，一切都得按商业规则运行。梁凤仪的小说中没有风花雪月，有的只是女性在无情的现实中的功利角逐。《花帜》中女主人公杜晚晴艳绝人寰，有英国伦敦大学的文凭，但大学毕业后，她却毅然选择了做妓女——自然是高级妓女这一职业，原因很简单，可以嫌更多的钱。她是经过慎重考虑的，"年青大学生挨过十年八载，等到三十出了头，极其量也不过是大机构内一名受薪董事而已，收入都不及现今的杜晚晴多。""其他的就更不必说了"，因此"她确定自己走对了路"。②她的目的达到了，她穿梭于超级富豪与政府高官之间，如鱼得水，财源旺盛，既接济了颓败的家庭，又使自己成为一代花魁而笑傲江湖。

那么爱情呢？亦舒和梁凤仪都很怀疑是否有"爱情"这回事的存在。梁凤仪小说的女性每每发现所谓"爱情"不过是一场悲惨的骗局。对于爱情的泯灭，亦舒、梁凤仪无法不感到痛心。因为在内心深处，她们何尝不像其他女性一样，渴望能有真正的爱情，只是在香

---

① 亦舒：《喜宝》，收入《心之所蚀》，济南：山东文艺出版社 1987 年版。

② 梁凤仪：《花帜》，北京：人民文学出版社 1992 年版。

港，"爱情是太奢华的事"①。喜宝不甘心将青春一辈子浪费在一个风烛残年的老人身上，她也在寻找爱情，这才有了与丹尼斯的交往，但这种"爱"绝没有浪漫到琼瑶小说中的那种生死相许的地步，她不愿意失去经济支柱，她不相信爱情可以战胜贫穷的神话，故她终于还是没有离开勖存姿。一个有趣的细节是，当她与丹尼斯的关系被勖存姿发现后，她的第一个举动是带着钻戒，开车去最近的银行用她自己的名字开了一个户头，存进了13000元现款。梁凤仪的《死谏》的第一句就是"不要问我是否相信有爱情这回事，因为……"因为什么呢？因为16年前"我"与丈夫刚认识的时候，他抱着吉他在校园里赞美她的歌声，而现在当"我"唱起歌的时候，丈夫连头都不抬。但"我"的已婚的朋友壁秋仍然爱上了一个有妇之夫，对方却不愿意为她做出牺牲，她伤痛自杀了。但壁秋并不恨那个男人，她明白"要局中人排除万难去维护一段感情，只是文艺作品内常见情节"。她想通了，"独立的爱情，原是烟花，万众期待，光芒四射，却只会昙花一现，跟着很自然地在长空中消失得了无痕迹。无人能否认曾出现过的璀璨与美丽，无人能留得住点点星辉与光华，而实在也不必留住它。"② 她用自己的生命换取了一段爱情。

香港的女性已不可能再回到传统，亦舒、梁凤仪也不可能再给她们提供琼瑶似的童话结局，她们在探寻着现代社会中女性的出路。20世纪初，鲁迅写过一篇叫《伤逝》的小说，追求爱情的子君终于因为涓生的厌倦而走向了绝路。亦舒有一篇小说叫《我的前半生》，与鲁迅的《伤逝》一样，书中男女主人公的名字也叫涓生与子君，情节也相仿，但结局不同，子君在悲痛欲绝后，挺了过来，走向社会独立谋生，终于重新获得了新生。亦舒显然在有意识地接着鲁迅之后对女性的命运进行探索。鲁迅在《娜拉走后怎样》中一针见血地指出，

---

① 亦舒：《喜宝》，收入《心之所蚀》，济南：山东文艺出版社1987年版。

② 梁凤仪：《尽在不言中》，西安：太白文艺出版社1996年版。

女性如想独立，必须钱包里要有准备。商品社会中的亦舒对这一论断有着切肤之痛的感受。《我的前半生》告诉我们，女性不能仅仅依赖男人，指望所谓爱情，而应当首先谋求经济独立权，只有自强自立，才能自己确定自己的价值，自己掌握自己的命运。

梁凤仪小说的女主人公，大多有被男人欺骗抛弃的不幸经历，她们没有用剪刀自戕，也没有用剪刀去刺杀仇人，而是走向了社会，以其人之道，还治其人之身。她们加入到经济大潮中去搏击，终于在财力上压倒对方、击溃对方，从而实现了无刃复仇。《醉红尘》《今晨无泪》系列小说叙述的就是这么一种故事，小说的女主人公庄竞之对她所爱慕的杨慕天有三次救命之恩，但这痴心相恋与大恩大德，换来的竟是灭绝人性、令她倾家荡产的出卖。杨慕天在陷害、利用别人的基础上成为香港屈指可数的富豪，要向这样一个人复仇势比登天，但庄竞之没有屈服，她含垢忍辱从头干起，加之于机缘，她很快就发展起来了。当庄竞之在山顶地皮的拍卖会上以 12 亿的绝对优势压倒杨慕天，当她最终凭自己的实力将杨慕天送进监牢时，敌手无法不心服口服，目瞪口呆。这就是梁凤仪笔下的女强人！她们不相信眼泪，"任何人摔倒一次，立即拥抱着前尘往事的教训，站起来，再奋斗下去。每一天的成败只不过是人生一场战役的成绩。""今日的都会强人，不论昨夜曾有过什么滔天巨浪，每早醒来，都不应有泪。"①

现代香港的传奇，凭由着现代香港方式的传达，香港言情小说有自己独特的叙事方式。小说的叙事方式受制于作者的文化背景。琼瑶小说的意蕴是古典的，形式也是古典的，这与其时台湾社会与中国古代传统的深厚血缘及其由此造成的对于现代性的拒斥心理有关。琼瑶在小说中从容地描绘自然景色，渲染人物心理，穿插古典诗词，从而营造出优美的意境，形成了一种雍容迂缓的古典风格。这一种节奏已无法跟上香港高速发展的都市旋律。商业都市的香港生活节奏很快，每一个人都像着了魔似，拼命地捞取前程，似乎生怕被社会淘汰出

---

　　① 梁凤仪：《今晨无泪》，北京：人民文学出版社 1992 年版。

局。据观察，香港街上行人的步速高于其他很多城市。这一都市节奏无可避免地对文学也产生了影响。除了都市生活节奏对小说的叙事形式的决定作用以外，还有一个往往容易为人忽略的重要原因，那就是现代社会读者的心理变化对于作者叙事策略的影响。梁凤仪说："因为日常工作压力大，读者拿起报纸，只能翻，不可能细读。"①亦舒说："出版业蓬勃，书山如海，若果每本都读过，眼睛恐怕吃不消，最科学的办法是每本书给两次机会。办法如下：打开书任何一页，读一段，不好看不够吸引人的话，立刻合拢，再翻到另一页，假使仍然没有兴趣，即时放弃。很残酷吧，没有办法，选择太多，读者早已被宠坏。每个写作人都应该接受这种考验的心理准备。"② 写作流行小说、依赖读者市场存活的亦舒、梁凤仪，在写作时无法不受到这种商业因素的影响。

亦舒与梁凤仪的小说节奏是"香港式"的。如果说琼瑶小说属于"描写型"，那么亦舒、梁凤仪的小说则是"直陈型"。她们的小说多是第一人称"我"直接陈述，正文由简短的叙述及对话构成，感想和议论直接流露其间，没有过多的背景介绍，也没有太多的心理渲染。不知读者是否注意到这样一个独特的现象：亦舒、梁凤仪的小说根本不设章节，总是一气呵成，似乎存心不让读者有中途罢手的机会。

"描写型"与"直陈型"的背后隐藏着不同的写作心态。琼瑶也是通俗小说家，她在 26 年内创作了 44 本书，平均一年接近 2 本书，这种写作速度已令很多专业作家惊讶，但与亦舒、梁凤仪比较起来却是小巫见大巫，亦舒近 20 年出版了 60 本书，平均一年 3 本，梁凤仪更是惊人，三年半时间出版了 50 部作品，平均一年接近 15 部作品，

---

① 梁凤仪：《生活元素》，《大城小品》，香港：明窗出版社 1990 年 9 月版。

② 《芳草无情·序》，此系梁凤仪的第一个长篇小说，由亦舒作序，太白文艺出版社 1995 年版。

简直让人难以置信。从写作心态及写作方式上看，梁凤仪离琼瑶古典似的态度已经十分遥远。琼瑶的写作是比较投入的，她在叙述中融入了自己的感情和生命，"这二十六年，不管我生命中有多少风风雨雨，多少喜怒哀乐，我的'写作'却一直是我生命中的一条主线。在我沮丧时，我曾逃遁到写作里去；当我欢乐时，我会表现到写作里去；当我寂寞时，我用写作填补空虚；当我充实时，我又迫不及待要拾起笔来，写出我的感觉……"她萦心于作品的质量及其历史价值，"每次出书，都战战兢兢，如履薄冰。生怕自己的作品禁不起读者的考验和时间的考验。"①梁凤仪则相反，她的写作态度属于后现代"拼贴型"的，她本是商场中人，所见所闻颇为丰富，她只是"将经验与所见所闻，作为原料，加工包装，添上幻想人物及情节。"梁凤仪认为："严格来说，人生故事来来去去如是，把所有最感人的爱情故事分化，用电脑作科学性组合，得来的模式决计不会多如天上繁星。材料不外乎那几味，视乎大师抑或小子去包装表达而已。"② 很显然，梁凤仪将小说创作视为一种商品加工。而在价值观上，她也将小说当作了一种即食即用的商品，从未想过要经受历史的考验，"我从没在作品能否千古流芳一事上动过脑筋。一方面，自知没有这番资格；另一方面，实在不太注重殁后之名。现世的责任现世负担，今生的成绩今生享用就好了。"当她的小说为人们竞相购买，销量达几百万册时，她就清醒地意识到走红的日子不会太长，"因为没有热度是不退的。花无百日红，人无一世运。"③ 看来梁凤仪的确把小说视为了只能时髦一阵的流行服装一类的商品。

　　商品加工有其确定的程序和模式。譬如前文提到的《醉红尘》

---

① 琼瑶：《碧云天》，北京：作家出版社1992年版。

② 梁凤仪：《送给天下有情人》，收入《小女人小文章》，香港：明窗出版社1991年版。

③ 梁凤仪：《我是怎样与写作结缘的》，收入庞冠编：《梁凤仪现象》，北京：人民文学出版社1993年版。

《今晨无泪》中描写的"女性复仇"主题，就为梁凤仪乐此不倦地反复运用，形成了一个固定的模式。小说中的女主人公必然是一个美艳女子，起初必与男人有一段恋情而终为对方辜负，她在伤痛之余必会走向自立，卧薪尝胆成为商界中擎天一柱的女强人，最终在商业上压倒对方，实施了无刃复仇。这一类小说将情场恩仇与商场风云结合起来写，初读起来惊心动魄，但一再重复，不免乏味。故事是固定化的，人物也是平面化的，甚至脸谱化的。譬如其中的男主人公一律面目狰狞，无情无义，在女性的大恩大德面前毫无理由地背叛。女性一定要扬眉吐气，男人只好充当小人预备被击倒。其实小说的主题意蕴——也即梁凤仪所寓于其中的女性意识，也是颇成问题的。女性的对手并不是男人，女性解放的途径也不是打倒男人，作者将两性关系这样一个具有深刻的历史、文化意义的课题做了如此简单化的理解，无疑对读者产生了一种误导。

梁凤仪小说中的陈述力求简洁、明快，她喜用短句或成语做描述之用，并喜欢在文中直接发表感想和议论。鼓点似的句子及哲理般的慨叹，传达出了都市的精神节奏，但这一类句子用多了表现力实在有限。何谓"披荆斩棘"？何谓"合久必分，分久必合"，都需要具体的描绘与呈现。成语、偶句、套话，表面上华丽，其实空空洞洞，一而再、再而三的长吁短叹，往往也只貌似惊人。

（二）

作为一种古老的文学形式，中国武侠小说始自汉代，唐宋明清绵延不绝，可谓源远流长。20世纪五四新文化运动以后，武侠小说受到了新文学工作者的猛烈抨击，但武侠小说并未因此消失，二三十年代有"南向（恺然）北赵（焕亭）"并驰，后又有"北派四大家"——还珠楼主、白羽、郑证因、王度庐称雄，还有采撷众长、被后世誉为"新派武侠小说之祖"的朱贞木。最具影响的作品前期是平江不肖生（向恺然）的《江湖奇侠传》，1922年开始在杂志上连载，历时6年多，轰动一时；后期当属还珠楼主的《蜀山剑侠传》，这部小说自30年代末开始一面在杂志上连载，一面出单行本，直到1949年，小说已出了55集350万字，还尚未完成。民国武侠小说的繁荣，曾令新文学家们惊叹不已，茅盾就曾撰文描述过上海市民观看由小说《江湖奇侠传》改编而成的电影《火烧红莲寺》时的如痴如醉的狂热情景。

这种局面至1949年大陆解放戛然中断。新中国不提倡武侠小说，新文学工作者无可奈何的事由机构执行起来则轻而易举。1949—1957年间，虽无新的武侠小说的问世，但还有诸如《三侠五义》等旧武侠小说的重印。1957年之后，一直到1980年，大陆竟没有出版过一本正儿八经的武侠小说。

无独有偶，1949年之后海峡对岸的台湾对武侠小说也毫不容情。20世纪50年代初，台湾当局以戒严法的名义查禁一切"有碍民心士气"的作品，武侠小说包括在内；50年代末，台湾当局又以"暴雨专案"全面取缔包括大陆、香港出版的新旧武侠小说，计有500多部。台湾对于金庸小说的查禁直至1979年才解冻，时间竟与大陆相仿佛。

唯有香港，具备了延续20世纪武侠小说的条件。在外部条件上，港英当局对于文化采取的是"消极不扶持"的态度，他们将文化全部放逐于市场之中，除对殖民性较为敏感外，在文化上并没有多少意识形态的规定性。这里"左""右"派文学并存，相互对立的大陆与台湾的文学作品在香港倒都能见到，对于武侠小说的存在自然更不介意。在内部条件上，如前所述，香港在20世纪下半叶延续了上海的都市性和商业性，这正是武侠小说的滋生条件。可以说，以金庸为代表的香港新派武侠小说，弥补了由于意识形态造成的中国文化的断裂，是香港对于20世纪中国文学的贡献。

香港新派武侠小说与20世纪上半叶民国武侠小说，的确有着血缘的联系。如笔者这样在1949年之后出生的人，无缘接触到民国时期的武侠小说，能见到的充其量只有《三侠五义》等几本晚清武侠公案小说，因此当我们初次读到香港新派武侠小说的时候便大为惊叹。现在返回头去重读民国时期一些名家如"南向北赵""北派四大家"的作品，才发现香港新派武侠小说的成就实非凭空而来，其中存在着一个发展演变的过程。民国武侠小说后期如还珠楼主、朱贞木的作品与香港新派武侠小说在风格上已经逼近。事实上，在大陆已不再写作出版武侠小说的还珠楼主，还于1956年香港《新晚报》上连载过《岳飞传》，于1959年在《大公报》连载过《游侠郭解》，这一事件显示出民国武侠小说与香港新派武侠小说的直接联系。金庸、梁羽生在年青时代就阅读过大量的民国时期的武侠小说，两人在《大公报》同事时还经常在一起讨论还珠楼主等人的作品。梁羽生原名陈文统，因为钦佩白羽的小说而取笔名为梁羽生。金庸、梁羽生的小说创作直接向民国时期武侠小说借鉴的地方颇为不少，且举一例：朱贞木有一部小说名为《罗刹夫人》，其中关于大理境内"天龙八部"的种种传说，显然启发了金庸《天龙八部》的构思；而其中罗刹夫人的形象又显然是梁羽生《白发魔女传》中玉罗刹的原型，罗刹夫人自小由母猿奶大后遇高人而学得一身武功，玉罗刹也是由母狼养大，后来也是遇高人而成就了一身武功，情节颇为相似。这些都表明香港新派武侠小说是从民国武侠小说脱胎而来，二者之间有着明显的承传关系。无怪乎古龙将金庸与还珠楼主及朱贞木、王度庐并称为本世纪武侠小说的3个阶段。

香港新派武侠小说的意义，既在承续，又在发展。都市性与商业性是香港文学更为本质的动力，它们不但决定了新派武侠小说的"现代性"形态，还决定了新派武侠小说的"后现代"走向。

如后现代主义论者所言，现代消费主义是消解意识形态的最为有力的工具。当然，这两者是互为联系的。新派武侠小说之所以能够轻而易举地解构如民族主义、阶级斗争等"宏大叙事"，其实均与这种都市性和商业性有关。关于都市性和商业性对于小说叙述的规定性，我们可以举金庸小说《鹿鼎记》对于情爱关系的处理为例。在前面一节我们谈到，亦舒和梁凤仪都不相信有所谓的爱情，对于香港的女性来说，寻找经济依靠比"爱情"更为可靠。相映成趣的是金庸对于爱情的揭露，对于男性来说，爱情不过是色欲而已。

《鹿鼎记》中的主角韦小宝，颇受到不少读者的喜爱。他经历了众多的姣美女性，并最终娶了7个太太，十分令人羡慕，然而，韦小宝来从来不知道什么是爱情，他只是好色而已。他喜欢的是异性的美貌，心里想的只是占对方的便宜。在见到陈圆圆的女儿阿珂后，他"一见这少女，不由得心中突的一跳，胸口宛如被一个无形的铁锤重重击了一记，霎时之间唇燥舌干，目瞪口呆，心道：'我死了，我死了！哪里来的这样的美女？这美女倘若给了我做老婆，小皇帝跟我换位我也不干。'"这时候，他早已把此前与他建立了感情的女性抛之脑后了，"方姑娘、小郡主、洪夫人、建宁公主、双儿丫头，还有那个掷骰子的曾姑娘，这许许多多人加起来，都没跟前这位天仙的美貌。"论者常常称赞韦小宝的"义气"，但我们看到，他在给女性帮忙时从来都是有条件的，居心不良。在答应沐剑屏救她的师姐方怡的时候，他的条件是让沐剑屏叫他"好哥哥"，而在帮助方怡救她的男友刘一舟时，他提出的条件更为下流。方怡说："你当真救得我刘师哥，你不论差我去做什么艰难危险之事，方怡决不能皱一皱眉头。"沐剑屏道："你是好人，如果救得刘师哥，大伙儿都感激你的恩情。"但韦小宝对于"好人"毫无兴趣，"我不是好人，我只做买卖。"他知道方怡为了救他的男友会牺牲一切，于是趁火打劫地提出要方怡答应给他做老婆。后来韦小宝在答应帮双儿杀仇人吴之荣的时候，提出必须"给我亲个嘴儿"，忠心耿耿的双儿毫无犹豫地答应了，她低声说："相公待我这样好，我……这个人早就是你的了。"韦小宝此时并没感动于双儿的爱情，却想到了另一个女人阿珂："吴之荣这狗官怎不把阿珂的爹爹也害死了？阿珂倘若也来求我报仇，让我搂搂抱抱，岂不是好？"可见韦小宝替人报仇，完全不是同情对方，也不是仇恨坏人，而只是为了满足自己的色欲。而当对方已经有男友时，他就不计手段地陷害男方。韦小宝所爱慕的阿珂喜欢富贵公子郑克爽，在饭店吃饭的时候，阿珂让郑克爽陪他，叫韦小宝走开，韦小宝十分恼怒，心想："待老子用个计策，先杀了你心目中的老公，教你还没嫁成，先做了寡妇，终究还是非嫁老子不可。老子不算你是寡妇改嫁，便宜了你这小娘皮！"见到阿珂与郑克爽亲密交谈时，"韦小宝气得几乎难以下咽，寻思，'要害死这郑公子，倒不容易，可不能让人瞧出来半点痕迹，否则阿珂如知是我害的，定谋杀亲夫，为奸夫报仇'。"《鹿鼎记》自男性角度对于爱情的揭示与亦舒、梁凤仪女性角度的揭示是合二为一的，正是男性的色欲造成了女性的幻灭，由此造成了功利的爱情观。

如果说金庸的爱情观是其都市性的产物，那么他的小说中的一男多女式的叙述模式则是由商业性所决定。刘若愚先生在比较中西之侠的区别时曾谈道："西方骑士总表现出殷勤的爱情，理想的骑士同时就是完美的情人；中国侠客则大多数对女性淡漠无情，认为爱恋女人非男子汉所为。"中国的侠客排斥女性，这种局面一直延续到民国武侠小说中。《江湖奇侠传》《蜀山剑侠传》等小说对情欲都抱着一种"万恶淫为首"的敌视态度，正面人物一个个守身如玉、把持甚严；反面人物则多淫邪之徒，动辄以色相引诱对手；真正的英雄多能不为美色所动，经得住考验。到了香港新派武侠小说，现代都市的纵情放荡取代了封建禁欲主义，但这种突破俗气无比，完全是对于现代都市市民趣味的迎合。在《鹿鼎记》中，尽管金庸已经对于爱情做了毫不留情的解构，但他仍然乐此不疲地让韦小宝遭遇漂亮女性，以色欲和调情本身作为"看点"吸引读者。因为需要不断的刺激，韦小宝只好不断地遭遇女性，发展到最后，他竟有了7位夫人。女子的多情陪衬、一男而多女，无疑更能合乎市民读者、尤其是男性读者的心理兴趣。新派武侠小说对于市民低级趣味的庸俗迎合，是商业主义动作的结果。如果说，旧小说对于妇女的蔑视反映出封建道德的陈腐，新派武侠小说对于女性的"重视"则折射出商业观念的铜臭。

金庸是20世纪40年代末入港的，随着都市意识和商业意识影响的积累，传统武侠小说及新文学传统的影响的减弱，他的小说也随之而有一个纵向上的变化过程。在《书剑恩仇录》中，作者尚拘泥于严肃的反清复明这民族主义大业。在此后的小说中，随着由都市性带来的思想意识的"进步",于是有了为论者称赞的对于如狭隘民族主义、暴力等价值成规的突破,与此相伴随的是商业性所带来的小说趣味性的增强。香港所特有的"搞笑"——常常是在男女关系上的插科打诨——的场面在金庸小说中的出现,可以说是这种趣味性的体现。

在《笑傲江湖》中,美貌的小尼姑仪琳在身陷于淫贼田伯光之手、为令狐冲所救后,当着武林各派向师傅定逸师太转述这一情景:仪琳说:"那个人又说了许多话,只是不让我出去,说我……我生得好看,要我陪他睡……"定逸喝道:"住嘴!小孩子家口没遮拦,这些话也说得的?"仪琳冤枉地回答:"是他说的,我可没答应啊,也没陪他睡觉……"定逸喝声更响:"住口!"这让青城派弟子再也忍耐不住,终于哈的一声笑了出来。仪琳接着转述令狐冲如何营救她的经过。令狐冲见田伯光坐着打功夫高超,提出要坐着与他一决胜负,谁先站起来谁认输,输者第一要拜小尼姑为师,第二要"举刀一挥,自己做了太监",仪琳不解此语,问师傅:"师傅,不知道什么叫举刀一挥,做了太监?"引得众人大笑。田伯光问令狐冲何以能有把握取胜,令狐冲回答他自创了一套"臭不可闻的茅厕剑法",田伯光纳闷剑法何以能"臭不可闻",令狐冲解释道:"不瞒田兄说,我每天早晨出恭,坐在茅厕之中,到处苍蝇飞来飞去,好生讨厌,于是我便提起剑来击刺苍蝇,初时刺之不中,久而久之,熟能生巧,出剑便刺到苍蝇,渐渐意与神会,从这些击刺苍蝇的剑招之中,悟出一套剑法来。使这套剑法之时,一直坐着出恭,岂不是臭气有点难闻么?"田伯光大怒:"你当我是茅厕中的苍蝇?"比赛一开始,令狐冲便叫仪琳走开,田伯光这才发现上当,他此时如站起来就算输了。这些叙述看起来接近于胡编乱造,没有事理的逻辑而言,不过仅仅是为了逗读者一乐而已。

以猥亵为乐,这正是香港电视剧最常用的搞笑方式,迎合了低级的市井趣味,金庸的小说似乎是其先河。在这些小说中,金庸对于搞笑反讽的运用只限于局部,小说主旨仍在于正面的英雄主义和文化反省，小说仍以善恶二元对立的斗争模式作为结构，有如郭靖那样的代表了中国传统文化价值的大侠，也有令人回肠荡气的爱情。到了《鹿鼎记》，小说的趣味性和游戏性已经取得了彻底的胜利，幽默之于价值的反讽消解也达到了极致。小说最后连武侠的概念也一并解构了，致使这篇小说已经很难再称为武侠小说。这样一种价值消解，达到了金庸武侠小说的尽头，同时，它又开启了香港后来的"无厘头"的后现代主义风格。

在《后现代主义与文化理论》中，杰姆逊（Fredric Jameson）曾谈到商业消费对于后现代主义产生的关键作用。他指出：如果说第二阶段的垄断资本主义以外在暴力的方式将世界殖民化，那么第三阶段的晚期资本主义或称多国化资本主义则以商品的形式渗透进了人的无意识领域，使得文化领域内一切精神维度都消失殆尽。这一观察是富于洞见的，正是高度发达的商品意识消解了一切现存的意识形态，平面化的无深度的后现代主义文化才得以产生。人们常常谈到的香港人的政治冷漠感，其实正是商品消费削弱了意识形态的结果。在《后现代主义与消费社会》一文中，杰姆逊运用 Parody 和 Pastiche 两个概念分析现代主义与后现代主义，认为前者是现代主义的，后者是后现代主义的，"戏拟（Parody）和模仿（Pastiche）一样，是对一种特别的或独特的风格的模仿，是佩戴一个风格面具，是已死的语言的说话；但它是关于这样一种拟仿（Mimicry）的中性手法，没有戏拟的隐秘动机，没有讽刺倾向，没有笑声，而存在着某些较之相当滑稽的模仿对象为平常的东西的潜在感觉，也付之阙如，模仿是空洞的戏拟，是失去了幽默感的戏拟"。①香港的情形与西方既不太相同，但我们仍可以挪用这些概念进行说明。

在集插科打诨之大成的《鹿鼎记》中，我们看到的是一种戏拟，

---

① 参见杰姆逊：《晚期资本主义的文化逻辑》，北京：三联书店，伦敦：牛津大学出版社1997年版，第401页。此书将 Pastiche 译为"剽窃"似可商榷，笔者直接将其译为"模仿"，与"戏拟"（Parody）相对。

它戏拟了民族主义、武侠观念等等一系列价值成规，更进一步地戏拟了历史本身。这种戏拟是如何完成的，对此我们必须深入小说叙述的内部——虽然金庸小说研究者众，但似乎极少有人注意从叙述的角度作具体分析。借用巴赫金的术语，《鹿鼎记》的这种戏拟是通过小说内部的复调对话来完成的。很明显，《鹿鼎记》的正文内部存在着两种不同的声音，一种是传统的武侠小说的"宏大叙事"，另一种是韦小宝滋生于妓院的"市井话语"，前者出自严肃的民族主义及武侠原则，后者出于趋利避害的市民哲学。二者构成互文性，一贯占据正统的前者在此受到了后者的无处不在的嘲弄，小说的戏拟功能正是在两者看起来滑稽可笑的相互作用中完成的。

在小说开始不久，茅十八遭遇官军围捕，韦小宝往官军眼里洒石灰，躲在桌子下面踩人家脚板等方法帮助茅十八打斗，却遭到了茅十八的训斥，以为这是最给人瞧不起的江湖下三滥的行径。这让韦小宝恼羞成怒："用刀杀人是杀，用石灰杀人也是杀，又有什么上流下流了？要不是我这小鬼用下流的手段救你，你这老鬼早就做了上流鬼啦。你的大腿可不是受了伤了么？人家用刀子剁你大腿，我用刀子剁人家大脚板，大腿和脚板，都是下身的东西，又有什么分别？"韦小宝的话看似无赖，却也不易反驳，而事实上茅十八正是被韦小宝以这些"下三滥"的手段救了性命，这反倒让人想到茅十八的迂腐。"江湖道义"本来是武侠小说不易的原则，但在韦小宝市民哲学的对比下，它的呆板却受到了轻微的嘲讽。茅十八为了不坏江湖规矩，不惜越狱并以重伤之躯赴约，正是这种呆板的表现。

对于"江湖道义"的嘲讽还是开始，后来在韦小宝与陈近南及其天地会的遭遇后，更出现了"民族大义"与"市民哲学"的碰撞。陈近南是小说中人人仰慕的大英雄，他武功盖世，又是"反清复明"理想的化身。为了让无意中杀了鳌拜的韦小宝做天地会青木堂的堂主，陈近南收韦小宝为徒，他对韦小宝晓之以大义道："你是我的第四个徒儿，说不定便是我的关门弟子。天地会事务繁重，我没功夫再收弟子。你的三个师兄，两个在与鞑子交战时阵亡，一个死于国姓爷光复台湾之役，都是为国捐躯的大好男儿。为师的在武林中位分不低，名声不恶，你别替我丢脸。"韦小宝对于陈近南的赫赫名声十分仰慕，赶忙应承，然而对于这民族大业的重担却无意承受，他道："是！不过……不过……"陈近南道："不过什么？"韦小宝说："有时我并不想丢脸，不过真丢脸，也没有法子。好比打不过人家，给人捉住了，关在枣子桶里，当货物一般地给搬来搬去，师父你可别见怪。"韦小宝从来没有"为国捐躯"的想法，他专门举出被人活捉无能力的情形，让陈近南哭笑不得。在陈近南当着大伙的面宣布韦小宝为堂主时，韦小宝"吓了一跳，双手乱摇，叫道'不成，不成！这……这个什么香主、臭主，我可做不来！"仁人志士之首的天地会香主居然被韦小宝戏谑为"香主、臭主"，这让陈近南十分恼怒。在陈近南追问他为什么不愿意做堂主时，韦小宝回答："今天当了，明天又给你废了，反而丢脸。我不当香主，什么事都马马虎虎；一当上了，人人都来鸡蛋里寻骨头，不用半天，马上完蛋大吉。"陈近南道："鸡蛋里没骨头，人家要寻也寻不着。"韦小宝说："鸡蛋要变小鸡，就有骨头了。就是没骨头，人家来寻的时候，先把蛋壳打破了再说，搞得蛋黄蛋白一塌子糊涂。"这般戏言，不但使得青林堂的"众人忍不住都笑了起来"，也使读者忍俊不禁，正是这种笑声消解了天地会的民族主义大义的力量，这与金庸在《书剑恩仇录》中对于以红花会为代表的反清复明大业的敬重已经明显不同。

在《鹿鼎记》的最后，作者专门安排了韦小宝与顾炎武、黄宗羲、吕留良、吕毅中4人的会面，这是"民族大义"与"市民哲学"的最后碰撞。韦小宝告诉他们，康熙近来天天读黄宗羲的《明夷待访录》，并且称赞这本书，这让黄宗羲吃惊，"原来鞑子皇帝倒也能分辨是非。"韦小宝说："是啊。小皇帝说，他虽然不是鸟生鱼汤（尧舜禹汤），但跟明朝那些皇帝比较，也不见得差劲了，说不定还好些。他做皇帝，天下百姓的日子，就过得比明朝的时候好。兄弟没学问，没见识，也不知道他的话对不对。"黄宗羲等人熟知历史，均不得不承认韦小宝所说属实。但他们在放弃"复明"之后，仍然坚守夷汉之别，要推选汉人韦小宝做皇帝，"鞑子占了我们的汉家江山，要天下汉人剃发结辫，改服夷狄，这口气总是咽不下去。韦香主手绾兵符，又得鞑子皇帝信任，只要高举义旗，自立为帝，天下百姓一定望风景从。"韦小宝对民族大业没有兴趣，故坚决不答应，他借此宣讲了自己的"市井哲学"："大家都是好朋友，我跟你们说实话。我这吃饭的家伙，还想来看戏看美女，生了一对耳朵，要用来听说书，听曲子。我如想做皇帝，这家伙多半保不住，这一给砍下来，什么都是一塌糊涂了。再说，做皇帝也没和什么开心。台湾打一阵大风，他要发愁，云南有人造反，他又要伤脑筋。做皇帝的差使又辛苦又不好玩，我是万万不干的。"在巴赫金的对话理论中，不同的叙述是各自独立的，并无作者的统领。《鹿鼎记》中也一样，小说于"宏大叙事"与"市民话语"其实并无祖护，只不过前者从来没有受到过质疑，故后者自然构成了对于前者的戏拟，这种本文互涉的效果，旨在给读者提供一种参照。

从叙述的角度看，《鹿鼎记》中还存在着另外一层互文性，即正文与作者加上的注解之间的互文性，在书中正文用宋体，而注释用楷体标出。《鹿鼎记》是描写历史的小说，但作者偏偏在正文中加上正史的注释，注明历史的真相，说明小说与历史的差距，比如第一回在叙述吴六奇将军与天地会合作抗清时，文中以楷体注解"吴六奇参与天地会事，正史及过去稗官皆所未载"。第六回正文中专门加进了一段关于顺治在历史上有 4 位皇后的说明，这等于说小说中关于神龙岛人假扮太后的叙述全是胡编乱造。郑克爽是贯穿《鹿鼎记》的重要人物，小说第二十九回却注道："郑克爽继位时年仅十二岁，本书因故事情节所需，加大了年纪，与史实有出入。"韦小宝杀鳌拜是小说中的一个中心情节，然而小说的第五回却插进了《清史稿·圣祖本纪》的记录以为注释，表明韦小宝之杀鳌拜是为子虚乌有。这有点类似于后现代主义的元小说手法，先是叙述历史，然后又亲自揭穿这种叙述，然后又接着叙述，"正史"与小说叙述互相转换，已经昭示了历史的不确定性及历史与叙述相互依赖的关系。果然，尽管小说一再说"小说家言，不必尽信"，但到了第三十六回最后注释却已经在辨析叙述与历史间的并不那么分明的关系："周瑜骗得曹操杀水军都督，历史上并无其事，乃是出于小说家杜撰，不料小说家言，后来竟尔成为事实，关涉到中国数百年气运，世事之奇，那更胜于小说了。满人入关后开疆拓土，使中国版图几为明朝之三倍，远胜汉唐全盛之时，余荫直至今日，小说、戏剧、说书之功，亦不可没。"到了最后，历史与叙述不但已经相互混淆，而且小说叙述已经变成了正宗，而正史却受到了质疑。在第三十六回的末尾，小说注解道："俄罗斯火枪手作乱，伊凡、彼得大小沙皇并立，苏菲亚为女摄政王等事，确为史实。但韦小宝其人参与此事，则俄人以此事不雅，有辱国体，史书中并无记载。其时中国史官以未曾目睹，且蛮方异域之怪事，耳食传闻，不宜录之于中华正史，以致此事湮没。"到了文末的四十八回，注解索性批评起了历史学家："按：条约上韦小宝之签字怪不可辨，后世史家只识得索额图和费要多罗，而考古学家如郭沫若之流仅识甲骨文字，不识尼布楚条约上所签之'小'字，致令韦小宝大名湮没。后世史籍皆称签尼布楚条约者为索额图及费要多罗。古往今来，知世上曾有韦小宝其人者，惟《鹿鼎记》读者而已。本书记叙尼布楚条约之签订及内容，除涉及韦小宝者系补充史书之遗漏之外，其余皆根据历史记载。"韦小宝明明是一虚构人物，小说却以此反讽历史，可谓"假作真时真亦假"。《鹿鼎记》以韦小宝之荒诞经历叙述历史，却又以注释的形式说明正史与小说叙述的相互关系，颠覆了正史宏大叙事的权威性，达到戏拟历史的目的。

《鹿鼎记》主要以戏拟（Parody）的形式反讽历史，但从此处看它已经接近于一种搞笑式的模仿（Pastiche），这就成为后来周星驰《大话西游》的"无厘头"式的后现代主义模仿（Pastiche）的源头。大话时代的作品常常模仿经典作品，但这种模仿完全消解了对象的个性，或者反其意而用之，或者任取一点，随意发挥。古代的人可以随嘴说英语，还英汉夹杂，如"I服了you"（我服了你）之类。文本可以随意互涉，这个故事中可以出现另一个故事的人物，如此等等。

"无厘头"在广东话中是"无来由"的意思，这种无来由的模仿，旨不在再现或讽喻历史及原著，而仅仅给读者提供一种经验的再现。周星驰主演的《鹿鼎记》应该说还不是完全的无厘头，而只是一个过渡。它发挥了小说《鹿鼎记》的消解历史的一面。如让陈近南为了保命钻狗洞，以此嘲弄英雄侠义，如将"反清复明"刻在脚板上，喜剧般地讽刺民族主义大业。它更发挥了《鹿鼎记》中的游戏搞笑的一面，如让独臂神尼服春药，致使她逢人便吻，如让韦小宝在被公主侍卫捉拿时，忽然冒出了"大家都是混饭吃的"这样的今天的流行语，这些都超过了小说的叙述限度，是电影的创造性发挥。

香港："边缘"的政治

（一）

在文化身份上，香港处于尴尬的境地。如果说，大陆可以"中国"本土身份对抗西方，台湾可以营造"台湾"本土身份对抗"中国"，回归中国的香港则一无所有，至多有一个"西化的中国"的称号。然而，这样一个暧昧的位置，却无意中成就了香港"边缘"的政治。

周蕾是一位在西方学界有理论影响的学者，在内地却鲜为人知。周蕾的理论冲击力，在一定程度上得益于她的香港身份。"香港"这样一个"西化的中国人"的特定位置，让她能够同时察觉到西方人及中国人对于"中国"的本质主义想象。

1991 年出版的《妇女与中国现代性》一书，是周蕾的成名之作。在我看来，由于这部书一直未能在内地翻译出版，它的重要性至今尚未得到充分的认识。这本书的第一篇文章《凝视中国：通往一种种族观众的理论》，讨论的是意大利著名导演贝纳尔多·贝特鲁奇（Bernardo Bertolucci）导演的电影《末代皇帝》。在看完《末代皇帝》这部电影后，几位美国女汉学家告诉周蕾喜欢里面的女性人物，认为她们代表了中国妇女的智慧和勇气。周蕾认为，这种阅读过于简单，它忽略了摄影机凝视另外一个文化时女性作为"空间"和"奇观"的功能。首先，"中国"在电影中成为一个被西方凝视的"女性"角色——周蕾在这里将视觉理论中有关性别角色的论述移置至种族的空间范围内。在她看来，贝特鲁奇将中国人民视为"西方消费主义产生之前的人民"，与克里斯蒂娃对于中国妇女的阅读一样，是西方对于中国"他者化"和"女性化"行为。其次，女性在电影里更被性别化了，奶娘、皇妃、皇后等女性在电影中以纵欲对象或寻欢作乐者的面目出现，她们被描写成"硕大的女性乳房，性游戏伙伴，变态女同性恋，及吸食鸦片者"① 等，中国女性在这里事实上受到了双重凝视，成为"他者"的"他者"。

在《末代皇帝》中，"中国"被原始化和凝固化了，电影所执着展现的是现代之外的中国种族本源。电影中帝王的场面的丰富与共产党场面的单调，对比出电影对于中国"古代"的迷恋和对于"现代"的轻蔑。有意味的是，摄影机对于溥仪的色情"凝视"在电影中被共产党对他的审判所代替了，如此，摄影机反倒以一种同情的人文主义面目出现，从而验证了斯皮瓦克所说的寓言"白种男人从棕色男人手上拯救棕色妇女"。在周蕾看来，严重的问题出现了：即西方人最热爱的"中国"其实并不包括现代中国人，因为中国已经"西化"或"现代化"了，它抹杀了"成长在20世纪每一个中国人"的真实。这是一个让现代中国人的痛苦的事实："当一个人出于生存之道和实际需要被教会接受西方，熟练掌握了法语和英语，却迎面受到那些'自己'的文化专家的指责，说他们的思考和阅读的方法'过于西化'，对种族观众来说没有比这种政治更悲凉苦涩了。"② 这里我们看到了周蕾的立场与香港之间的关系，固然每一个中国人在20世纪都已经现代化，但香港人的西化更加明显，文中所说的"熟练掌握"外语的中国人大概是以香港人为原型的。作为一个来自香港的学者，周蕾不满于西方对于"西化"的中国的排斥，"当西化作为一种观念

---

① Chow Rey. *Woman and Chinese Modernity*, *The Politics of Reading between West and East*, Published by the University of Minnesota Press, 1991. P15.

② Chow Rey. *Woman and Chinese Modernity*, *The Politics of Reading between West and East*, Published by the University of Minnesota Press, 1991. P30.

和事实在历史上已经得到公认的时候，现代中国人以回应他们自己的'种族'身份的这种不可磨灭的主体物质性，却一直被漠视"。①

周蕾的第二部著作《写在家国以外》，英文版出版于1993年，香港中文版出版于1995年。这本书的第一篇点题之作"写在家国之外"，以哈佛著名汉学家宇文所安（Stephen Owen）对北岛的新诗集《八月梦游人》英译本的评论开始的。宇文所安以北岛的诗译为例批评"当代中国作家们不惜牺牲他们的民族传统，去造就了一种使他们受难经验商品化的'翻译'"，他痛惜这些诗失掉了民族身份，"简直就像是从一位斯洛伐克、一位爱沙尼亚或者一位菲律宾诗人所翻译过来的。"宇文所安的这篇文章先是受到了奚密（Michelle Yeh）的批评，他认为，宇文所安"低估了诗作为一种精神生存的挣扎、个人尊严和信念的肯定的力量"。这种批评不免泛泛而论，周蕾经由"西化的中国人"的角度所进行的"后殖民批评"则更为有力。她通过对宇文所安的批评与其哈佛著名汉学家身份之间的关系分析，指出了宇文所安的批评与萨义德所说的东方主义之间的联系。西方汉学家一向只以传统中国作为研究对象，很不喜欢"西化"了的中国，这事实上是一种"他者"眼光固定中国形象的殖民心态。中国的"西化"，成为对于汉学家的"东方"事业的一种威胁，"这焦虑来自汉学家觉得他致力于探求的中国传统正在消亡，而他自己也正被人抛弃。"周蕾以弗洛伊德的忧郁症理论分析宇文所安的行为，颇为精巧。按照弗洛伊德的说法，忧郁症是人失去可爱之物后其丧失感内化的产物，在周蕾看来，弗洛伊德仅仅考虑了患者主体和对象的关系，没有考虑到其他患者主体与其他主体的关系，"就汉学家与他所钟爱之的'中国'而言，忧郁症的现象，由于还有第三方——当代中国人的存在而变得复杂。因为这些当代的中国人的存在，汉学家的忧郁丧失感受得以外在化，找到了可以斥责的对象。弗洛伊德所谓的'自我贬毁'，

---

① Chow Rey. *Woman and Chinese Modernity*, *The Politics of Reading between West and East*, Published by the University of Minnesota Press, 1991. P32.

现在可以变为具体的、对他者的'贬毁'。"①

在《写在家国之外》这部书的"代序""不懂中文"中，周蕾明示了"西化的中国人"与香港立场之间的关系。在这篇"代序"里，周蕾谈到，因为自己在香港接受双语教育，从而不断受到"西化"和"不懂中文"的讥讽：

> 这种歧视和蔑视不但充斥于数十年定居于香港而一句中文也不懂、现在九七临头急急去学但也只会学普通话的英国人，不但充斥于鄙视香港、充满大中国沙文主义的大陆文化工作者，也充斥于西方学界中，只用英文发表言论却声称要保卫传统的中国文化的汉学家。前二者为了保持帝国文化的尊严，后者为了巩固自己事业的利益，他们不约而同地唾弃的于是便是那些如香港一般，被历史环境造成的"西化"了的中国人。

就这样，香港因其曾被英国殖民统治的历史而处于被轻视的尴尬地位。不过，正如我们所看到的，"西化"的背景反倒成就了周蕾特殊的观察力。从上述周蕾对于东方主义的批判中，我们能看到她较之于其他地区中国人更为敏锐的洞察力。

我们注意到，在周蕾的上述引文中，指责香港人不配代表"中国"的一方面是西方人，另一方面却是中国人。西方的东方主义者和中国的民族主义者在蔑视香港这一点上，取得了一致，这是颇为奇异的，它是文化本质主义的逻辑结果。周蕾由此省悟到，"东方主义与民族主义或本土主义这种特殊性是同一枚硬币的正反两面，对一方的批判也务必同时对另一方面进行批判。"故而，周蕾在批判西方东方主义的时候，并未忘记对于中国民族主义的反省。在论及香港的后殖民建构时，周蕾说："处于英国和中国之间，香港的后殖民境况具有

---

① 周蕾：《写在家国以外》，收入《写在家国之外》，香港：牛津大学出版社1995年版，第1—38页。

双重的不可能性——香港将不能屈服于中国民族主义/本土主义的再度君临，正如它过去不可能屈服于英国殖民主义。"

印度的查格巴拉提（Dipesh Chakrabarty）曾提醒我们，"在拆解'欧洲'的同时，也无可避免地质疑'印度'这个概念"。他认为，本土文化/殖民主义这样一种对抗格局，固然反抗了西方殖民主义，不过却忽略了印度内部不同种族和语言的冲突。周蕾引用此语，进一步发挥，说明"于拆解'英国'的同时，也要质询'中国'这个观念"。香港的情形比印度更为复杂。香港经受了150年的殖民统治，但它并不是殖民地，它只是被割让和租借的中国领土。这样，香港在结束英国殖民统治之后，并没有迎来独立，而是"回归"中国。"回归"的背后，是香港与中国之间的差距。从语言上看，香港的语言与普通话不同，官方语言一直是英语，百姓日常生活是粤语。周蕾认为，这种本土文化中"主导"与"次主导"的问题，这是后殖民论述中极少被注意到的问题。另外，由于政治上的偏见，在周蕾看来，"西化"的香港与内地更关键的差异在体制上，如"香港有大陆无的严格设立与运作悠久的法律制度，初步的直接选举，相对的言论自由"等，她认为这种社会性质的差别是不能为民族和血缘这一类神话所代替的。周蕾认为："尽管香港与印度同是面对英国统治的困局，但香港却不能光透过中国民族/中国本土文化去维持本身的自主性，而不损害或放弃香港特有的历史。同时，香港文化一直以来被祖国大陆贬为过分西化，以至不是真正的中国文化。香港要自我建构身份，要书写本身的历史，除了必须要摆脱英国外，也要摆脱中国历史观的成规，超越'本土人士对抗外国殖民者'这个过分简化的对立典范。"对于民族主义，周蕾是心存忌惮和抱有警惕的。她指出："民族这个观念，往往是主导文化工具，借以维持既得利益，令无权力者无法取得权力，并使本身的统治权长期合理化及合法化。在二十世纪，用民族这个口号来发挥政治力量，已经被纳粹主义及法西斯主义充分证明。"对于中国民族主义来说，"西化"的香港很容易被视为"异端"，事实上香港常被大陆人不屑地视为"颓废腐败、矫揉造作、充满污染的象征"①。

"西化"喻指香港既不足代表中国文化，也不足代表西方文化。这种边缘和过渡的性质，构成了香港最根本的特点，"香港最独特的，正是一种处于夹缝的特性，以及对不纯粹的根源或对根源本身不纯粹性质的一种自觉。"自己既不足以成为根源文化，并受到排斥，自然容易明白其中的问题，这种位置于是反倒成为香港人的长处，"这种非香港人自选、而是被历史所建构的边缘化位置，带来了一种特别的观察能力。"周蕾说，如果说香港给她在行文中留下了什么不可磨灭的痕迹，那就是"与主流文化应对及交易的战术"。具体地说，是"把边界视为不会完全占领一个传统场地，但却在慢慢有战术地把场地腐蚀的寄生菌"②。

周蕾笔下的后殖民文本的典范，是罗大佑的歌曲，她将其视为既反对"中国民族主义"又抗拒"后现代混杂派"的典范性作品。如果说崔健的摇滚是反文字的，喻示着对于传统和主流文化的断裂和抗拒；罗大佑的歌曲却并不抛弃文字，而是常常采用古典文本、诗、民歌及流行浪漫题材，这种语词让我们分享着传统，并告诉我们传统是无处不在的，"在我们懂事之前，已经支配着我们的意识。"不过，这些文本在罗大佑那里只是碎片，罗大佑不单在保存这些文本，同时也在进行重组。周蕾认为，"不断地建构，不断地瓦解——这过程成了他音乐中最首要的活动。"罗大佑的歌曲"是对传统观念、帝国主义、民族文化及其不同的'本土'变奏的意识形态剩余，一个有意识的质疑"。由此，罗大佑的混杂又不是后现代式的，忘却了殖民社会的现实。他的歌曲中重复地表现出对于香港社会问题的关注，表现于对于民主的争取。与强调民族本源的内地及台湾相比，罗大佑音乐

① 周蕾：《殖民者与殖民者之间：九十年代香港的后殖民自创》，收入《写在家国以外》，香港：牛津大学出版社1995年版，第98，99页。

② 周蕾：《写在家国以外》，收入《写在家国之外》，香港：牛津大学出版社1995年版，第1—38页。

中的香港是非民族性的，非国家性的，"这种看似的缺乏正反映这个城市过去的殖民遗迹、现在的不肯定，以及开放的未来"①。

几面出击和政治偏见让周蕾的批评十分犀利，也让她因此处于几面夹击的位置上。能够支持她的，是香港学者朱耀伟。在美国、中国内地或者台湾的学者容易因其东方主义和本土主义排斥周蕾的时候，相同的香港背景却让朱耀伟容易理解她。朱耀伟生长于香港，在香港大学获得博士学位，现在香港浸会大学任教。他的"香港性"甚至比周蕾还要强。

朱耀伟于1996年出版的《当代西方批评论述中的中国图像》一书，以"中国图像"为题，批评了4个层次的学者：一是来自中国内地的在美学者，如张隆溪、陈小眉等；二是来自台湾的在美学者，如杜维明、李欧梵等；三是美国汉家家，如宇文所安、林培瑞（Perry Link）等；四是西方当代后学家，如福柯、德里达、萨义德等。周蕾也是书中的论述对象，不过朱耀伟不但没批评她，反而以之为样板批评其他人。

周蕾在《其它国家的暴力："中国危机"的初步标志》一文中，分析了西方摄影如何将中国再现为"黑暗而丑恶之神秘不知名森林"的过程。这篇文章受到了张隆溪的批评，他认为"风波"不是虚构的文本，而是"事实"。用朱耀伟的话来说，"张氏对周蕾之不满出于她在那篇文章中以电影论述架空了中国现实，使'风波'事件完全文本化。"朱耀伟认为，"张隆溪的说法固然合理：真实的历史是不能'虚构化'的。可是，那并不等于如周蕾所言之再现暴力不是问题。"这里看起来在讨论"后学"的历史文本化的理论问题，真正的分歧其实在于这背后的东西。张隆溪之所以一再强调"事实"和"真相"，背后的潜台词是只有像他这样的来自内地的学者才是了解中国的。"一个熟悉西方理论又有祖国大陆的实践经验的人"可以为

---

① 周蕾：《殖民者与殖民者之间：九十年代香港的后殖民自创》，收入《写在家国以外》，香港：牛津大学出版社1995年版，第115页。

西方之中国"解魅",而周蕾这样的香港人则不具备这个资格,"他看来不能容忍未曾经历中国现实的香港中国人去以西方理论谈论中国。"

张隆溪的另一个被质疑的观点,是对于西方理论进入中国之正面意义的强调。张隆溪认为,"对西方理论之接受并非完全是'西方船坚炮利之下的被迫殖民接受',相反西方理论反倒可能起到在"铁屋"扩展空间的作用,"看似可以解决知识自由的问题,甚至进一步进入政治的层面。"朱耀伟对此感到奇怪,"在此我们已经可以强烈感到'中国'的被动性,对'主体性'的渴求居然很奇怪要建基于西方理论之上,就如女性追求自己的'主体性'之时只陷入了男性眼中的女性形象所应有的'主体性'。"① 张隆溪的这一观点,在陈小眉有关"西方主义"的论述中得到了回应。陈小眉以《河殇》为例说明,在中国,"西方主义"虽然过于美化西方,但却起到了反官方政治的积极效果。(这观点明显是不能接受的)按照德里克的说法,如果承认中国的西方主义,则等于承认了"第三世界不能提出对过去及西方的独立批判",而"使我们困于现代西方的支配之中"。朱耀伟认为,更严重的问题在于,张隆溪和陈小眉以西方性批判中国,事实上巩固了西方主流论述中的中国"他者"形象,并以自己的"中国性"形象在主导论述中谋取了合法的"边缘"位置。在朱耀伟看来,周蕾的批评是十分必要的,"周蕾对此作出了攻击,并倾向以如香港的'无根性'或'双重他者'去解构'中国'这个既存意符的固有方向,将之从既定之'中国性'意指中解放出来,企图借此破坏西方主导系统的'凝视'中的'中国'所应有形象。"

朱耀伟对于张隆溪和陈小眉的批评,内中涉及一个阐释中国的权力问题。对这些海外学者的身份,朱耀伟自香港角度予以了质疑。华裔美国学者李欧梵自称在美国及中国皆属于边缘,因此是"双重边

---

① 朱耀伟:《海外华人论述一:张隆溪与周蕾》,收入《当代西方批评论述中的中国图像》,台北:骆驼出版社1996年版,第120—147页。

缘"。朱耀伟从香港的立场上，提出了不同看法。他认为："从桑青到桃红，从中国到台湾到美国这个所谓的'向边缘'的旅程，'中心'及'边缘'的论述空间皆被占据了。面对如斯'中心'及'边缘'的论述局面，香港看来无处容身。"在他看来，香港连"边缘"都算不上，这种"中间性"及"政治及论述上的不在"才是真正的"双重他者"。朱耀伟现身说法，"且让我以对自己的身份的感受作为例子。在香港出生及成长的中国人在西方论述机制眼中可说来得不及祖国大陆/台湾的中国人'中国'。因为香港的中国人西化了，作为'中国'之表征自然不太适当。语言的次等性问题更加复杂。英文与国语可说同是主导语言，广东话只为'他者'。周旋于两个'自我'之间的'他者'并不是聂华苓的'桑青'及'桃红'之简单二分可以概括的"。在朱耀伟看来，美国华裔学者的边缘位置，不过是以"自我放逐"为名换取了在西方可以发声的合法边缘位置。需要警惕的，是他们与西方"中心/边缘"主导结构的共谋关系。张隆溪的"西方理论，中国现实"、陈小眉的"西方主义"如此，看起来更激进的杜维明的"边缘作为中心"和李欧梵的"解除中心"也如此。

杜维明的"文化中国"概念，似乎刻意挑战原有的"中国中心主义"。他认为，作为中国边缘的台湾、中国香港、新加坡及海外华人等，因为中西结合的成功而更具活力。"边缘"已经对祖国大陆产生了强大的影响力，此所谓"边缘胜于中心"。朱耀伟注意到，杜维明之所谓"边缘"的取向是"西化"，似乎愈"西化"的地方愈先进，它背后的东西其实是"西方中心"。杜维明在反对"中国中心"的时候，却无意中带进了"西方中心"。这"西方中心"背后的殖民性，是需要警惕的。朱耀伟又回到了香港，"就以上香港文化影响祖国大陆为例，我们无法抹煞香港是因为接近西方殖民文化才能影响祖国大陆的文化生产。香港可能只是文化殖民的转口港。"至于李欧梵的"解除中心"，在朱耀伟看来也很可疑。李欧梵所倡导的国际性文化研究，与西方文化生产的关系如何？"中国文化研究为何在'无中心'的中国性之下又重新变成论述工厂的主要生产线？只因'中国'

标签作为论述商品的价值？"①

在对于宇文所安的批评中，朱耀伟直接引用了周蕾的批评，"周蕾认为他不外是为了本身的汉学家的身份受到质疑而感到焦虑。活生生的中国人（北岛）破坏了宇文所安一直以来的中国印象，而不再难于了解的中国诗也完全推翻了他诠释中国文化的独有身份。"朱耀伟认为宇文所安显然希望别人透过他的眼睛看中国，这一目的在西方容易达到，因为西方人不懂汉语，遗憾的是中国批评家也往往通过他的论述看待中国自身，这有点像萨义德在《东方主义》一书中批评的伊斯兰人往往透过西方人的伊斯兰形象看待自己的"自我殖民化"现象。

对于林培瑞的批评，朱耀伟虽在角度上与周蕾有所不同，不过在思路上仍有接近之处。林培瑞以研究中国现代文学中的鸳鸯蝴蝶派起家，以材料的丰富翔实而知名。周蕾曾别具慧眼地分析他与帝国主义之间的联系，即林培瑞对鸳鸯蝴蝶派材料的搜集，事实上来自于西方在人类学意义上对于"他者"的兴趣。在周蕾看来，鸳鸯蝴蝶派的出人意料之处，在于它其实并非是"传统"的，而是"现代"的。朱耀伟所分析的是林培瑞的另一部有关"风波"以后中国当代知识分子的著作《北京夜话》。林培瑞认为，《北京夜话》希望经由他说出中国知识分子的真实声音。林培瑞在谈到这部书的写作起因时，曾谈到刘宾雁和他的如下谈话，"你认识中国历史及文学，而且你又是美国人，你知道美国人对什么有兴趣，并可以用英文将之写出来。"朱耀伟认为，"美国人感兴趣"一语无意中出卖了林培瑞，让我们知道他是在以中国"他者"的内幕迎合美国的口味，"在这种美国的暴力凝视之中，中国知识分子似乎只变成了被观赏的客体。"更重要的是，林培瑞以"官方/非官方""压制/反抗"为基本分类，将自己看作能够穿越双方而达到真实的人，这种二元结构的简单性在"美国人

① 朱耀伟：《海外华人论述二：杜维明与李欧梵》，收入《当代西方批评论述中的中国图像》，台北：骆驼出版社1996年版，第148—167页。

感兴趣"的真相面前暴露无遗，因为在这里，"非官方"的一面事实上等同于西方"民主"价值。由此，"他所谓的'非官方'论述该有的颠覆力量往往变成了西方的民主论述中的另一种'官方'声音。"①

自"中国"的角度对于克里斯蒂娃、福柯、德里达、萨义德等当代理论家的后殖民批判，是朱耀伟的独特之处。福柯、德里达是西方后现代批判理论的代表人物，但这种西方内部的激进理论在涉及非西方他者问题的时候却不免种族局限。福柯在《事物的秩序》中，引用博尔赫斯从"某本中国百科全书"引出的奇奇怪怪的分类方法，以具有"异国的神秘魅力"的中国批判西方思想系统的封闭性。在朱耀伟看来，这种西方人看来奇怪的分类方法，在中国人看来也同样奇怪。福柯固然批判了西方，但这个"洞见"却同时成为对于东方的盲见，"'中国'变成了没有内指的图像，可以随博尔赫斯的想象随意塑造。"② 德里达的情形也相仿佛。德里达以中国文字的象形性为根据，批判西方的语音中心主义。他对于西方语言过于依赖源头及存在而来的形而上学的批判是尖锐有力的，问题是刻意地将中国文字"他者"化了，事实上中国语言既具有象形的特征，也具语音的特征。

更加讽刺的是，作为后殖民理论开创者的萨义德，在批评西方以东方主义形象"再现"伊斯兰的同时，同样地将"中国"也"他者"化了。朱耀伟梳理了萨义德《东方主义》《文化与帝国主义》等书中的"中国"形象，发现萨义德对于中国了解甚少，中国在萨义德的笔下多数时候是沉默的他者，有时却被随意应用于各种场合。萨义德在释述欧洲对于东方的长期控制支配时，把中国也拉进来，事实上中

---

① 朱耀伟：《汉学论述：马克林、宇文所安与林培瑞》，收入《当代西方批评论述中的中国图像》，台北：骆驼出版社1996年版，第168—205页。

② 朱耀伟：《后结构论述——权力与解构：福柯与德里达》，收入《当代西方批评论述中的中国图像》，台北：骆驼出版社1996年版，第31—46页。

国直到近代以前并未有过与西方的广泛接触，自己本身倒是帝国的支配者。有时候，萨义德将中国与苏联联系起来，作为资本主义的抗衡力量，构成当代政治的图景；有时候，中国又与英国、法国等西方强国相联系，与美国进行比较。总之，"中国"形象在萨义德笔下是可以随便运用的，目的是为了成就他的东方学论述。这种做法，正出自于他所批判的东方主义逻辑。

（二）

周蕾虽然一再告诫本土的危险性，批评以弱势反攻的政治，但在她以香港为阵地左右开弓的时候，被视为双重边缘的香港却在无意中被美化了，成了一个乌托邦。1994年《香港文化研究》第1期刊载了余伟君关于英文版《写在家国之外》的书评，文章认为周蕾将"边缘性"转化成了自己的优越身份。次年，叶荫聪又在"北进想象"的专辑里批评周蕾的"后殖民自创"是将香港建构成"另类本土主义"。陈丽芬在其有关周蕾的专文中认为，周蕾处处标示自己的香港根源，借此与同行中的美国学者或大陆、台湾学者分清界线，为自己制造了一个特殊位置，"她用香港为隐喻，标划出一个想象的界域，在美国学术界中为自己创造一个学术上的'家国之外'。"前文曾提到，周蕾认为，双重边缘化这一"这种非香港人自选、而是被历史所建构的边缘化位置，带来了一种特别的观察能力"。陈丽芬认为，周蕾觉得香港的本源性特征可以保证她不犯其他人犯下的错误，这是令人惊讶的，"周蕾曾经猛烈地抨击'身份'、'本源'等观念，然而当谈到她自己的文化身份——尤其是专业身份时——她立刻陷于一种本质主义与乌托邦式的论述模式中"①。

至于周蕾那段美化香港的话，更为人所诟病。周蕾说：

---

① 陈丽芬：《文学批评与文化身份——周蕾·后殖民·香港》，此文部分初稿曾于1998年香港中文大学"中国现代文学研究方法与评价问题"研讨会上宣读，后收到《现代文学与文化想象：从台湾到香港》，由台北书林出有限公司出版，第1—38页。

作为一个殖民地，香港不就是中国未来都市生活的范例吗？如果我们接受只有在后殖民时代中，中国城市的现代性（正如其他非西方城市的现代性一样）才能最明确地被界定这个说法，那么香港在过去一百五十年间，其实已经走在"中国"意识里的"中国"现代化最前线了。①

孔诰烽认为，"这类认为普天下都朝同一终点进发的线性现代化史观一直是欧洲人殖民大业的帮凶。"② 叶荫聪持相同看法，他认为这段话流露出一种"现代化论"的观点，以美国为主的现代化理论，去衡量各地的社会发展程度，这种看法"完全漠视了复杂的殖民关系，这种社会进化论的观点把香港置放在现代化的一端，恰好与她对香港/中国的二分相对照"③。陈丽芬更认为，周蕾一方面强调香港的被支配，另一方面又强调香港的典范，"奇怪地结合了自我肯定与否定。"④

大概是因为身在内部，朱耀伟似乎反倒较周蕾更能看清香港的问题。在德里克、三好将夫等人有关后殖民理论与全球资本主义共谋关系论述的启发下，经由对于香港电影的观察分析，朱耀伟认为，"混杂香港文化常被视为被殖民的单纯受害者，本身的排他政治和暴力并未有受到足够注意。"也就是说，香港并非仅仅处于殖民压迫的夹击

---

① 周蕾：《殖民者与殖民者之间：九十年代香港的后殖民自创》，收入《写在家国以外》，香港：牛津大学出版社1995年版，第102页。
② 孔诰烽：《初探北进殖民主义》，收入陈清侨编：《文化想象与意识形态》，香港：牛津大学出版社1997年版，第85页。
③ 叶荫聪：《边缘与混杂的幽灵》，收入陈清侨编：《文化想象与意识形态》，香港：牛津大学出版社1997年版，第46页。
④ 陈丽芬：《文学批评与文化身份——周蕾·后殖民·香港》，收入《现代文学与文化想象：从台湾到香港》，台北：书林出版有限公司，第26页。

中，反倒是利用自己的位置在全球资本主义格局中谋利。

1998 年农历年间，香港上映了 5 部电影：《铁金刚之明日帝国》《血仍未冷》《我是谁》《行运一条龙》和《九八古惑仔之龙虎争斗》。前两套是美国好莱坞制作，后三套是港产电影。《铁金刚之明日帝国》《血仍未冷》虽然是美国制作，却由香港演员周润发和杨紫琼担任男女主角，是香港电影进军好莱坞的梦想成真。不过，这些角色无法脱离西方的他者想象。《明日帝国》虽然是一部重视女主角的铁金刚电影，但杨紫琼却仍要无端地在充满墨西哥风情的东南亚中淋浴，在西方目光的凝视下展示其湿衣的东方女性胴体。《血仍未冷》却因为主角是周润发，女主角是白人演员，于是床上戏就免了。香港影评人戏称，"假如男主角是常为香港导演所常用的尚格云顿（Jean – Claude Van Damme），就定必会有一场床上戏，但现在男主角是中国人，香艳的床戏便欠奉了。"这既可能是东方人性欲冷淡的刻板看法，更可能是白种人不能与东方男性发生性关系的禁忌。这样一种东方主义分析，是人们首先想到的。在这里，香港演员成为"中国"的象征，成为西方他者。在朱耀伟看来，"香港"在这里的角色并没有这么简单，他由此推衍出另外一套完全不同的分析。在朱耀伟看来，周润发与杨紫琼在电影中的角色与祖国电影是完全不同的，如果说我们在《大红灯笼高高挂》《菊豆》《喜福会》会等电影中看到的是杰姆逊所说的"民族寓言"，那么我们在周润发和杨紫琼的身上完全看不到"中国性"之下的有关民族国家的深层指涉，而只是谙熟好莱坞制作模式的东方表演。如此，出人意料的结论出现了：香港在这里并不是受压制的"中国"的代表，而是好莱坞资本主义的一个部分，它的特色是出卖"中国性"，"香港与全球资本主义难舍难分的关系被掩饰了，其实香港也许是以出口中国性为主要任务，世界上最大的唐人街。东方主义与全球资本主义在香港而言是一体之两面，而香港之成功正是由于它成为全球资本主义的一分子，香港的身份正是在如此情况中发展出来的"。

接着朱耀伟分析后面 3 部港制电影，进一步验证他的结论。《我是谁》《行运一条龙》和《九八古惑仔之龙虎争斗》这 3 部电影都存在着一个"身份认同"的问题，但在朱耀伟看来，这种身份认同是表面的，只是一部电影动作的手段。成龙在《我是谁》所问的"我是谁？"很容易让人想到追寻殖民文化身份认同的意思，事实上"我是谁"只是主角短暂失忆时的名字，不是严肃的反思，而是"噱头"而已。它的功能不外乎启动成龙的身手表演，让观众既看到成龙的亡命特技，又能观看旅游节目般的跨国历程。《行运一条龙》和《九八古惑仔之龙虎争斗》的身份困惑是由本土性的失落造成的，而这种"本土性"原来就是刻意制造出来的，它只是一种让人"否想"现在的手段。朱耀伟总结说："综上所述，《行运一条龙》的本土性与《我是谁》的'我是谁？'问题和《古惑仔五》陈浩南的身份危机一样，都是商品化的浮面意符，其动作逻辑实际无异于《明日帝国》和《血仍未冷》中的中国图像。要是《明日帝国》和《血仍未冷》可以被诠释为'借戏谑西方的东方主义'及揭示全球资本动作逻辑，《我是谁》《古惑仔五》和《行运一条龙》则可以说是以寻找失落的身份来掩饰全球资本日渐强大的影响。"后殖民已经成为香港商业化的操作逻辑，"中国性""本土性"是香港在全球资本主义市场中消费的对象，"'本土性'早就变成了商场售买的货品一样"，"这些'全球化的本土性'正是香港全球化经济的最佳'本土'点缀。"①从朱耀伟的分析中我们看到，香港的位置发生了颠倒，也就是说，在"西国"和"中国"之间，香港并不是两边受难，而恰恰是两边沾光，即有意以"东方"身份在全球资本主义发展过程中获益。

在香港，支持朱耀伟、或者说启发了朱耀伟的，是 1995 年"北进想象"论述。如果说朱耀伟阐述了香港资本与好莱坞西方资本的共谋关系，"北进想象"论述则揭示了香港资本与内地资本的合作以至

----

① 朱耀伟：《我是谁，全球资本主义年代的后殖民香港文化》，收入《本土神话：全球化年代的论述生产》，台北：台湾学生书局 2002 年版，第 111—132 页。

于对内地的殖民行为。这两方面的论述，共同揭穿了香港"边缘"性论述中的香港"清白"位置。

"北进想象"专题发表于1995年《香港文化研究》第3期上。由5篇文章构成："北进想象"专题小组署名、卢思聘执笔的《北进想象——香港后殖民论述再定位》，罗永生的《后殖民评论与文化政治》，叶荫聪的《边缘与混杂的幽灵——谈文化评论中的"香港身份"》，孔诰烽的《初探北进殖民主义——从梁凤仪现象看香港夹缝论》，谭万基的《没有陌生人的世界——佐丹奴的世界地图》。其中，"北进想象"专题小组署名，卢思聘执笔的《北进想象——香港后殖民论述再定位》一文是一篇对于本专辑的概述，罗永生的《后殖民评论与文化政治》是一篇与香港没有多少关系的后殖民理论介绍，叶荫聪的文章最有锋芒，以"北进想象"批评了香港的"边缘"和"混杂"论述，后两篇孔诰烽和谭万基的文章借由梁凤仪的小说和佐丹奴的广告分析香港的"北进想象"。

周蕾有关香港的"边缘"性论述，在香港是一种具有普遍民生的看法，即以1995年香港《今天》杂志上的"香港文化专辑"而言，据叶荫聪介绍：

> 也斯在专辑的引言中仍以混杂及边缘性为主线，专辑的文章铺排亦是以李欧梵的《香港文化边缘性初探》开首，颇有点题的味道。第二篇是刘以鬯介绍王韬的《香港文学的起点》，刘以鬯在文中只强调王韬的多才多艺、学贯中西、兴趣横跨雅欲之间，但也斯也老实不客气地指出王韬的"不纯粹"及"边缘性"，正好显示香港文化特色；接着是介绍丘静美的《跨越边界：香港电影的大陆显影》，强调"九七"的历史时刻下香港文化的混杂与边缘，中间花了颇长篇幅介绍丘世文及董启章有关普及文化的文章后，又再是周蕾讨论香港自创的边缘文化的《殖民者与殖民者之间：九十年代香港的后殖民自创》。

虽然是编者的有意串通，但在叶荫聪看来，也斯、李欧梵、丘静美、周蕾等人都差不多可以算得是"边缘"论者。叶荫聪对于这种他概括为"边缘压倒一切"的倾向并不认可，毫不客气地逐一加以批评。李欧梵在文章中戏谑地将香港与霍米·巴巴的"杂种"概念联系起来，受到叶荫聪的"较真"，他认为霍米·巴巴强调的是边缘与中心界线的模糊，与李欧梵致力于建立的香港边缘化身份正相反。也斯在《小城无故事》一文中，将外地关于香港的曲折离奇的故事称为"大故事"，认为香港本地的故事则是减低故事性的，叶荫聪认为这种说法未免二元对立，因为香港显然不乏情节丰富的电影。也斯却将香港人的大故事解释为"内化"了外地人的故事，这种"内""外"的划分在叶荫聪看来也过于随意。丘静美在对于《省港旗兵》等电影的分析中，倒是分析了香港与内地"跨界"的问题，但叶荫聪认为，其中文明现代的香港对于改革开放前原始贫穷内地的"凝视"背后的权力关系仍未得到注意。叶荫聪对于周蕾的质疑，最能显示"北进想像"研究小组与边缘论者的思路差异。

叶荫聪认为，周蕾将香港视为受害者的看法，问题多多。他引出周蕾关于"于拆解'英国'的同时，也要质询'中国'这个观念"的话，指出，"中国"固然要质询，但按照查格巴拉提质疑"印度"的说法，应该受到质疑的其实是"香港"本身。在叶荫聪看来，作为一个高度发达的资本主义地区的香港，它与中国的关系到底是殖民还是被殖民还很难说。叶荫聪说："在二十世纪的资本主义舞台，香港已不是一个任人鱼肉的小岛，相反，在文化、经济上香港无时无刻不向北侵略，大陆内的'港式经营'、'香港潮流'等等在街头无处不在，最明显的例子便是在中国大都市成行成市的佐丹奴时装店。"①"北进想象"专题小组的思路，正来源此。他们认为：香港自身就存在着对于东亚、东南亚，特别是对于内地的资本主义霸权和殖民行

---

① 叶荫聪：《边缘与混杂的幽灵》，收入罗永生编：《文化想象与意识形态》，香港：牛津大学出版社 1997 年版，第 45 页。

为，这种现象已经达到怵目惊心的地步：

> 自八十年代中起，资本家在工业再结构的口号下便开始将工厂和资金大量北移，利用微薄的工资、不人道的工作与居住环境，剥削珠江三角洲（北方南来的民工）廉价劳动力，榨取巨大的剩余价值；随着资本家、中层管理技术人员、以至货柜司机的频繁北上，包二奶嫖北姑等以金钱优势压迫女性的活动日益蓬勃，使广东省沿岸成为香港男人的性乐园；此外，香港文化工业不单成为了东亚和东南亚地区普及文化的霸权，在北进的洪流下亦趁势攻占大陆市场，将港式资本主义意识形态散播到社会主义祖国。①

当然，如果直接把香港从被殖民者转变成殖民者，则问题就过于简单了，依然是二元对立的思维的翻转。叶荫聪提醒我们，必须从香港/中国的支配/被支配的关系中走出，看到两者内部的差异关系，看到两者资本权力间的互动。事实是香港的资本与内地的权力及资本结合起来，共同压迫低层民众：

> 当中的问题已非香港是否文化侵略大陆，而是香港与大陆中的主导集团如何形成文化霸权，以新殖民者的姿态，向某地区人民进行经济文化殖民，我们不要忘记，佐丹奴的第二大股东及董事局中最有影响力的是中资机构呢！②

在"北进想象"研究小组看来，周蕾等边缘论者将香港作为一

---

① 卢思聘：《北进想象：香港后殖民论述再定位》，收入罗永生编：《文化想像与意识形态》，香港：牛津大学出版社1997年版，第4页。

② 叶荫聪：《边缘与混杂的幽灵》，收入罗永生编：《文化想象与意识形态》，香港：牛津大学出版社1997年版，第45页。

个自足的被多重殖民的边缘，既没有看到香港北进殖民的资本主义
"中心"的一面，也没有看到香港资本与外界联合制造强势的一面。

孔诰烽试图以梁凤仪的作品为对象，分析香港的"北进想象"
意识。在文章中，孔诰烽首先列举了梁凤仪小说中多段为港人诟病的
"爱国爱港"言论。如：

> 中国要有光明的一日，不是人人唉声叹气就可以争取得来
> 的。我们首先要整顿自己，努力生活，心有余情，体有余力，才
> 可以为国为民。自然，此际国难当前，任何一个对祖国有感情、
> 承认自己是中国人的人，都会以国家情势为首要的关心的对象，
> 儿女私情又算得了什么？

在香港，这些既动听又无新意的修辞，已被指责为"献媚"和
"擦鞋"，在"九七"前为自保而讨好中共。孔诰烽认为问题没有那
么简单，"爱国爱港"的说辞背后，另有隐藏着的意识形态建构：

> 我想念现在香港及国际商人，都掀起一股大陆热，认为大陆
> 是金矿，跑进去做生意，有大把世界……（《人人有泪不轻弹》）

> 你难道不知道这九十年代是筷子天下？世界经济重心将转移
> 至亚太地区来，我将以香港为基地。

> 当然，天哥鸿福齐天，天不怕地不怕，你的八字可能正配合
> 转移的气数，从此独霸天下，南面称王。（《醉红尘》）

至此，真相大白，"留港建港，投资国内，为的不真是'爱国爱
港'；'爱国爱港'也非单为了讨好中共，力求自保。在此种种背后，
还有一个不可告人的欲望；就是在"九七"转折中力争独霸天下，
南面称王，分享北进红利。"孔诰烽认为，"南面称王"这句话尤其

值得注意，过去中国古代帝王是"北面称王"，现在时移世易，中国的中心要转移到香港来了。

香港处于英国和中国之间的中间地位，既可以被想象成两面受气的夹缝，其实也可能是傲视中英的中心。小说《今晨无泪》的主人公魏千航是中英混血，但他却成了中英两国政府争相笼络的巨商，而他对于两方都不太放在眼里，自由选择中西兼容的开放态度，"香港（人）的夹缝性与被歧视的历史早已随着经济的起飞而远去，香港早已建立了自我意识及自尊（'别竖一帜，风生水起'）。现在，'香港（人）'不单是中英两国欲及的客体，更是借助自身的特殊位置从两地攫取实利的主体。"

主体构造的另一面是制造"他者"。孔诰烽还注意到，尽管梁凤仪高唱"爱港爱国"，但在骨子里却是鄙视内地的。梁凤仪对于中国的称赞，似乎只停留在虚幻的过去，所谓五千年伟大文化，传统美德云云，而现实中的内地中国人在她的笔下却多是负面的，如不工作、无效率、生活习惯不文明等等，与此相对的是香港人或港资企业的勤奋、讲效率、文明、公正。内地人的懒散粗鲁与香港人文明效率，在梁凤仪的文章中常常形成一种对比结构。让人吃惊的是，正如我们前面所谈到的，这种歌颂传统、批评现代的做法，正是西方东方主义者的通常策略，无怪乎孔诰烽由此想起了英国殖民者对于香港的描写，"毋庸置疑，梁凤仪散文充斥着开化大陆、将'香港'的一套（强）加于大陆之殖民主义欲望。令人惊讶的是，这些散文对大陆人的描写，与十九世纪欧洲殖民主义文学对殖民地土著的描写竟然十分相似。读者只要将梁凤仪笔下的'大陆人'与英国殖民小说 *Taipan* 或 *Noble House* 中的香港华人比较一下，或参考斯布尔对各种殖民主义叙事体的分析，就可清楚个中道理。"[①]

---

① 孔诰烽：《初探北进殖民主义——从梁凤仪现象看香港夹缝论》，收入罗永生编：《文化想象与意识形态》，香港：牛津大学出版社1997年版，第76页。

尽管周蕾屡屡提及我们既要注意香港与英国的关系，也要注意香港与中国的关系，但我们似乎只见到她对于中国的批评，却很少看到她对于英国殖民统治的分析。我们看到，无论是"边缘""夹缝"论述，还是"北进想象"，都将焦点聚集在香港与内地的关系上。而香港后殖民实践的题中之义——对于香港与英国殖民关系的分析——却很难见到。这不能不让人感到奇怪。

　　不唯当代香港后殖民实践缺乏对于英国/香港关系的反省，回顾整个香港的历史，可以说，反帝反殖的文化意识从来就不发达，这是一个十分独特的现象。从香港出走的叶维廉，意识到了这个问题的严重性。

　　作为昔日 20 世纪五六十年代"香港诗坛三剑客"之一，叶维廉对于香港文学不敢面对殖民统治的状况极为愤慨。他认为，殖民教育的本质特征在于无法推行启蒙主义，既不能通过教育让人意识到人作为自然个体的权利，也不能自觉到作为一个中国人的处境。殖民教育只能采取"利诱、安抚、麻木"等手段，制造替殖民政府服务的工具。在叶维廉看来，香港殖民文化是西方文化工业的延伸，"由于殖民主义的侵略和统治，香港在没有工业革命的条件下，成为阿道诺所说的西方文化工业的延伸，亦即是把人性物化、商品化和目的规划化。香港商品化的生命情境，是在殖民文化工业的助长下变本加厉地反香港人的真质压制、垄断和工具化。亦即是说，是对人性作双重歪曲。"叶维廉提出的问题是，"对这种人性的双重歪曲，香港的中国人没有民族自觉吗？没有抗衡的力量吗？没有识破殖民教育洗脑式文化工业背后的暴力行为的能力吗？"答案很让人失望，"很不幸的是，起码在五六十年代时期，好像没有。所谓民族自觉的空白，当然是由于殖民文化工业的关系。但，事实上不完全是没有，知道这个暴行，但没有能力去抗衡，或者说，没有找到支持他去抗衡的依据"。

　　在这种情况下，叶维廉认为香港其实还没有发展出自己的文学。在他看来，一个地区的文学是描写自己独特的历史经验。香港文学却不是模仿大陆，就是模仿台湾，很少有反省香港殖民经验的作品。叶维廉认为：香港一直以思想自由自诩，但能不能自由地表现香港的殖民性问题呢，有没有这方面的作品呢？他认为这方面的作品或者隐晦或者很少，而在他看来唯有这样的文学才算是真正的香港文学，他苛刻地提出："能触及和反映在这个体制下的挣扎和蜕变（这当然包括中国意识与殖民政策的对峙、冲突、调整，有时甚至屈服而变得无意识、无觉醒到无可奈何的整个复杂过程）才算香港文学。"①

这种真正的香港文学也不是完全没有，叶维廉重点推出的诗人昆南——20世纪五六十年代"香港诗坛三剑客"的另外一位（第三位是无邪）——即是一位他心目中的反殖诗人。昆南是五六十年代香港文坛少有的一个具有反抗意识的诗人，"对于殖民文化工业麻木群众的现象，对于在双重的歪曲下人的工具化，昆南伤情而愤怒，一而再再而三的，用不同的诗、散文、小说，重写着香港人在文化情结中的命运。"昆南背后的动力，是中华民族主义，正如他在《现代文学美术协会宣言》中所说的，"我们年轻的一群决不能安于鸵鸟式的生活……中华民族的精魂的确已在我们耳边呼唤着我们的责任，鞭策着我们的良知。"②

叶维廉以中华民族主义作为香港反抗英国殖民统治的工具，在香港当代后殖民论述中可能不会得到认同，但他提出的香港在殖民文化统治下缺乏反抗的批评，却是发人深省的。香港当代后殖民建构将矛头主要对准内地，忽视了真正的英国殖民者，这大概验证了叶维廉的说法。

---

①② 叶维廉：《自觉之旅：由裸灵到死——初论昆南》（1988），收入《叶维廉论文集》，合肥：安徽教育出版社2002年版，第267—294页。

在殖民地台湾，"启蒙" 如何可能？

（一）

1784 年 11 月，德国的《柏林月刊》发表了对于"什么是启蒙"的看法，回答者是康德。差不多 200 年后，米歇尔·福柯撰写了《什么是启蒙》的文章，重新回答这一问题。福柯指出："它对我来说似标志着进入有关一个问题的思想史的合适路径，这个问题现代哲学一直无法回答，但也从未设法摆脱。这是一个 200 年来以各种形式重复的问题，从黑格尔，中经尼采或马克思，直到霍克海默尔或哈贝马斯，几乎一切哲学都未能成功地面对这同一问题，无论是直接还是间接地。"福柯甚至将对于"什么是启蒙"这一问题的不断回答视为"现代哲学"的根本特征，"现代哲学就是这样一种哲学，它正在试图回答这个两个世纪前如此鲁莽地提出的问题：什么是启蒙？"

康德对于"什么是启蒙"的回答是："把我们从'不成熟'的状态释放出来。所谓'不成熟'，他指的是一种我们的意志的特定状态，这种状态使我们在需要运用理性的领域接受别人的权威。"康德启蒙思想的核心在于理性的自由运用，这样一种关于"启蒙"的答案，来自于笛卡儿以来的理性主义哲学传统。康德把启蒙描绘为人类运用自己的理性而不臣属于权威的时刻，福柯赞成启蒙的批判精神，但认为"主体"和"理性"却不应该成为批判的前提和出发点。对于主体的质疑和启蒙理性的批判，是作为"后现代"源头的福柯思想的独特之处。福柯认为，康德的"人类学"，包括胡塞尔的现象学、萨特的存在主义，都是先验主体哲学，将一切建立在有限性的"人"之上。而在福柯看来，"人"不过是近期的一个发明，而且正在接近终点。人就像印在沙滩上的一幅画，即将被抹去。福柯说："无论如何，我们都知道新思考的所有努力都正好针对这个人类学的：也许重要的是跨越人类学领域，从它所表达的一切出发摆脱它……也许，我们应在尼采的经历中看到这一根除人类的第一次尝试……人之终结就是哲学之开端的返回。在我们今天，我们只有在由人的消失所产生的空档内才能思考。"① 在福柯看来，历史分析并非属于认识的主体理论，而应属于话语实践。批判的实践不是试图成就科学的形而上学，不是寻找知识和普遍价值的正式结构，"它在构思上是谱系学的，在方法上是考古学的"②。

仿佛要验证"几乎一切哲学都未能成功地面对这同一问题"的断言，福柯本人事实上也并未能终结康德以来的关于"什么是启蒙"的问题。对于福柯的最大挑战并非来自于理性主义内部，而是来自于后殖民立场。霍米·巴巴（Homi Bhabha）自西方种族主义角度不仅挑战了启蒙现代性，同时也挑战了福柯等人的后现代论述。霍米·巴巴从法农（Frantz Fanon）的黑人在现代世界的"迟误性"和（belateness）"时间滞差"（time－lag）的概念出发，论述殖民地世界对于西方现代性的挑战。他认为：正如"迟误性"不过是把白人想象为普遍性规范性的结果，所谓"时间滞差"也只是在人类持续进步主义者的神话中产生的。在霍米·巴巴看来，正是在这种"迟误性"和"时间滞差"所体现的殖民后殖民的历史符号中，现代性工程显露出自己的矛盾性和未完成性。对于康德及哈贝玛斯以来的不断重构和再造的启蒙现代性，霍米·巴巴想问的是：这种重构和再造中是否

① ［法］米歇尔·福柯著，莫伟民译：《词与物——人文科学考古学》，上海：上海三联书店2001年版，第445—446页。

② ［法］米歇尔·福柯著，汪晖译：《什么是启蒙》，汪晖、陈燕谷主编：《文化与公共性》，北京：三联书店1998年版，第437页。

没有意识到一种文化局限性，那就是文化差异中的种族中心主义。的确，一旦将殖民性的维度带入现代性，问题立刻就会浮现出来。霍米·巴巴说："我想提出我的一个反现代性的问题：在殖民条件下，在给予其自身的是历史自由、公民自主的否定和重构的民族性的时候，现代性是什么呢？"很显然，在受到压制的殖民性空间和时间内，出现了一种反现代性的殖民性。不过，霍米·巴巴认为，这种转换并不是对于原有的文化系统的简单推翻，不是以一种新的符号系统代替原有的符号，因为这样做的话其实只是助长了原有的未加反省的"统一性政治"。"殖民性构成了现代性的断裂，但它既质疑现代性，又加入现代性。它构成一种滞差的结构，从而重述现代性。"①

不能不承认，后殖民理论针对殖民主义和西方中心主义的质疑，是对于西方启蒙现代性及后现代性的最大挑战，它无疑给前殖民地及第三世界国家地区的历史分析提供了崭新的历史空间。遗憾的是，我们的历史及文学史分析，似乎并没有为之触动，仍然不自觉地走在被强加的启蒙现代性的逻辑中，未能意识到殖民地现实与启蒙现代性之间的巨大裂缝。

赖和是台湾新文学史的开拓者，常常在启蒙的意义上被称为"台湾的鲁迅"，但我在阅读赖和的时候，却总感到无法将赖和与启蒙主义论述严丝合缝地扣在一起，其间总存在着似是而非的地方。现在从后殖民的立场看起来，在西方启蒙现代性的框架内论述殖民地台湾原就是似是而非的，作为台湾新文学开创者的赖和恰恰给我们提供一个反省和挑战台湾文学史叙述的机会。

（二）

在论述赖和的时候，人们常常从他对台湾封建道德的愚昧阴暗的批判开始，譬如他的小说中对于吸鸦片、赌钱、祖传秘方等国民劣根性的批判，然后再转出他对于殖民统治的抗议，这显然出自祖国大陆

---

① Homi K. Bhabha. *Conclusion：Race，Time and the Revision of Modernity. The Location of Culture.* Published by Rouledge，1994. P236－256.

五四新文化以来"反封建"的现代性眼光。其逻辑是，赖和的主要关注在于"现代"和"世界"，以启蒙提升落后的台湾，为此甚至不惜牺牲狭隘的民族自尊，当然日本的殖民压迫却提醒了他民族的仇恨，甚至使他对于"现代"的"合理世界"的理想产生怀疑。如此"启蒙主义"优先于"民族主义"的论述，源远流长。早在 1945 年为《赖和日记》的发表所写的"序言"中，杨守愚就指出："先生生平很崇拜鲁迅，不单是创作的态度如此，即在解放运动一面，先生的见解，也完全和他'……所以我们的第一要着，是在改变他们（国民）的精神，而善于改变精神的，当然要推文艺……'合致。所以先生对于过去的台湾议会请愿、农民工解放……运动，虽也尽过许多劳力，结果，还是对于能够改变民众的精神的文艺方面，所遗留的功绩多。"①作为与赖和相交很深的同时代且同乡作家，杨守愚以鲁迅的"改造国民性"精神概括赖和，似乎成了后世有关赖和的启蒙论述的源头。当然，启蒙论述还可以往前追溯。首次将赖和称为"台湾文学的父亲或母亲"的王锦江（诗琅），早在 1936 年的时候就曾谈道："赖和还保有大量的封建文人的气质。"②认为赖和身上尚存"封建性"的不足，这其实是从反面说明论者所持的"启蒙"立场。

用"改造国民性"的思想，来论述殖民地作家赖和，总让人觉得有点尴尬。熟悉赖和著述的人，应该很容易发现，"国民性"在赖和那里其实是一个标示着日本殖民教化的负面概念。在日据台湾，"国民性"是日本人教训台湾人的口号。在日本人眼里，台湾人是愚昧落后的，只是通过"涵养国民性"，才能达到"文明"的日本人的地位。在《归家》这篇小说中，我们能够看到赖和对于"涵养国民

---

① 李南衡主编：《日据下台湾新文学·明集 1·赖和先生全集》，台北：明潭出版社 1979 年版，第 6 页。

② 王锦江：《赖懒云论——台湾文坛人物论（四）》，《台湾文学》1936年 8 月 201 号，收入李南衡主编：《赖和先生全集》，台北：明潭出版社 1979 年版。

性"的讽刺，这一点我们后文还会论及。在殖民统治下的台湾，"启蒙"其实是一悖论，因为"新/旧""文明/落后""现代/封建"等等总是与"日本/台湾"等同起来，它事实上成了殖民者借以压迫教化殖民地的"事业"，这不能不让被殖民者心存疑虑。

赖和从种族歧视走向对于"文明"的怀疑过程，我们可以在带自传性质的小说《阿四》中见到端倪。在阿四从医学校毕业后赴职的车上，一个日本人纠正阿四关于"同是日本人"的错误。这个日本人对他说：台湾人也可以说是日本人，不过还是称为"日本臣民"较为恰当，言下之意"似在暗示他不晓得有所谓的种族的分别"。"这句尖利的话，在阿四无机的心上，划下第一道伤痛的刃痕。"随后，医院的现实很快验证了这位日本人所说的"种族的分别"。在同去报告的学生中，阿四的薪水竟然不及日本人的一半，租房子的费用也仅仅是日本人的六折。他终于辞职回到了乡间，开业就医。他的想法是自己做事，可以较多自由，不似原来那么受气，"谁想开业以后，不自由反更多，什么医师法、药品取缔规则、传染病法规、阿片取缔规则、度量衡规则，处处都有法律的干涉，时时要和警吏周旋。"在殖民地台湾，阿四想逃脱殖民压迫，终究成为不可能。值得注意的是，在赖和眼里，医学规则与法律及警察联系在一起，不仅成了民族压迫的工具，也成了干涉个人自由的工具。在小说中，阿四"觉得他的身边不时有法律的眼睛在注视他，他不平极了，什么人的自由？竟被这无有意义的文字所剥夺呢？"[①] 在这里，赖和发现：科学、法律等等现代文明观念，事实上成为日本殖民统治的工具。对于文明"启蒙"与种族歧视压迫关联的认识，奠定了赖和后来观察问题的独特眼光。

赖和成名作《一杆"秤仔"》，屡屡被我们举为日本警察欺诈台湾下层农民的文本。细究起来，赖和在这里所抨击的"欺诈"，其实

---

① 赖和：《阿四》，收入林瑞明编：《赖和全集2，小说卷》，台北：前卫出版社2000年版，第265—275页。

就指向了"文明"的法规对于本土的窒息。小说中的"大人"想白拿秦得参的菜，未得逞后，恼羞成怒，就说秦得参的秤有问题，不但把他的秤折了，还把他关了监禁。赖和在小说中，直接分析了殖民统治之"法"，对于台湾百姓的无处不在的盘剥，"因为巡警们，专在搜索小民的细故，来做他们的成绩，犯罪的事件，发现得多，他们的高升就快。所以无中生有的事故，含冤莫诉的人们，向来是不胜枚举。什么通行取缔、道路规则、饮食物规则、行旅法夫、度量衡规纪，举凡日常生活中的一举一动，能在法的干涉、取缔的范围中。"①在小说《蛇先生》中，赖和更发出了对于殖民者法律的直接抨击，"法律！啊！这是一句真可珍重的话，不知在什么时候，是谁个人创造出来？实在是很有益的发明，所以直到现在还保有专卖的特权。世间总算有了它，人们才不敢非为，有钱人始免被盗的危险，贫穷的人也才能安分地忍着饿待死。……像这样法律对它的特权所有者，是很利益，若让一般人民于法律之外有自由，或者对法律本身有疑问，于他们的利益上便觉得有不十分完全，所以把人类的一切行为，甚至不可见的思想，也用神圣的法律来干涉，人类的日常生活、饮食起居，也须在法律容许中，总保无事。"赖和这一段对于法律的抨击，是有感于日本西医法律对于台湾民间医士蛇先生的行医资格的剥夺而发。令人奇怪的是，尽管赖和这段对于法律的抨击被论者广为征引，但《蛇先生》这篇小说的主题却常常被视为赖和对于迷信于民间草药秘方的"国民性批判"。在这里，"殖民批判"与"国民性批判"之间存在着某种逻辑上的冲突。

《蛇先生》的故事是这样的。在蛇先生的家乡，隔壁村庄某一被蛇咬伤的农民，因为医治效果不明显，经人推荐找到蛇先生，蛇先生敷之于草药，病人的红肿很快消除了。蛇先生反倒因此触犯了法律，成了罪犯，因为蛇先生不是"法律认定的医生"。蛇先生被带到了拘

---

① 赖和：《一杆"秤仔"》，收入林瑞明编：《赖和全集2，小说卷》，台北：前卫出版社2000年版，第48页。

留所，并被拷打。如此，蛇先生的名声反倒传播出去了，上门求医的多了起来。有一日，告发他的西医找上门来，向蛇先生打听他的草药秘方。蛇先生诚恳地告诉他，并没有什么秘方，不过是一般的药草而已，因为多数阳毒的蛇咬人不过红肿腐烂而已，"治疗何须秘方"。西医不相信，把草药拿回去寄给朋友进行了一年多的科学化验，结果证明的确并无特殊成分，不过巴豆等普通草药。在我看来，《蛇先生》一方面的确讽刺了台湾村民迷信秘方的思想，但另一方面更抨击了以科学、法律为名的日本（西方）① 殖民文化对于台湾传统和民间文化的压制，这似乎才是小说的重点。小说对于蛇先生的描写是正面的，它反复写到蛇先生的诚恳坦白，而对于日本大人以科学、法律的名义欺诈乡民的行为却有明确地批判。小说写道，"他们也曾听见民间有许多治蛇伤的秘药，总不肯传授别人，有这次的证明，愈使他们相信，但法律却不能因为救了一人生命便对他失其效力。"况且，这些"大人"执法的动机从来就不是为了公正，赖和讽刺地写道："他们平日吃饱了丰美的饭食，若是无事可做，于卫生上有些不宜，生活上也有些泛味，所以不是把有用的生产能力，消耗于游戏运动之里，便是去找寻——可以说去制造一般人类的犯罪事实，这样便可以消遣无聊的岁月，并且可以做尽忠于职务的证据。"②

事实上，赖和的批判不止于殖民者借"文明"之名行野蛮之实的层面，而涉及了对于"文明"本身的质疑。通常的看法认为：科学实验的结果，把蛇先生的"秘方"打回到原形，从而令迷信"秘方"的乡间显得如何可笑。我的看法正相反，实验的结果，其实表明了"科学"在民间医药面前的无能。赖和对于本土社会西医的专断，的确不无看法。在《归家》中，赖和就借卖圆仔汤的和卖麦芽羹的小贩的对话质疑过西医的"权威"。在一位小贩谈起过去好是因为没

① 日本/西方的关系值得另外撰文讨论。

② 赖和：《蛇先生》，收入林瑞明编：《赖和全集1，小说卷》，台北：前卫出版社2000年版，第89—104页。

有日本警察的时候，另一位接着提到现在疾病的增多正是由西医带来的，"现在的景况，一年艰苦过一年，单就疾病来讲，以前总没有什么流行病、传染病，我们受着风寒，一帖药就好，现在有的病，什么不是食西药竟不会好，像我带（染上）这种病，一发作总著（得）注射才会快活，这样病全都是西医带来的。"另外一位对此亦表示同意，"哈！也难怪你这样想，实在好几种病，是有了西医才发现的。"① 蛇先生的民间草药的确具有治疗蛇伤的神奇效果，但因为不能为建立于西方知识之上的科学实验所确定就被取消资格，甚至视为犯罪，这正是普遍性的西方现代知识对于非西方地方性文化的暴力。事实上，作为中国传统文化的中医，至今也没有完全得到西方医学科学的承认，原因正是没有得到赖和所说的科学试验的证明。西方医学科学至今还以解剖学为根据，宣布中医经络理论的荒谬。"科学"的逻辑十分可怕的，逼迫你去遵守，"所谓实在话，就是他们用科学方法所推理出来的结果应该如此，他们所追究的人的回答，也应该如此，即是实在。蛇先生之所回答不能照他们所推理的结果，便是白贼（说谎）乱讲了，这样不诚实的人，总着（得）儆戒，儆戒！除去拷打别有什么方法呢？拷打在这二十世纪是比任何一种科学方法更有效的手段。"赖和对于"科学"的批判，让我们想到多少年后福柯对于科学是制度化的权力的论述。在福柯看来：关于科学通过实验，揭穿谬误，从而证明真理的看法是远远不够的；科学不过是权力的表达形式而已，这种权力形式逼迫你说某些话，如果你不想被人认为持有谬见，甚至被人认作骗子的话。当然，福柯尚未想到，西方的科学权力在文化系统不同的殖民地成了更为有效也为残酷的统治形式。赖和在这里将科学的逻辑与拷打联系在一起，很形象地说明了西方现代知识对于殖民地的暴力。

---

① 赖和：《归家》，原载《南音》创刊号，1932年1月1日；又收入林瑞明编：《赖和全集1，小说卷》，台北：前卫出版社2000年版，第21—29页。

在日据台湾，启蒙总是与殖民性联系在一起，而"落后"却与本土文化相联系，所谓"封建文化"却恰恰是殖民地人民抵抗殖民侵略、坚持本土认同的资源，因而赖和所谓对于台湾本土"封建道德的愚昧阴暗"的批判，事实上往往并不那么分明。在启蒙解读中，我感到赖和对于本土风俗及传统文化的支持和眷恋的一面往往被论者忽略了。

赖和的第一篇小说《斗闹热》描写民间由迎神会而来的斗热闹的风俗，这篇小说的主题往往被概括为"反封建"，如林瑞明认为，赖和在这篇小说中"以近代知识分子的观点，批评旧社会迎神赛会所引的铺张的、无意义的竞争"①。这种"反封建"的观点，在小说中的确可以得到支持。如小说中"丙"就对"斗闹热"这一习俗发表了如下批判，"实在是无意义的竞争——胡闹，在这时候，大家救死且没有工夫，还有空儿，来浪费这有用的金钱，实在可怜可恨，究竟争得什么体面？"不过，在我看来，问题并不这么简单。小说中"一位像有学识的人"说：斗闹热"也是生活上的一种余兴，像某人那样出气力的反对，本该挨骂。不晓得顺这机会，正可养成竞争心，和锻炼团结力。"这种肯定斗闹热的说法，与"丙"的批判正相反。值得注意的是，这里对于斗闹热的肯定，来自于"竞争心"和"团结力"这种民族精神培养的角度。小说前文也曾谈到斗闹热于失败者和优胜者的竞争意义，"一边就以为得到胜利——在优胜者的地位，本来有任意凌辱压迫劣败者权柄。所以他们不敢把这没出处的威权，轻轻放弃，也就踏实地行使起来。可不识那就是培养反抗心的源泉，导发反抗力的火线。一边有些气愤不过的人，就不能再忍下。约同不平者的声援，所谓雪耻的竞争，就再开始。"这里虽然谈到的是台湾本土地方间的竞争，但联想到日本殖民者在台湾的绝对优胜者的地位，联想到台湾从日本占领初期的激烈反抗和这种反抗在日本镇压下的逐

① 林瑞明：《台湾文学与时代精神——赖和研究论集》，台北：允晨文化实业股份有限公司1993年版。

渐式微，便不能不说斗闹这种风俗所培养的"竞争心"和"团结力"有潜在民族对抗的含义在内。无怪乎上了岁数的人在谈到斗闹热的时候，首先怀念日据前台湾斗闹热的激烈，感叹日本对于台湾"地方自治"的破坏，"像日本未来的时，四城门的竞争，那就利害啦！""那时候，地方自治的权能，不像现时剥夺的净尽，握着有很大权威……"从小说描写看，对于斗闹热，赖和未见得有多少讽刺，反倒让人感到他对于这一风俗的怀念。小说的结尾是这样的，"真的到那两天，街上实在闹热极了。第三天那些远来的人们，不能随即回家，所以街上还见来往人多，一至夜里，在新月微光下的街闹，只见道路上，映着剪伐过的疏疏树影，还听得到几声行人的咳嗽和猎猎的狗吠，很使人恋慕着前几天的闹热"[1]。作为台湾新文学开创者的赖和的第一部白话小说，《斗闹热》有如此优美的描写让人欣喜，这里台湾本地民众对于斗闹热这一民风民俗"恋慕"，赖和本人当也享有一份吧。

在赖和对"封建中国的蒙昧落后"的批判中，对台湾人嗜赌的批判较为引人注意。小说《不如意的过年》中的一段话常常征引：

> 说到新年，既生为汉民族以上，勿论谁，最先想到就是赌钱。可以说嗜赌的习性，在我们这样下贱的人种，已经成为构造性格的重要部分。暇时的消遣，第一要算赌钱，闲暇的新正年头，自然被一般公认为赌钱季节，虽然表面上有法律的严禁，也不会阻遏它的繁盛。[2]

赖和不满于台湾本地的嗜赌的习惯，并将其与民族性格联系起

---

① 赖和：《斗闹热》，收入林瑞明编：《赖和全集1，小说卷》，台北：前卫出版社2000年版，第33—41页。

② 赖和：《不如意的过年》，收入林瑞明编：《赖和全集1，小说卷》，台北：前卫出版社2000年版，第79—87页。

来，说出"下贱的人种"这样的过激之词，这自然是国民性批判的好的材料。不过，《不如意的过年》中的这段激烈批判台湾人嗜赌的议论其实只是一段与小说主题无关的发挥。小说中的日本警察大人本来不在值日期内，若在平常的时候，即使有人死了也不关他的事，这回他却因为个人进贡变少而想借此惩戒乡民，结果抓住了一个与赌博无关的孩子并把他关了一夜。由此可见，小说的主题是抨击日本警察大人借查赌之名对于台湾儿童的残害，赌博并不是这部小说关注的对象。赌博是台湾民间盛行的现象，这一民风或者不好，但这种现象一旦被置于台湾民众与日本统治者的关系之中，意义就显得不同了。这种时候，赖和甚至转而公开为赌博辩护。《不如意的过年》中的激烈批判赌博的话常常为人称引，但赖和的下面一段对于日本殖民者"禁赌"的法律的批判却不为人所注意：

> 在所谓文明的社会里，赌博这一类的玩意儿，总被法律所严禁，不管他里面黑暗处怎么样，表面上至少如此。但所谓法律者，原是人的造作，不是神——自然——的意思，那就不是完全神圣的东西了，况使这法律能保有它相当的尊严和威力，是那所谓强权，强权的后盾就是暴力，暴力又是根据在人的贪欲之上。①

而在《浪漫外记》里，敢于反抗日本殖民者，被赖和寄予希望的台湾人，竟然就只是一些赌徒。"这一伙是出名的鲈鳗，警察法律，一些也不在他们眼中，高兴什么便做，一些也不愿意受别人干涉拘束，在安分守己的人们看来，虽有扰乱所谓安宁秩序，但快男儿不拘拘于死文字，也是一种快举。而且他们也颇重情谊，讲这样便这样，然诺有信，勇敢好斗，不怕死而轻视金钱，这几点殊不像是台湾人定

① 赖和：《未命名》，收入林瑞明编：《赖和全集 2，新诗散文卷》，台北：前卫出版社 2000 年版，第 217 页。

型的性格。"小说以日本警察抓赌开始，这一群鲈鳗们在野外开赌，正赌得热闹，警察来袭，伙中首领从容发出命令，"快，散开！各到溪边去聚集，设使有人被捉，着受得起打挞，一句话也不许讲！"而在警察搜到溪边的时候，鲈鳗们愤击倒了两个警察，"两个被难的警察，被发现的时候，大地已被黑暗所占领所统治了。"日本警察对此束手无策，"到翌日只拿几个无辜的行人，去拷打一番，稍稍出气而已。"① 论者常常借用这部小说中"台湾人定型的性格"一语阐述赖和对于国民性劣根性的批判，这国民劣根性中主要内容之一就是赌博，他们似乎没有注意到其间的矛盾，即：赖和所称赞的"殊不是台湾人定型的性格"的人正是一伙赌徒。

（三）

在《小说香港》一书中，我曾经提出不能以"新/旧"文学的框架构建香港文学的说法：

内地所有的香港文学史都袭用了中国现代文学史的框架，以新旧文学的对立开始香港新文学的论述。这一从未引起疑问的做法其实是大可质疑的。香港的历史语境与内地不同，香港的官方语言和教育都是英语，中文是受歧视的，香港曾发生过多次争取中文地位的斗争。

中国古典文学是香港历史上中文文化承传的主要形式，担当着中国文化认同的重要角色。如果说中国古典文化在大陆象征着封建保守势力，那么它在香港却是抗拒殖民文化教化的母土文化的象征。大陆文言白话之争乃新旧之争，进步与落后之争，那么同为中国文化的文言白话在香港乃是同盟的关系，这里的文化对立是英文与中文。香港新文学之所以不能建立，并非因为论者所说的旧文学力量的强大，恰恰相反，是因为整个中文力量的弱小。在此情形下，香港文学史以新旧文学的对立作为论述的逻辑

---

① 赖和：《浪漫外记》，收入林瑞明编《赖和全集1，小说卷》，台北：前卫出版社2000年版，第133—149页。

起点，批判香港的中国旧文化，这不能不说具有一定的盲目性。[1]

这种批评针对的是大陆的香港文学史，台湾文学史叙述其实也存在着类似的情况。它们像大陆的中国现代文学史一样，同样以新旧文学的对立为叙述框架。值得注意的是，被称为"台湾新文学之父"的赖和却并不像中国五四的新文学者或者台湾的张我军那样对于中国旧文化采取绝对的排斥的态度，相反，他并不否定中国旧文化，并不否定新旧文学之间的联系。事实上，赖和是一个新旧文学并重的作家，而在日本殖民者强行实施日语写作的皇民化阶段完全回到旧诗写作。我们竟可以说，赖和本人并不单纯地是一个新文学作家，他同时也是一个旧文学作家。

日本占领台湾之后，一直致力于割断台湾与中国文化的联系，以日本文化同化台湾。日本的文化政策经历了3个过程：第一个阶段为了平息激烈的反抗，可以容许保留一些殖民地的文化；第二个阶段则从教育文化等方面逐渐地封杀台湾本土中国文化；第三个阶段以1937年皇民化为标志，彻底地杜绝中国文化，实施完全的日本化。在这种情形下，源远流长的中国文化在殖民地台湾当然构成了母土文化认同的象征，成为反抗日本殖民统治的文化动力。日据时期台湾中国文化存在主要方式有二：一是传统书房，二是诗社。日本人开始对传统书房未加注意，但至1898年颁布"书房义塾规则"以后，台湾的书房便逐渐受到限制乃至取缔。此后，诗社便成为民族文化承传的主要形式。1937年皇民化以后，台湾汉语出版物被迫终止，唯一保存下来的汉文化只有古典诗社和刊载古典诗的《诗报》《风月报》等。而抵抗日语的新文学作家，往往回到中国旧文学的创作上来。中国旧文化在台湾民族认同和殖民抵抗中的重要作用，由此显得更加重要。施韵珊致台湾古典诗人代表连雅堂云："先生主持文坛，提倡风

---

① 赵稀方：《小说香港》，北京：三联书店1993年版，第6—7页。

雅，使中华国土沦于异域而国粹不沦于异文化者，谁实为之？赖有此尔。"① 此信写于 20 世纪 20 年代，却足以说明旧文学在整个日据时期保存中国文化的功能。

读者很自然地会问，为什么单单旧文学可以保存下来呢？这就涉及台湾旧文学受到攻击的主要理由，即旧文学界与日本人的唱和。殖民统治的一个规律是，殖民者往往利用本土旧文化反对与现代民族运动相关联的新文化。法农在其著作中曾谈到法国殖民者利用阿尔及利亚旧文化的辩证法，论述十分精彩。20 世纪 20 年代末，港英总督盛称中国文化，也曾受到鲁迅的讽刺。本来很多日本人具有汉学修养，为了缓和台湾人的文化抵抗，他们时常与台湾旧诗人来往唱和，台湾旧文人以诗文趋炎附势于殖民者的当然不少。这便是张我军所批评的："一班大有遗老之概的老诗人，惯在那里闹脾气，诌几句有形无骨的诗玩，及至总督阁下对他们送秋波，便愈发高兴起来了。"②不过，在我看来，这并不是问题的全部。据施懿琳的研究，古典诗人的类型有 3 种：一是"彻底抗日，拒绝妥协者"，以洪弃生和赖和为代表；二是"表面与日政府虚应，而骨子里却有坚定的抗日意识者"，以雾峰林家为领导的"台湾文化协会"和"栎社诗社"为代表；三是"亲日色彩极浓，但作品实不乏抒发沧桑之痛者"，以台北"瀛社"为代表。③ 由此可见，台湾古典诗中，既有直接或间接的反抗日本殖民统治、反映民生的作品，也有应和谄媚之作，不必偏废。施懿琳总的结论是："古典诗在日治时期共同的贡献是：终究能在日本统治下，保有汉文化的种苗，不至因日本'皇民化运动'的推行而丧

---

① 施懿琳：《从沈光文到赖和——台湾古典文学的发展与特色》，贵州：春晖出版社 2000 年版，第 190 页。

② 张我军：《糟糕的台湾文学界》，《台湾民报》2 卷 24 号，1924 年 11 月 21 日。收入张光正编：《张我军全集》，台北：台湾人间出版社 2002 年版，第 6—7 页。

③ 施懿琳：《从沈光文到赖和——台湾古典文学的发展与特色》，贵州：春晖出版社 2000 年版，第 191—204 页。

失对汉文化的认识和了解。"事实上，对于旧诗人"歌功颂德"的抨击，不但来自新文学界，同样来自古典文学界。连雅堂与张我军有过关于新文学的论战，但他对于旧诗人的"无行"的抨击同样十分激烈，"谈利禄者，不足以言诗；计得失者，不足以言诗；歌功颂德者，尤不足于言诗。"如此，旧文学与日本人的关系，显然并不能成为我们否定台湾旧文学的理由。正如我们不能根据具有皇民文学倾向的新文学作品，来否定台湾新文学。

自小受到汉学教育，感受到日本的殖民文化压迫的赖和，在对待中国传统文化和文学的态度上，较从北京回台、根据胡适与陈独秀的理论否定台湾的中国传统文化的张我军要复杂得多。赖和从自由平等人权的现代观念出发，批评孔孟旧文化，但他只是反对泥古，主张革新，并不彻底否定中国文化，相反他声言中国传统文化之伟大，强调自己与中国文化的血缘联系。据 1921 年 11 月 7 日《台湾日日新报》载，在彰化青年会上，赖和由批评同姓结婚进而抨击"圣贤遗训"："人谓乎自由，同姓结婚，同姓不结婚，听人自由乃可，孔子孟子之教义，束缚人权，侵害人身自由，为汉族之大罪人，故孔庙宜毁。"这番言论，令满座之人皆惊。不过，赖和很快在当月 10 日《台湾日日新报》注销《来稿订误取消》，澄清说明自己的立场，他认为"反对遵古，乃倡革新"的确是自己的立场，不过，自小受孔孟文化教育的他并没有诋毁圣人，完全否定中国文化，况中国文化之伟大，亦非他能够毁灭，"仆自信尚非丧心病狂，岂敢如投稿者所云，肆意毁谤圣人，倡言焚拆毁圣庙哉？且孔孟何人，岂仆一言所能为之罪？圣庙何地，岂仆之力即可使之毁？彼高大妄想者流，亦不敢若是狂言，况仆之先人亦同处禹域，上戴帝尧重天，食后稷之植，衣轩辕之织，受孔孟之育，居风化之中，宁无性情乎？"在有关新旧文学的态度上，赖和的态度也很独特。他肯定从前的旧文学的价值，批评台湾当前的旧文学，因为它们不能表达真实性情。赖和说："既往时代的旧文学，自有其存在的价值，不在所论之列，只就现时的作品（台湾）而言，有多少能认识自我、能为自己说话、能与民众发生关系。不用说，是言情、是写实、是神秘、浪漫、是……大多数——说歹听一点——不过是受人余唾的'痰壶'罢。"① 而因为新文学强调"舌头和笔尖"的合一，以民众为对象，是进化的现象，赖和觉得应该予以支持。在赖和看来，文学的价值并不取决于形式的新旧，而在于表达，"至于描写的优劣，在乎个人的艺术手腕，不因新旧的关系。"因此，他提出："若能把精神改造，虽用旧形式描写，使得十分表现作者心理，亦所最欢迎。"而新文学的食洋不化，却受到他的批评，"最奇怪的就是台湾的新文学家，有几个能读洋文，偏偏他们的作品，染有牛油砚臭，真真该死。又且年轻人欠缺修养，动便骂人，实大不该，骂亦须骂得值，像那咏着圣代升平，吟着庶民丰乐的诗人们，真值得一骂。"

在殖民地台湾，面对日本殖民主义文化的压迫，中国文化是对抗殖民统治、维系身份认同的基本依靠，新旧文化的部分之争显然不应过于强调。在 20 世纪 30 年代的《开头我们要明了地声明着》一文中，赖和更加明确地强调新旧之分的相对性，"由来提倡不就是反对，废减又是另一件事，新旧亦是对待的区分，没有绝对好坏的差别，不一定新的比较旧的就更美好，这些意义望大家要须了解。"并且，他专门肯定了旧文学存在的合理性和价值，以便让旧文人"宿儒先辈"们放心，"旧文学自有她不可没有价值，不因为提倡新文学就被淘汰，那样会归淘汰的自没有着反对的价值。"事实上，赖和本人在创作上其实是新旧文学并重的。赖和自幼接受汉日文两种教育，他 10 岁入书房，14 岁入小逸堂，接受了良好的中国旧学熏陶。他在汉诗写作上很有造诣，曾被称为台湾旧诗界的"后起之秀"和"青年健将"。不同于遗老遗少的无病呻吟，赖和以旧诗的形式表达新的思想内容。譬如他在创作于 1924 年的著名的《饮酒》诗中写道：

---

① 懒云：《读台日纸的"新旧文学之比较"》，1926 年 1 月 24 日《台湾民报》89 号。

仰视俯蓄两不足，

沦为马牛膺奇辱。

我生不幸为俘囚，

岂关种族他人优？

弱肉久已恣强食，

致使两间平等失。

正义由来本可凭，

乾坤施转愧未能。

眼前救死无长策，

悲歌欲把头颅掷。

头颅换得自由身，

始是人间一个人。

    诗歌揭示台湾人在日本殖民统治沦为牛马俘囚的奇耻大辱，批判日本殖民者弱肉强食的暴虐，呼唤台湾人为了自由、平等、正义，为了成为一个现代人而奋斗。"我生不幸为俘囚，岂关种族他人优？"意思说台湾的奴隶命运不过是日本殖民侵略的结果，并非种族优劣的问题，这对于强调赖和"国民性批判"的论述是一个有力的回应。《饮酒》虽然是一首旧诗，但其思想观念却是全新的。它是赖和以中国传统文化为信念和形式，反抗日本异族殖民统治的象征之作，也标示了传统旧诗在新时代可能的意义。20 世纪 20 年代中期，赖和转入新文学，创作出了《一杆"秤子"》等台湾文学史上最早的白话文学作品。此后，赖和开始白话文学的创作，不过他的旧诗写作并未停止，他经常两者穿插并用。而在 1937 年日本禁止台湾报刊汉文栏之后，赖和坚持不用日文写作，重新回到旧诗写作。纵观赖和一生的创作，他的旧诗创作时间最长，数量达上千首，占五卷《赖和文集》的二卷。"台湾新文学之父"的旧文学似乎的确被忽略了，这忽略的背后隐含的是我们的文学史的取舍眼光。

    王诗琅在 20 世纪 30 年代的时候曾谈道：赖和是"由中国文学培

养长大的作家。"①赖和与中国文化的联系其实不止于文学，值得注意的是他与中国现代民族主义的关系。在《高林友枝先生》一文中，赖和提到，辛亥革命的时候，学校有人进行募集军资者，为当局所知，当局来学校调查，并警告学生，免得以后"后悔流泪"②。中国同盟会在台湾的大本营的确在赖和所在的台湾总督府医学校，核心正是赖和的同期同学、好友翁俊明等人。翁俊明 1910 年 9 月 3 日奉孙中山先生之命委派为台湾通讯员，在医学校成立通讯处，发展会员30 多人，1911 年复又成立复元会，至 1914 年发展至 76 人。赖和与翁俊明等人来往很多，据陈端明考察，他很可能是复元会的会员。1941 年赖和再次被捕，入狱的原因正是因为日本当局要审查他与翁俊明的关系。1925 年孙中山先生去世，赖和悲痛撰写挽联曰："当四万万同胞，酣醉在大同和平的梦境中，生息在专制忘我的传统道德下，嬉醉在互剖瓜分的畏惧里，使我们晓得有种族国家，明白到有自己他人，这不就是先生呼喊的影响么？"③赖和谈论孙中山的思想贡献，独标"种族国家""自己他人"，可见对于殖民地统治下种族身份的敏感，也表明赖和思想与中国民族主义的渊源关系。

（四）

提到殖民地的民族主义，不由想起很知名的印度的庶民研究（Subaltern Studies）。根据他们的研究，关于殖民地印度的民族主义，主要有两种方向：一是殖民主义史学，它将民族主义的形成归结为英国殖民统治的结果；二是本地民族主义史学，它将殖民地民族主义解释为地方精英的反抗殖民者的事业。"庶民研究小组"认为，在这

① 王锦江（诗琅）：《赖懒云论——台湾文坛人物论（四）》，1936 年 8月《台湾文学》201 号，又收入李南衡主编：《赖和先生全集》，台北：明潭出版社 1979 年版。

② 赖和：《高木友枝先生》，收入林瑞明编：《赖和全集 2，新诗散文卷》，台北：前卫出版社 2000 年版，第 288，289 页。

③ 赖和：《孙逸仙先生追悼会挽词》，收入林瑞明编：《赖和全集 3，杂卷》，台北：前卫出版社 2000 年版，第 58 页。

里，广大的被压迫阶级没有发言的空间，处于沉默的状态，人民大众的民族主义被遗漏了。他们打算通过对于被压迫阶级历史的研究，释放广大的人民的声音，形成所谓"人民的政治"。斯皮瓦克（Gayatri Chakravorty Spivak）对于"庶民研究小组"的工作是欣赏的，她本人也参与了其间的工作，但她却从方法上对于"人民的政治"提出了质疑。她认为，大众根本没有机会发出自己的声音，即使发出声音，也没有被听到；而"庶民研究小组"能否反映底层阶级声音，本身就是个问题，他们与西方知识的关系肯定是暧昧不清的。①

"庶民研究小组"所说的殖民地民族主义的两种类型，在台湾似乎十分清晰。殖民地史学可以《台湾总督府警察沿革志》等书为代表，它们站在日本人的立场上将近代台湾史写成"驯化"和"营造"的历史。民族主义史学大致可以蔡培火等人的《台湾民族运动史》等书为代表，它们书写的的确是从日本台湾留学生到台湾文化协会等台湾精英知识者创造历史的过程。赖和应该属于台湾知识精英阶层，他参加过很多文化协会的革命活动，但赖和的独特之处在于，他常常能够站在大众的位置上思考问题，对于自己所属的知识阶层的启蒙事业进行质疑和反省。赖和不但如斯皮瓦克那样怀疑知识者代表大众的资格，而且更进一步，尝试解决斯皮瓦克所说的"庶民不能发声"的问题。他试图运用台语对话体的方法，让我们听到底层大众的声音，呈现台湾大众与知识者的紧张关系。

在《归家》这篇小说中，赖和试图以回乡的知识者"我"与两个街上卖圆仔汤的和卖麦芽羹的小贩的对话，表现台湾土著百姓与知识者对于日本殖民文化的不同态度。在谈到教育的时候，小贩认为不必要让孩子上学校学日文，因为完全用不上，而且学校也不诚心诚意地教。"我"不同意日文"用不着"这一说法，于是有下面的争论：

---

① Gayatri Chakravorty Spivak. *Can the Subaltern Speak*? *Marixsm and the Interpretation of Culture*. Published by the Board of Trustees of the University of Lllinois Manufactured in the United States of America，1988，P271－313.

怎样讲用不着？

怎样用得着？

在银行、役场官厅，那一处不是无讲国语勿用得吗？

那一种人自然是有路用咯，像你，也是有路用，你有才情，会到顶头去，不过像我们总是用不着。

怎样？

一个团仔要去食日本人的头路，不是央三托四抬身抬势，那容易；自然是无有我们这样人的份额，在家里几时用着日本话，只有等待巡查来对户口的时候，用它一半句。

"我"觉得学日语是重要的，因为银行、官厅都用得上，但小贩却认为他们是用不着的，除非巡查来查户口的时候。的确，较之百姓，知识者是容易受到殖民教化的团体，因为日本殖民者会经由知识教化的途径提高部分台湾人的地位。这场对话让我们看到了台湾的知识者与百姓的分野。更精彩的是这段对话的结尾，它同时也是小说的结尾。"我"在无言可对后，说道：

学校不是单单学讲话、识字，也要涵养国民性……

还没有听到小贩的回答，只听到了不知什么人喊了一声"巡查"，两个小贩顾不上说话，匆匆挑起担子跑了。赖和让"我"说出"涵养国民性"的话，是一种沉痛的讽刺。台湾的部分知识者，已经学会了殖民者的话语。在《归乡》的开始，"我"曾注意到一个现象：即从前在街上成群结队地嬉闹的孩子都不见了，对日文抵触的本地孩子现在愈来愈多地去公学校了，"啊！教育竟这么普及了？在我们的时候，官厅任怎样奖励，百姓们还不愿意，大家都讲读日本书是无路用，为我们所当读，而且不能不学的，便只有汉语。不意十年来，百姓们的思想竟有了一大变换。"① 如此看来，日本在台湾的殖民教化已经获得愈来愈多的成功，这是令人悲哀的。不过，贩夫们虽然来不及回答"我"的问题，作者赖和却以两个贩夫被日本警察吓走这一行为做了更为有力的回答：无论如何"涵养国民性"，台湾人不过是被殖民者，而日本人永远是主子。

对于台湾的知识者的问题，赖和有着清醒的认识。他在《赴会》中借他人之口说："那些中心分子大多是日本留学生，有产的知识阶级，不过是被时代的潮流所激荡起来的，不见得有十分觉悟，自然不能积极地斗争，只见三不五时开一个讲演会而已。"百姓们怎样看待这种政治文化活动呢？在小说《赴会》中，"我"在去赴雾峰参加文化协会理事会的车上，听到农民对于文化协会的议论。

> 他们不是讲要替台湾人谋幸福吗？
>
> 讲的好听！
>
> 今日听讲在雾峰开理事会。
>
> 阿罩雾（指雾峰林家）若不是霸咱抢咱，家伙（家产）那会这样大。
>
> 不要讲全台湾的幸福，若只对他们的佃户，勿再那样横逆，也就好了。
>
> 阿弥陀佛，一甲六十余石，好歹冬不管，早冬五，晚冬讨百，欠一石一斗，免谈。

车上农民们的这番议论，是相当尖刻的。雾峰林家是台湾文化协会的领导，以争取全体台湾人的利益为口号展开政治文化活动，农民们却认为这"为台湾人谋利益"只是说得好听，事实上他们自身就是剥削台湾百姓的大地主，霸占抢夺农民。农民们认为，不要说为全

---

① 赖和：《归家》，原载《南音》创刊号，1932 年 1 月 1 日。收入林瑞明编：《赖和全集 1，小说卷》，台北：前卫出版社 2000 年版，第 21—29 页。

体台湾人民，他们能做到对自己的佃户宽容一点就不容易了。由此，小说《辱》中民众甚至开始讨厌这帮讲文化的人，甚至希望他们被官家捉去"锤死"，"驶伊娘，那班文化会，都无伊法，讲去乎人干（讲它干啥）！今天仔日（今天）又出来乱拿，叫去罚五十外。""这号，只好从讲台顶，一个一个，扭落来锤个半死才好，害大家。"台湾的知识者，自以为启蒙大众，进行民族革命，焉知民众并不买他们的账。作为知识者的赖和，能够站在民众的立场呈现出民族知识精英革命的局限，实属不易。

因为认同于殖民地台湾的文化和民众，赖和不但反抗日本殖民者的"启蒙"事业，同时对台湾本地以"启蒙"自居的知识者也不加信任。这里的赖和形象，无疑与我们通常的"启蒙现代性""改造国民性"论述不相符合。赖和提醒我们：在殖民地台湾，"启蒙"如何可能呢？这是我们的文学史书写不得不面对的问题。

民族主义与社会主义

（一）

1939 年出版的"台湾总督府警察沿革制"第二编《台湾社会运动史——文化运动》在论及台湾社会文化运动的时候，除第一章谈到被认为是台湾近代社会文化运动开端的日本板恒伯爵发起的同化会外，主要从"民族主义的启蒙运动"和"共产主义的文化运动"两方面的线索叙述台湾的社会文化运动。它在谈到台湾主要的文化团体台湾文化协会时，也从作为"民族主义启蒙文化团体"和作为无产阶级和共产党指导下的台湾文化协会两个方向进行叙述。[①]该书在谈到"民族主义"的时候，用了"民族主义的启蒙运动"这一称呼。书中之意，所谓"民族主义"是"启蒙"的内容，即知识者在台湾民众中启蒙二战民族自决运动以来的现代民族意识。但通常来说，启蒙运动事实上绝不限于民族主义，而更在于现代性的方面。民族主义与启蒙主义既有互相配合的一面，更有相冲突的一面。在本书上一章，笔者曾以赖和为例论及了民族主义和启蒙主义之间既重叠又冲突的关系。[②]作为台湾社会文化运动两大潮流的民族主义与社会主义，

[①] 王诗琅译："台湾总督府警察沿革制"第二编（中编）《台湾社会运动史——文化运动》，台北：稻香出版社 1988 年版。

[②] 参见赵稀方：《在殖民地台湾，"启蒙"如何可能》，《中国社会科学院文学研究所学刊·2007》，北京：中国社会科学出版社 2007 年版，第 326—345 页。

其间的关系应该更为引人注目。民族主义与社会主义在政治文化理念上并不相同，一者以民族为本位，一者以阶级为标准。1927 年，台湾文化协会的分裂，正标志着台湾民族主义与社会主义团体的分道扬镳。尽管如此，台湾民族主义与社会主义在反抗日本殖民统治的文化启蒙上其实也是相通的，它们共同构成了台湾近代革命史。本文以杨逵为例，论述台湾左翼文学的殖民抵抗的精神特征。

如果说"二世文人"赖和同时接受了国学和日文两种训练，革命思想更深地渊源于晚清革命党的民族主义思想；那么，较赖和年轻一代的杨逵（1905）则完全地生长于日本化的教育之中，他的革命思想来自于东京时期的社会主义思潮。1924 年杨逵到达日本后，正值日本社会主义思潮活跃时期。在日本的学生当中，马克思主义思想和社会主义运动十分风行，"学生都认为，资本主义崩溃的时代已经到了，取而代之的将是马克思主义。马克思主义将是未来世界的新希望。"他们对于资本主义与殖民地关系的认识是，"工业革命的成功，使得资本主义兴起，资本主义者又以帝国主义为武器，攫取殖民地的经济资源；再制成商品向殖民地倾销，造成殖民地大量失业人口；然后又因商品无法推销，造成帝国主义者自食产生失业人口的恶果。"据杨逵回忆，当时关心社会的学生"几乎清一色都成为左派分子"①，台湾籍的日本留学生却不尽然，因为台湾系殖民地，而且台湾籍日本留学生多来自富裕地主商贾家庭，所以民族意识高于阶级意识。这些台湾籍学生，后来成为台湾民族运动的中坚。不过，出生于贫穷家庭的杨逵却赞成阶级意识，投身于马克思主义研究及实际的调查和社会运动中。杨逵在日本生活贫困潦倒，却热心地参加读书会，自己开始阅读马克思的经典著作《资本论》，并翻译了苏联莫斯科武黎哈农国民经济研究所的拉美卓斯和乌卓鲁美智野农所著的《马克思经济

---

① 杨逵：《我的回忆》，《中国时报》1985 年 3 月 13－15 日，收入彭小妍主编：《杨逵全集：第 14 卷·资料卷》，台南：文化资产保存研究中心筹备处，1998 年版，第 61 页。

学》。在 1931 年为这部译著所写的序言中，杨逵说明翻译这部通俗的《马克思经济学》一书的目的，在于普及马克思主义经济学知识，他把马克思主义视为认识世界、改造世界的最根本的工具，"对社会经济有关心的人，亦是想要研究经济学的人不可不读这本书。不只想要明白今日这样呆景气的商理人，欲明白今日的世界恐慌、失业洪水的特志家，欲明白苏维埃俄国的五年计划的工人，欲明白自己的生计日益的迫切，而且恐惧不知何时要失业的工人及农民，总要刻苦去读。关于世界的各种问题，世界的现况，若要真正去理解，除却以马克思主义的方法不可。马克思主义经济学是解答世界凡事的根本。"① 杨逵参与到学生组织之中，四处演讲，散发传单，"宣传资本主义的罪恶，想唤醒工人的政治意识。"杨逵还参加由学生组成的工人考察团，去浅草贫民区考察工人的生活状况。在那里，大量的贫苦工人挤在地下室居住，冬天只有草包可以御寒，致使不少人被冻死。这种情景，给予杨逵深刻的印象，并强化了他的阶级意识。在日本期间，杨逵还参加与朋友组织新文化研究会，又在台湾留日学生中组成的台湾青年会中组织了社会科学研究部，致力于将马克思主义运用于台湾的革命运动之中。1927 年，杨逵回台湾后，立即投入到农民运动之中。同年，台湾文化协会"左"右分裂，右派主张议会运动，左派主张工农运动。杨逵毫不犹豫地站在左派的立场上，参加了"台湾农民组合"。1928 年，杨逵在竹山、梅山等地的革命活动中多次被捕。1931年，日本开始侵略中国东北，并对台湾的社会文化运动进行了无情镇压。这一年，"左"倾分子遭到大量检举，台湾共产党解散，农民组合运动也瘫痪，台湾左翼运动基本覆灭。不过，在左翼政治运动消失的同时，另外一种反抗形式左翼文学却由此开始了。

被视为台湾左翼文学代表作的杨逵的《送报夫》，即诞生于此后

① 杨逵：《马克思主义经济学·译者例言》，收入彭小妍主编：《杨逵全集：第 14 卷·资料卷》，台南：文化资产保存研究中心筹备处，2001 年版，第 327 页。

的 1932 年。此文 1932 年经赖和之手发表于《台湾新民报》，但只刊出前半部，后半部被查禁。1934 年《送报夫》全文入选日本东京《文学评论》第二奖（第一奖缺），刊载于该刊 10 月号，这乃是台湾作家首次进军日本文坛。杨逵与赖和关系交好，"杨逵"一名即为赖和所赐。在揭露和批判日本殖民统治上，杨逵受到赖和影响，继承发扬了后者的战斗精神。《送报夫》站在台湾农民的立场上，对于日本殖民者强制兼并台湾农民土地的血腥罪行进行了生动的控诉。"我"的家在台湾农村，父母原来依靠土地自食其力，但日本殖民者对于台湾土地的掠夺导致了"我"的家庭的家破人亡。殖民者历来将殖民地作为其原料来源，日本之于台湾正是如此，日本侵略者为了本国的工业发展，拼命地在台湾兼并农民的土地发展蔗糖种植，这造成了台湾农民的不幸。日本在台湾殖民统治的可怖之处在于，以警察为代表的国家机器直接支持资本家对于农民土地的兼并，并将此上升到殖民统治意识形态中去。小说中日本警察在"动员"农民交出自己的土地时说："有些人正'阴谋'反对土地收买，这是如何道理！这个计划既是本乡的利益，又是'国策'，反对国策便是'非国民'，是绝不可宽恕的。"商业资本与政治资本结合，成为"国策"，台湾农民于是不得不被推到了无可反抗的悲惨境地。在小说中，我的父亲因为拒绝出卖自己的土地，被骂为"支那猪"拖到警所，遭毒打而死。失去了土地之后，"我"的弟妹先后死去，母亲最后也含恨自杀。这种遭遇并非"我"一家的遭遇，"我"家所在的乡村整个都在日本殖民统治下日益凋亡。母亲在临死之前给"我"的最后一封信中写道："村子里的人们的悲惨，说不尽。你去东京以后，跳到村子旁边的池子里淹死的有八个。像阿添叔，是带了阿添和三个小儿一道跳下去淹死的。"①迫于家境，"我"流落日本，希望依靠做工维持生计。"我"找到了一份送报的工作，但起早贪黑干了 20 多天，却只挣了 4 元多

---

① 杨逵：《送报夫》，收入张恒豪编：《台湾作家全集·杨逵集》，台北：前卫出版社 1991 年版，第 15—58 页。

钱，而自己的 5 元保证金却被老板扣掉了，"我"也被逼上了生活的绝路。在《送报夫》这篇小说中，如果说我的家庭的遭遇反映了日本人对于台湾农村的掠夺，"我"的遭遇则反映了日本老板对于台湾工人的压迫。

不过，与赖和不同的是，杨逵的《送报夫》虽然揭露了日本对于台湾的殖民统治，但却没有整体化地以民族国家为单位，以台湾对抗日本，而是以台湾及日本的阶级划分为标准，以"剥削/被剥削""压迫/被压迫"的阶级解放作为出路的，这是左翼文学与民族主义逻辑的不同之处。在杨逵的眼里，并不仅仅是殖民者压迫台湾，更是日本与台湾的统治阶级压迫日本与台湾的被统治阶级。日本《送报夫》中的"我"，从两个方面实践经验中获得了"阶级意识"。一个方面的例子是"我"的哥哥，我的一母同胞的哥哥，虽然是台湾人，却担任巡查，帮助日本人欺压乡亲，我的母亲为此和哥哥断绝了母子关系，并且至死不愿接受哥哥的照顾，"哥哥当了（巡查），糟蹋村子底人们，被大家厌恨的时候，母亲就断然主张脱离亲属关系，把哥哥赶了出去。"另一个方面的例子是与"我"同为送报夫的日本人田中君。田中很同情"我"，在"我"吃不上饭的时候，田中请"我"吃饭，并借钱给我。在"我"受到日本老板欺骗的时候，田中设法联合起穷兄弟来对抗老板。这让我看到了日本人之间的差别，"一面是田中，甚至节省自己的伙食，借钱给我付饭钱，买足袋，听到我被赶出来了，连连说：'不要紧！不要紧！'把要还他的钱，推还给我；一面是人面兽心的派报所老板，从原来就因为失业困苦得没有办法的我这里把钱抢去以后，就把我赶了出来，为了他自己，把别人杀掉都可以。""我"的建立在民族对立基础上的"台湾意识"由此"轰毁"：原来台湾与日本并不是一个同质的整体，台湾既有"我"哥哥这样的败类，日本也有田中君这样的好人。"在故乡的时候，我以为一切日本人都是坏人，恨着他们。但到这里以后，觉得好像并不是一切的日本人都是坏人。木赁宿底老板很亲切，至于田中，比亲兄弟还……不，想到我现在的哥哥——巡查——什么亲兄弟，根本不能相比。拿他来比较都觉得对田中不起。"伊藤这样对"我"说："日本底的劳动者大都是和田中一样的好人呢。（日本的劳动者）反对压迫台湾人，糟蹋台湾人。使台湾人吃苦的是那些……对了……就像把你的保证金抢去了以后，再把你赶出来的那个老板一样的畜生。到台湾去的大多是这种根性的人和这种畜生们底走狗！但是，这种畜生们，不仅是对于台湾人，对于我们本国底穷人们也是一样的（朝鲜人和中国人）也一样地吃他们底苦头呢。"正是在这种认识的基础上，"我"投入了阶级斗争的行动中，联合不同国度的穷兄弟，反抗日本老板，终于获得了胜利。

以阶级意识而非以民族国家为中心的左翼思想，构成了杨逵殖民抵抗的不同方式，也制约了杨逵小说的结构特征。以赖和为代表的以民族反抗为特征的小说，基本上以日本/台湾二元对立作为结构小说的方式。在赖和的小说中，我们看得很清楚，小说正义的一方是被欺凌的台湾下层百姓，另一方是作威作福以警察为代表的日本殖民统治者。杨逵的小说在揭露日本对于台湾的殖民统治时，注意将日本统治者与台湾统治阶级捆在一起加以批判，而作为受害者的一面不仅仅包括台湾人，同时也包括日本人。在《模范村》中，我们既可以看到台湾地主阮老头与日本警察互相勾结盘剥本地佃农的故事。与民族主义想象不一样的是，在这里，作为统治者的反面主角并不是日本人，而是台湾本地地主阮老头，他甚至可以指使日本人。在小说第四章中，阮老头躺在床上抽鸦片的时候，随意一个电话就把日本警长木村叫来了。木村在门口探头探脑时，阮老头"只微微抬了一下头"，便又继续抽他的违法的鸦片了。当然，阮老头的这种地位建立在与日本人的配合上。在大的方面，他兼并农民的土地，为日本人开的糖业公司服务。在小的方面，他素来注意收买日本警察，比如小说中提到的他专门为派出所捐了一辆汽车，木村警长事实上是阮老头家的常客，"木村走进客室。这里他是常来的熟客，就仿佛是到了自己家一样，毫无一点拘束。正因为如此，阮老头吸着犯法的鸦片，也可以毫无一点顾忌。"① 而在《顽童伐鬼记》中，那位唆使一大群狗咬本地儿童的反面主角资本家，到底是日本人还是台湾人？作品中没有交代。不过，小说的被压迫和反抗者倒是日本人。小说中的主人公日本人井上健作的父亲在早年日本殖民者征讨台湾时战死，他的大哥也移居台湾。井上健作此番是来台湾看他的大哥。他以为，作为烈士后代的大哥在台湾应该会受到特殊照顾，也许早已经是权势人物了。没想到，大哥生活于台湾贫民区，穷得连棉被都不够盖。原因呢？小说暗示是以那位残暴对于台湾儿童的工厂老板为代表的统治者压迫的结果。小说的结局是，井上健作开始帮助儿童反抗那位无情的资本家。

因为不将民族国家作为自然的对抗单位，却强调其内部的阶级分野，杨逵小说喜欢采用一种我称之为"家庭分裂"式的小说叙述方式。在民族叙事的台湾小说中，无论描写台湾人家庭的悲惨，或日本警察家庭的跋扈，家庭都是一个统一体：如台湾人家庭的妻离子散，日本人家庭的狼狈为奸。在杨逵小说中，因为阶级的复杂，宗族家庭并不能保证其立场的统一。在《送报夫》中，"我"的父母受到日本人的欺凌，但哥哥却担任日本人的巡查，欺压乡亲，母亲为此和哥哥断绝了母子关系。《模范村》中，反面主角是阮老头，正面主人公却是阮老头的儿子阮新民。阮新民在日本获得了新的理论视野，反观台湾，便认识到他的父亲和日本人联手欺压台湾人的罪行，"他看得明白，这里面有着复杂的利害关系。农人们种了甘蔗，糖业公司要七除八扣，用低价收买，农人们自然是不甘心的，就想尽办法来避免种甘蔗。所以糖业公司便勾结地主，共同来压迫农民。至于地主，自然是站在糖业公司一边较为有利。因为和拥有大资本的糖业公司联络，不论在土地的灌溉上、金融上，或者其他和官府有关的事情上，总可以多占些便宜，当然是乐意的。因此，倒霉的便是这些贫苦的农民了。看到这些，使他在东京所学的理论得到更充分的理解和证实。而且，他的许多抗日同志，也都以热情鼓舞着他。对于他，这是为了真理与

①　杨逵：《模范村》，收入张恒豪编：《台湾作家全集·杨逵集》，台北：前卫出版社1991年版，第235—298页。

正义的一股很大的力量，使得他再也不能苟安目前的舒适生活了。于是，他主动为他的父亲向佃户赔礼，并与农人站在一起抗议他的父亲和日本统治者。在小说《水牛》中，12岁的阿玉因为家庭破产被迫辍学，破产的原因同样是因为地主收回耕地。作为知识者的"我"很同情阿玉，父亲却利用阿玉家破产之际欲将她买回来做小妾。对抗同样发生在一个家庭的父子之间，不同的是，日本人在这里干脆缺席了。

（二）

如上所述，阶级意识是以杨逵为代表的台湾左翼文学的根本特征。不过，需要说明的是，在杨逵小说中，阶级意识并未完全取代民族意识，或者可以说，这里的民族意识显得更为分明。事实上，社会主义运动虽然以阶级分野为社会动员的方式，并强调国际主义，但它同时以殖民地独立和新的国族国家的建立为具体目标。从历史上看，在"台湾总督府警察沿革制"所提到的"民族主义的启蒙运动"和"共产主义的文化运动"两方面，后者的民族意识反倒强于前者。赖和一生坚持汉文化，抗拒日本殖民统治，但这种鲜明的民族主义却并不能代表近代台湾民族运动的主流。"台湾总督府警察沿革制"在梳理台湾"民族主义的启蒙运动"时，最早提到台湾东京留学生组织的启发会、新民会、台湾青年会等组织。该书认为，这些最早的台湾留学生由于受到近代世界思潮的影响，提倡民族自决思想，高倡"台湾应该是台湾人的台湾"的口号。在我们的想象中，很容易将其看作近代殖民地独立运动。其实不然，这里的"民族自决"事实上是极其有限的，台湾资产阶级民族运动只是想改善日本对台湾的统治，想从日本殖民那里分到统治台湾的一杯羹而已。他们的政治运动的最主要的目标，不过是在台湾设置特别议会。《台湾青年》一周年"卷头词"云："我《台湾青年》的使命，如发刊当时的宣言，对内为提升发展台湾的文化，并以去除存于内台人之间的障壁，谋相互之和睦，对外为认识日华亲善的连锁为我台湾人士的天职，以资日华亲善。内台人的和睦，日华的亲善，实为东洋永远和平的基础。营造东洋永远和平的基础，即是自觉《台湾青年》的使命。"① "台湾青年"的使命不但不是推翻日本殖民统治，反倒是维护东洋和平。如此看来，台湾民族资产阶级承认日本对于台湾统治的合法性，并继承了日本人的如内台和睦等政策口号，他们不过在此基础上谋求日本殖民政策的改善而已。1924 年 3 月 11 日《台湾民报》发表了一篇社论，名为《新时代的殖民政策——要放弃旧时代的殖民政策》，文章说："旧式的殖民政策是征服的、支配的、军国的、官僚的、专制的，皆以权力压迫的方针，而夺取殖民地的利权为目的，没有以殖民地人民为基础，皆以本国本位而行种种政策了……而新时代所要求的殖民政策，就是民众的、互助的、文化的、平和的、自由的、人道的政策了。"② 这篇文章公开表明，此种台湾社会运动不过呼求日本人以新的殖民政策代替新的殖民政策而已。反之，台湾共产主义运动虽不以民族意识自命，但对于日本殖民统治的民族反抗却很彻底。1928 年《台共纲领》第一条就明确提出"打倒总督专制政治——打倒日本帝国主义"，第二条是"台湾民族独立万岁"。

左翼运动与民族运动在对于日台关系的判断及社会解放的途径上，都大不相同。在小说《鹅妈妈出嫁》中，杨逵通过两个故事的并置明确地告诉读者，在贪婪的日本殖民者面前，内台和睦共荣的民族运动路线是走不通的。第一个故事是关于"鹅妈妈出嫁"的。小说中的"我"以种花为生，在当地医院日本人院长订了大量的树木后，迟迟不愿付账，让"我"十分困窘。后经朋友指点发现，原来日人院长看中"我"家的鹅。鹅是"我"的孩子们的最爱，给全家带来了无数的欢笑，"我"在无奈之下，忍痛给日本人院长送上了鹅，果然马上拿到了钱。朋友告诉他：这就是"共存共荣"。第二个故事是关于我的一个朋友林文钦的。林文钦是"我"在日本留学的朋友，但他的社会革新理念却不是马克思主义阶级斗争式的，而是

① 吴瑞云，吴密察编译：《台湾民报社论》，台北：稻香出版社1992年版，第21页。

② 同上，第107页。

"共荣经济"型的，代表了上述台湾民族运动的主流思想。"那时正是马克思经济学说的全盛时代，血气方刚的学友们都着了迷一样，叫喊着阶级斗争，跑去实践运动去了。但他一直坚守着他的阵地，想念以协调，不是斗争就可达到所希求的目的。""他以全体利益为目标，考察出一个共荣经济的理想，从各方面找资料来设计一个庞大的经济计划。"① 林文钦的家本来广有资产，大力支持民族运动，但这种善良的做法很快让他们在现实上碰了壁。在殖民地经济的倾轧下，林文钦家很快走向了破产，自己的妹妹甚至也面临着被纳妾的命运。林文钦终于在绝望中死去，还留下了厚厚的手稿"共荣经济的理念"。从故事上看，林文钦的经历与鹅妈妈出嫁似乎没有多少联系，在一篇小说中并置起来多少有点勉强，但杨逵的用心在此却很明确：出卖鹅妈妈的"共存共荣"的故事与林文钦的"共荣经济"目标的破产却存在着逻辑上的联系。小说通过鹅妈妈出嫁的故事，告诉我们所谓"共存共荣"的实质不过是日本殖民者的贪婪强暴和台湾人的屈辱，而林文钦"共荣经济"理论的破产的原因即在于此。

在杨逵的心目中，台湾人无法与日本殖民统治者"共荣共存"，那么出路就是抵抗与革命，将日本人赶出台湾，这种激进的主张在台湾文学中是不多见的。日据时期台湾作家表现抨击日本欺凌台湾百姓的作品很多，但多数是在殖民结构内的批评，杨逵却在《模范村》中明确地提出了"把日本人赶出去"的口号。阮新民在对农民谈到他的父亲的罪恶时说："日本人奴役我们几十年，但他们的野心愈来愈大，手段愈来愈辣，近年来满洲又被它占领了，整个大陆也许都免不了同样的命运。这不是个人的问题，是整个民族的问题。我父亲这种作风的确是忘祖了。他不该站到日本人那边去，这是不对的。我们应该协力把日本人赶出去，这样才能开拓我们的命运！"另外，值得注意的是，在杨逵的民族意识中，日本是非我族类的殖民者，而中国是台湾人的祖国。在阮新民出走后，大家在看阮新民留下的书刊时，

---

① 杨逵：《鹅妈妈出嫁》，收入张恒豪编：《台湾作家全集·杨逵集》，台北：前卫出版社1991年版，第115—148页。

小说中有这样的叙述："这些青年人既没有读过书，也没有看过报纸，很多事情自然是听不入耳的。不过，台湾人是中国人，日本人把台湾占领了，叫台胞过着牛马不如的生活……这是大家由日常生活得来的很切实的经验，不会不知道的。台湾虽然被日本人管了，不过，我们还有祖国存在，就是在隔海那边……这是大家约略知道一点的。今天听到日本想把整个中国都要吞下肚里去，免不了要发生深切的感触。"这些话明确无误地告诉我们，台湾与大陆同属中华民族，大陆是台湾的祖国，台湾民众应该和大陆人民联合起来抵御日本侵略者，捍卫我们共同的民族。这些思想不仅体现在口头上，更体现在行动中。在结尾的时候，阮新民"本想在城里准备当律师，为穷苦同胞争取一点权益的。但是，炮声在卢沟桥响了。但说，做律师是无济于事的……"① 小说暗示我们，阮新民奔大陆而去了，直接投入了捍卫中华民族的抗日战争。

1942 年，杨逵除发表了《鹅妈妈出嫁》外，另外还发表了写于更早时候的小说《泥娃娃》。如果说《鹅妈妈出嫁》告诉我们"共存共荣"的破灭，那么《泥娃娃》这一部小说则通过孩子们的表现说明殖民意识的塑造过程，说明林文钦等人的"共存共荣"思想是如何培植出来的。在日本人鼓吹的大东亚战争的环境中，"我"的孩子们从学校里感染来了战争的狂热，在家里也摆出泥娃娃，模仿战场上的日本士兵，"哼，新加坡，真差劲……好了，攻下来了，攻下来了。""我的飞机先攻的哟！""才不是。我的坦克车先攻的。"大孩子们以从学校里来的，"充满日本军人臭味"的话和笑声在谈笑，而没上学的小孩子也跟在后面模仿。这不单单是游戏，其实也是"皇民意识"的构成过程。果然，不久，"我"的大孩子就明确表示："我一毕业，要当志愿兵。"当然，后面还有一句话："我们老师每次谈志愿兵，就说我要是去当志愿兵，一定可以甲上级及格！"如此可以看出，孩子的"皇民意识"是日本殖民教育的关系。"我"听完这句

---

① 杨逵：《模范村》，张恒豪编：《台湾作家全集·杨逵集》，台北：前卫出版社 1991 年版，第 235—298 页。

话后，"顿时间，殖民地儿女的悲哀，汹涌地填塞了我的心膺。""再没有比让亡国的孩子去亡人之国更残忍的事了……"① 在小说的结尾，作者让一场大雨把孩子们的泥娃娃打成一堆烂泥，以此表明对于皇民思想的扫荡。

不过，希望一场大雨就能够埋葬日本统治者多年来致力的皇民思想，显然过于天真，也不可能。令人难过的是，后来连杨逵自己都被迫要讲一些违心之论。两年之后的 1944 年，杨逵在台湾总督府情报课的逼迫下，写下报告文学《增产之背后——老丑角的故事》，登在"台湾奉公会"的《台湾新文艺》上，后来收入 1945 年 1 月出版的《决战时期小说集》。这篇小说写在大东亚战争期的某煤矿，矿工们"为国增产"的事迹。小说的正面主角之一是一个名叫佐藤金太郎的日本老头，他在小说中是一个好好先生，为公众的事不辞辛苦，他满头大汗地为大家义务铺路，又在大雨中为大家修理房顶。在矿井出事的时候，他能够带头冲进去抢救。这个老头另外的事迹之一，是他培养了一个台湾本土姑娘。这个姑娘开始在他们家做下人，因为感情好被老头认作自己的女儿。在他们家中，这个姑娘从没有受过教育的文盲，变得可以看报纸、读小说，还能看早稻田的文学讲义，据老头说，这个台湾姑娘"学会了日本姑娘的所有优点"。②

杨逵一直习惯于从阶级的角度看问题，不对台湾人与日本人做刻意的划分。《送报夫》中的日本人田中君即是正面主人公，而反面角色反倒是作为台湾人的"我"哥哥。"七七"事变后，杨逵因欠米店 30 元要被告上法庭，日本警察田春彦出手援助，支持杨逵 100 元，杨逵以此还清米债，并租了一块花园耕作。这位田春彦因此被抓进派出所关了好几天，并被限令离台返日，他不愿意离台，因此自杀于自己的屋里。田春彦思想"左"倾，他的支助杨逵和他找不到出路而

---

① 杨逵：《泥娃娃》，收入张恒豪编：《台湾作家全集·杨逵集》，台北：前卫出版社 1991 年版，第 85—96 页。

② 杨逵：《增产之背后——老丑角的故事》，收入张恒豪编：《台湾作家全集·杨逵集》，台北：前卫出版社 1991 年版，第 235－298 页。

自杀，说明了日本军国主义的残酷性并不是每个日本人都能接受的。

　　杨逵在战争末期处境的恶劣，可以从一些非常明显的违心之论看得出来。在《写于大东亚文学者会议之际》一文中，他不但认为在日本举行的臭名昭著的大东亚文学会议"很有意义"，而且还按照"皇民意识"重新解释自己以前的反日作品，他说："为了建设大东亚，为了击退英美势力，我忠勇士兵在前线洒热血，而后方民众则忍受艰苦的生活协助他们。但是，这1亿国民并不神，很难保证其中不会出现英美式的唯利的人物。我们要知道，万一本地出现了我曾在本杂志上写的小说人物富冈（《泥娃娃》）或院长（《鹅妈妈出嫁》），那就功亏一篑了。"[①]在《泥娃娃》中，杨逵批评了孩子们模仿日本士兵进行侵略战争的行为。在这里，杨逵却反过来称赞"我忠勇士兵在前线洒热血"。在《鹅妈妈出嫁》中，杨逵本来以日本人院长贪婪欺诈台湾人为根据，提出将日本赶出台湾的主张，现在他却解释说院长之类的日本人只是少数，要警惕这种人出现。在《思想与生活》一文中，杨逵甚至说："虽然我们生来具有汉族血统，这是不用说的，但是从我们呱呱落地那一天起，就被当成陛下的子民养育、成长。"[②]杨逵历来被视为台湾日据作家最坚强的反抗者，但他却不得不讲出这些话。当时台湾著名的作家无一幸免。一个作家把自己"屈辱"到这种地步，说明了日本在台殖民统治的残酷性。

---

　　① 杨逵：《写于大东亚文学者会议之际》，收入彭小妍主编：《杨逵全集》（第10卷，诗文卷下），台南：文化资产保存研究中心筹备处，1998年版，第55页。

　　② 杨逵：《思想与生活》，收入彭小妍主编：《杨逵全集》（第10卷，诗文卷下），台南：文化资产保存研究中心筹备处，1998年版，第158页。

台湾的新殖民批判

（一）

二战以后，多数殖民地国家在经历了长期的斗争后，获得了独立，但他们后来发现自己并没有最终摆脱殖民统治。西方国家、特别是前殖民统治国家，以种种方式继续其对于独立后的国家实施殖民控制，这被称为"新殖民主义"。

"新殖民主义"一词出现于20世纪60年代初期以后，一个具有标志性的事件是1961年3月在开罗召开的第三届全非人民大会。这次大会专门通过了一项关于新殖民主义的决议。决议认为："新殖民主义是非洲新近获得独立的国家或者接近这种地位的国家的最大威胁；新殖民主义是殖民制度的复活，它不愿新兴国家的政治独立得到承认，使这些国家成为在政治、经济、社会、军事或者技术方面进行间接而狡猾的统治的受害者。"它提到的殖民国家有美国、德国、英国等。

新殖民主义最早的代表性著作，是1965年出版的恩克鲁玛的《新殖民主义：帝国主义的最后阶段》（*Kwame Nkrumah*，*New – Colonialism*，*the last stage of imperialism*）一书。在这部书中，恩克鲁玛以加纳为例，对新殖民主义这一新的概念进行了详细论述。列宁将帝国主义称为资本主义的最高阶段，恩克鲁玛则将新殖民主义称为帝国主义的最后阶段。新殖民主义是资本主义内部和外部两种因素变化的结果。马克思曾将资本主义灭亡的预言建立在资本主义内部穷人和富人的冲突上，在恩克鲁玛看来，二战以后，情形却较马克思时代有了变化。这种变化是，西方资本主义国家在国内采用了提高工人生活水平的"福利国家"政策，因此缓解了资本主义国家内部的冲突，同时又阻碍了马克思所期望的资本主义国家工人阶级与殖民地人民的团结。但由此带来的结果是，"发达资本主义国家一方面必须在国内维持一个福利国家，即一个寄生国家，一方面又必须挑起日益增加的庞大军备费用的重担，这就使它们有绝对必要从它们所控制的那部分国际金融联合组织中取得最大限度的利润。"这里的意思是，更加有必要从海外获得资金。但从前的那种直接采取殖民统治的方法获得利润的方法，今天却已不再有效，因为殖民地及第三世界国家的人民已经觉悟起来，让殖民者不再能够轻易得手，因此必须转变为由以国际金融机构等经济手段控制前殖民地国家或第三世界国家进，由此获得最大的利益。

有趣的是，恩克鲁玛列举了"战后初期曾任蒋介石顾问的欧文·拉铁摩先生"的话，说明殖民地人民现在已经不那么容易征服，"曾经在 18 世纪和 19 世纪被征服者们如此轻而易举地迅速征服的亚洲，现在表现了惊人的能力，顽强地抵抗了配备有飞机、坦克、摩托车和机动炮的现代化陆军。从前只要用很少的军队就可以在亚洲征服大片领土。首先从掠夺中，其次从直接征税中，最后从贸易、投资以及长期剥削中所取得的收入，以令人难以置信的速度补偿了军事行动的开支。这样的算术是对强国的巨大诱惑。现在它们碰上了另一种算术，而这种算术则使它们感到沮丧"。尽管直接征服的难度增加，但由于对于海外资金的需要，对于殖民地的控制仍然不能放弃。于是，有了种种以经济控制为主的被称为"新殖民主义"的间接统治的方法的出现。恩克鲁玛说："这种支配的方式和形式可能是多种多样的。比如举个极端的例子来说，帝国国家可能派军队驻扎在新殖民主义控制下的国家的领土上，并控制它的政府。但是，在更多的情况下，新殖民主义的控制是通过经济的或货币的手段来进行的。新殖民主义控制下的国家可能不得不接受帝国主义国家的制造品，而排斥来自其他国家的竞争的产品。对新殖民主义控制下的国家，控制其政府政策的办法，可以用以下的方法来实现：支付这个国家的行政费用，安置居于决策地位的文职官员，强迫接受帝国国家所控制的银行制度而从财政上控制外汇。"恩克鲁玛认为实行新殖民主义的结果是，外国资本被用来对世界上的较不发达地区进行剥削，而不是用于它们的发展。在新殖民主义控制下，投资只是在扩大而不是缩小世界上贫富国家之间的差距。在这种情形下，具有独立主权的国家其实仍然未能逃脱像从前一样被奴役的命运。非但如此，恩克鲁玛指出，新殖民主义较之殖民主义更加恶劣，因为从前直接的殖民统治至少还可以对于殖民地国家进行保护等等，现在一切都没有了，"对于那些奉行新殖民主义的人来说，它意味着只讲强权而不负责任；对于那些身受新殖民主义之害的人来说，它意味着遭受剥削而得不到补偿。"

恩克鲁玛的《新殖民主义：帝国主义的最后阶段》一书，侧重于经济角度的分析批判，但他还意识到，新殖民主义"不仅在经济领域进行活动，而且也在政治、宗教、意识形态和文化方面进行活动"。值得注意的是，恩克鲁玛在书中还对新殖民主义的文化控制的手段予以了全面的揭示。书中谈到，从 20 世纪 60 年代初期开始，美国就开始制定旨在以文化侵入第三世界意识形态的大规模计划，"充作西方这种心理战工具的，有以美国'无形政府'的情报机构为首的西方国家情报机构。但是，其中最重要的还是重整道德运动、和平部队和美国新闻出版署。"在书中，恩克鲁玛着重提到美国新闻出版署。美国在与第三世界国家的经济合作协议中都包含一项要求，即给美国人以发布新闻的优先权，如此它的势力就遍布了全世界。据恩克鲁玛当年的介绍，美国新闻出版社署大约有 12000 名工作人员，每年经费高达 1.3 亿美元以上，在 100 个国家拥有 120 多个分支机构，它们受控于一个以美国总统名义进行工作的中央机构，与五角大楼、中央情报局甚至武装部分情报中心等冷战机构密切配合活动。"在有些国家里，一两个新闻机构就控制了全部的新闻供应，不论那里有多少家报纸或杂志，新闻内容都是千篇一律的；而在国际上，美国的金融优势，通过它派驻海外的外国通讯员和办事处以及它对国际资本主义刊物的影响，越来越被人感觉到了。在这种伪装下，西方各个首都针对中国、越南、印度尼西亚、阿尔及利亚、加纳及其他一切沿着自己的独立道路走向自由的国家，发动了反解放的宣传浪潮。世界充满了偏见。举例来说，只要出现了反抗反动势力的武装斗争，那些民族主义者就被说成是匪徒、恐怖分子，还常常被说成是'共产党恐怖分子'。"在恩克鲁玛看来，美国新闻出版署已经远远超过了新闻出版的范围，而与情报甚至军事使命联系在一起了。对于其职责，恩克鲁玛分析说："首先，它有责任分析各国的局势，向美国大使馆，从而也就是向美国政府提出可以使当地的局势发展有利于美国的变化的建议。其次，它组织对无线电广播和电话的监听网，同时从当地政府的各个部门中招募告密者。它还雇用人员散布美国的宣传。第三，它搜集秘密情报，特别是搜集有关国防和经济的情报，作为一种消灭它在国际间的军事和经济竞争者的手段。第四，通过收买的办法打入当地出版物以左右它们的方针。"

值得一提的是，恩克鲁玛还注意到了文艺作品如美国好莱坞电影的"新殖民主义"功能："除此以外，连好莱坞那些荒唐的故事片也成了武器。人们只要听听那些非洲观众看到好莱坞的英雄们杀戮印第安人或亚洲人的时候所发出的欢呼声，就可以知道这一武器的效果如何了。"① 这种对于好莱坞电影的分析，正是为今天的后殖民论者所津津乐道的，这种论述是以萨义德在《东方主义》对于西方电影中的阿拉伯人的形象分析开始的。恩克鲁玛十几年前的批评，正可以和萨义德《东方主义》一书的分析相互映照。不过，需要注意的是，萨义德与恩克鲁玛的视角的确是有差异的，恩克鲁玛主要将种族问题与西方的政治意识形态联系在一起，萨义德则更多将种族问题与对于西方的知识话语传统联系起来，并且将意识形态反抗的政治二元对立

① 恩克鲁玛：《新殖民主义：帝国主义的最后阶段》（内部读物），北京：世界知识出版社1966年版。

的思维方式也同样归结于此。

（二）

上述恩克鲁玛所揭示的新殖民主义，与台湾的情形很相像，不过台湾的新殖民批判，自有其历史脉络。

可以说，因为特殊的历史背景，台湾的新殖民依附较之于其他地区显得更为严重。1949 年后，由于将台湾纳入了"冷战"的反共前沿而加以支持扶植，美国对于台湾的支持，不止一般的经济投资，而是直接的经济援助和军事装备，从而控制了台湾的命脉。据统计，自1951—1965 年 15 年间，美国政府直接供给台湾的援助为 14 亿多美元。除此"经济援助"之外，还有巨额的"军援"，据专家概算，这15 年间的军事援助总额不少于 25 亿美元。因此，美国政府对台湾的经济军事援助大约 40 亿美元，相当于同一时期蒋家政府财政支出的85%。美援的对台支持，在制度上经过了四个过程："一般经济援助"、"公法四八〇剩余农业物援助"、"开发借款基金"（DLF）、"开发援助"（AID），在时间上也逐渐由"赠与性"演变为"借贷性"、由"军事援助"演变为"经济援助"。对于这些数额惊人的援助，美国政府不会放任蒋家政府使用，而是经由严格的督导。美国除了派遣各部院驻台机关大批人员外，还成立了"美国安全总署分署""美国经济合作总团台湾分署""台湾省美援联合运用委员会""农村复兴联合委员会"等在台机关，监督执行美元的使用，并采用了"美援台币基金制度""青纸制度""四八〇号特别账户资金制度"等使用制度。如此，美国就"按部就班地实现了控制台湾的军事、政治、经济等原来目的"。①

1958 年，美国对台援助由无偿赠予变为有偿贷款；1965 年，美国终止了经济援助，仅保留军事援助，剩余农产品援助。但在美援之后，日援又跟上来了，正在 1965 年，台日订定 540 亿日元的第一次

---

① 史明：《台湾人四百年史》，台北：台湾蓬岛文化出版公司 1980 年版，第 995—1008 页。

"日币贷款"，1971 年台日又订定了 80 亿"日币贷款"。早在 1949 年，台日就订定了"台日贸易协议"，20 世纪 60 年代日本资本开始大举进入台湾，"台湾一方面供给日本农产品（食料品），另一方面则成为日本工业品的销售市场。这种台日两地间的贸易构造，完全意味着台湾对日本恢复了战前的殖民地经济隶属关系。"①

这种控制给台湾带来的直接后果，是文化上的"西化"。早在 1953 年，纪弦就创立了《现代诗》杂志，1956 年成立现代诗社，阵容强大，他们推出了"六大信条"，其中第一条和第二条是"1，我们是有所扬弃并发扬光大地包含了自波特莱尔以降一切新兴诗派之精神与要素的现代派之一群。""2，我们认为新诗乃是横的移植，而非纵的继承。这是一个总的看法。一个基本的出发点，无论是理论的建立或创作的实践。"从这两个信条可以看到，他们的文化运动是放弃中国传统，全面移植西方波德莱尔以来的现代主义。"现代"诗派加上 1954 年出现的"蓝星"及"创世纪"诗社，现代诗在 50 年代蔚为大观。这种公然拥抱西方的"横的移植"的文化立场，是很让人感到吃惊的。台湾的现代主义运动常被看作是主流反共文艺的对立面，但从现代主义派的反共立场看，反共与"西化"常常是珠联璧合的。

1959 年 7 月，苏雪林在《自由青年》上发表的《论象征派与中国新诗》一文是较早的公开批评现代诗的文章。真正的争论由 4 个月以后邱言曦的《新诗闲话》引起（1959 年 11 月 20—23 日《中央副刊》），这篇文章招致了现代派诗人的群起反攻。苏雪林从批评中国现代文学史上的现代诗出发，延及台湾现代诗，她认为："五四后，新诗由《繁星》《春水》《草儿》《女神》发展到新月诗派，已有走上轨道的希望。忽然半路上杀出一个李金发，把新诗带进了牛角尖，转来转去，转了十几年，到于今还转不出，实为莫大憾事。李氏作俑

---

① 史明：《台湾人四百年史》，台北：台湾蓬岛文化出版公司 1980 年版，第 1012 页。

固出无心，为了那种诗易于取巧，大家争着做他尾巴，那则未免可羞吧！"言曦以"造境""琢句""协律"等古典诗的标准，从通俗化等角度批评西方象征主义诗歌。寒爵在《所谓现代诗》等文中谈到，台湾现代派盲目引进波德莱尔等西方现代主义，却没有真正认识到波德莱尔的颓废意识。平心而论，苏雪林将台湾现代主义归于李金发的影响，言曦、寒爵等人对于西方现代主义的贬斥，都并未打中现代派诗人的要害，而"正统"的立场却俨然使其成为保守立场的代表。现代派却因为在反共文学的政治氛围中独辟蹊径，受到欢迎，"在这西化的潮流中，反现代化的传统的捍卫者居于劣势，他们的主张在年轻一代的读者群中产生的影响可以说是微乎其微。代表现代主义的作家群则声势强大，他们喊着'新的内容，新的形式'。这个'新'字是很具有诱惑力的，所以不论是来自学院中的青年，或者大多是流亡学生出身的社会青年，都聚拢在现代主义的旗帜下。"[1]

"西化"思潮的胜利，更明显地表现在 1962 年《文星》等刊物上发生的"中西文化"论战上。1961 年 11 月 6 日，胡适应亚东区科学教育会议之邀在开幕式上发表了题为《科学发展所需要的社会改革》英文演讲，这是胡适生前的最后一次演讲。在这篇文章里，胡适偏激地全面否定中国文化传统，"我认为我们东方这些老文明中没有多少精神成分。一个文明容忍像妇女缠足那样惨无人道的习惯到一千多年之久，而差不多没有一声抗议，还有什么文明可说？一个文明容忍'种姓制度'（the caste system）到好几千年之久，还有多大精神成分可说？一个文明把人生看作苦痛而不值得过的，把贫穷和行乞看作美德，把疾病看作天祸，又有些什么精神价值可说？""我主张把科学和技术的近代文明看作高度理想主义的、精神的。我三十多年前说过：这样充分运用人的聪明智慧来寻求真理，来控制自然，来变化物质以供人用，来使人的身体免除不必要的辛劳痛苦，来把人的力量

---

① 何欣：《当代中国新文学大系·文学争论集·导言》，台北：台湾天视出版事业有限公司 1979 年版，第 7 页。

增加几千倍几十万倍，来使人的精神从愚昧、迷信解放出来，来革新再造人类的种种制度以谋最大多数的最大幸福，——这样的文明是高度理想主义的文明，是真正精神的文明。"这篇演讲引起徐复观、胡秋原的猛烈批评，徐复观在《民主评论》十二卷二十四期（1961年12月20日）发表《中国人的耻辱，东方人的耻辱》一文，猛烈抨击胡适"东方的老文明中没有多少精神成分"这一说法。徐复观说："看到胡博士在东亚科教会的演说，他以一切下流的词句，来诬蔑中国文化，诬蔑东方文化，我应当向中国人，东方人宣布出来，胡博士之担任中央研究院院长，是中国人的耻辱，东方人的耻辱。"相隔不久，胡秋原在《文星》第五十一期（1962年1月1日）上发表2.7万字的长信《超越传统派、西化派、俄化派而前进》，他不以胡适否定中国传统文化为然，警告人们不可在"复古""西化"中二者选一。争论后来主要成了李敖和胡秋原的大战，最后闹上了法庭。李敖后来引起巨大反响的挑战文章，是发表于《文星》第五十二期（1962年2月1日）《给谈中西文化的人看看病》一文，在这篇文章中，他一口气批判了所有形式的抵抗"西化"的思想的，包括义和团病、中胜于西病、古已有之病、中土流行病、不得已病、酸葡萄病、中学为体西学为用病、挟外自重病、大团圆病、超越前进病……不一而足。李敖甚至认为"取长舍短，择善而从"地面对西方文化的理论是行不通的，他大力主张全面拥抱西方文化，连优点带缺点，"我们面对西方现代文化，就好像面对一个美人，你若想占有她，她的优点和'缺点'就得一块儿占有"，企图改正美人缺点，就是妄自尊大的厚颜；因此"我们一方面想要人家的胡瓜、洋葱、西红柿、钟表、席梦思、预备军官制度；我们另一方面就得忍受梅毒、狐臭、酒吧、车祸、离婚、太保（不知害臊）、大腿舞和摇滚而来的疯狂。"

　　如此赤裸裸的全盘西化思想，在当时的台湾却受到了思想开明者特别是年轻人的拥护。据吕正惠的回忆，"在李敖与胡秋原的中、西文化论战上，年轻人很少不站在李敖这一边的。"① 为什么呢？大约在于其"对抗政治"的立场和不同于反共八股的新的文化精神。传统文化被绑架到专制和"党化"的体制之中，"西化"却与自由、民主联系在一起，结果当然是前者受到抵制后者赢得同情。② 这样一种格局所带来的结果，是台湾忽略了"西化"背后的殖民主义和帝国主义。放松了对于"西化"的警惕，西方文化就主宰了台湾的社会心理。就文学而言，在现代诗的先导下，经过 1956 年夏济安《文学杂志》及 1960 年白先勇等人的《现代文学》在小说上的发展，台湾的现代主义在 20 世纪 60 年代成为文坛最强劲的潮流。

陈映真是批判现代主义的先知。早在 1967 年，陈映真于入狱前在《文学季刊》上发表了《现代主义的再开发》一文。陈映真在看了《等待戈多》以后，首先肯定了这个剧作，"没有疑问，《戈多》是一出对于现代人的精神内容做了十分优越的逼迫的少数作品之一。"但同时却否定了台湾的现代主义，原因是作为机械移植的台湾现代主义并没有反映台湾的社会现实，"第一，在台湾的现代主义，在性格上是亚流的。""第二，思考上和知性上的贫弱症。"陈映真本人的创作，开始也深受现代主义的影响，但他较别人更早地走出了现代主义，并反戈一击，可惜在那个现代主义盛行的时代里，他的声音是没有人能够听见的，未得到反响的陈映真不久就入狱了。

（三）

直到 20 世纪 70 年代初，世界格局发生了变化，台湾被美国及日本抛弃，台湾才从"西化"的美梦中苏醒过来。

这一时期发生的历史事件有：一是 1971 年 10 月 25 日台湾退出联合国；二是 1972 年 2 月 21 日美国总统尼克松访华；三是 1972 年 9

---

① 吕正惠：《三十年后反思乡土文学运动》，《夏潮》2007 年第九期，第 68 页。

② 将"西化"与台湾当局意识形态对立起来是一种简单的讲法，二者既有分歧更有重合，事实上台湾当局是亲美的，"西化"派也是反共的。

月日本和台湾断交。钓鱼岛事件最先给亲美的台湾人予以打击。这一行为无疑打了亲美的台湾人一记耳光，激起了台湾及海外华人反对美国的保钓运动。美国、日本的转向祖国大陆，台湾退出联合国，更让台湾人感觉到被背叛、遗弃的滋味。全面拥抱西方，却被对方推了回来，台湾人第一次认识到了美日帝国主义的真实面目，产生了民族主义的反弹。台湾的新殖民主义批判，就是在这样一种历史背景下登场的。

1972 年 12 月，陈鼓应和王晓波在台大举行"民族主义座谈会"，提出了反帝国主义的主张。陈鼓应说：提倡民族主义，是因为西方的政治、经济、文化等方面的侵略。他并指出，"外国利用中国的人力、物力，美其名曰工业合作，实则不外是帝国主义的经济侵略。"王晓波也指出，应该以民族主义抵抗帝国主义在军事、经济、思想等方面的侵略，"对外必须抵抗侵略，对内必须铲除外国的'第五纵队'"①。

1972—1973 年，文坛再次发起了对于现代诗的进攻。先是关杰明于 1972 年 9 月在《中国时报·人间副刊》上发表了 2 篇批评文章：《中国现代诗的困境》《中国现代诗的幻境》。他认为，台湾现代诗脱离了中国文学的传统，是对于西方现代主义的生吞活剥，他将《中国现代诗论选》称为"'文学殖民主义'的产品"。接着唐文标连续在《文学季刊》《中外文学》等刊发表了《僵毙的现代诗》《诗的没落》《什么时代，什么地方，什么人》等文章，对现代诗发起尖锐的批评。他主要从文学的社会功能的角度出发，批评台湾现代主义的脱离社会，他将夏济安的《文学杂志》及余光中都称为帝国主义的"文化买办"。虽然余光中等现代派诗人像从前那样进行了猛烈的反扑，但在 20 世纪 70 年代台湾新的社会形势下，现代诗已经是强弩之末了。

后来乡土文学论战的主角之一尉天聪在 1973 年《文季》等刊物

---

① 北剑：《论民族主义——第一次民族主义座谈会》，转引自陈正醍：《台湾的乡土文学论战》(1977—1978)，《夏潮通讯》2007 年第 9 期。

上发表了《幔幕掩饰不了污垢》《站在什么立场说什么话》等系列文章，对于台湾现代主义作家欧阳子、王文兴进行了点名批判，颇引人注目。尉天聪认为台湾现代主义作家与社会严重脱节，是生活于上层的堕落、腐化的一群，"他们是由堕落的中产阶级的文化培育出来的一批不自觉走向堕落的知识分子们，既无法走出自己的小圈子看看外面的世界，当然也就无法见出自己的罪恶，只好自满地活在自定的道德标准里，感伤流涕而自以为是世界上最不幸的人。其实，如果我们能揭穿他们生活中所蕴藏的自私、嫉妒、伤害的成分，便可以看出他们所说的道德实际上只是用来掩饰他们的不道德。而为达到掩饰的目的，艺术便成为他们的一面武器。"①

不过，我们注意到，20世纪70年代初的文坛对于现代主义的批判，虽然出现了"文化殖民主义""文化买办"等口号，但主要还是从陈映真开始的批判现代主义脱离社会、脱离中国文化传统等视角出发的，而新殖民主义视角的批判直至70年代后期才酝酿成熟。这一点，我们只要比较一下尉天聪1973年的《幔幕掩饰不了污垢》和1977年的《我们的社会和民族精神》，就可以看得很清楚。上文提到，《幔幕掩饰不了污垢》一文主要从阶级属性的角度批判现代主义的腐化，而后来的《我们的社会和民族精神》一文则已经能够从50年代以后台湾社会文化变迁和新殖民主义批判的角度看待西化思潮。《我们的社会和民族精神》一文认为：50年代以来美国的军事协防及美日的经济支持，支撑了台湾的经济繁荣，并长期隔离了台湾与中国的关系，由此产生了全盘西化的思想。只有到了70年代以后，随着台湾退出联合国等事件的发生，台湾人才认清欧美的面目，导致民族主义的回归。尉天聪的这样一种认识思路，是直到70年代后期乡土文学论战以后才得以明确的，在思路上很明显受到了同年更早发表的王拓和陈映真文章的启发。还应该指出的是，比较而言，尉天聪的这

---

① 尉天聪：《幔幕掩饰不了污垢》，收入《路，不是一个人走得出来的》，台北：联经出版事业公司1976年版。

篇文章其实是温和的，他不但没有正面批判美国对于台湾的经济操控，也没有完全否定五六十年代之来的"西化"思潮，相反认为在农业社会向工业社会转变的过程中"西化"思潮具有一定的冲破"封建意识"的进步作用，只是由于教育的问题，使得台湾人处于否定传统、崇洋媚外的无根状态。文章的批判力度，显然赶不上此前的王拓的文章和此后陈映真的文章。

需要提及的，是日据文学的"发现"和乡土文学的兴起。在民族主义的情绪中，台湾人开始寻找自己过去的历史，特别是抗拒日本帝国主义的历史，于是有久被湮没的日据文学的出土。1973年7月，颜元叔在《中外文学》上发表了《台湾小说里的日本经验》一文，紧接着有张良泽讨论钟理和、林载爵讨论杨逵、钟理和的文章发表。报刊上出现了大量的介绍研究日据以来台湾文学的文章，赖和、杨逵等人的作品也得以重刊。这种"发现"中的反帝反殖维度是明显的。1974年10月，《大学杂志》举办"日据时代台湾文学与抗日运动"座谈会，特别标出"抗日"的主题。王晓波也说："在与大陆文学断绝的情况下，探寻到了日据时代的反日爱国传统。"[①] 更值得一提的是反帝反殖的乡土文学的兴起。战后台湾乡土文学虽然从20世纪60年代就开始了，但其中的反帝反殖维度却是在70年代初民族主义的思潮的催生下出现的。黄春明自50年代下半就开始发表作品了，60年代中期后创作出《青番公的故事》、《溺死一只老猫》、《看海的日子》（1967）、《儿子的大玩偶》（1968）、《锣》（1969）之成熟之作。至70年代初期以后，黄春明开始"转向"，写作《苹果的滋味》（1972）、《莎哟娜啦，再见》（1973）、《小寡妇》（1974）和《我爱玛丽》（1977）等暴露崇洋媚外、批判新殖民主义的作品。王祯和最早发表《鬼·北风·人》是1961年，成熟之作《嫁妆一牛车》发表于1967年，而批判崇洋媚外的小说《小林来台北》则发表于1973

---

① 王晓波：《中国文学之大传统》，收入尉天聪主编：《乡土文学论战集》，台北：台湾远景出版事业公司1978年版，第377页。

年，《玫瑰玫瑰我爱你》则至 1984 年才发表。陈映真 1959 年发表第一篇小说《面摊》，1964 年发表成名之作《将军族》。虽然敏感的陈映真早在 1967 年就批判台湾现代主义，但由于他随即入狱，至 1975 后才获释，因此错过了 70 年代初期的反帝反殖文学思潮。不过，出狱后的陈映真在 70 年代末和 80 年代初发表《夜行货车》和"华盛顿大楼系列"，它们是批判美国新殖民主义最有代表性的文学创作。

1976 年，《中国论坛》发表了一系列批判崇洋媚外的文章，如吴明仁的《从崇洋媚外到民族意识的觉醒》（4 月 10 日 2 卷 1 期）、林义雄的《知识分子的崇洋媚外》、江帆《谈现代人与现代化》（10 月 10 日 3 卷 1 期），吹响了反"西化"的号角。

吴明仁的文章主要谈论了商号使用洋名、双重国籍担任公职和"科学中化"的问题。他认为这几件事背后透露出来的是台湾社会崇洋媚外的心态，而这种心态既与近代以来中国挫败于西方的历史有关，也是台湾当权者推波助澜的结果。

林义雄的文章主要分析知识分子的崇洋媚外心理。他认为中国知识分子从前服务的是帝王，而现在的台湾西方列强代替了从前的帝王统治，为知识分子提供饭碗，知识分子怎能不为洋主子服务？"以前知识分子是'学成文武艺，卖于帝王家'，现在是直接或间接卖予洋人家；以前，知识分子不从政可'躬耕于南阳'，现在是服务为西洋或东洋，不然只有喝西北风。有道是'有奶便是娘'，今天知识分子口含大洋奶，手握'跑天下'，怎么不认洋娘？尤其中国人讲究孝道，'天下无不是的父母'，又怎能不崇洋媚外？"

江帆也认为当前台湾的"大困局"的根源，在于西方对于台湾的经济控制。他具体分析了台湾的工业和农业皆受控于人的格局，认为在此情况下社会的崇洋媚外是必然结果，"在这样农工业皆不能独立自主样样仰人鼻息的经济结构下，一般人的精神面貌当然也就无法自主，而相信只有外国的月亮才是圆的。""在农业工业都仰人鼻息过分依赖的现状下，人心之向外、媚外，乃是水到渠成。"

1977 年的乡土文学论战，是台湾新殖民主义批判的高潮。作为揭竿之作的，是发表于 1977 年 4 月号王拓的《是现实主义，不是乡土文学》一文。这篇文章分 3 个部分。第一部分题为"一九七〇年至一九七二年的台湾社会"，文章谈到，各种事件"使我们看清了美国与日本互相勾结侵略中国的丑恶面孔""替我们的社会大众上了很宝贵的一课政治教育，使我们的民族意识普遍地觉醒和高涨"。作者还引述了报刊对于台湾的殖民经济压迫问题的报道，如 1972 年美商设在淡水的飞歌电子公司的女工得职业病死亡，1973 年日商在台北的三井金属矿业公司污染农田等等，认为："对于这些事件的揭发与抗议，一方面是表示社会大众在国际政治上对帝国主义强权的反抗，一方面是表示在照顾低层的农工同胞时对殖民主义经济侵略的反抗，都是民族意识高度的表现！"第二部分题为"1949 年以后台湾文学的回顾"，谈到了 1949 年以后的台湾历史，"韩战爆发以后，美援物质开始大量倾入台湾"，而"原来穿军装拿武器侵略中国的日本人，却换了一身装扮，穿着西装，提了 007 皮包重新进入台湾，开始对台湾进行另一种面目的——经济侵略"。而在文化上，中国文化完全抵抗不了西方的思想，"中国在近代历史上反抗帝国主义侵略的民族主义传统，却完全地割断了、忽略了！"第三部分题为"是'现实主义'文学，不是'乡土文学'"，作者看好近年来乡土文学的崛起，他认为，"所谓的'乡土文学'事实上相对于那些盲目模仿和抄袭西洋文学、脱离台湾的社会现实，而又把文学标举得高高在上的'西化文学'而言的。"① 但他同时认为，这些文学作品并非仅仅局限于乡土，而是反映现实的，因此应该称为现实主义文学。王拓的这篇文章，第一次从台湾历史的背景上系统阐述了反殖反帝的思想，并且重新定位了反西化的台湾乡土文学，是台湾新殖民主义批判的奠基之作。

乡土文学论战中的另外一篇力作，是陈映真的《文学来自社会反

---

① 王拓：《是"现实主义"，不是"乡土文学"》，收入尉天聪主编：《乡土文学论战集》，台北：台湾远景出版事业公司 1978 年版，第 100—119 页。

映社会》（1977 年 7 月 1 日《仙人掌杂志》第 5 期）。在这篇文章中，陈映真从社会经济、精神心理和台湾文学等诸种方面，对台湾的新殖民主义进行了深入的论述。首先，陈映真具体揭示了 20 世纪 50 年代以来美日对于台湾的经济操控。他谈到，"美援在台湾整个经济和财政上有非常重大的功能，甚至于在决定台湾那一种工业应如何做，都得经过美国同意和审核才能运用他的钱。""在这十几年来的台湾国民经济生活里面，美国的资金、技术、资本、政策和商品对我们台湾经济有绝对性的支配性的影响。"美援之后，日本的资本也来到了台湾，"一直到今天，日本的资本、技术和商品对台湾有非常显著的影响。"如此，30 年代来台湾的国民经济就是"开始是美国，后来是日本的资本和技术的一种绝对性的影响下成长出来的"。接着，陈映真分析了在这样一种社会经济下所形成的台湾精神生活的焦点——"西化"，他从雷震《自由中国》的西方式民主谈到李敖《文星》的"全盘西化"，从医学界的英文统治谈到艺术界的唯洋是从，结论是"文化上精神上对西方的附庸化、殖民地化——这就是我们三十年来的特点"。陈映真还专章提到了自己参与其中的台湾文学，题为"文化附庸中的台湾文学"。他逐个评点了台湾的文学刊物。1956 年夏济安的《文学杂志》主要由两部分构成，一是对于西洋思潮的介绍，二是外省作家的回忆文学，"并没有现实上台湾生活的反映"。1959 年的《笔汇》也是以西方为指导的刊物，"五月画展"的成员整天在刊物上搞"康定司基""达达主义""超现实主义"等等。1960 年的《现代文学》更不用说，是台大外文系的习作刊物。1966 年《文学季刊》开始也很西化，但后来有了改变。陈映真反省自己在写作的时候，开始也有崇洋媚外的心态，比如把不必要的英文夹杂在文章里，后来才有了反省的意识。[①]

陈映真的这篇文章之后，需要提到的是胡秋原的写于 1978 年 3

① 陈映真：《文学来自社会反映社会》，收入尉天聪主编：《乡土文学论战集》，台北：台湾远景出版事业公司 1978 年版，第 53—68 页。

月的文章《中国人立场之复归》。作为尉天聪编《乡土文学讨论集》的长序的《中国人立场之复归》，算得上是乡土文学论战的压卷之作。从台湾新殖民主义批判的谱系来说，这篇文章的长处在于它对于台湾的"西化"做了文化的追溯和新殖民主义的理论上升。

胡秋原将台湾的"西化"历史根源追溯到"五四运动"，并从中西文化的角度对被视为"现代"中国开端的五四进行了无情的批评。胡秋原认为，从今天往回看，我们"没有理由不承认我们的新文化运动全体而言，至今是一种失败"，因为"没有出现一个真正的中国人的新文化"。他认为，五四新文化、新文学一方面自断其根，一方面模仿西方，致使整个民族精神的错乱。胡秋原将五四文学革命的主张列举为二："一，否定文言文，以白话为正宗；二，无论在形式上内容上模仿西方文学或外国文学。"他认为，这两点都不正确。就第一点说，任何国家的书面语言和口语都是不一致的，而中国的文言文学和白话文学是消长的关系，不能一概否定文言是死的文学。就第二点说，模仿是学习的手段，但不能永远模仿，并且中国的语言和民族立场都是绝对不能模仿西方的。新文化和新文学失败的结果是，知识分子宁愿读过去的诗词，百姓宁愿看旧白话小说或武侠，新文学者，特别是新诗，只是在新文学家内部流传。而到了 20 世纪 50 年代以后的台湾，由于美日的影响，西化思想加剧。很多诗人主张文艺是"横的移植"，而非"纵的继承"，胡秋原愤怒地说："世界上还有任何一国之诗人说这种昏话吗？"胡秋原接着谈到他对于社会主义、资本主义及殖民地资本主义的看法。胡秋原回忆，社会主义自清末输入中国，在国共合作后流行。20 年代中国知识界，除梁启超外，很少有人不讲社会主义。30 年代前后，胡秋原本人也以社会主义者自命。但他在 1934 年到欧洲，看到了墨索里尼和希特勒的社会主义，次年到苏俄，看到了斯大林的社会主义，而那时候日本人在东三省也自称"皇道社会主义"或"军部社会主义"，胡秋原这才恍然大悟：马克思说社会主义必以强大的无产阶级为条件是正确的，社会主义是"公有"国家，但要问谁来"公有"。社会主义不能由职业革命家和自称社会主义者来实行，如果政权操之寡头之后，即为独占的资本主义，所以苏俄是"共党独占资本主义"，德国是"纳粹独占资本主义"，日本是"军部独占资本主义"。而且，他认为，没有大工业，就无可"共产"，为了"共产"，必先造产，所以要首先发展资本主义。但在西方资本主义已经成为主导的形势下，殖民地第三世界国家发展资本主义却碰到了特别的问题。西方经济学家认为，经由与西方国家贸易就可以了，但第三世界国家的经济学家却证明这种"贸易条件"是不平等的，"新殖民主义这个名词不断见于联合国文件，不是我们所能否认的"。对于台湾来说，就是要摆脱美国和日本的经济控制，避免买办资本主义。

从吴明仁等人对于崇洋媚外风气的批判，到王拓，陈映真的历史文化批判，再到胡秋原的文化追溯和理论上升，台湾的新殖民主义批判在思路上经历一个逐步深化的过程。遗憾的是，乡土文学派一出现就遭到打压，结果使得刚刚出现的台湾新殖民主义批判戛然而止。

作为被批判对象的西化派，进行了激烈的反批判，最有代表性的文章是台大外文系的王文兴教授的《乡土文学的功与过》（1978 年 2 月《夏潮》第 23 期）。王文兴立场鲜明地为"西化"辩护，并将这种批判西化的民族主义思潮称为"新义和团思想"。观点之针锋相对，口气之凌厉，可以从他的章节标题里看出来："我反对的是新义和团思想"，"外来的投资是互惠"，"把美、日帝国主义请出去我们靠什么来过活"，"主权何旁落之有""反对西化便是反对文化"，"文化侵略和政治侵略不能算侵略"，"民族本位的思想充满矛盾、混乱和不通"。王文兴这些耸人听闻的说法，赤裸裸地展现了台湾以外文系为代表的极端西化思想。胡秋原看到后大怒，他写了一篇题为"论王文兴的 Nonsense 之 Sense"文章，对王文兴进行一一反驳，最后怒斥："这是洋奴主义，崇洋媚外，无知、反动和堕落下最新表演。这是亡国之路。王文兴个人志趣是他的自由。但以其对文学之无知和堕落思想误人子弟，教育部不可不问。一切自尊自爱的中国人自然有权反击之。想到如此无知堕落之由来，更重要的，是大家自勉自励，创造中国人自己的新文化。"胡秋原指望"教育部"官方来批评"西化派"的思想未免过于天真,事实上受到官方打击的不是"西化派",而是"乡土派"自己。

1977年乡土文学论战的受挫,并非来自外文系学者,而主要来自代表官方立场的文人。最早出现的乡土文学争论,是发表于1977年4月号《仙人掌》杂志上的3篇文章:王拓的《是现实主义,不是乡土文学》,银正雄的《坟地里哪来的钟声》和朱西宁的《回归何处?如何回归?》。在这3篇文章中,王拓的文章是正面立论,银正雄和朱西宁的文章是反面批评。银正雄的文章批评的是近来乡土小说"丑化"现实、批判社会黑暗面的倾向,"民国六十年以来,'乡土文学'却有逐渐变质的倾向,我们发现某些'乡土'小说的精神面貌不再是清新可人,我们看到这些人脸上赫然有仇恨、愤怒的皱纹,我们也才领悟到当年被人提倡的'乡土文学'有变成表达仇恨、憎恶等意识的工具的危机。"[1] 在1977年8月举行的台湾第二次文艺大会上,乡土文学受到批评,会议认为"以工人、农民为题材,提供乡土文学的一部分作品","是不仅违背当前的革命的需要,也违背了文学的时代潮流",还提出了"预防敌人的统战,分化阴谋"的说法。[2]大会甫一结束,就出现了激烈的批判乡土文学的文章,那就是彭歌《不谈人性,何有文学》和余光中的《狼来了》。彭歌认为,乡土文学同情底层民众、批判寡头统治的做法,是以"收入"而不是以"善恶"为衡量标准,"不以'人'而以'物'为标准,这种论调很容易陷入'阶级对立'、'一分为二'的错误。这种态度上的偏差,

---

① 银正雄:《坟地里哪来的钟声?》,收入尉天聪主编:《乡土文学论战集》,台北:台湾远景出版事业公司1978年版,第191—203页。

② 陈正醍著,陈炳昆译:《台湾的乡土文学论战》,《夏潮通讯》第9期,2007年11月1日。

延伸到文学创作，便会呈现出暧昧、苛刻、暴戾、仇恨的面目。"①
余光中更把乡土文学诬为"工农兵文艺"，公然戴帽子，政治意图十
分明显。乡土文学反"西化"和殖民主义的方面，同样受到了官方
文人的批判。彭歌在《不谈人性，何有文学》一文中批评了王拓关
于台湾社会是"殖民经济""买办"的说法，他认为："在中华民国
的国土之内，国民经济蓬勃发展之时，却被形容为'殖民经济'、
'买办经济'，这不仅是对政府的不公道，也是对于胼手胝足、呕心
沥血努力建设的同胞极大的侮辱。"②在"反帝"上，彭歌回应官方意
识形态，认为"反帝"主要应该是"反共"，"当我们全民一致为自
由与生存而奋斗之时，我们的'反帝'，首先是反共产主义的赤色帝
国主义，以中共为代表的邪恶势力，正在对我们挑战，如果说'反
帝'而不谈'反共'，这是没有掌握到世局的重点。'反帝'如只是
反对以美、日为主的外来资本，是否是一种极不高明的'转移目
标'？"

　　这种梦呓一般的胡言乱语，实在不值一驳。

　　在台湾当时的政治形势下，乡土文学一旦与"工农兵文艺""反
共"等帽子联系起来，是可能被砍头的，乡土文学论者因之遭受了很
大的压力。对于乡土文学派的打压，使得台湾的新殖民主义批判未能
发展出更大的空间，殊为可惜。

（四）

　　失去的机会不会再来。乡土文学论战后，台湾出现了台湾意识和
中国意识的分化。在作为西化和国民党统治的对立面时，民族主义是
一致的，但再进一步，民族主义就出现了台湾民族主义和中国民族主

---

　　①　彭歌：《不谈人性，何有文学》，收入尉天聪主编：《乡土文学论战
集》，台北：台湾远景出版事业公司 1978 年版，第 245—263 页。
　　②　彭歌：《不谈人性，何有文学》，收入尉天聪主编：《乡土文学论战
集》，台北：台湾远景出版事业公司 1978 年版，第 245—263 页。

义的分歧。朱西宁在他的《回归何处？如何回归？》一文中已经担心乡土文学回归的是台湾地方主义还是中华民族主义，他明确地指出，由于日本殖民统治的历史，台湾文化与中国文化是有所脱节的，"如此看来，台湾之被日本占据，即令未受日本文化的任何影响，但半个世纪的隔离隔绝，又正值中原文化骤变之际，尽管台湾省的乡贤们如何为保卫民族文化而努力，甚至流血牺牲，仍不能免的这其间要与继续生新的民族文化主的有所脱节；况且在台湾这块边土所存留的汉文化老根，实则已多多少少受到了日本文化有意的斩伤。因而台湾本土作家的发展文艺，出于自学自悟的还都是把回归民族文化为前提，稳稳健健的来密接上民族文化的主根。"①陈映真更是直接批评了叶石涛的"台湾意识"。发表于 1977 年 5 月《夏潮》杂志第 14 期的叶石涛的《台湾乡土文学史导论》，是第一篇较为系统地论述"台湾意识"的文章，被后世解读为台湾本土论述的重要起点。不过，就这篇文章而言，叶石涛虽然明确提出"台湾意识"，并以其概括台湾乡土文学，但其实还没那么明确。文章提到，"所谓'台湾意识'——即居住在台湾的中国人共通经验"②，是"反帝反殖民的"，这个时候"台湾意识"与"中国意识"的对立还不那么明显。但陈映真很敏感，预见性写下了《"乡土文学"的盲点》一文。他在文章中指出，"除非强调台湾抵抗时期文学之中国的特点，文中所提出的'台湾立场'的问题，就显得很暧昧而不易理解。"陈映真强调，台湾文学不过是中国近代反帝反封建文学的一个组成部分，强调与中国分离的台湾"文化民族主义"是"用心良苦的，分离主义的议论"③。

---

① 朱西宁：《回归何处？如何回归？》，收入尉天聪主编：《乡土文学论战集》，台北：台湾远景出版事业公司 1978 年版，第 204—226 页。

② 叶石涛：《台湾乡土文学史导论》，收入尉天聪主编：《乡土文学论战集》，台北：台湾远景出版事业公司 1978 年版，第 69—92 页。

③ 陈映真：《乡土文学的盲点》，收入尉天聪主编：《乡土文学论战集》，台北：台湾远景出版事业公司 1978 年版。第 93—99 页。

不过，陈映真的"预防针"不但没能阻止台湾本土意识的发展，相反可能明确了"中国意识"和"台湾意识"的对立。1979年"美丽岛事件"以后，经过1981年"边疆文学"争论和1984年的由侯德健去大陆引起的"台湾结"与"中国结"的论战，"台湾意识"已经浮出历史地表。统一的民族主义开始受到挑战。在1984年"台湾结"与"中国结"的论争中，陈映真再次谈到跨国资本对于台湾的压迫时，已经无法唤起本土论者的共鸣。他们开始质问：抵抗这种压迫的是"中国意识"还是"台湾意识"。① 20世纪70年代以来民族主义的代表人物陈鼓应也受到了质疑：到底是何种民族主义？中国民族主义还是台湾民族主义？陈树鸿在《台湾意识——党外民主运动的基石》一文中说："陈鼓应一向标榜'反帝'与'民族主义'，也是个'民主人士'，然而'反帝'与'民族主义'如果不是站在台湾的现实基础上来讲，就是沦为空洞的口号；脱离了台湾意识，我们搞不清，他标榜的是什么'民族主义'？怎么'反帝'？"② 本土意识论者开始将隐约地将反殖民的矛头对准中国，对于美日新殖民主义批判于是只剩下了以陈映真为代表的中国意识派。

陈映真任重道远，双手出击，既批判本土分离主义，又继续批判美日新殖民主义。在1984年"台湾结"与"中国结"的论战中，陈映真是"中国意识"派的主角。他在《前进》杂志上发表了《向着更宽广的历史视野……》（1984年6月《前进》周刊第12期）、《为了民族的团结与和平》（1984年7月《前进》周刊第14期）等文章，论述台湾是中国的一个部分，批判"台湾意识"独立论。与此同时，陈映真又在《夏潮论坛》上发表了《美国统治下的台湾》（1984年6月《夏

---

① 施敏辉：《台湾向前走——再论岛内"台湾意识"论战》，收入施敏辉编：《台湾意识论战选集》，台北：前卫出版社1988年版，第19—30页。
② 陈树鸿：《台湾意识——党史外民主运动的基石》，收入施敏辉编：《台湾意识论战选集》，台北：前卫出版社1988年版，第203—204页。

潮论坛》)、《一个罪孽深重的帝国》（1984年11月《夏潮论坛》杂志）等文章，重点批判美国帝国主义及其对台湾的新殖民主义统治。

陈映真从台湾历史出发对于美国新殖民主义批判，颇有建树。陈映真指出：二战以后，美国远远压倒欧洲，成为一个超级帝国，美国的新殖民主义从而代替了以前的英法殖民主义，"美国的国务院、五角大楼、跨国企业、新闻处、中央情报局、军事顾问团和学术基金会，所执行的环球策略，基本上与旧式殖民主义政策性格相同，但范围极大，内容极精巧，即新谓新式殖民主义"。陈映真的批判，正和20世纪60年代以来恩克鲁玛、阿明等非洲经验的新殖民主义批评互相补充。陈映真还特别提到了美国的文化殖民，"美国的新闻处、电影、电视、全球性企业广告和遍布各国的美国新闻处，对全世界进行思想和文化的美国化工作，制造对美国和世界体系有优美形象，相对地消灭、破坏其他民族悠久、优美、深厚的传统文化。"这让我们想起恩克鲁玛在《新殖民主义：帝国主义的最后阶段》一书里也曾提到美国新闻署和好莱坞电影的文化殖民活动，两者正可以验证。

霍布森的帝国主义论述的贡献之一，是揭示了"生物进化论""文明使命论"等帝国主义自我合法化理论。陈映真在此基础上有更进一步的开掘，"代替过去的'白人的负担'论、'文明的使命'论等，今日美国以'大国的责任'和'自由'、'民主'的'信念'，向全世界进行不知厌足的政治上、军事上、文化上、经济上之扩张。"陈映真的这一阐述是富于洞见的，"现代性""自由""民主"的确是20世纪西方新殖民主义的新的形式。

陈映真所关注的，更在于台湾的殖民地性格。他在文章中指出：虽然国府与美国有冲突，但从整体上说"亲美、扬美、依美成为台湾三十年来主要的政治、经济和文化政策"，"在台湾的朝野间，形成了一股深远的、复杂的崇美、媚美、扬美的氛围，并且在民族的精神和心理上造成了对美国、西方的崇拜，和对自己的自卑所构成的复杂情绪。"陈映真指出：台湾党外运动同样具有对于美国的依附性格，这一点与党内并无区别，这可能是台湾真正的悲哀，"时至今日，在整个辽阔的第三世界中，几乎已经没有一个地方像台湾一样，无论在朝在野，那样地对美国的帝国主义政策缺少批判的认识，而对于美国的一切，还怀抱着迹近幼稚的幻想。"①

---

① 陈映真：《美国统治下的台湾》，台北：人间出版社1988年版，第7—21页。

台湾的后殖民演绎

（一）

新殖民主义主要关涉独立后的殖民控制问题，从这个意义上说，后殖民主义可称为新殖民主义的一个最新阶段。只不过新殖民主义侧重于经济政治和社会发展角度的论述，而萨义德之后的后殖民主义侧重于文化角度的论述，所谈的文化控制则是以普遍性的社会科学知识的形式出现的。

1978年萨义德《东方主义》一书出版的时候，台湾的以新殖民主义批判为导向的乡土文学论战进行得正酣，因此西方的后殖民主义与台湾的新殖民主义有一个时间上的错位。台湾的新殖民主义批判，虽然也可以见到对于新殖民主义理论的运用，但它主要是从内部自发产生的，因其社会经验的不同而有独特性。迟至20世纪90年代才出现的台湾的后殖民实践，主要是台湾场域对于西方后殖民理论的不同挪用或批评。我们大体上可以从本土派、外文系和左派三个不同的角度梳理台湾的后殖民实践的脉络。①

据邱贵芬首次将后殖民理论引入台湾文学领域，是1992年她与廖朝阳在《中外文学》上的争论，"头一次挪用'后殖民'理论一词，将西方后殖民理论搬上台面，并引以用来讨论当时台湾文化关切的问题，或许可推至廖朝阳与我在1992年全国比较文学会议会里和

---

① 需要说明的是，这种划分只是大致的，其间存在着种种交错的关系，比如左派的陈光兴是外文系的，而本土派的陈芳明则自称左派。

会外的后续辩论。"① 不过，台湾的本土后殖民论述的代表人物陈芳明似乎并不买账。据陈芳明自述，他 1989 年在美国接触到萨义德的《东方主义》，并开始将后殖民的思考运用于台湾本土文学的建构中。

索诸于早期的历史，陈芳明的思想似乎有较为突兀的变化。在 1981 年 7 月《美丽岛》杂志第 48、49 期上，陈芳明以宋冬阳的笔名发表了《缝合这一道伤口——论陈映真小说中的分离与结合》。在这篇文章里，陈芳明称陈映真为 20 世纪 60 年代以来最有影响力的小说家，态度十分崇敬。陈芳明认为，陈映真 60 年代的小说中台湾人与大陆人的分离或死亡的结局，反映了那一时代以阶级差距为主要内容的省籍矛盾，但他认为，陈映真似乎过于拘泥于省籍的界限，阶级的利益应该会和解省籍的问题，比如《将军族》中同为下层阶级的瘦丫头和三角脸，应该会结合，而不是以死亡为结局。陈芳明积极评价陈映真在 70 年代的小说中对于省籍问题的处理，因为在陈映真这个阶段的创作中，工业化和跨国公司使得外省下一代与本省人因为共同的利益而站到了一起，阶级的维度终于取代了省籍问题。后来成为本土论述代表的陈芳明，在强调省籍、排斥阶级的时候，再回头看这篇大作，不知道有何感受。

在 1984 年第 1 期《台湾文艺》上，陈芳明以宋冬阳的笔名发表了《现阶段台湾文学本土化的问题》一文。短短 3 年，陈芳明对于陈映真的态度发生了 180 度的大转折。文章对于乡土文学论战后台湾"台湾意识"与"中国意识"，"台湾文学本土论"与"第三世界文学论"进行了梳理和评论，他站在"台湾意识"和"台湾文学本土论"的立场上对于"中国意识"和"第三世界文学论"的代表陈映真进行了无情的抨击。正因为如此，这篇文章后来成为继叶石涛《台湾乡土文学史导论》之后的又一篇具有代表性的台湾本土论述的大作。

---

① 邱贵芬：《后殖民的台湾演绎》，收入《后殖民及其外》，台北：麦田出版社 2003 年版，第 265 页。

在解严之后台湾本土主义高涨的情形下，陈芳明很自然地将他所了解的后殖民理论应用于他的本土化建构之中。虽然《东方主义》所批判的是西方，虽然美国对于台湾的殖民控制一直是乡土文学以来民族主义的批判焦点，但在"台湾意识"与"中国意识"决裂后，陈芳明毫不犹豫地将后殖民的矛头指向了中国，具体地说，是代表中国的台湾外来政权。在陈芳明看来，对台湾来说，光复以后的国民党政权是和日本殖民者同类的殖民政权，它以中华民族主义对台湾进行殖民统治。他认为，国民党戒严体制"对台湾历史、文学、语言、文化等等刻意压制与扭曲"，"对台湾文学研究的禁锢，也是透过《东方主义》书中所描写的西方白人殖民策略那样，亦即以想象、论述、实践三方面进行有计划的权力干涉。不仅如此，当权者认为，台湾历史经验的格局过于狭小化，遂径以中国的历史经验来取代台湾的这种混乱的教育方式，终于使台湾历史淹没在庞大的中国论述之中"。①

值得注意的是，陈芳明以中国殖民主义取代美日殖民主义，公然重新解读以乡土文学论战为代表的台湾新殖民主义批判的历史。陈芳明认为，光复后台湾的殖民主义并非来自美日帝国主义，而是来自内部国民党政权。现代主义的自我流放就是对于国民党殖民统治的负面抵抗，而20世纪70年代乡土文学则是一种正面抵抗，因此现代主义与乡土文学是朋友，而非敌人，他们之间的斗争原是一场误会，"从一九七二年到一九七三年之间出现的现代诗论战，原是检讨台湾诗人失去认同的困境。文化认同的丧失，并非是作家努力获致的，而是政治环境的封闭所致。然而，论战的批判对象并未朝向牢不可破的戒严体制，而是朝向手无寸铁的现代诗人。""七○年代写实的批判精神，原是为了暴露殖民地社会中偏颇的政治经济体制，但格于当时高度的思想检查的羁绊，殖民统治的本质没有受到严重的围剿，反而是六○年代的现代主义成了代罪羔羊。从七○年代初期的现代诗论战，一直

---

① 陈芳明：《自序：我的后殖民立场》，收入《后殖民台湾》，台北：麦田出版社2007年版，第9—20页。

到一九七七年的乡土文学论战，乡土文学与现代主义文学竟然成为对峙的两个阵营。"在陈芳明看来，以乡土文学论战为代表的台湾新殖民主义批判，并不是朝向"西化"的，朝向美日帝国主义的，而是朝向国民党殖民体制的，所以他说："一九七七年爆发的文学论战，乃是作家与统治者在意识形态上的一次对决，台湾作家王拓所揭橥的'拥抱健康大地'，其实是被统治阶级对统治阶级的一个回应。"陈芳明的阐述委实太有新意了，可惜与历史过于背离。乡土文学论战的文本俱在，它以美日抛弃台湾为导火索，以批判"西化"、美日帝国主义为对象，以民族主义为潮流，陈芳明究竟怎样面对这些文字呢？如上文所说，作为乡土文学论战发轫之作的王拓的《是现实主义文学，不是乡土文学》开始就以大量篇幅谈论台湾从美日帝国主义下的觉醒，痛心台湾"中国在近代历史上反抗帝国主义侵略的民族主义传统，却完全地割断了、忽略了"！陈芳明又抓住了王拓对于台湾是"殖民地经济"的批判，如获至宝，认为这是"一九四五年以来第一位台湾作家如此为台湾社会的性质定位"，是"最值得注意的"。不过，头脑清楚的人都能看得懂，王拓是说台湾成为美国主导下的"殖民地经济"。陈芳明也看懂了，"他所说的'经济殖民地'乃是指美国对台湾的关系而言。"不过，他继续说道："但很清楚的，事实上这样的论述方式已经把国民政府视为经济殖民地的代理人。"这是没错的，批判美日帝国主义经济侵略同时批判台湾当局，但陈芳明又接着得出了他的结论："一个依赖经济殖民地的统治机器，本身无疑就是不折不扣的政治殖民统治。"① 论述的逻辑简直令人瞠目：台湾当局依赖美日殖民主义，于是乎自己成了殖民主义。

后殖民理论可能有不同说法，但都在谈论西方殖民主义与殖民地的关系。光复后国民党专制统治的问题，应该放在后殖民理论所谈及的民族主义的范畴中去认识。陈芳明所乐意谈到的国民党与日本人统

---

① 陈芳明：《后现代或后殖民——战后台湾文学史的一个解释》，收入《后殖民台湾》，台北：麦田出版社2007年版，第23—47页。

治的相类（姑不论是否准确），正是法农所谈的警惕民族主义复制前殖民主义逻辑的现象。法农一再告诫，如果不摆脱殖民者的思维方式，殖民地独立后，民族资产阶级会沿袭殖民者的结构。不过，这并不代表本地统治者就等于西方殖民者，民族主义与殖民主义是不同范畴的问题。

陈芳明对于台湾人与中国人对立的强调，可能正好落入了后殖民理论所批评的狭隘本土主义。台湾本土论者没有认识到文化传统是开放和发展的，既没一个可以追溯的源头，也没有一个固定不变的本质。一味向前追溯传统，只能像剥葱一样，到头来一无所有。台湾本是大陆移民社会，如果一定要强行剥离作为台湾主体中的"中国性"的话，那么真正的台湾人只剩下原住民，陈芳明等本土论者本人也将被排除出台湾人的行列。在现代民族主义理论中，种族民族主义是臭名昭著的，它迷恋于"我族"与"他族"的差异，强调种族中心，德日法西斯主义就是这样的一种民族主义。台湾本土论述一直强调所谓本土意识，强调本省人与外省人的差别，甚至喊出了"反对中国猪"的口号，这里的种族主义倾向是十分危险的。陈芳明在1981年发表的《缝合这一道伤口——论陈映真小说中的分离与结合》中就已经提到，光复后台湾的阶级问题早已经替代了省籍问题，不知道为什么过了这么多年，他的思想反倒退步了。

就后殖民理论本身来说，陈芳明的运用让人感到有点兴之所至。在《后殖民台湾》一书的《自序：我的后殖民立场》一文中，陈芳明对于后现代后殖民有以下概括："所谓后结构思考，便是指文化主体重建之际，应注意到组成主体内容的各种不同因素。""解严后的八〇年代，见证了同志文学、女性文学、眷村文学、原住民文学的大量崛起，这是非常可观的后殖民现象。"这两种大胆的概括，可以说与后现代与后殖民风马牛不相及，后结构的特征恰恰是反对现代性的核心主体性，作者居然将其与"主体重建"联在一起；后殖民是处理殖民地种族关系的，作者居然将"同志文学、女性文学、眷村文学、原住民文学"称为后殖民现象。

在陈芳明的《后现代或后殖民——战后台湾文学史的一个解释》一文中，又出现了一个对于后现代与后殖民的概括："后现代主义发源于资本主义高度发达的欧美，后殖民主义则崛起于第三世界。更值得注意的是，后现代主义最终目标是在于主体的解构，而后殖民主义则在追求主体的重构。"说后殖民主义崛起于第三世界，这真是一个太过大胆的说法。后殖民理论家，虽然多数来自第三世界，但他们是西方移民，是西方名校教授，如萨义德和斯皮瓦克都在哥伦比亚大学，霍米·巴巴在哈佛大学，罗伯特·扬更不用说，来自牛津大学，而且是英国白人，后殖民理论产生于西方语境，是当代西方的显学之一。在"东方主义"成为阿拉伯国家民族主义反抗的工具时，萨义德专门撰文声称："东方不是东方"，他所说的与真正的东方毫无关系。陈芳明的这种说法，看起来有点自作多情。另外，陈芳明刚刚说了后现代是"主体重建"，在这里忽然又很明白地说"后现代主义最终目标是在于主体的解构"，自相矛盾。

（二）

引人注意的是，在当代台湾后殖民建构中，外文系学者的立场较之从前发生了很大的变化。我们知道，在乡土文学论战中，后来的左派和本土派联合起来批评"西化"，作为现代主义大本营的外文系处于负面位置。从前文提到的王文兴对于乡土文学的反驳中，我们可以看到这种激烈对抗。事隔十几年，在当代台湾文化场域的论争中，外文系对于历史有了反省，断然变更了立场，由反对乡土文学改为支持本土派了。这一历程，在邱贵芬的下列说明中看得很清楚："从战后台湾文化生态来看，九〇年代几次以外文系学者为主的后殖民理论论战，可算是从六〇年代白先勇、王文兴等人引介现代主义理论之后，外文系学者再一次积极地介入本土文化的争辩，透过西方流行理论和当下台湾文化做面向的对话。但是，相较于六〇年代现代主义所强调的'横的移植'和'漂泊'、'放逐'等等概念，九〇年代台湾'后殖民'论述的演绎却自觉'横的移植'这种外文系知识传播典范隐含的殖民架构，在挪用西方流行理论之时不断质疑'挪用'过程牵涉的种种问题，影响所及，'在地化'、'本土化'等等字眼时时在此类论述里浮现并反复辩证。"① 从邱贵芬的话来看，当代外文系的学者已经意识到了台湾当年"横的移植"的"西化"思潮中所隐含殖民结构，因此转到支持台湾本土主义的立场上。不过，需要注意的是，这时候的台湾本土主义已经发生了变化，不复乡土文学论战时的面目，它们在"乡土"／"本土"的路上愈走愈远，但对于"西化"却已经不再批判，而将殖民主义和帝国主义的矛头转向了大陆。在这种情况下，外文系学者与本土派学者的靠拢成了水到渠成的事情。

如此，强调台湾本土，批判中国，成了本土派和外文系学者的共识；当然，另一个共识是不批判美国以及西方帝国主义。不过，精通后殖民理论的外文系的学者与本土派的学者毕竟不同，他们明白后殖民理论反对本土主义、民族主义的基本立场。于是，他们一方面支持本土主义，另一方面又不忘记反对本质主义，在两者间犹豫不决。

1992 年邱贵芬在台湾比较文学会议上的发言，后以《"发现台湾"，建构台湾的后殖民论述》为题发表于台湾《中外文学》第 21 卷第 2 期上，俨然成为台湾后殖民主义的宣言。台湾本土论述原就存在，邱贵芬首次有意将其与后殖民理论勾连起来。邱贵芬明确表示："我在大会上提出论文，乃想借用西方后殖民理论对文化、殖民等等问题的反思，切入当时台湾文学界有关台湾文学定位问题的纷争，为本土派文学主张的理论支撑略尽绵薄之力。"台湾历经殖民统治，倡言殖民反抗原不足为奇，但本土论述的独特之处却在于"本省人／外省人"、"台湾／大陆"的对立。邱贵芬认为的确应该将 1945 年后的国民党统治包含于殖民统治之列，"在后现代的用法里，被殖民者乃是被迫居于依赖、边缘地位的群体，被处于优势的政治团体统治，并被视为较统治者略逊一筹的次等人种（Said，1989，207）。以此为定

① 邱贵芬：《后殖民的台湾演绎》，收入《后殖民及其外》，台北：麦田出版社 2003 年版，第 259 页。

义，台湾的被殖民经验不仅限于日据时代，更需上下延伸，长达百年。"不过，反对回归本土的非本质主义，是后殖民理论的基本立场，邱贵芬究竟明白这一点。因而，她一方面认为，瓦解殖民压迫首先要从语言抵抗入手，即拒绝国语本位及中国本位的文学观，建构足以表达台湾经验的台湾语言，另一方面考虑到台湾的现实，主张不必将通行台湾的国语视为外来语，而承认台湾文化的"跨文化"特色。这样做的目的是为了避免后殖民理论所批评的回归纯净本土的迷思和"福佬沙文主义"的暴力倾向。①

不料，邱贵芬的这一立场受到了批评。廖朝阳认为邱贵芬承认台湾国语并反对回归本源的做法，无异于接受殖民暴力，消解批判殖民性的本土运动。廖朝阳觉得邱贵芬是背上了后现代主义的理论包袱，他提出后殖民理论中有很多批评家（如 Hal Foster）反对后现代主义，主张本土批判，并主张以"阶段论"解决这一问题，即将后殖民视为后现代的前置状况，在这一阶段仍需抗争，"夺回主体位置"，而后现代阶段则是"以文化异质为贵"了。② 邱贵芬后来进行了反击，在她看来，廖朝阳显然重蹈了后殖民理论所批评的"殖民者/被殖民者""抗争/融合"等二元对立模式，误区在于未能明了霍米·巴巴（Homi Bhabha）所说的"殖民暧昧"（colonial ambivalence）状况。邱贵芬还主张以霍米·巴巴的"文化混种"（hybridity）和"学舌"（mimicry）等策略对国语进行殖民颠覆。

历史证明，邱贵芬和廖朝阳之争乃是"后殖民—本土论述"的内部之争，他们之间立场并无原则差别，只是策略之争而已。可以作为佐证的是，在另外一次（1995—1996）"后殖民—本土论述"之争

---

① 《"发现台湾"，建构台湾的后殖民论述》一文宣布于"十年台湾文化研究的回顾"研讨会，国科会、文化研究协会主办，1999 年 9 月，第 18—19 页。另见邱贵芬《咱们是台湾人——答廖朝阳有关台湾后殖民论述的问题》，载于《中外文学》第 21 卷第 3 期。

② 廖朝阳：《评邱贵芬〈发现台湾：建构台湾后殖民论述〉》，《是四不像，还是虎豹狮象》，《中外文学》第 21 卷第 3 期。

中，廖朝阳与邱贵芬完全换位。如果说第一次廖朝阳以"后殖民抵抗"纠正邱贵芬的"后现代混合"，那么第二次则完全相反，变成了邱贵芬以"后殖民抵抗"反对廖朝阳的"后现代解构"。这次同样发生在《中外文学》上的论争，因陈昭英的《论台湾的本土化运动：一个文化史的考察》和陈芳明的《百年来的台湾文学与台湾风格》两篇文章引起，这两篇文章一者批评本土化运动，一者主张本土化运动。针对于主体的实质化，廖朝阳提出了解构主义的"空白主体"概念，但却受到了邱贵芬的后殖民名义的批评。邱贵芬认为："廖朝阳所援以为例的女性主义论述者主要都是白人女性，其以解构主义处理认同政治问题，性质上类近后现代女性主义。如果我们考虑台湾的历史情境，将目前建构台湾身份/认同的文化论述大致归类为被殖民国家抵拒殖民中心价值体系的后殖民论述的话，那么我们就不得不小心厘清后现代后殖民之间的一线之隔。"上一次论争中，廖朝阳提醒邱贵芬注意后现代与后殖民的差别，邱贵芬似乎已经接受了，转而开始提醒廖朝阳了。邱贵芬进一步批评了廖朝阳的"空白主体"概念。她认为廖朝阳主张主体在认同上完全开放，就不能完全封死台湾在某一个未来的时间点采取中国认同的可能。她认为廖朝阳以"后现代"身份认同理论处理台湾主体问题十分危险，因为"如果真如廖朝阳所言，让台湾'主体变成一无所有'，独派的理论也无法成立。陈昭英的问题'台湾成为中国的一部分又何不可'就显得不是那么天真无理了"[1]。邱贵芬引证 Bell Hooks 的在"后现代黑人性"（Postmodern Blackness）一文中的论述，强调台湾经验的"绝对重要性"。在这里，邱贵芬所强调于后殖民的，正是她在前面批评的"夺回主体"

---

① 邱贵芬：《是后殖民，不是后现代——再谈台湾的身份认同》，《中外文学》第 23 卷 11 期，1985 年 4 月。

的内容，而她所批评后现代的，正是她前面褒扬的"以文化异质为贵"①。看起来，邱贵芬与廖朝阳的前后换位，显示出外文系学者在本土主义"后殖民"与解构主义"后现代"之间摇摆不定。

在外文系的学者中，较为坚定地站在后现代立场上批判本土主义的是廖咸浩。廖咸浩辨析了"后殖民—本土论述"中所存在的国族认同与主体性的问题，他认为一味夸大台湾本土认同，强调本质主义，对于台湾社会具有消极作用，"不同族群就一定有不同的政治选择的'本质化'看法，不但不能厘清问题，反足以激化族群对立；本来没有的差异，或不重的差异，到后来就被迫真变成了对立双方'真正的'本质。""族群的差异被以本质化方式夸大的同时，其他次团体之间的差异却又被刻意抹杀，长期忽视。因此，台湾的社会可以说是病得太重了。"廖咸浩强调解构本质主义，主张多元平等杂处。他认为，因为台湾不同的阶级、族群、性别都有不同的利益，所以我们应该讨论的就不应该是什么我们的认同，而在于明辨认同的原则，研究不同阶层和团体的和睦相处。他认为独派思想上的迷障，是"单一主体"论，而廖朝阳引用齐切克（Slsavoj Zizek）的空白主体论时候，忽略了他的"天生的内在冲突"（constitutive antagonism）论，而他认为这正是台湾更为需要的。②

当然，站在解构主义的角度，廖咸浩批判一切本质主义，他既解构"台湾"，也解构"中国"，也解构"美国"和"日本"，而因为"台湾"较近危害更大，他将批判的矛头更多地对准台湾本土主义。不过，廖咸浩1987年自美回台后写的第一篇解构主义文章，倒是《解构中国文化》。让他失望的是，虽然自此以后台湾出现了大量的

---

① 廖朝阳：《中国人的悲情：回应陈昭英并论文化建构与民族认同》，《中外文学》第23卷第10期。邱贵芬：《是后殖民，不是后现代——再谈台湾身份/认同政治》，《中外文学》第23卷第11期。

② 廖咸浩：《超越国族：为什么要谈认同?》，《中外文学》第24卷第4期。

"解构"中国虚构性的说法，但他们解构中国的目的却是要以台湾代之。作为解构主义的专家，廖咸浩认为，虽然"去中心"在台湾学院内外成为耳熟能详的口号，"但是，衡诸'去中心'观念过去十年来在文化实践上的表现，则显然解构的精神非但没有落实，甚至于反而常被滥用为'本质化'的工具——对己之所恶动辄'解构'之；对己之所好，则解构与我何干。如此，解构不过是用来打击异己的工具罢了。"对于独统论战，廖咸浩认为两方均有问题，"若以奠基于解构思维的当代文化理论观之，便能一眼看出双方共同的盲点：双方同样坚持的'大一统论'与'本质论'不但无益于解决问题，反而诱使思维打成死结。因此，我当时'解构中国'的工作是希望能在无法对话的两极之间开拓第三种可能性。"[①]

从廖咸浩对于本土派的批评看，他虽然是一个后现代主义者，解构一切，但应该他的倾向稍稍偏"左"，这一点可以从他对于陈映真的赞扬上找到佐证。1994 年 4 月，廖咸浩在《中国时报·人间副刊》上发表了一篇题为《论陈映真》的文章。陈映真在台湾被视为"中国认同"的象征而受到"台独"派攻击的时候，廖咸浩仍给予陈映真于高度评价，认为陈映真不但是台湾高压时期的"社会良心"，而且是"最早、最深入、也最客观的探讨省籍问题的作家"。当然，廖咸浩所展开的也是一种解构式的辩护方式，他这样概括陈映真，"从陈后期的小说与论著中，可以看出以下的论证方式：中国的分裂以至今天的'台独'运动，都是西化的宰制阶级（小资产阶级）为争取自身的阶级利益与西方合作，而扭曲或牺牲民族利益的作为。所以，终极而言，统与独的立场不同，并非源自省籍的差异，而是阶级的差异。"[②] 廖咸浩认为，作为本省籍作家，由于陈映真对于阶级和地方

① 廖咸浩：《爱与解构——当代台湾文学评论与文化观察·序》，《联合文学》1995 年 10 月号，第 11 页。

② 廖咸浩：《论陈映真》，《爱与解构——当代台湾文学评论与文化观察》，《联合文学》1995 年 10 月号，第 176 页。

性有特殊体认，因此他的民族主义其实是多元化的，可惜过于超前而不能被理解。

（三）

陈芳明的本土派的后殖民论述，引起了陈映真的批评，于是有了2000—2001年两人在《联合文学》上一场往复多次的大论争。在这场论争中，陈映真系列地表述了自己对于台湾殖民地性质的认识。

争论的焦点之一，在于陈芳明认为光复后国民党是殖民政权这样一个观点。在陈映真看来，光复以后的台湾是一个马克思所说的"拟波拿巴国家"，唯一的不同是台湾对于美国的依附性质。时至今日，陈映真已经十分自觉于"新殖民主义"批判立场，并以之分析台湾。他谈到，"二战前，世界上百分之七十五的人口生活在各式各样的殖民制度下。战后，殖民地纷纷要求独立。帝国主义（如法、英）曾分别企图在越南半岛、马来半岛、香港等地继续殖民统治，但法在奠边一役败走，马来亚获得独立，香港仍在英帝统治下。为了继续帝国主义的利益，帝国主义者改变了策略，给予前殖民地以形式上、政治上的独立主权，同时利用过去宗主国和殖民地的关系，与殖民地精英资产阶级合作，巩固前殖民地在经济、政治、军事、文化意识形态上对旧宗主国的扈从结构，称为'新殖民主义'"。陈映真明确指出，由于在经济上对于"美援"的依赖，在政治、外交上成为美国反共政治的附庸，在军事上成为美国远东反共战略的前沿，在文化、思想、文学、艺术各个方面都从属于美国，"一九五〇后的台湾社会，不是什么被国府集团'再殖民'的社会，而是美帝国主义下的新殖民社会。"① 在批评陈芳明混淆殖民主义与民族主义的时候，陈映真也提到了法农对这一现象的解释，"后殖民理论的宗法师，法农提出了一个深刻的问题，即殖民地独立后自己民族的、可能赛过殖民统治当时还要苛酷、黑暗的统治问题。"不过，由于法农并没有看到阿尔

① 陈映真：《以意识形态代替科学知识的灾难》，《联合文学》2007年7月号。

及利亚的独立，没有看到新殖民主义问题，他只是提出了本地资产阶级民族主义与殖民主义同构的问题，陈映真则进一步提出了殖民政权与本土政权的直接支持关系，那就是，"从战后世界史的眼界来看，这'独立后的黑暗'，与战后美国为其政治、经济和军事利益在全球的扩张有密切关系。战后不久，美国在广泛的新独立国家中保护、支持和制造了屈从于美国利益的国家所形成的新殖民主义体系。"他具体指出，从1960—1980年代，美国以颠覆、侵略、政治经济渗透等形式，培养、炮制了20多个军事独裁政权。在陈映真看来，本土法西斯政权与从前的殖民政权确有"延续性"，"其统治的残虐性，思想文化的控制、临近，确实与殖民时代'毫不逊色'，但如果说这些新法西斯政权下的社会是殖民地独立后各国亲美独裁政权对同胞的'再殖民'社会，就是只有陈芳明才能说得出的笑话了。"①

看得出来，陈映真与陈芳明在立场上有一个反美与反中的基本差别。台湾本土派反中，自有其立场，但陈芳明一定要以西方后殖民主义建构自己的理论，则显得勉强，因为后殖民理论从根本而言是一种对于西方殖民主义和西方中心主义的知识批判。陈芳明将解严后的台湾称为后殖民时代，并写出了《后殖民台湾》一书加以论述，但他却只反中国，并不反西方和美国，用陈映真的话来说，"终其全部写过的文章，从来看不见对于美国新帝国主义自五〇年代以降在军事、经济、政治、外交、思想、文化和意识形态上对台湾的统治。这样的脑袋出来的'殖民地'论/'再殖民'论可以如何荒唐，不难想象。"②关于后殖民理论的批判西方的性质，陈映真的理解是正确的，他认为："后殖民论主要地是一种文化批判的理论，一种文化批评的理论。这文化批判和文学批评又集中焦点于对于过去的殖民主义和当前的新殖民主义对被殖民者造成的心灵、文化、思想、意识形态、自

———————————

①② 陈映真：《关于"台湾社会性质"的进一步讨论》，《联合文学》2000年9月号。

我认同所造成的被害、压抑和损毁的揭破、反省与纠弹。"① 从此出发，他批评陈芳明对于后殖民等西方术语的套用本身就是一种后殖民现象，"陈芳明以西方后现代的性别、性取向、族群、去中心、分殊、多元……这些舶来的概念，生吞活剥，强词夺理地描写、说明、比附台湾文学，以西方新殖民主义的文化概念描写台湾，正是后殖民批判理论的批判对象的核心。"② 在陈映真看来，这种现象正是台湾依附于美国意识形态的历史产物，是台湾的去殖民化的课题，"台湾在思想、文化意识形态上对美国的新殖民主义的扈从化，至一九八五年后达到了空前的高峰。美国学园专贩过来的'结构主义'、'解构主义'、'女性主义'、'同性恋论述'、'后现代主义'和'后殖民主义'，透过留学回台老师、媒体炒作，在一知半解下成为某种'霸权性论述'。知识分子、文艺评论家，一旦离开洋人提出的问题，就不会提自己的问题；一旦不用洋人的词语，就不会用自己的语言谈问题，鹦鹉学舌，而犹沾沾自喜。原来反对文化殖民主义的后殖民论，到了台湾，竟恰恰成为美国对台学界文化殖民的工具。而只有在这个意义上，台湾文学才表现出深刻的'后殖民'性质——但与陈芳明所讲，已南辕北辙了。"③ 陈映真的这种说法，是新颖而有说服力的。

不过，陈映真在谈论了后殖民理论的西方文化批判的性质后，又说，"这样的批判，绝不待萨义德的《东方主义》以后才有。二十世纪初共产国际展开的反帝民族解放斗争，二战以后亚非拉广泛的反对新老殖民主义战线上的理论家和文学家，都有过深刻的理论和文学作

---

① 陈映真：《陈芳明历史三阶段论和台湾新文学史论可以休矣》，《联合文学》2000 年 12 月号。

② 陈映真：《关于"台湾社会性质"的进一步讨论》，《联合文学》2000 年 9 月号。

③ 陈映真：《以意识形态代替科学知识的灾难》，《联合文学》2007 年 7 月号。

品。"① 就此来看，陈映真还不太清楚后殖民与新殖民及殖民主义批评的差别。大体来说，对于解构主义、话语理论的吸收，对于主体及本质化的阶级和民族主义的反对，这些都是作为西学"后学"之一后殖民理论的特色，看起来这些都是陈映真所不能接受的，故而陈映真主要还是在新殖民主义的框架里进行批判。

引人注目的是，以陈光兴为代表的台湾第二代左派的出现。陈光兴有意识地继承了陈映真批判西方殖民主义的路线，他在《去帝国》一书的"导论"中谈到，"本书的主要论点深受鲁迅、陈映真、法农、霍尔、帕萨·查特基、沟口雄三所代表的批判传统的影响。"汉语文化界他所提到的人物除了鲁迅，就是陈映真。② 不过，陈光兴是外省第二代，外文系出身，20世纪80年代留学美国，1989年才回到台湾。这种世代、学术背景和位置，决定了他与陈映真等上一代左派的差异。在世代上，陈光兴较为年轻，1989年才回台湾，因此解严后台湾本土/国族主义是他所面对和批判的现实。美国留学和外文系背景，决定了陈光兴能够熟练引用并扬弃新殖民/后殖民理论。外省第二代的位置，决定了陈光兴不像陈映真等人那样认同祖国大陆。既批评台湾国族主义，又不认同中国国族主义，陈光兴的位置变得十分尴尬，他干脆放弃了国族的维度而取横向弱势认同的位置。

台湾的殖民批判论述一向将自己处身于弱者的地位，批判他人，但尖锐的陈光兴却在"南进叙述"中发现台湾的殖民主体性，吊诡的是，这种殖民主体其实又是被殖民的产物，是"次帝国想象"。1994年台湾"南进叙述"的主要内容是资本输出，进军南洋，其历史资源是1930年代日本的南进方案。这个以台湾为中心点的帝国南进地图，如今重新为台湾知识人发现，以支持20世纪90年代台湾的

<hr>

① 陈映真：《陈芳明历史三阶段论和台湾新文学史论可以休矣》，《联合文学》2000年12月号。

② 陈光兴：《去帝国：亚洲作为方法》，台北：行人出版社2006年版，第21页。

帝国想象。让陈光兴惊讶的是，这个宏图由"自由派"以及"本土左派"等众多台湾知识人参加，但他们却"完全没意识到台湾中心论的地图想象是帝国主义的产物；一头热的支持政府南进，却没看到这一次的南进其实与上一次帝国主义的扩张逻辑是一致的"。陈光兴将这种心理称为"台湾次帝国主义的出头天情绪"①，认为台湾在战后帝国主义扶持下，已经由殖民地跃到准帝国主义的位置，加入向下争夺市场的帝国竞争行列。

从台湾的处境出发，陈光兴对于殖民批判提出了自己独特的看法。他认为，后殖民理论可能模糊了资本主义全球化过程中的新殖民结构，而隐藏在"后殖民"背后的仍然是民族国家的幽灵。他引用法农的理论，认为殖民地国家独立后，如果不及时将国族意识转化成社会意识，那么很可能会占据殖民主的位置，对外与帝国主义相结合，成为新殖民主义，对内则实行"内部殖民"。陈光兴归纳出一个理论原型："殖民—去殖民—新殖民/再殖民/内部殖民，纳入新殖民资本主义的运动过程。"在陈光兴看来，从"南进叙述"所显示的帝国欲望来看，这个理论原型正是台湾所走的方向。所以问题就在于，"从殖民—去殖民—再殖民/新殖民的理论轴线来看，我们发现台湾次帝国欲望得以形成的意识形态基础在于：去殖民的全面性反思根本没有运转，才会承续帝国主义的文化想象。"② 台湾的去殖民何以没有完成呢？陈光兴认为，关键在于冷战格局。二战后，日本迅速从殖民主变成了美国的殖民地，丧失了内部去殖民化的契机，而台湾等地独立后本应该反省日本及美国的殖民统治，但冷战格局成功地将帝国主义的矛头转向了社会主义阵营和中国，真正的日本及美国帝国主义反而成为其靠山，于是，"在前殖民地重新发现与重新建立主体性的契

---

① 陈光兴：《去帝国：亚洲作为方法》，台北：行人出版社 2006 年版，第 24 页。

② 陈光兴：《去帝国：亚洲作为方法》，台北：行人出版社 2006 年版，第 93 页。

机于是丧失。同时，由于日本冲绳、中国台湾、韩国成为美国保护下的次殖民地，东亚区内的主体性从此染上深厚的美国色彩。准确地说，美国自此之后内在于东亚，成为东亚主体性构成的一部分。"[1]

在陈光兴看来，国族主义是殖民主义的一个动力，也是当代台湾很多问题的症结。他认为，台湾在历史上历经殖民，也有相当丰富的抵抗殖民的文化资源，但一直因高压统治而不能展开。直至解严之后，才出现多元主体（劳工、女性、原住民、环保、同志运动等）。"不幸的是，这些原本可以展开的文化去殖民空间，都在快速地为政治独立建国运动所吞噬，无法有自主性的深化，文化、学术都被吸到以统独为后设叙述主轴的磁场中。"[2] 由此，他思索的是，"如果去殖民的意义不能停留在本土化运动，那么出路何在？90 年代中期台湾这一波本土化运动论点的格局，以及台湾后续政治局势的发展依然是在同样的框架中进行，均没有冲开统/独国族主义文化想象的界限，其认同对象仍然没有多元展开。"陈光兴引用了第三世界的理论资源，法农之于国族主义，敏米之于本土主义的批判，南地之于文明主义，指出它们在去殖民上固然功不可没，但其间有一个共同的"妒恨逻辑"将殖民者与被殖民者捆在一起，使其不能脱离。陈光兴提到了后殖民对于打破本质主义和二元对立的努力，比如离散、混合等概念，但他对此并未首肯，他认为否定殖民结构的存在，以至否认固定的文化认同，并不利于解释问题，因为殖民结构是客观存在的。不过，陈光兴认为，承认殖民结构并不意味着不需要认识到其他结构的存在。在殖民地社会，殖民体制可能是主导性结构，但仍然存在着其他社会结构，而且这些结构之间的关系是交叉的。例如，一方面存在殖民者/被殖民者的殖民体制，另外还存在着资本家/劳工的资本主义体

---

① 陈光兴：《去帝国：亚洲作为方法》，台北：行人出版社 2006 年版，第 12 页。

② 陈光兴：《去殖民的文化研究》，《台湾社会研究季刊》1996 年 1 月第 21 期。

制，存在着男性/女性的父权体制，异性恋/同性，双性，跨性异性恋结构，陈光兴指出，弱势位置在抗议强势，但其潜在的效果是对于体制/结构的不断复制和强调，因而，在殖民体制、资本主义、父权体制、异性恋体制强势早已结盟，而弱势被分裂的情况下，我们应该做的是弱势的结盟。本土化运动在重建主体的时候，不能单一地以殖民者为对象，而应该寻找多元的认同对象。用陈光兴的话来说，"批判性混合的基本伦理学原则就是'成为他者'，将被殖民者的自我/主体内化为（弱势而非强势）他者，内化女性、原住民、同性恋、双性恋、动物、穷人、黑人、第三世界、非洲人……将不同的文化因子混入主体性之中，跨越体制所切割的认同位置所强加的'殖民'权力关系。因此，批判性混合是被殖民弱势主体之间的文化认同策略。"① 陈光兴的横向弱势认同，作为一种方法，主要限制在亚洲的范围内。他认为，在美国及西方内在化于台湾等地的时候，以美国和西方为对象的去殖民反而容易巩固了西方/东方的欲望结构，因而不如以亚洲为中心，亚洲社会内部不同的社会能够成为彼此的参考点。一旦对话对象转移，多元化的参考构架进入视野，才能形成亚洲另类实践的视野，从而贡献于全球学术生产，"通过这个运动，才能证明全球化的想象不应该只是简单的美国化，而应根植于在地经验、多元参照思考和具有丰富、开放性格的民主实践。"②

在本土主义成为台湾文化主流的历史语境下，台湾的殖民主义、帝国主义反省再一次失去了机会。本土派在台湾人丁兴旺，左派却江河日下，陈光兴在《去冷战》一文曾谈到自己的承传和境遇："我个人对于冷战及殖民主义的思考虽然不是直接受到陈（映真）先生的影响，但他是在台湾提出这些问题的先驱，我的想法可以说只是承续

① 陈光兴：《去帝国：亚洲作为方法》，台北：行人出版社2006年版，第152页。

② 陈光兴：《去帝国：亚洲作为方法》，台北：行人出版社2006年版，第418页。

了他所开启的论述空间，同时也分享了他在台湾社会提出亚洲、特别是第三世界问题时的孤寂。"①

①　陈光兴：《去帝国：亚洲作为方法》，台北：行人出版社 2006 年版，第 245 页。

后殖民的版本和定位

一、后殖民的建构过程

（一）

谈论后殖民主义最容易出现的问题，是将其看作是一个单质的同一体。事实上，与其他理论一样，后殖民主义的构成是历史的、异质的，某些事后的归纳和概括只能是大致的。想说清楚后殖民主义，最好的方法莫过于还原它的建构过程。

"后殖民"（post – colonial）一词原产生于二战以后，大致用来指称那些独立后的殖民地国家。据米什拉（Vijay Mishra）和霍奇（Bob Hodge）的《什么是后殖民主义》（1991）一文考察，"后殖民"这个词条的第一次出现于 1959 年，"在敏感的后殖民潮流中，印度可能不免担心，那一时期它与美国的关系可能会卷入原与亚洲无关的麻烦。"这个词条在 1969 年和 1974 年再次出现的时候，已经沿袭了"殖民化之后"的意思。① 事实上，在 20 世纪七八十年代的时候，学界已经就"后殖民"的问题展开过论战。这些论争并非发生在文化理论界，而是发生在政治理论领域，研究对象既不是"后殖民文学"，也不是"后殖民知识分子"，而是"后殖民国家"。阿吉兹·阿罕默德在《文

---

① Vijay Mishra, Bob Hodge、*What is Post – Colonialism*? Published by Textual Practice, 1991. P399 – 414.

学后殖民的政治》（1995）一文中提到，他曾因 1985 年写的一篇文章而卷入到这场争论之中，不过如今的"后殖民"却让他感慨不已，因为当这个词在学界再次冒出来的时候，已经毫无当年辩论的痕迹，连含义都变得面目全非。

需要引起注意的是，正式以"后殖民"这个词命名这一理论思潮其实是较晚的事情。我们知道，1978 年萨义德《东方主义》一书的出版是后殖民理论的滥觞，不过萨义德的这本书只讨论了"东方主义"的殖民话语，并没有涉及"后殖民"。在萨义德的带动下，后殖民批评家开始在 20 世纪 80 年代以后崭露头角。早在 1981 年，斯皮瓦克就发表了《一种国际框架里的法国女性主义》；斯皮瓦克后来涉入其中的《庶民研究》，也于 1982 年由古哈主编出版；及至 1985 年，斯皮瓦克最有影响的文章《三个女性的文本和一种帝国主义批评》《庶民能说话吗？》等得以面世。霍米·巴巴也在 80 年代初期以后开始崭露头角，发表了《差异，辨别和殖民主义话语》（1983）、《表现与殖民话语》（1984）、《狡诈的文明》（1985）。正是在 1985 年，在英国埃塞克斯举办的"欧洲及其他者"的会议论文集出版，内中收有萨义德回应有关东方主义批评的文章《东方主义再思考》，还收有斯皮瓦克的《西姆儿的拉尼》和霍米·巴巴的《奇迹的符号：1871年 5 月德里城外一棵树下的威权与矛盾问题》。这些会议及其论文，意味着后殖民主义理论"战线"初步形成。不过，似乎没有人有意识地构建"后殖民主义"。

稍稍需要提及的，是斯皮瓦克的《后殖民批评家》一书。阿希克洛夫特等人在谈论后殖民历史的时候，一直强调在 1989 年《逆写帝国》出版之前，致力于殖民话语分析的萨义德等人的笔下并没有出现"后殖民"这一术语，并且特意提出斯皮瓦克的《后殖民批评家》一书出版于《逆写帝国》之后的 1990 年①。在这里，力争"正统"

---

① Ashcroft, William D., Gareth Griffith, Helen Tiffin, *Key Concepts in Post - Colonial Studies*. Published by London：Routledge, 1998. P186.

的阿希克洛夫特等人犯了一个简单的错误，斯皮瓦克的《后殖民批评家》虽然出版于 1990 年，但是，这部访谈集里所收的《后殖民批评家》这一篇文章却发表于 1987 年（*Book Review*，Vol. 11，No. 3，1987），时在《逆写帝国》一书之前。不过，斯皮瓦克在这里虽然运用了"后殖民"这一术语，但主要以此谈论像她这样寄居海外的后殖民批评家，并没有谈论后殖民主义，这大概无妨于阿希克洛夫特等人的"首创"地位。

的确，直至 1989 年，阿希克洛夫特、格瑞夫丝（Gareths Griffiths）和蒂芬（Helen Tiffin）3 位来自澳大利亚的学者才在《逆写帝国》一书中将二战以来的"后殖民"一词挪用过来，正式揭橥后殖民理论，书中还首次详细讨论了它所谈的后殖民的性质、位置及其与当代理论的关系等等。在这本书中，作者阿希克洛夫特等 3 人重新定义了后殖民的范围，认为从殖民化开始直至今天都属于后殖民时期，这个后来常常为人征引的后殖民定义完全改变了二战以来的后殖民概念。1995 年，阿希克洛夫特等 3 人又编写了厚厚的一大本《后殖民研究读本》，成为学界后殖民理论的权威读本。1998 年，这三位学者又集体编写了《后殖民研究关键词》一书，对于后殖民理论的关键概念一一予以解释确证。论著、选本、概念阐释，这三本同样由著名的 Routledge 出版社出版的著作，完成了一种常规的理论建构过程，确立了后殖民主义理论。

不过，似乎没有人注意到，这一后殖民主义理论经典的首次确立有点出人意料。奇怪之处在于，阿希克洛夫特等人首次阐述"后殖民"的思路并非来自于萨义德及其后斯皮瓦克、霍米·巴巴等人的理论路径，而主要来自于他们自己开创的后殖民文学研究这样一个领域。

《逆写帝国》完全是一本论述后殖民文学的著作。何谓"后殖民文学"呢？书中的第一章就讨论了后殖民文学的模式。作者认为原来的国家或地区的文学模式、文学比较模式及"联邦文学""黑人写作""殖民文学"等等名称都不妥当，而"后殖民文学"最为合适。

书中分别从语言、文本、本土理论等角度讨论了后殖民文学对于帝国主义的挪用和反抗。作者对于"后殖民"理论的建构，主要就是从这些后殖民文学的实践中产生的。在书的"前言"的最后一部分"后殖民性与理论"中，作者明确地提出"后殖民理论"是对于"后殖民文学"反抗实践的总结，"欧洲理论自身出自于特殊的文化传统，却隐藏于'普遍性'的错误说法之下。有关类型和风格的理论，有关语言、认识论和价值系统普遍特征的假设，全部都受到后殖民写作实践的激烈质疑。后殖民理论就产生于阐述这种不同实践的需要之中。"①我们知道，萨义德的《东方主义》主要分析西方历史、文学文献中的东方主义话语，没有涉及所谓的东方，斯皮瓦克则在《庶民能说话吗?》等文中断言真正的东方难以说话，霍米·巴巴则主要强调不能说话的东方在模仿西方人的过程中存在着"变形"等。总体来说，萨义德等人开创的"后殖民"属于话语分析的范畴；阿希克洛夫特等人则主要研究殖民地文学挪用、反抗宗主国文化的策略和理论，属于反话语。事实上，早在《逆写帝国》出版两年前的1987年，这本书的作者之一海伦·蒂芬就专门发表过《后殖民文学与反话语》一文，强调后殖民主义的反话语性质。

《逆写帝国》的第五章"重置理论"，首次在当代理论的背景下系统地讨论后殖民理论。不过，书中似乎并没有将萨义德、斯皮瓦克和霍米·巴巴等人的理论当作后殖民主义的中心。第五章第一节的题目是"后殖民文学与后现代主义"，这一节里有一极为简短的部分题为"后殖民性与话语理论"，作者在这里提到了萨义德对话语理论的运用。这一章的最后一节"理论的政治学：殖民话语解殖民化"提到了斯皮瓦克和霍米·巴巴，并将其视为当代后结构主义运用于后殖民领域的结果。作者在这里简单介绍了斯皮瓦克和霍米·巴巴的思想，接着引用贝尼塔·帕里（Benita Parry）的文章对其进行了负面的

———————————

① Bill Ashcroft, Gareth Griffiths, Helen Tiffin. *The Empire Writes Back*. Published by London：Routledge, 1989. P11.

批评，主要意思是说这两位学者只注意殖民主义话语分析，却没有注意反话语，因此其政治效应是远远不够的。作者在这里没有提及萨义德，不过这种批评却完全可以把萨义德包括在内。

1995年出版的《后殖民研究读本》，承接了《逆写帝国》的观点。在这个《读本》的"序言"中，作者指出：目下编一本后殖民选本不是一件容易的事情，因为学界对于"后殖民"的理解很不一致。主要有两种分歧的理解：一种将"后殖民"理解为与"后现代"接近的无定形的话语实践构造；另一种将"后殖民"理解为特定的历史文化策略；而在后一种"后殖民"理解中，又有两种不同的分期：一种将时间划在殖民地独立之后，另一种则指称殖民化以来直到今天的全部历史。从这种划分看，作者本人显然都属于后者，反对"后现代"式的话语分析，也反对将其限定在殖民地独立之后。在这个《读本》的"前言"中，作者从后殖民文学的角度对后殖民理论做了明确的定义。文中谈到，欧洲帝国主义在有意识和无意识的层面长期维持着文化统治，不过与此相伴随的是殖民地本土文化的抵抗，后殖民文学正是这种帝国文化和本土文化斗争的结果，"作为结果，'后殖民理论'是用来描绘这种现象的，它早在这个特定的名字出现之前就存在很久了。当被殖民者开始反省和表达由帝国语言与本土经验竞争而有力的混合所带来的紧张时，后殖民'理论'就形成了。"①

《读本》所选的内容，也体现了作者对于"后殖民"的理解。书中采用的是"精粹"的选法，入选论文并非全文，只是部分摘取，因此有较多文章篇目入选。表面看来，选本林林总总，非常全面，萨义德、斯皮瓦克、霍米·巴巴等后殖民理论家的名字都在其列。如果仔细甄别，其中"后殖民文学"的思路还是非常明显的。如第一部分"问题与争论"，通常应该是有关萨义德东方主义的争论，这是"后殖民"的缘起，此书却不然，它没有选取任何有关萨义德东方主

---

① Ashcroft, William D., Gareth Griffiths, Helen Tiffin. *The Post - Colonial Studies Reader.* Published by London: Routledge, 1995. P1.

义的文章及争论，所选的第一篇文章是西印度群岛小说家兰明（George Lamming）写于 1960 年的《流亡的愉悦》的一段"言说的场合"。编选者说明："兰明的文章是一篇后殖民写作的基础文本，它的发表时间表明了后殖民知识分子很久以前就开始奋力生产自己模式的文化产品了。"以兰明的文章作为开头，表明了选者"后殖民文学"牵头的意图。这第一部分倒是也选取了斯皮瓦克的《庶民能说话吗？》和霍米·巴巴《奇迹的符号》两篇文章，不过同时加上贝尼塔·帕里的《当前殖民话语理论的一些问题》等针对性的批评文章。在全书中，萨义德的文章只被选登了一篇，是《东方主义》"前言"的简短节选，它被无足轻重地置于第三部分"表现与抵抗"之中。有趣的是，这一部分虽然以萨义德的话语分析开头，却以海伦·蒂芬的《后殖民文学与反话语》、夏普（Jenny Sharpe）的《殖民抵抗的图景》、赛尔蒙（Stephen Slemon）的《未解决的帝国：第二世界的抵抗理论》等"抵抗""反话语"的文章为主要篇幅。

阿希克洛夫特等人何以能公然忽视萨义德等人的"中心"地位呢？看一下后来的《后殖民研究关键词》一书对于后殖民理论的解释，我们大概可能明白一点。经过 1989 年《逆写帝国》的"草创"，1995 年《后殖民研究读本》的经典阐释，阿希克洛夫特等人的后殖民理论已经建立起来，至 1998 年 3 人再次联手编写《后殖民研究关键词》，应该属于最后的理论确认了。在"后殖民主义"这个条目里，作者很有条理地追溯了"后殖民"的渊源。条目的第一段说，"后殖民"来自二战以后的"后殖民国家"的概念，20 世纪 70 年代后期开始被文学批评家用来讨论各种殖民化的文化效应。第二段一开始就提到了萨义德的《东方主义》，并认为他带动了其后的斯皮瓦克、霍米·巴巴等人，导致了"殖民话语分析理论"。不过，文中由此转折，认为"后殖民"这个术语并没有为萨义德等人运用，斯皮瓦克出版《后殖民批评家》一书的时候已经是 1990 年，"虽然殖民表现效应的研究是这些批评家的中心工作，'后殖民'一词的真正运用却首先在文学界，用来指称殖民地社会的文化互动。"这句话后面有一个注解括号，让读者参见阿希克洛夫特等人于 1977 年在《新文学评论》第 2 期上主持的"特集：后殖民文学"。原来如此！阿希克洛夫特等人根本不承认萨义德是"后殖民"的首创，而将开端追溯于较 1978 年《东方主义》更早的由他自己主持的"后殖民文学"专集。在他们眼里，萨义德等人只是受到后结构主义影响的"后殖民"的一个派别。在接下来的第三段里，作者明确地指出了这一"后殖民"派别代表人物的后结构主义影响源：萨义德（福柯），霍米·巴巴（阿尔都塞，拉康），斯皮瓦克（德里达）。①

阿希克洛夫特的这种观点，后来并无变化，在他 2001 年出版的个人专著《后殖民转折》一书，他对于"后殖民"的表述与上述观点如出一辙，并明确将 1977 年《新文学评论》第 2 期上的"后殖民文学"专集视为"后殖民"的源头，"殖民表现话语力量的研究开始于 1978 年萨义德的标志性著作《东方主义》，并导致了如斯皮瓦克、霍米·巴巴这类批评家等人笔下的被称为'殖民话语理论'的发展。不过，真正的'后殖民'这一术语并没有表现在这些殖民话语理论的早期研究中，而是首先在文学界指称殖民地社会的文化互动。例如，1977 年《新文学评论》第 2 期就聚集于'后殖民文学'，这是此术语在文学界的一次广泛的、虽然非正式的接受。"②

（二）

《逆写帝国》出版的次年，即 1990 年，后殖民的另一部重要著作罗伯特·扬的《白色神话》出版。《白色神话》依然并没有直接使用"后殖民"这一术语来建构理论，不过罗伯特·扬的这部著作却影响甚大，穆尔—吉尔伯特（Bart Moore – Gibert）认为，所有对于后殖民理论的评估都会从这本书中受益。对于后殖民理论而言，《白色神

---

① Ashcroft, William D., Gareth Griffiths, Helen Tiffin. *Key Concepts in Post – Colonial Studies*. Published by London：Routledge, 1998. P186.

② Bill Ashcroft. *Post – Colonial Transformation*. Published by London：Routledge, 2001. P11.

话》的价值在于它首次系统深入地讨论了萨义德及其后斯皮瓦克和霍米·巴巴的思想，这部被穆尔—吉尔伯特认为研究后殖民"神圣三剑客""最好的"著作①，其作用是确定了萨义德等 3 人在后殖民理论中的核心地位，奠定了与阿希克洛夫特等人"后殖民文学版"的后殖民理论不同的后殖民理论结构。《白色神话》的另一贡献在于，文中不但强调了萨义德等人的重要贡献，还谈到了其前驱塞萨尔、法农等人，这又给后殖民理论的溯源提供了线索。

1989 年出版的《逆写帝国》虽然是第一本建构后殖民理论的著作，但 1995 年出版的《后殖民研究读本》却并非后殖民理论的第一个选本。后殖民理论的第一选本另有其书，那就是 1993 年出版的由威廉姆斯（Patrick Williams）和克里斯曼（Laura Chrisman）主编的《殖民话语与后殖民理论》。这本书可能受到了《白色神话》的影响，对于《逆写帝国》却有所排斥。编者对于后殖民理论的理解，与阿希克洛夫特等人相差很大。他们完全撇开了后殖民文学的思路，直接强调萨义德以来的理论脉络。编者把萨义德对后殖民理论的贡献推到了很高的位置，认为："或许可以毫无夸张地说，出版于 1978 年的萨义德的《东方主义》一书单枪匹马地开创了一个学术研究的新领域。"② 而这一理论的后来者，如斯皮瓦克、霍米·巴巴、莫汉蒂、阿罕默德等，都是从诸如心理分析、解构主义、女性主义、马克思主义等不同的理论和角度出发对于萨义德命题的推动。在结构安排上，这个选本的线索也很清楚：第一部分选取了森豪（Senghor）、法农等人的文章，彰显后殖民的渊源流脉；第二部分以萨义德的"东方主义"为中心，收录了《东方主义》的节录及其评论这部书的文章；

---

① Moore - Gilbert, Bart. *Postcolonial Theory*: *Contexts*, *Practices*, *Politics*. Published by London: Verso, 1997. P16.

② Patrick Williams and Chrisman Laura. *Colonial Discourse and Postcolonial Theory*: *A Reader*. Published by harvester Wheatsheaf Campus 400, maylands Avenue Hemel Hempstead Hertfordshire, HP2 7EZ. 1993. P5.

第三部分是莫汉蒂等女性主义的后殖民回应；第四、第五部分是从知识分子、机构、话语和身份等角度讨论"后殖民性"的文章；第六部分是文本的理论解读。《殖民话语与后殖民理论》这个选本完全没有收录阿希克洛夫特等 3 位澳大利亚学者的文章，相反，在选本的"前言"中，编者处处申引罗伯特·扬的观点，并对《逆写帝国》的有关论述进行了负面的评价。威廉姆斯和克里斯曼主编的《殖民话语与后殖民理论》一书所建构的是一种以萨义德为中心的后殖民理论，我们姑可称之为"萨义德版"的后殖民理论。

在"萨义德版"后殖民理论的确定和发展过程中，英国的穆尔—吉尔伯特（Moore – Gilbert，Bart）起了重要作用。穆尔—吉尔伯特在 1997 年出版了两本有关后殖民的著作，一是论著，二是选本①。论著的题目是《后殖民理论：语境，实践，政治》，全书共五章，除了第一章和第五章讨论后殖民批评与后殖民理论的关系外，全部内容就是以三章的篇幅分别讨论了萨义德、斯皮瓦克和霍米·巴巴三个后殖民理论家，这看起来是极端的"萨义德版"后殖民理论。穆尔—吉尔伯特同年与别人合作编纂的选本《后殖民批评》，大概因为是大学教科书的原因，则宽容得多。这个选本依然以"萨义德版"后殖民理论为框架，不过进行了增删提炼。它增加了一些内容，如宽容地收录了《逆写帝国》3 位作者之一蒂芬与戴安娜·勃朗登（Dyana Brydon）合写的有关后殖民文学的文章；删除了一些内容，如《殖民话语与后殖民理论》一书中所收到的安东尼·吉登斯有关现代性及斯图加特·霍尔关于文化身份的文章。与前两个选本比较起来，穆尔—吉尔伯特选本的内容要少得多，却十分精悍。第一、二、三篇分别是塞萨尔（Aime Cesaire）、法农和阿契贝（Chinua Achebe）的文章，他们是 20 世纪 50 年代以来文化非殖民的代表人物，是萨义德的先驱；

---

① Moore – Gilbert, Bart. *Postcolonial Theory*：*Contexts*，*Practices*，*Politics*. Published by London：Verso，1997；*Postcolonial Criticism*. Published by London：Addison Wesley Lingman Limited，1997.

第四、五、六篇是主要人物萨义德、斯皮瓦克、霍米·巴巴的文章；第七篇是戴安娜·勃朗登和蒂芬的《西印度文学及其与澳大利亚的比较》，代表了后殖民文学的反话语实践；第八篇是贝尔·胡克斯的文章，代表了女性主义的后殖民实践；第九篇是简·默罕默德和大卫·劳埃德有关少数话语的文章，将内部殖民主义纳入了后殖民的思路；第十篇是阿吉兹·阿罕默德的文章，代表着马克思主义的后殖民批判。全书一共只选了十篇文章，却代表了多种维度。这个选本全面完整，无愧为大学学位教科书了。

"后殖民文学版"和"萨义德版"是后殖民理论的两种主要版本，它们讨论的对象有共同的地方，问题意识及脉络却不尽相同，其间的差异一般读者不容易发现。除此之外，当然还有其他后殖民的版本，比如"罗伯特·扬版"。罗伯特·扬虽然第一次在《白色神话》一书中确立了萨义德、斯皮瓦克和霍米·巴巴的后殖民经典地位，不过这时候他并没有提及后殖民理论，而在他后来正式构建后殖民理论时，他的野心就不仅仅局限于此了。在 2001 年出版的煌煌一大卷《后殖民主义：一个介绍》中，罗伯特·扬把后殖民的内容大大地扩展了，从古至今，从东方到西方，所有的反殖思想都被他囊括进来了。

罗伯特·扬这本书中梳理了西方内部的反殖实践，这是萨义德及阿希克洛夫特都没有提到的。这里牵涉罗伯特·扬的理论创新所在。我们知道，萨义德等人的话语分析主要是批判西方的东方主义话语，阿希克洛夫特等人的反话语实践则局限于殖民地的后殖民文学，东方/西方两块泾渭分明，罗伯特·扬《白色神话》的贡献在于打破了西方话语的同质化，追溯了西方自身的反殖传统。《后殖民主义：一个介绍》的考察范围包括从拉斯·卡萨斯到边沁，从 19 世纪自由主义到马克思，从第一国际到第四国际，直到今天的萨义德、德里达等人，应该说这一工作带有填补空白的性质。

不过，罗伯特·扬后殖民的重点却不在西方，而在三大洲的"反殖"传统。他甚至主张将"后殖民主义"这一术语改为"三大洲主义"（Tricontinentalism）。在"反殖"这一点上，罗伯特·扬的思路看起来与阿希克洛夫特等人的反话语实践有点接近，但罗伯特·扬对于三大洲反殖实践的介绍却主要在政治思想实践，不在文学。罗伯特·扬侧重讨论了马克思主义指导下的三大洲反殖革命运动，范围包括中国、埃及、万隆会议、拉丁美洲、非洲、爱尔兰、印度等，很让人开眼界。

当然，罗伯特·扬并没有将"反殖"思想一锅煮，《后殖民主义：一个介绍》的第一章就详细地讨论了殖民主义、帝国主义、新殖民主义、后殖民主义等相关概念。在他看来，后殖民的特质主要在于它对殖民主义检讨深入到了"文化的层面"。总体上说，罗伯特·扬不希望将后殖民的范围限定得太窄，而将其看作是一个以对话的形式融合了西方和三大洲反殖实践的知识政治的形式。

二、后殖民主义与当代理论

（一）

有关后殖民与后现代的关系，有过不少讨论与争议的文章，如杜林的《今天的后现代主义或后殖民主义》①、阿皮亚的《后现代主义的"后"是后殖民主义的"后"吗?》②、哈琴的《环绕帝国的排水管：后殖民主义与后现代主义》③ 等等。本文的目的，不在于讨论后殖民与后现代的关系应该是什么？而在于讨论两者之间现存的关系到底怎样。对于这个目的而言，最好的方法莫过于具体地讨论每个后殖

---

① Simon During. *Postmodernism or Post - colonialism Today.* Textual Practice 1（1），1987.

② Kwame Anthony Appiah. *Is the post - in postmodernism the post in postcolonialism.* Critical Inquiry 17（2）：336 - 357.

③ Linda hutcheon. *Circling the Downspout of Empire：Post - Colonialism and Postmodernism.* Ariel 20（4），1989.

民批评家与后现代的关系。抽象地谈"后殖民"如何如何,很容易似是而非,因为后殖民并非一个同一体,其间不同的批评家观点并不一致(后现代应该也是这样)。

首先需要明确的是,"后殖民"的确与"后现代"有着密切的关系,否则就不会有关于这个问题的众多争议。在我看来,有关东、西方殖民关系的讨论早在萨义德之前早已存在,而后殖民主义批评之所以从萨义德开始,主要原因之一就是因为他的东方主义论述运用了当代"高雅理论"。

阿希克洛夫特等人在《逆写帝国》一书中就坦承,谈及后殖民无法讳言后现代,虽然后殖民写作早就存在,但是正是后现代等当代欧洲理论在某种程度上给它们提供了新的视野和方法,"正如许多后殖民批评家所指出的,我们需要避免它们可以取代地方性和特殊性(索因卡,1975),不过我们同样需要避免假装后殖民文学中的理论与后现代理论完全是一种巧合,或者说欧洲理论仅仅是后殖民理论近期发展的'语境'。事实上,很明显,它们是后殖民理论当代形式的条件,是其后殖民理论当下性质和内容的决定因素。"[1]阿希克洛夫特等人认为,后殖民与后现代的混淆不清并非偶然,因为后现代对于欧洲文化的逻各斯中心主义宏大叙事的解构与后殖民拆毁帝国中心话语非常相像。不过,也许与强调抵抗的反话语实践的特征有关,阿希克洛夫特等人反对将后殖民与后现代混为一谈。在《后殖民研究读本》中,阿希克洛夫特等人专门设立了"后现代主义与后殖民主义"一个栏目,内中收录了多篇有关于此题的讨论文章。在这个栏目前面的编者评点中,阿希克洛夫特等人明确地表达了他们的观点:后殖民与后现代在理论上有相像之处,但在实践上却是"截然不同"的,"后殖民并不是一种简单的'后现代政治',它持续地关注着殖民和新殖民社会的帝国主义过程,检验颠覆这一过程的物质和话语效果的策

---

① Bill Ashcroft, Gareth Griffiths, Helen Tiffin. *The Empire Writes Back*. Published by London:Routledge, 1989. P155.

略。"而"后现代"却往往并没有欧洲以外的视角，因而可能成为后殖民的批判对象。"我们已经生活在'后现代'的世纪"这一断言，事实上与西方之外的大多数人口的日常生活并无关系，这样一种将西方等同于世界的说法，只是表明了"欧洲中心主义的帝国主义过程依然还活跃着"。①

阿希克洛夫特等人虽然对后现代心存反感，却毕竟已经经过后现代的洗礼，他们很清醒，因此并没有将后殖民文学带回到民族主义抵抗的老路上，而是持非本质主义的态度，强调混杂的处境，寓反抗于挪用之中。《逆写帝国》很清楚地说明了这一点：虽然后殖民批评家越来越意识到必须拒斥欧洲理论，但是拒绝这一欧洲中心的理论并不等于拒绝混杂，回归本土，"我们必须承认混杂性将无可避免地持续下去，这是我们能够激进挪用的先决条件，如此我们才能达到当代后殖民真正的转化和干涉批评。"②

萨义德在《东方主义》一书中运用了福柯的话语理论作为基本方法，这表明后殖民从一开始起就与后现代有着不解之缘。不过，萨义德在该书中除了运用福柯的话语理论之外，同时还运用了葛兰西的文化领导权的概念，这两个互相制约、互相矛盾的概念表明了萨义德接受后现代的踌躇。到了"东方主义"三部曲中的后两部《巴勒斯坦问题》(1979)、《报导伊斯兰》(1981)，意识形态批判基本上代替了话语理论。萨义德说：福柯与权力结盟，而他反抗权力；另外福柯所结盟的还是欧洲权力，并不具有殖民地的视野。这些不能让萨义德满意的地方，导致他后来走出了福柯。在收入论文集《世界·文本·批评家》(1983)中的《在文化与系统之间的批评》一文中，萨义德专门论述了后现代理论代表人物德里达和福柯，集中清理自己和后

① Ashcroft, William D., Gareth Griffiths, Helen Tiffin. *The Post - Colonial Studies Reader.* Published by London：Routledge, 1995. P117 - 118.

② Bill Ashcroft, Gareth Griffiths and Helen Tiffin. *The Empire Writes Back.* Published by London：Routledge, 1989. P180.

现代思想，特别是与福柯的关系。在德里达与福柯之间，萨义德倾向于福柯，他认为："德里达的批评让我们陷入文本之中，福柯则使我们在文本内进进出出。"不过，他认为福柯做得还远远不够。在福柯去世（1984）后，萨义德写过一篇名为《福柯与权力的想象》的文章，谈到他对于福柯缺乏反抗的不满。到了1994年为《东方主义》新版写"后记"的时候，萨义德已经在明确地区分后殖民与后现代。他认为：后现代与后殖民建立在不同的历史经验之上，后现代仍然存在着严重的欧洲中心倾向，这正是后殖民所批判的；后现代强调启蒙宏大叙事的消失，强调历史碎片的拼贴和消费主义，后殖民却仍在批判霸权，追求解放。萨义德不无幽默地说，二者之间的重叠大概只有魔幻现实主义。

霍米·巴巴较萨义德要"后现代"得多。拉康有关主体构成中自我与他者不可或缺的关系的看法，是他的理论基础，此外对霍米·巴巴产生了重要影响的，还有福柯、本雅明等后现代人物。不过，霍米·巴巴明确表示，他在反现代性的意义上借鉴后现代主义，但后现代主义还远远不够，需要接受后殖民历史的质疑。在《文化的定位》一书中，霍米·巴巴开始更多地从后殖民角度批判后现代主义的不足。在《文化的定位》的"结论"《种族，时间和现代性的修订》一文中，霍米·巴巴专门以福柯为例说明后殖民视野中的后现代主义的局限。在霍米·巴巴看来，福柯虽然避免了君主主体和线形因果关系，但是如果站在西方之外的殖民地立场上就会发现新的问题。他认为，福柯所谈论的法国大革命的现代性意义仅仅是针对于西方人而言的，对于非西方殖民地人民来说，法国大革命只是一个"难以忘怀的不公平的戏弄"。霍米·巴巴认为，后现代主义反思西方现代性的问题在于不能脱离西方自身的视野，这种自我反省的结构无法挣脱西方自身的逻辑系统。

斯皮瓦克同意萨义德对于福柯的批评，认为福柯过于注意微型权力而忽视了诸如阶级、经济、反抗等大的结构。她认为，福柯更大的问题在于，他没有认识到非西方世界的方面，因而事实上站在"国际劳动分工的剥削者的方面"。不过,斯皮瓦克却不同意萨义德对德里达的批评。斯皮瓦克认为,萨义德有关"德里达的批评让我们陷入文本之中,福柯则使我们在文本内进进出出"的说法是没有理解德里达要取消文本和语境之间差别的意图。斯皮瓦克对于福柯的批评和对于德里达的褒扬,主要是从西方中心主义的角度着眼的。不过,她认为,德里达较福柯要好得多,早期德里达曾对于历史上的欧洲中心主义有过批评。

最为推崇德里达的是罗伯特·扬。在《白色神话》对于西方反殖历史的梳理中,德里达是点题人物,事实上"白色神话"这一术语就来自于德里达。罗伯特·扬指出:人们通常注意到德里达对于一般知识的批评,却没有注意到他对于"西方"知识的批评;人们只是注意到德里达对于欧洲逻各斯中心主义的批评,却没有注意到他对于西方种族中心主义的批评。事实上德里达在《论文字学》中曾指出:"在将自我强加于世界的过程中,最原始最强大的便是种族中心主义。"① 对于欧洲内部的德里达何以能够具有非殖民的视角,罗伯特·扬给我们提供了一个非常独特的解释。《白色神话》的开头有一段著名的话:"如果所谓的后结构主义是某一历史时刻的产物,那么这一时刻可能不是 1968 年五月革命,而是阿尔及利亚独立战争,无疑它自身既是一种症状也是一种结果。在这个方面,意味深长的是,萨特、阿尔都塞、德里达和利奥塔都或者生于阿尔及利亚或者与那场战争有关。"②也就是说,德里达等后现代思想之所以能够从外部反省西方自身,与阿尔及利亚这样一个殖民地背景有关。

我们看到,从阿希克洛夫特、萨义德到霍米·巴巴,他们与后现代的距离远近不一,但大体都持既接受又批判的态度。也就是说,他

---

① Robert Young. *White Mythologies*: *Writing History and the West*. Published by London: Routledge, 1990. P18.

② Robert Young. *White Mythologies*: *Writing History and the West*. Published by London: Routledge, 1990.

们接受后现代对于西方的解构和批判，但是不能接受其自身的西方中心立场。斯皮瓦克和罗伯特·扬虽然大力称赞德里达，但基本立场并未变化，他们只是想将德里达以至后现代"收编"到后殖民思想之中。

马克思主义者如阿罕默德和德里克等却坚持将后殖民与后现代归为一丘之貉。阿罕默德认为，在马克思主义、民族主义不再吃香，解构主义风行的时候，西方移民者迅速开始从民族主义到后现代的策略性转变。萨义德是始作俑者，"萨义德于是机智地将古哈以至整个庶民研究计划形容为后解构主义的。"德里克认为，后殖民理论是适应这种新的全球资本主义形势而出现的文化理论，它处理的正是全球资本主义过程中出现的问题，如欧洲中心主义与世界的关系、边界和疆域的模糊变化、同一性和多样性、杂交与混合等等。他认为：如果说，后现代主义是全球资本主义的意识形态，那么后殖民主义就是后现代在第三世界的配合者，它将后现代主义延伸到第三世界来了。

（二）

女性主义后殖民批评可以追溯得很早，美国黑人及有色人种对于女性主义白人中心的质疑，甚至大大早于萨义德的《东方主义》。

早在1970年，也就是凯特·米利特的《性政治》出版的那一年，纽约的蓝登出版社出版了另一本书，题为《姐妹情谊是强大的：女性解放运动中的写作选集》，这本书收录了黑人女性主义者弗朗西斯·比尔（Francis Beal）的文章《双重危险：作为黑人和女性》。在这篇文章中，比尔提出，第二波女性主义仅仅提出了"男性"／"女性"的性别对立，却并不注意女性内部的种族差异，因而它只是一场"白人女性的运动"。[①] 1971年，汉考克（Chicana Velia Hancock）指出："不幸的是，很多白人女性将矛头对准当前社会系统的男性主义，这

---

① Francis Beal. *Double Jeopardy*: *To Be Black and Female* // *Sisterhood Is Powerful*: *An Anthology of Writings from the Women's Liberation Movement*, ed. Published by New York: Random House, 1970. P136.

暗示着似乎一个女性主导的白人美国能够合理地对待有色人种，无论是男性还是女性。"①

美国较有影响的黑人女性主义者，是贝尔·胡克斯（Bell Hooks）。贝尔·胡克斯自黑人角度所进行的种族批判，有两个特征值得称道。第一，她深入到精神和心理的层面，批判内在种族主义。第二，她将批判付诸于行为，讨论反凝视、发声等实际的反抗方法。

对于女性主义后殖民批评来说，1981 年是重要的一年。这一年，贝尔·胡克斯出版了她的第一部著作《我不是一个女人吗？黑人女性与女权主义》，开始了黑人女性主义的系统论述。同一年，斯皮瓦克在《耶鲁法国研究》第 62 期发表了著名论文《一种国际框架里的法国女性主义》，将对于西方女性主义的种族批判带到了一个新的高度。

《一种国际框架里的法国女性主义》一文中对于克里斯蒂娃《关于中国妇女》的分析，可以体现斯皮瓦克对于西方女性主义东方论述的后殖民批评。克里斯蒂娃是当代法国最为知名的女性主义者，她于 1974 年四五月间访问中国，回国后写下《关于中国妇女》一书。这部书称赞了中国文化和妇女，认为中国的革命给 1968 年五月革命后的欧洲带来了新的希望。面对这样一本看起来对于中国和东方世界十分友好的著作，斯皮瓦克却不以为然，她认为，克里斯蒂娃对于中国的称赞，事实上是站在西方立场上"他者化"中国的行为。在斯皮瓦克看来，克里斯蒂娃的言论不过是西方 18 世纪中国文化热的延续，她仅仅从自己的文化系统出发看待中国。克里斯蒂娃的问题不仅仅在于数据粗糙，更重要的是其背后的西方本位和优越感。斯皮瓦克认为，西方女性主义最需要反省的是种族的他者问题，她们将"女性主义""自由"等看作西方世界的产物，与第三世界女性并无关系。

斯皮瓦克对于克里斯蒂娃的分析批判道人所未道，非常犀利，它启发人们重新看待西方女性主义的东方论述。不过，她所分析的毕竟

① Velia hancock. *La Chicana*, *Chicano Movement and Women's Liberation*. Chicano Studies Newsletter（Febuary – March 1971）.

只是克里斯蒂娃一个案例。1984 年，莫汉蒂（Chandra Talpade Mohanty）发表了著名的《在西方的注视下：女性主义与殖民话语》一文，试图较为全面地疏理西方女性主义的东方话语。莫汉蒂的视野虽然宏观，但切入点却很具体，她选择了法国泽德出版社的"第三世界女性"丛书（Zed Press "Women in the Third World" Series）作为分析对象。这套书主要收录西方女性主义者的第三世界研究的成果，数量不算很多，但论述的面却很广，包括研究印度、拉丁美洲和哥伦比亚、阿拉伯、中国、巴基斯坦、非洲等地女性的专著，因而很具有代表性，能够反映出当代西方女性主义对于第三世界女性的看法。

阿普菲尔—马格林（Frederique Apffel - Marglin）则追溯了历史上西方女性主义与殖民主义的共谋关系。通常看来，女性主义者在国内反抗西方社会的男性统治，被殖民者在海外反抗西方男性的殖民统治，那么西方女性主义者与第三世界被殖民者应该是同盟关系。阿普菲尔—马格林指出，情况并非如此，西方的男性与女性在海外存在一种奇妙的同盟关系。20 世纪以后，殖民主义的历史逐渐结束，西方有关第三世界的话语由殖民性转为现代性，现代化的发展理论取代了"文明教化"。阿普菲尔—马格林认为，其中殖民主义并没有消失，只不过变得更加隐晦而已。

女性主义者进入后殖民理论领域后，一方面发现了西方女性主义者的种族中心主义，另一方面又同时发现了殖民批判家的男性中心主义。

斯皮瓦克认为马克思主义的阶级理论，特别是国际分工理论，能够带来对于西方殖民主义更为清楚的观察和较大结构的抵抗。不过，斯皮瓦克却同时从女性主义的角度质疑了马克思，将马克思的价值理论运用于女性和家庭之中。凯图·卡特拉克（Ketu H. Katrak）很钦佩法农，她在《非殖民文化：走向一种后殖民女性文本的理论》一文中试图借助于法农有关殖民暴力的几个概念分析她所选择出来的几个后殖民女性文本。不过，在文章的开始，她就首先批评了法农论述中的性别问题。如果说卡特拉克批评法农忽视了殖民地女性，瓦莱丽·肯尼迪则主要批评萨义德忽视了殖民宗主国的女性。肯尼迪注意到，萨义德在概括西方的时候常常是把女性等同于男性的，并未顾及女性的不同之处。当然，这并不意味着萨义德正确对待了被殖民女性。

（三）

民族主义是反抗殖民主义最有力的工具，因而殖民主义者与民族主义通常被看作对立的范畴。不过，后殖民主义与从前的反殖民思想的差别，恰恰在于超越了这种简单的二元对立。

20世纪50年代的法农就对于民族文化进行了超越了时代水平的思考。法农认为：殖民者对于殖民地不仅仅进行政治和军事的占领，而且还致力于破坏殖民地本土文化的工作，在这种情形下，殖民地文化有两种反应，一种是西化，一种民族主义。由于文化心态的问题，特别在殖民地初期，盛行着对于宗主国文化的模仿。本土民族文化的兴起是殖民主义文化导致的对立面。民族文化在殖民反抗中具有积极的作用，但这其间其实还有很多东西需作具体辨析。法农认为，民族性并不意味着僵化和排外，在民族文化已经受了巨大的变化之后，我们切不可再死死抱住本土文化的古董不放，而应投入到战斗的现代民族文化中去。本土文化致力于回到民族的过去，而与外国文化相对立，在法农看来，这种逻辑过于简单，因为在不断地斗争以后，传统的意义已经发生了变化，现代思想已经重组了人民的心智，在这种情况下民族文化所强调的"民族性"其实往往已经是一种惰性的、被抛弃了的东西。如果说，民族主义在反抗独立的革命斗争中尚有其价值，那么在殖民地国家独立建国后，民族主义就值得警觉了。法农认为，从逻辑上看，民族主义与帝国主义是一致的，只不过方向相反而已。因而，如果听任民族主义的发展，那么独立后的帝国主义结构仍不能消除，只不过由本土人做首领而已。

萨义德仅仅在反抗殖民压迫这一点上肯定民族主义的积极意义，对于民族主义本身他并不欣赏。在萨义德看来，民族主义在本质主义和二元对立的思维方式与殖民主义完全一致，因而在独立之后如果仍然坚持狭隘的民族主义，无异于重复殖民主义的结构。萨义德认为，没有必要将本土主义作为反殖民族主义的唯一出路，事实上坚持如"黑人性""伊斯兰至上"这样的本质主义概念，就是接受了帝国主义留给我们的殖民者/被殖民者、西方/东方对立的思维方式的遗产。在这一点上，萨义德表示十分欣赏法农，他认为法农看到了民族主义与帝国主义的一脉相承的关系，"法农是第一个认识到正统民族主义是尾随着帝国主义之路的"①。萨义德支持法农提出的从"民族意识"到"社会意识"的转变。萨义德认为，最优秀的反帝民族主义都不惮于批评民族主义本身，他列举的例子包括聂鲁达、泰戈尔等人。萨义德《文化与帝国主义》一书重点分析了文化抵抗，但他在支持民族文化抵抗的同时，同样反对文化的隔离和对立，而强调交错和渗透。

萨义德认为，对于民族文化的态度应该具有阶段性的不同。他专门比较了 20 世纪 30 年代的詹姆士（J. L. R. James）和乔治·安特列斯（George Antonius）与六七十年代古哈和阿拉塔斯（S. H. Alatas）的著作。在萨义德看来，前两部书的题材是殖民抵抗运动的故事，其中有圣多明各奴隶起义、阿拉伯起义等，按照利奥塔的术语，这是"启蒙与解放"的宏大叙事。这种激动人心的故事在后两本书中是找不到的，但他们的热情却并没有被后人抛弃，古哈和阿拉塔斯已经在肯定早期的基础上继续探索新的问题，这些问题主要是"非殖民化，及由此带来的自由和自我定位方面的不足"②。

《东方主义》出版之后，伊斯兰国家将其理解为对于西方的民族主义抗争，这让萨义德十分恼火。他明确地表示，自己对民族主义、本

---

① Edward W. Said. *Culture and Imperialism*. Published by Vintage, 1994. P276.

② Edward W. Said. *Culture and Imperialism*. Published by Vintage, 1994. P369.

土主义持坚决反对的态度。这种似乎让人困惑的态度，事实上来自于后殖民的基本立场。萨义德反复解释：《东方主义》一书的观点是反本质主义的，他对诸如东方和西方这种类型化概括是持强烈怀疑态度的。

霍米·巴巴几乎言必称法农，他欣赏法农的地方主要在于法农很早就提出了文化身份构成不确定性的思想。法农试图从对于"他者"的关系中确定黑人的身份，由此延及殖民者和被殖民者的关系，显示历史及语言符号构建身份和主体的过程。法农的名言是："所谓的黑人不过是一个白人的人工制品。"霍米·巴巴高度评价这一论述，并进一步分析了身份形成的动态过程。不过，20世纪五六十年代的法农显然还没有达到霍米·巴巴的要求。法农的思想存在着两个不同的方面：一方面他强调主体身份的暧昧建构，另一方面他强调政治和文化对抗。在霍米·巴巴看来，这种对抗无疑意味着身份的固定化，削弱了法农对于主体复杂性的精彩论述。

在民族主义方面，霍米·巴巴是当然的解构者。他的第一部著作——事实上是一部编著——是1990年出版的《民族与叙事》。从题目上就可以看出，这部书致力于探讨民族作为现代性叙事的性质。在为这本论文集所写的序"叙述民族"中，霍米·巴巴从本尼迪克特·安德森的"想象的共同体"的论述出发，说明现代民族国家的"构成"（coming into being）性质的意义，"作为一种文化意义的系统，作为社会生活的表现而非社会政体的律令，民族的'构成'性质强调了这一知识的不稳定性。"由这种知识的不稳定性，霍米·巴巴联系到了模棱两可及差异的概念。霍米·巴巴说明这部论文集所探讨的正是"对于现代社会的这种模棱两可性的文化表现。如果说这种民族的模棱两可性表明的是变动的历史、概念的不确定性和词汇间的交织的问题，那么这里在叙事和话语方面的努力即体现在一种'民族性'的意识上：壁炉的家庭快乐，他者的种族或空间的恐惧；社会所属的舒适，阶级的隐形伤害；口味的习俗，政治联系的力量；社会秩序的意识，性的感觉；官僚的盲目，制度的见识；正义的性质，非正义的公共意识；法律的语言，人民的言语。"在霍米·巴巴看来，对于什么样的文化空间构成民族的"侵扰的界线"和"断裂的内部",不同的作者有不同的看法,但他认为大家在宗旨上则是统一的。霍米·巴巴将这部书的"标志"概括为"文化差异的交叉融合,在这里反民族主义的模棱两可的民族空间变成了一种新的转换的文化的十字路口。"①

有关于东方民族主义,后殖民主义者更有惊人的发现。东方的殖民地国家如印度、半殖民地国家如中国,它们所标榜的民族主义是否真正地"反殖反帝"呢?察特吉(Partha Chatterjee)和杜赞奇(Prasenjit Duara)等人告诉我们:并不竟然!在对于印度和中国的历史研究中,他们发现,东方民族主义虽然在政治上与殖民主义、帝国主义相对立,但在思想前提上却往往不自觉地沿用了西方民族主义的思路。察特吉运用战后法国哲学、特别是萨特和梅洛—庞蒂的现象逻辑著述中常用的"主题的"(thematic)和"问题的"(problematic)两种类型概括殖民地民族主义。他认为:在主题的方面,民族主义者接受和采纳了与殖民主义同样的建立在"东方"和"西方"区别基础上的本质主义者概念;在问题的方面,虽然东方民族主义试图反抗,却因为"主题"方面的约束而戏剧性地成为一种"翻转的东方主义"(The Reverse Orientalism)。

中国的情况也并不例外。在《从民族国家拯救历史》一书中,杜赞奇详细地分析了近代以来西方国家主义史学逐渐成为中国史学主导的过程,并打捞被国家史学所压制从而逐渐被人们遗忘的"历史"。杜赞奇指出:至20世纪初,中国历史的写作已经在启蒙运动的模式下进行。这种现代民族国家历史逐渐成为占据主流的话语,随之而来的是启蒙历史的固定叙事结构,及"封建主义、革命"等一系列词汇,它改变了人们对于过去和现代的看法,规定了哪些是历史"事实",哪些必须被从历史中排斥出去。启蒙进化的历史是西方达

---

① Homi K. Bhabha. *Introduction*: *Narrating the Nation*, *Nation and Narration*. 1990. P1 – 7.

尔文主义的结果，它同时是一种西方种族性话语，以这种民族国家建构历史，必然意味着接受这种西方/东方、进步/落后的等级秩序和西方中心观念，同时这种叙述结构压抑和消除了其他的历史叙述，其后果是让我们今天习惯于倒果为因，将现代中国历史简化为民族国家生成的历史。

（四）

作为西方及世界反殖思想和实践的重要源头，马克思主义应该是萨义德的思想先驱，不过萨义德却并不认账。在《东方主义》一书中，萨义德急于向福柯套近乎，反过来激烈地批判马克思主义，大概马克思主义的确已经不时髦了。

在《东方主义》一书中，萨义德以马克思写于1853年的《不列颠在印度的统治》和《不列颠在印度统治的未来结果》两文为依据，批评马克思使亚洲"再生"的思想，是"地地道道的浪漫主义东方主义观念"。到1993年的《文化与帝国主义》，萨义德依然没有改变立场。他将马克思"印度社会根本没有历史"的话与黑格尔认为东方与非洲是静止的、专制的、与世界历史无关的观点相提并论，并认为恩格斯谈到阿尔及利亚的摩尔人是"怯懦的民族"的话，是在附和殖民主义的陈旧理论。马克思主义者阿罕默德、德里克等则坚决地回击了萨义德等人对于马克思的歪曲，并从阶级的立场出发批判了后殖民理论的右翼性质。如此看来，后殖民主义与马克思主义似乎截然对立、水火不容了。其实也不尽然，后殖民理论与马克思主义的关系没那么简单。

阿希克洛夫特等人对待马克思主义的态度，较萨义德要谨慎得多。在《逆写帝国》的"重置理论"一章里，专门有一节讨论"马克思主义、人类学和后殖民社会"。在这里，阿希克洛夫特等人首先认为，马克思主义对于后殖民社会的政治文化建构"大有用处"，"很有吸引力"。不过，书中依然认为，"直到最近"马克思主义有关殖民地的论述还具有"潜意识的欧洲中心主义"。但是书中接着又指出，马克思主义受到批评的"线性发展史观"等并非马克思本人的观点。在阿希克洛夫特等人看来，对于马克思主义的现代批评，主要针对的是恩格斯、斯大林及共产国际对于马克思的简单化论述。而在经过修正以后，马克思主义的阶级概念依然能够有效地应用于殖民地社会。①

后殖民理论的大将斯皮瓦克对待马克思主义的态度与萨义德形成了鲜明对比。在萨义德那里，马克思主义被当作西方东方主义话语的一个组成部分；对斯皮瓦克来说，恰恰是马克思主义启发了她对于新的历史条件下西方殖民主义的批判。作为一位来自于印度的亚裔女性，斯皮瓦克发现，西方女性主义理论在处理东方女性的问题时具有很严重的盲视之处，而马克思关于阶级关系特别是资本主义国际分工的观点，却启发了她对于处在世界资本主义殖民体系中的东方女性的真正处境的认识。这时候，斯皮瓦克对于自己早期的文章开始感到不满，认为它们仅仅局限于女性主义和解构主义，而忽视了种族和阶级的维度。她对自己写于1978年和1979年写的两篇文章《女性主义与批评理论》和《三个女性主义读本：玛克勒斯、瓦伯勒、哈贝玛斯》进行了重新改写，于1985年以"女性主义与批评理论"为名重新发表。在这篇文章中，斯皮瓦克颇为成功地演绎了马克思主义的资本主义国际分工理论，以此论述韩国女工事件。

罗伯特·扬对于马克思主义的看法，则有一个变化的过程。在《白色神话》中，罗伯特·扬重复了萨义德的看法。他认为：黑格尔认为非洲没有历史，马克思认为英国对于印度的殖民统治会促使印度的发展，这两者都是欧洲中心主义的。在罗伯特·扬看来，马克思本来是反欧洲帝国主义、反黑格尔的，但他在思维方式上竟然与他所反对的系统有了一种不自觉的"共谋"，这验证了欧洲中心的"同一与他者的辩证法"的可怕。有趣的是，正因为在《后殖民主义：一个介绍》中系统地整理了现代世界的反殖革命实践，罗伯特·扬无法像

———————————
① Bill Ashcroft, Gareth Griffiths, Helen Tiffin. *The Empire Writes Back*. Published by London: Routledge, 1989. P173 – 174.

萨义德那样回避马克思主义与反殖运动的关系，而正视的结果导致了罗伯特·扬对马克思主义态度的微妙变化。罗伯特·扬发现：无论共产国际还是第三世界的殖民反抗，都与马克思主义息息相关，并以其为指导思想和理论武器。虽然罗伯特·扬似乎仍然坚持马克思对于印度的看法中所蕴含的"西方中心"问题，但他对于马克思反殖民主义立场的认识已经今非昔比。

2002 年，霍米·巴巴访问中国。清华的学者对他有一个直截了当的提问，"马克思主义也强烈反对殖民主义，关于你对马克思主义的看法，学界有着不同的看法。能否谈谈你的理论与马克思主义之间的关系？"霍米·巴巴当然明白，在马克思主义意识形态占据主流的中国，这个提问中含有质疑。这时候他当然不敢轻视马克思主义，他说："在 20 世纪或 21 世纪，一个人如果不受到马克思的影响，就不能成为一个思想家。"不过他在恭维马克思主义的同时，并未放弃解释他的后殖民思想与前者的差别。他认为："马克思主义聚焦于阶级差异问题，而我对殖民和少数族化的兴趣则提出了不同形式的社会差别和社会歧视、种族、性别、世代、地理政治性运动、移民等一整套问题。"在方法上，"马克思主义似乎是一种更加关心因果关系和决定论的因果关系的话语，而我实际上更着迷于在建构历史局面和意义丛（constellations of meaning）中偶然事物的位置及其运作。我还关心无意识在建构政治理性和社会理性中的整体位置；我也同样关心表述的地位，关心社会意义的半状态（semiosis）问题，社会意义的半状态是创造任何历史运动或历史事件的重要参与者。所以说马克思主要强调生产的客观条件，而我同时也对将其与文化再生产、社会再生产和主体化（subjectification）相关联感兴趣。"①霍米·巴巴的回答不卑不亢，他并没有直接回应马克思的反殖思想，却客观认为客观分析了马克思主义思想与他的后殖民理论在问题和方法上的基本差异。

---

① 生安锋：《后殖民性、全球化和文学的表述——霍米·巴巴访谈录》，《南方文坛》2002 年第 6 期。

萨义德·马克思·福柯

（一）

萨义德（Edward W. Said）是后殖民理论的开创者，这一点已经得到公认。罗伯特·扬、斯皮瓦克、霍米·巴巴等后来的后殖民批评家都大力赞赏《东方主义》一书的学术贡献，并且认为这本书开创了后殖民批评这一新的领域。罗伯特·扬说：直到萨义德的《东方主义》一书的出版后，后殖民研究才正式成为一个学科；斯皮瓦克认为《东方主义》是后殖民研究这个学科的源泉；霍米·巴巴也承认《东方主义》一书开创了后殖民理论这一领域。在萨义德之前西方和东方在这一领域事实上早有丰厚耕耘——萨义德因为在《东方主义》一书中未提及这一点而受到行家的批评，不过，就后殖民理论来说，萨义德的这本书的确具有决定性的贡献。

西方东文学的正式出现，一般被认为是在 1312 年，这一年维也纳基督教公会决定在巴黎、牛津等大学设立阿拉伯语、希腊语、希伯来语等系列教席。但对于东方主义话语的研究，却必须追溯得更早。西方对于东方的想象叙事，《东方主义》一书最早追溯到了雅典戏剧埃斯库罗斯的《波斯人》。这一戏剧描绘了波斯军队为希腊人所摧毁、"亚洲大地在空虚中悲泣"的场面。在这里，东方从西方分离出来，得到负面的想象和表达。早期西方对于东方的怨恨主要针对伊斯兰，因为直到 17 世纪，东方对于西方的威胁主要来自伊斯兰。自穆罕默德在 632 年去世后，伊斯兰在军事上日益强大，对西方构成威胁，而在文化上伊斯兰教也成为基督教西方世界的异端。由此，伊斯兰在西方呈现出极为负面的形象。萨义德认为：这种对于异域的归化并没有什么特别需要异议和指责的地方，它们发生在所有的文化之中，当然也发生在所有的人当中。正如西方人想象东方一样，东方会以同样的方式想象西方人。但是，萨义德将着重点放到了东方学家身上，因为东方学家有意识地构造这种意识，从而强化了有关东方的固定印象。这一时期的东方著作，萨义德列举的是德尔贝洛（Barthele-my d'Herbelot）《东方全书》（1697 年出版，至 19 世纪早期一直是这一领域的权威参考书）和但丁的《神曲》。萨义德认为这两部权威的著作不但没有澄清西方的民间东方传说，相反，系统化地固定了西方关于东方的知识。东方学家对于东方的编码被作为真理，为不了解东方的西方读者广泛接受。在这里，真理本身的存在是依赖于东方学家本身的。很显然，萨义德接受了福柯关于真理的话语性质的思想。东方学家将此视为自己的工作，他从事这项工作有时是为了自己，有时是为了西方文化，有时则认为是为了东方。东方学具有学科的性质：它被教授，具有自己的社团、期刊、传统、词汇和修辞，这些都与西方流行文化和政治规范密切相关。事实上，萨义德认为，东方学不但创造了知识，更创造了现实，这一说法同样来自福柯的话语理论。

现代东方学的产生开始于 18 世纪。东方学在体制和内容上的巨大飞跃，恰恰与前所未有的欧洲扩张相吻合。从 1815 年到 1914 年欧洲直接控制的地区从地球表面的 35% 扩大到了 85%。两个最大帝国是英国和法国。现代东方学是殖民主义和帝国主义的产物，它较但丁、德尔贝洛时期的前殖民主义意识发生了急剧的变化。如果说原来的东方学主要体现在一种基督教神学的结构内，那么现代东方学就意味着一种世俗化的过程。在萨义德看来，扩张、历史比较、内在认同和分类这 4 个因素构成了现代东方学特定的知识结构和体制结构。这些因素使得东方学从狭隘的基督教西方对于伊斯兰教东方的宗教评判中走了出来，以世俗认同和分类的方式代替了原来的信徒与野蛮人之间的差别。如果说，我们将拿破仑的远征东方视为现代东方学的第一次努力，那么在萨义德看来，萨西（Silvestre de Sacy）和勒南（Ernest Renan）的科学人类学和语言学等则是现代东方学的奠基。现代东方学消除了从前的东方叙事中的含混性和宗教色彩，代之以科学和理性的分类。但现代东方学不但并未消除西方种族中心和种族歧视，反倒是以之为前提的，只不过是将这种等级制科学化和系统化了。萨西、勒南等人不过是将西方较东方的种族优越性落实于人类学、语言学等不同的学科而已。如此，在萨义德看来，对于东西方的比较研究，与本体意义上东西方的不平等变成了一回事。

萨义德在此着重探讨了东方主义所特有的字典编撰式的和制度化的知识运行机制。当你涉及东方的时候，东方学会为你的讨论提供唯一的有效性。马克思成为萨义德论证东方主义机制的一个例证。萨义德认为，马克思之所从对于印度的毁灭的感伤中轻易地走向了印度的"再生"，就是由于东方主义思路的强大牵引。这一说法的问题，本书在前面论述马克思的章节里已有论述，此处不赘。东方主义机制对于个人经验的作用，萨义德分为几种类型。一种类型以雷恩（Lane）的《现代埃及风情录》为代表，他们注意以科学的方式观察东方，但是他们仅仅是为了验证东方主义的观念而去搜集材料，因此毫无个性而言。另一种类型以夏多布里昂为代表，他们完全是主观性的作家，并不注意观察东方，而只是以自己的东方主义的诗兴任意地想象东方。雷恩会使他的自我屈服于东方主义的规范，而夏多布里昂则会使东方主义的观点完全屈服于他的自我。然而，相同的是，他们都完全没有走出东方主义。萨义德谈道，可怕的是，西方关于东方的知识以承袭和互相征引的方式累积，因而雷恩、夏多布里昂等人的方式在后来不断得以复制，东方主义变得与现实东方没有多少关系。另外一种较为特殊的类型是伯顿（Burton）。与前两种类型都不一样，伯顿一方面很熟悉东方，他不但会说东方语言，而且还完成了朝圣；另一方面他又不满于西方种族意识的狭隘，不屈服于东方主义话语的限制，自居于东方的代言人。这在我们看起来已经近乎完美。然而萨义德认为，伯顿这种观察概括和代言的姿态本身，显示出一种超越于东方的支配意识，处于这种优越的位置上，伯顿很容易不自觉地融入帝国的话语中去。例如当伯顿在《朝圣记》中告诉我们"埃及是一个有待赢得的宝藏时"，就显示出了他与帝国声音的合一。也就是说，在萨义德看来，即使伯顿这种不惜以个人的、人道的关于东方的知识与欧洲官方的东方主义知识进行斗争的学者，自身仍不免于东方主义的影响。

至19世纪后期，现代东方学已经从德尔贝洛和但丁式的包容同化积聚成为一种"令人畏惧"的事业。由文本化逐渐转向政治化，由"异域空间"的表现转向了"殖民空间"的政治军事的活动之中。萨义德认为，此时的东方学家已经不将自己定位于有着自己的传统和惯例的专业团体，而是成了西方的代言人，其方式是通过阐述西方的政治文化等优势，确认西方和东方的关系。对于东方的知识被直接转化成了实际行动——一种对于东方的新的控制。西方东方学家不但表现了东方，也创造了东方的现实。

从阶段上说，19世纪晚期以后的东方学可分为特征不同的3个时期。一战之前，一战至二战时期，二战之后。一次大战以前的东方学家基本上沿袭18至19世纪以来的东方学成见，斯奴克·赫格沦涅（Snouck Hurgronue）对于《伊斯兰律法》的论述是一个例子。在这里，旧有的东西方差异完全被本质化，西方对于东方的宗主权也被看作是天经地义。至一次大战之后，情况发生了变化。虽然东西方的界线依然分明，但态度已经不同，西方对于东方的支配已经不是一种不可置疑的事实，东方反倒变成了对西方中心的挑战和补救。一次大战后殖民地政治独立及与此相关的西方文化危机，是东方学出现这一变化的原因。不过，在萨义德看来，隐在的东方主义仍然发挥着制约的作用。马西农（Massighon）可以批评西方，为伊斯兰辩护，但归根结底，伊斯兰在其心目中只是静止的、古代的，而西方则是现代的。东方主义的分界在这里依然如故。二战以后的最近阶段变化十分剧烈。事实上，东方学作为一种由英法传统支撑的学科已经解体，而为美国主宰的"区域研究"所代替。二战后，世界政治格局的最大变化是美国代替英法成为世界的中心。由此，社会科学的专业分工代替了庞大的东方学传统。这种社会科学严格地将文学文本排除在外，以现代化等美国社会科学观念展开论述——在这一时期，伊斯兰已经不再是东方学的中心。成就如何呢？萨义德认为它继承了传统东方学家对于东方的敌意及基本术语，萨义德将其要旨概括如下："一，理性、发展、人道、高级的西方和反常、不发达、低级的东方之存在着绝对和系统的差别；二，对于东方的概括，立足于古代东方文明总比立足于现代东方现实要更好；三，东方是永恒划一的，无法确定自己，因此来自于西方立场的形容东方的概括性、系统化的词汇是科学'客观的'；四，东方实际上或者是令人惧怕的（黄祸、蒙古部落、棕色统治）或者是受人控制的（平定、研究和发展，可能的时候直接占领）。"① 萨义德分析的文本是《剑桥伊斯兰史》，他认为这本被认为是权威的史书事实上因为未能摆脱传统的东方主义成见而变得一无是处。萨义德从福柯知识书写与权力的角度解释东方主义的成因，他认为关键在于西方是"书写"，而东方是"被书写"。

值得注意的是，在最后论述当代美国殖民统治的最后一章里，萨义德在这部论述西方东方主义话语的书中第一次提到了东方。应该说，萨义德对当代东方的反应是相当失望的。萨义德根据自己的亲身经验，断言当代阿拉伯世界已经完全成为美国政治、文化和学术的附属。更严重的是，在对于阿拉伯自身的认知上，他们也受到了美国学术的控制，因而处于萨义德所说的一种"自我殖民化"的过程之中。在社会科学的知识生产上，欧美的学术成果及规范成为阿拉伯世界的中心，本地的知识者跑到美国接受东方主义话语的训练，回国后即成为指导本地的权威，而在欧美的东方学家那里，他只是一个"本地信息的提供者"。阿拉伯世界的知识论述，自然以从美国接受来的关于现代化、进步和发展等理论为核心，凌驾于本地社会之上。在阿拉伯

---

① Edward W. Said. *Orientalism*. Published by London: Routledge, 1978. P300 – 301.

语的书籍和杂志上，到处充斥着"阿拉伯心性""伊斯兰"东方主义话语的第二手贩卖。甚至于美国大众媒体如好莱坞所制造的丑化阿拉伯人形象的电影电视，也被阿拉伯人不假思索地接受下来。结论是令人悲哀的：现代东方参与了自身的东方化。

（二）

在《东方主义》中，萨义德明确声称采用福柯的话语理论："我发现在这里运用米歇尔·福柯在他的《知识考古学》和《规训与惩罚》中谈到的话语概念来界定东方主义颇为有用，我的观点是，如果不将东方主义作为一种话语，我们就不可能明白欧洲文化在后启蒙时代从政治的、社会学的、军事的、意识形态的、科学的和想象的方面控制——甚至生产——东方的大量系统的知识。"① 将东方主义视为一种话语，这是萨义德，也是由他开始的后殖民理论，区别于与此前的殖民主义批评的一个独特之处。

福柯反对事物和意义的人为区分，认为事物只存在于话语之中，事物的意义是被话语生产出来的，在话语之外，事物没有任何意义。由此，我们需要关心的只是话语创造的知识的对象，而不是所谓的事物本身。由这一立场出发，萨义德强调《东方主义》一书所讨论的只是西方的东方主义话语，与所谓真正的东方并无关系，而且根本不存在真正的东方这么一回事。东方只能是一种话语建构，即使东方人自己的论述也不能代表所谓东方的本质。萨义德说："我认为'东方'只是一种建构体。下面一种说法是大有问题的，即在特定的地理空间里，存在着可以根据其与特定地域相吻合的宗教、文化或种族本质加以界定的本土的、根本不同的居民。我完全不相信这种限定性的命题，即只有一个黑人才能书写黑人，只有一个穆斯林才能书写穆斯

---

① Edward W. Said. *Orientalism*. Published by London：Routledge，1978．P3．

林，如此等等。"① 萨义德将西方的东方主义话语化，而让真正的东方缺场，这样就成功地避免了后现代立场所忌讳的本质主义和二元对立。

那么，论述东方主义话语的目的何在呢？萨义德将之归结为对于"差异/表现"问题的探讨。根据索绪尔的说法，能指和所指的关系是任意的，那么意义只是根据系统成员之间的差异来确定。如红的意义只能相对于绿而言，父亲的意义也只能在亲属类的词语中得以明确。萨义德也引用了列维－斯特劳斯的说法，从人类学角度考察差异问题。分界是人类区分事物的基本行为，人脑需要秩序，因而需要界线。一群人很自然地将自己的领地与其他地方区分开，产生"我们的"与"他们的"的区分。但界线的后面很容易产生价值判断，"我们"往往将"他们"称为"野蛮人"，而当这种论述与物质的力量结合起来的时候，就可能产生可怕的对于异己的压迫。萨义德反复强调，他希望借助东方主义的历史过程探讨这一问题：即，对于差异的表现是否一定意味着对立和敌视，甚至于支配和压迫，我们能否客观公正地再现差异？在《东方主义》一书的结尾，萨义德明确宣称："我试图提到一系列相关问题，探讨人类经验的问题：人们怎样表现其他文化？什么是另一种文化？一种差异的文化（或种族、宗教、文明）概念是行之有效的吗？它总是意味着自鸣得意（当谈到自己）或者敌意和侵略（当谈到'他者'）？"②

萨义德提出：真正的问题是，我们究竟能否真实地表现事物？因为任何表现都植根于语言和文化、制度的政治环境中。他的答案是否定的。在福柯看来，知识与权力从来是不可分的，因而无从导致所谓真实客观的表现。萨义德发现，西方对于东方的表现的确一直处于东方主义的话语轨道上。自古希腊到当代美国，几乎就没有西方人能够

---

① Edward W. Said. *Orientalism*. Published by London：Routledge，1978. P322.

② Edward W. Said. *Orientalism*. Published by London：Routledge，1978. P325.

逃脱东方主义的思想制约。即使像伯顿、马西农以至马克思这样的站在东方立场上尖锐批判西方的西方学者也不例外。萨义德区分了潜在的东方主义和显在的东方主义：前者是一种无意识的思维方式，而后者则是一种形诸于各个学科的表述形式。萨义德认为：由于这种潜在的东方主义的制约，显在的东方主义一直恒定不变，"有关东方主义观念之间的差异毫无例外地都是显在东方主义的差异，极少有基本内容方面的差异。他们几乎原封不动地沿袭前人赋予东方的怪异、落后、沉默、冷淡、柔弱、怠惰等差别；这就是为什么第一个书写东方的作家，从勒南到马克思（意识形态上的），或者从最严格的学者（雷恩和萨西）到最有想象力的作家（福楼拜和内瓦尔）将东方看作一种需要西方注意、重新甚至拯救的地方"。① 萨义德甚至毫不犹豫地发出以下耸人听闻的断言："因此完全可以说，每一个欧洲人，无论他怎样表述东方，最终都会成为一个种族主义者，一个帝国主义者，和一个完全的种族中心主义者。"② 福柯的话语理论强调权力话语对于知识的规范机制和决定性，基本上否认个人主体和意愿的可能性，也看不到历史变化的可能性。说起来，萨义德在《东方主义》一书中唯一不同意福柯的地方就是上面这个观点。他提到：福柯认为，一般而言单个文本或作家无关紧要，但东方主义的经验并非如此。不过，萨义德对于不同历史时期东方主义文本的差异分析只是相对的，他其实是相信福柯的，因为这些东方主义文本，无论有多少差异，都服从于东方主义话语这一不变的铁则。

萨义德的《东方主义》所涉及的对象十分明确，是英、法、美对于伊斯兰的论述。由此看来，"每一个欧洲人都是东方论者"的概括未免显得过于庞大。问题显然在于萨义德对于欧洲思想内部差异性

---

① Edward W. Said. *Orientalism*. Published by London：Routledge，1978. P206.

② Edward W. Said. *Orientalism*. Published by London：Routledge，1978. P204.

的忽略上，它不仅仅表现在萨义德没有充分注意到欧洲内部东方主义思想的差异上，更表现在他否定了欧洲内部的反殖民话语。另外的问题还出在"东方"。我在这里想指出的是，如果将萨义德的"东方"形诸于伊斯兰之外，例如中国，情形可能就不太一样。欧洲对于中国文明的表现就不是以敌意开始的。西方第一本关于中国的学术著作是西班牙人门多萨（Mendoza）写于1585年的《大中华帝国史》，这本将中国描绘得强大而发达的史书以7种语言出版了46个版本，成为欧洲文化的重要组成部分。在中国居住了27年（1583—1610）的利玛窦在《中国文化史》中说，"他在向欧洲人讲述中国时，同样认为中国政府极有效力而且非常强大。"其后西班牙水手品托（Pinto）的《游历者》和耶稣会成员白晋（Bouvet）的《中国史》"把对中国的美化、理想化，粉饰和浮夸推向了极致"。18世纪20年代甚至出版了一本题为《中国——欧洲的榜样》的书。史景迁认为，对于中国形象的表现取决于欧洲，而不取决于中国，这个看法倒与萨义德的观点相一致。在史景迁看来，当时出现了正面表现中华帝国的书，是出自于对当时欧洲内乱的批判。另外一个原因是便于天主教会募捐。这里对于他者差异文化的"表现"，更加倾向于仰慕，这显然与萨义德差异意味着敌意的观点不同。史景迁将表现分为"文化类同与文化利用"两种类型，这前一种类型是萨义德所没有谈到的。① 很显然，萨义德之所以得出这样一种差异意味着敌意的绝对观点，缘于他所论述的对象欧洲与伊斯兰关系的特殊性。前面我们已经提到，从7至17世纪伊斯兰对于欧洲形成了长达1000年的政治和宗教影响，这是基督教文明敌视伊斯兰的根本原因。中国则不同，它自古以来一直封闭于大陆，与欧洲少有来往。另外，史景迁所提到的宗教的原因其实十分重要。在利玛窦的《中国文化史》中，我们看到，利玛窦劝告教皇不要顾虑中国儒家思想的敬祖观念，因为它并不是一种宗教，而只

---

① 史景迁（Jonathan D. Spence）：《文化类同与文化利用》，北京：北京大学出版社1990年版。

是一种伦理仪式，因此中国人的思想与基督教并不矛盾，中国人可以在不放弃传统思想的情况下入教。也就是说，中国传统思想并不像伊斯兰教那样与基督教敌对，这是欧洲人对当时的中国文化有好感的重要原因之一。

《东方主义》一书在东方的反应，大大出乎萨义德的意料。这种反应主要将《东方主义》的倾向理解为反西方，将其视为对于歪曲东方的西方文化的批判，并将萨义德视为东方被压迫民族的代言人。这让萨义德十分恼火，在后来增加的"后记"中，他说明这种解读完全误解了他的非本质主义和非二元对立立场。萨义德觉得不可思议的事情，我倒认为事出有因：外部原因是阿拉伯的接受语境，阿拉伯世界反对西方压迫、争取文化生存的历史语境很容易使他们将萨义德引为同道；但外部原因其实是通过内部原因起作用的，更为重要的因素在于《东方主义》一书的内部——萨义德试图以话语理论来处理东方主义，但事实上他并没有完全做到这一点。

萨义德是一个美裔巴勒斯坦人，仅此一点我们就可以想象，让他完全服从福柯的后现代史学观念绝非易事。他的历史背景，及其作为一个巴勒斯坦人在西方的遭遇，都与真正的西方学者不同。据萨义德自述，少年时代他经历的一次很大的刺激，是他家的好友、共产党员法若德·哈代德（Farid Haddad）被埃及当局逮捕、鞭打以至枪杀的事件。萨义德后来说："法若德的生死是我40年来生命中的秘密主题，而且不止于有意识或积极的政治斗争时期。"[①]真正促使萨义德从书斋走向社会，并注意东方主义问题的，是1967年的阿以战争。这次战争彻底粉碎了巴勒斯坦人重返家园的希望，也意味着萨义德的生命断裂，"似乎意味着包括了其他所有损失的断裂，意味着我的青春世界、我的教育的非政治岁月、在哥大的假想自由教学……1967年

---

① Edward W. Said. *Out of Place*：*A Memoir*. Published by New York：Knopf, 1999. P126.

后我换了一个人。"①对身为美国大学教授的萨义德来说，巴勒斯坦问题不仅是一个遥远的家乡的问题，也是一个切近的现实问题。因为美国站在以色列的立场上，伊斯兰在美国被负面地宣传丑化，巴勒斯坦人萨义德在美国的处境自然不好。正是出自这样一种背景，萨义德开始走出象牙之塔院，挺身而出为伊斯兰辩护，批判美国对伊斯兰的"妖魔化"。早在1967年，萨义德就撰写了《伊斯兰画像》一文，他在文中写道："如果阿拉伯引起了注意的话，它一定是负面价值。他被视为以色列和西方存在的一个破坏者……或者以色列1948年创造的不可逾越的障碍。"萨义德对于西方从英、法到当代美国的东方主义的批判，正来源于这一思路。很明显，《东方主义》表面上声称仅仅谈论西方的"东方主义"话语，不涉及真正的东方，或者根本不承认真正的东方，但实际的思路却在批判西方对于伊斯兰东方的敌意歪曲。在这里，萨义德的对抗性批判立场事实上已经与福柯的理论发生了不自觉的冲突。萨义德在《东方主义》一书"前言"的最后有以下尖锐批判："毫无疑问，种族主义、文化定型、政治帝国主义、非人道的意识形态之网套住了阿拉伯或伊斯兰，正是这张网，使每个巴勒斯坦人感到自己奇特的被惩罚的命运。注意到这一点更糟：没有涉及近东的学者——也就是东方学家——曾在美国文化和政治上全心全意地认同阿拉伯人。"看起来，这是一种站在弱小民族立场上的意识形态批判和抗争，而不是话语分析。这种意识形态批判在"东方主义"三部曲中的后两部书《巴勒斯坦问题》（1979）、《报导伊斯兰》（1981）中，显得更加清楚。如果说《东方主义》论述西方对于东方的再现，那么《巴勒斯坦问题》则正面揭示为西方误解的东方，向人们展示真正的巴勒斯坦。萨义德非常明确地说："与《东方主义》相较，我的巴勒斯坦研究试图更明晰地描述潜藏于西方人看待东方观

———————
　　① Edward W. Said. *Out of Place*：*A Memoir*. Published by New York：Knopf, 1999. P293.

点之下的事物。"① 而《报导伊斯兰》一书则又回到了西方，重点批判当代美国对于伊斯兰的报道。在《报导伊斯兰》的"前言"中，萨义德确定了他论述的出发点：当代美国学院和媒体"对于伊斯兰的描述与伊斯兰世界的特定真实之间，有着天壤之别"②。毫无疑问，"潜藏于西方人看待东方观点之下的事物""伊斯兰世界的特定真实"等语言已经完全是一种本质主义表述，背离了《东方主义》一书中认为只存在东方话语、不存在真正的东方的思路。本质主义的思路导致了意识形态的抗争。萨义德在《报导伊斯兰》的"前言"中对于《东方主义》及后面的两部书有以下概括："我在本书以及《东方主义》中要表达的重点之一是，今日所谓的'伊斯兰教'一词虽然看似一件单纯事物，其实却是虚构加上意识形态标签，再加上一丝半缕对一个名为'伊斯兰'的宗教的指涉。西方用法中的'伊斯兰教'与伊斯兰世界中千变万化的生活之间，缺乏有意义的直接对应。"看起来十分清楚，萨义德以本质主义的思路进行意识形态的批判。

萨义德对于福柯的偏离，事实上并不是无意的。萨义德看到了东方主义这一西方思想的独立性、持久性，看到它对于西方现实的制约性，这让他对于福柯的话语理论情有独钟，但作为美裔巴勒斯坦人的萨义德却显然不愿意看到西方东方主义话语不可反抗、不可改变的情形。正是出自对于西方的文化批判，让萨义德转向了葛兰西的文化霸权概念。在《东方主义》一书的"前言"中，萨义德首先提到福柯的话语理论，认为必须将西方的东方主义视为一种话语，但接着又提到葛兰西的"霸权理论"，认为"正是霸权，或者正在起作用的文化霸权的结果，赋予东方主义我所说到的持久性和力量"。文化霸权原是一个西方文化内部的概念，萨义德将其转化到西方帝国主义与殖民地、弱小国家之间，将东方主义也视为一种种族压迫的文化霸权。只有在葛兰西的反文化霸权的意义上，我们才能理解上述萨义德站在巴

---

①② Edward W. Said. *The Question of Palestine*. Published by New York: Times Books, 1979.

勒斯坦立场上对于东方主义的尖锐批判。也才能理解为什么萨义德在对于东方主义话语盖棺定论后，在全文的最后忽然又很突兀地提出"受传统东方主义训练的学者和批评家完全有可能将自己从旧的意识形态枷锁中解脱出来"的说法。萨义德最后列举出了当代学者伯克（Jacques Berque）和诺丁森（Maxime Rodinson）的例子，认为他们虽然受过严格的传统训练，却能够超出东方主义的框架。人类学家吉尔茨（Clifford Geertz）的研究，也被萨义德认为打破了东方主义的陈规和偏见。很显然，这一结论与此前的福柯式的东方主义决定论互相矛盾。

　　萨义德的窘境，来自于他试图调和"话语理论"和"文化霸权"理论的企图。在强调知识与社会机制、物质力量的关联上，马克思主义意识形态理论与福柯的话语理论在思路上有接近的地方，但其间的差别却不容忽视。马克思主义主要将权力看作是自上而下的直接的阶级压迫，由此而来的意识形态理论限定于经济利益和阶级关系之间，是经济、阶级抗争在文化意识上的表现。福柯却不同意马克思对于知识/权力范围的限制，相反他认为权力无所不在，正如他在《规训与惩罚》一书中所说的："必须抛弃暴力——意识形态对立、所有权观念、契约和征服模式。"福柯认为权力无所谓正确/错误之分，马克思主义所标榜的"真理"也并不存在，真理不过是话语的一种形式而已。正因为否定了知识/权力的分类与对立，在福柯那里也就不存在"真理"对于"谬误"的抗争问题了。作为西方马克思主义代表人物之一的葛兰西的贡献在于，他破除了简单的经济决定论，破除了经济/意识形态的直接对应关系。葛兰西从对于市民社会和政治社会的区分出发，认为因为资产阶级文化霸权，市民社会已经形成复杂的结构，不会因为政治经济革命而立即改观，应该注重在意识形态领域进行"阵地战"，树立无产阶级的文化领导权，才会导致革命的彻底成功。葛兰西对于文化力量的强调，在某种程度上与福柯更为接近，但毫无疑问，葛兰西的"文化霸权"仍是一种意识形态理论，他事实上强调的是政治军事斗争之外的文化斗争，因而与福柯的话语理论根本不同。

　　"话语"和"意识形态"常常交替或混合地出现于《东方主义》一书中，萨义德希望将它们调和到一起。在《东方主义》一书的开头，萨义德说："东方主义作为一种话语模式，通过支持制度、词汇、学术、图像、教条以至殖民体制和风格上，在文化以至意识形态上表达和再现。"① 在这里，萨义德似乎希望将意识形态处理为话语的一个与政治文化密切相关的一个部分，但到了《东方主义》的最后一段，我们注意到，萨义德又将话语理论和意识形态并列起来指涉东方主义："如果这本书在将来有什么用处的话，它只能是对于这一挑战所做出的自己的谦卑的努力，并对于人们有所警示：像东方主义这样的思想系统，权力话语，意识形态虚构——人为制造出来的思想枷锁，这多么容易制造出来，并得以运用和捍卫。"萨义德徘徊穿梭于两种不同的立场上，在面对当代西方对于伊斯兰的错误"再现"时，他立即加以抨击，澄清其与阿拉伯现实的差距；而在阿拉伯人欢呼《东方主义》，将之理解为一种对于西方的意识形态抗争时，他又赶紧声称自己的非本质主义、反对民族主义的后现代立场。"话语理论"与"意识形态"理论的内在冲突，让萨义德左右为难。

　　（三）

　　萨义德在《东方主义·导言》中说："也许最重要的任务是进行可以取代东方主义的新的研究，拷问人们何以能够从一种自由的、非压制的和非操纵的视野上研究其他文化和人民。但如此我们就不得不重新思考知识与权力间的全部复杂问题。所有这些问题，都是我在这项研究中很遗憾地未完成的。"② 由此可见，萨义德强调西方东方主义知识对于东方的决定性权力，来自于他对于福柯的"知识/权力"

---

① Edward W. Said. *Orientalism*, Published by London：Routledge，1978. P2.

② Edward W. Said. *Orientalism*. Published by London：Routledge，1978. P24.

之间必然性关系的理解，而当他提出可以重建这种关系时，便会感觉到踌躇不安，因为如此必须突破福柯的话语理论的限制。在"东方主义"三部曲之后，身陷矛盾与冲突中的萨义德果然开始重新思考福柯了。

　　萨义德紧接着"东方主义三部曲"《东方主义》《巴勒斯坦问题》和《报导伊斯兰》（1978，1979）之后一部书，是1983年出版的《世界、文本、批评家》。这部论文集刊载了一篇名为"在文化与系统之间的批评"的论文，在这篇专门论述后现代理论代表人物德里达和福柯的文章中，萨义德集中清理了自己和后现代思想的关系，特别是与福柯的关系。萨义德认为：在当代人文科学的研究中存在着一种知识视野的转换，即不再简单地满足于从表面上确定文本的意义，因为文本的意义早已被引导于一个延续的话语领域内，容易达到现成的结论；我们需要做的，不是确定文本的意义，而是探讨知识确立的过程。萨义德正是在这一"从人文科学中的文本问题转向对于文本知识进程的描述"的过程中，确立了德里达和福柯的贡献。他认为，德里达与福柯都有一个明确的努力，即"将某种极其专门化的文本发现从构成直接历史压力的大量的材料、习惯、惯例和机构中解放出来"。如果说德里达处处针对西方形而上学的思想，那么福柯则是针对不同时期的话语机制。但德里达仅仅将问题局限于文本之内，而福柯则能够关注文本与外在机制的关系。萨义德的一句名言是："德里达的批评让我们陷入文本之中，福柯则使我们在文本内进进出出。"萨义德质疑德里达的是：德里达告诉我们不同文本都显示出西方逻各斯中心主义契约的存在，但我们应该问一问："是什么使这种契约集结起来？是什么使得某个形而上学思想系统以及衍生于它的意识形态、实践、理论的一整套结构从希腊到现在可以自我维持下来，问问这些问题是合法的。是什么力量使得这些思想粘在一起？什么力量使它们成为文本？人们的思想如何被浸染，又如何被另一些思想所取代？所有这些都是偶然的吗？"如果说德里达选择的反抗方式是文本不可确定性，那么福柯选择的则是对于文本与权力的特定关系的解剖。萨义德认为福柯的方法是"通过假定使文本假定它同机构、官方、媒介、阶级、学院、社团、群体、行会、意识形态确定的党派和职业有着密切关系，福柯对文本或话语的描述的详尽和细致来对这些所有文本为之服务的特殊利益进行再语义化、富有说服力的再定义和再确定"。这是福柯较德里达高明的地方，但萨义德现在已经不再满足于福柯所达到的程度，他认为福柯还可以再进一步：虽然已经注意到外在的社会机制的作用，但福柯似乎未能识别其间如经济、利润、霸权等关键性的结构及其与文化间的互动关系。"尽管他相信历史不能作为一系列的暴力不连续性（由战争、革命、伟人所引起）而单独被研究，在这方面他是正确的，但仍然低估了历史中的这样一些刺激性力量，诸如利润、野心、观点和纯粹的对权力的热爱，同时他对这样一个情况似乎也不感兴趣，即历史不是一个同质的法语版图而是不平衡的经济、社会和意识形态间的复杂互动。"从这段话中我们大致可以解读出萨义德对于福柯的看法的变化：一是关于知识与历史关系的定位问题，二是从此引出的反抗的问题。在这些方面，萨义德更加偏向于葛兰西。萨义德遗憾福柯缺乏葛兰西所具有的维度，他指出："人们在福柯那里未见到的东西是类似于葛兰西的对霸权、历史的障碍、关系整体的分析。"萨义德认为，福柯的"哪里有知识和话语，哪里就该有批评去揭露文本的确切位置和位移"的观点，类似于葛兰西的文化霸权分析，"这种批评尽管有意地同文化霸权分隔开来，但它仍旧是文化内部的一种有意义的活动"。① 但不同的是，对马克思主义的拒斥给福柯带来了消极的后果。萨义德的质疑是："不是使用权力，而是权力是怎样被获取、使用和控制的观点，这就是他不同意马克思主义而引起的最危险的结果，也是他的著作最难以让人信服的地方。"② 所谓的"使用权力"，其实是在谈压制与反抗的问题。果然，在福

①② Edward. W. Said. *Criticism Between Culture and System*, *The world*, *the Text*, *and the Critic*. Published by Harvard University Press, 1983. P178 – 225.

柯去世后（1984），萨义德写了一篇名为《福柯与权力的想象》的文章，谈到他对于福柯缺乏反抗的不满："他有关权力的书中很惊人的模式：权力总在是压迫、降低抗拒。如果你想要从他的书中获得一些可能性的抗拒模式的观念，根本就找不到。在我看来，他沉浸于权力的运作，而不够关切抗拒的过程，部分原因在于他的理论来自对于法国的观察。他根本不了解殖民地的变动，对于世界其他地方所出现的有异于他所知道的解放模式，他似乎也没兴趣。……因此，我觉得所有这些事情，尤其有关抗拒的考虑，都是他议论中的严重缺失。"①

对于福柯的突破，导致了萨义德视野的敞开。1993 年，萨义德出版了他后期最为重要的一本书《文化与帝国主义》。这本书虽然被称为《东方主义》续集，但较前者已经有了较大的变化。最明显的变化就是关于抵抗的思想。前面我们说到，在《东方主义》一书中，萨义德将东方描绘成沉默的以至自我东方化的他者。在《文化与帝国主义》一书的开头，萨义德检讨了这一点，"我《东方主义》一书中所忽略的，是已经汇聚为整个第三世界的非殖民化运动的对于西方统治的响应。在诸如 19 世纪在阿尔及利亚、爱尔兰和印度尼西亚等地的武装抵抗外，同时还有大量的几乎随处可见的文化抵抗，民族身份的强调，和政治领域内以自治和民族独立为共同目标的组织和政党的创建。没有一处西方入侵者遇到的是麻木不仁的当地人，他们遇到的往往是积极的抵抗，而且在绝大多数情况下，抵抗都会最终取胜"。在第三世界国家民族主义受到西方指责的时候，萨义德坚决地支持殖民地人民对于西方压迫的反抗，维护民族主义，认为反对民族主义反西方霸权的斗争如同反对牛顿的万有引力定律一样无济于事。"无论是在菲律宾，在任何非洲领土上，在印度次大陆上，还是在阿拉伯世界，在加勒比海的拉丁美洲大部分地区，在中国或日本，所有的原住民都万众一心，争取独立，形成一股股民族主义力量，基于一种文

① 见 1997 年台湾学者单德兴对于萨义德的采访录，《知识分子论》，台北：三联书店 2002 年版，第 111 页。

化、宗教或社会性的民族自我意识，与新的西方扩张势不两立。从来如此。所不同的是，这种反抗与独立意识在 20 世纪已成为一种全球性事实，因为无孔不入的西方导致了无所不在的反抗。在绝大多数情况下，人们同仇敌忾，反抗他们眼里的不公正行为；他们认识到，他们之所以遭受不公正待遇，是因为他们不是西方人。"在《文化与帝国主义》一书中，萨义德以法农为参照，批评了福柯。他认为福柯将注意力集中于难以抗拒的微型权力上，"也许因为对 20 世纪 60 年代的各次起义与伊朗革命两者都失望了的关系，福柯离开了政治。"福柯无视自己的帝国背景，因此实际上代表了一种不可抗拒的殖民化运动。当代"后学"思潮将后殖民也包括于其中，但萨义德却批评了利奥塔等人对于历史宏大叙事的消解，他强调"第一代后殖民主义艺术家和学者却大多强调的是与此相反的东西，那些宏大叙事仍然存在"。在萨义德看来，后殖民主义之所以与后现代主义不同是基于不同的历史经验。在欧洲已经走向取消历史的消费主义后现代社会时，第三世界国家所面临的却是西方的宰制的威胁，因此后殖民理论具有与后现代不同的历史要求。在 1994 年《东方主义》"后记"中，萨义德如此解说后殖民批评，"对我来说，就总体方法倾向而言，它们最感兴趣的似乎是一些更具普遍性的问题，所有的问题都与民族解放、对历史和文化进行重新审视以及大量使用那些不断重复出现的理论模式和类型有关。其中的一个重要主题，是对欧洲中心论和西方霸权进行不懈的批评。"

不过，萨义德的独特之处在于，他虽然主张反抗，却并不强调对抗。它表明了萨义德与马克思意识形态的距离和与后现代思想的联系。事实上，萨义德仅仅在反抗殖民压迫这一点上肯定民族主义的积极意义，对于民族主义本身他并不欣赏。在萨义德看来，民族主义在本质主义和二元对立的思维方式与殖民主义完全一致。因而，在独立之后如果仍然坚持狭隘的民族主义，无异于重复殖民主义的结构，只不过将统治者从殖民者变成本土资产阶级而已。萨义德认为，不必要将本土主义作为反殖民族主义的唯一出路，事实上坚持如"黑人性"

"伊斯兰至上"这样的本质主义概念，就是接受了帝国主义留给我们的殖民者/被殖民者、西方/东方对立的思维方式的遗产。①在这一点上，萨义德表示十分欣赏法农，他认为法农看到了民族主义与帝国主义的一脉相承的关系，"法农是第一个认识到正统民族主义是尾随着帝国主义之路的"。

值得注意的是，"文化与帝国主义"这一书名将文化与帝国主义分开，看起来似乎离开了福柯的"话语"而走向了马克思的反映论。萨义德在反省福柯的时候，曾指出福柯虽然注重考察文本与权力的关系，但似乎未能识别其间如经济、利润、霸权等关键性的结构及其与社会意识形态的互动关系。这里已经牵涉他对于文化观念的重新理解。在《世界·文本·批评家》这篇文章中，萨义德批评了西方文学批评中的"文本中心主义"观念，强调文本与历史和社会间的关系。这里，萨义德少有地赞扬了马克思对于文本与社会环境关系的论述，"对于环境，没有任何一个小说家能够像马克思在《路易·波拿巴的雾月十八日》里那样态度鲜明。在我看来，没有任何一部著作能够那样卓尔不群而又令人信服地精确；通过这种精确性表明，环境可以使侄子重蹈伟大伯父的覆辙，但不是作为革新者，而是作为滑稽的重复者。马克思所攻击的是历史由随意的事件构成并由优秀个人指引的非文本论点。"在同一篇文章中，萨义德还将福柯的话语分析与马克思的意识形态理论联系起来，认为福柯对于话语实践规则的分析是"以马克思和恩格斯在《德意志意识形态》里所概括的命题为前提"的。萨义德仍在调和马克思主义与福柯。他认识到了意识形态的重要性，并且使用这个概念，但他似乎不愿意仅仅局限于意识形态，而要延伸到更为广泛的文化经验中去。萨义德在《文化与帝国主义》论述中使用过一个"不同的经验"的概念，但他接着就声称：使用这个概念并不是为了代替意识形态，任何经验都不可能绕过意识形态，

①　Edward W. Said. *Culture and Imperialism*, Published by New York: Vintage Books, 1994. P276.

"但通过将不同的经验并列，让它们互相作用，我的解释性的政治目标（在最广义的意义上说）是让那些在意识形态和文化上互相接近、然而又互相疏远压制的经验并存。完全不是化约意识形态的意义，这些不同的展示和冲突突出了其文化重要性，它能让我们欣赏其力量，理解其持续影响。"①

在《文化与帝国主义》的"导言"中，萨义德申言了他关于文化的基本观点："当然，帝国主义的主要战争是夺取土地，但当涉及谁拥有这片土地，谁有权力在上面居住工作，谁建设了它，谁赢得了它，以及谁规划它的未来——这些问题都在叙事中反映出来，展开争论甚至一度被叙事所决定。正如一位批评家所主张的，民族本身就是叙事。叙事的权力，或者即将形成和出现的叙事的权力，对于文化与帝国主义非常重要，并构成了它们之间的主要联系。"这段话反映出萨义德的关于文化建立在历史的结构之上，同时又与历史相互缠绕，决定了历史的看法。在谈到西方小说的时候，萨义德批评了那种将小说等文化形式看作脱离社会的纯净物或者天才的个人创造的观点，认为如此无法认识小说的来源。他赞赏那种将小说的发生与资产阶级社会联系在一起的观点，但他认为这些评论者只看到了西方资产阶级对于西方内部的征服，却遗忘了西方与海外殖民地的关系，未能认识到西方文化的形成与殖民主义、帝国主义之间的关系，"无法将奴隶制、殖民主义、种族压迫和帝国统治这样一些经久不衰、肮脏残酷与产生于这个社会的诗歌、小说、哲学联系起来。"从西方/海外殖民地的维度考察西方小说的起源，正是萨义德的独特之处。萨义德认为，小说出现于英国并非偶然，它与英国强大的殖民扩张有关，第一部小说《鲁滨孙漂流记》即是这种殖民扩张的表现，"那篇小说的主人公是新世界的创建者，他为基督教和英国而拥有这片土地。的确，是一种很明显的海外扩张意识使鲁滨孙做到了他所做的事——这种意识形态

---

① Edward W. Said. *Culture and Imperialism*, Published by New York: Vintage Books, 1994. P37.

在风格上与形式上直接与巨大殖民帝国奠定基础的 16 与 17 世纪探险航行的叙述相联系。而在笛福之后的主要小说，甚至笛福自己后来的小说似乎都为了激动人心的海外扩张的图景而作。"从笛福到狄更斯、吉卜林、康拉德，他们的小说始终是帝国的产物。但萨义德在声称"文学是现实的反映"、断言"没有帝国，就没有欧洲小说"的时候，同时又郑重说明，我们切不可将小说简化为社会学的现象，看作是阶级、意识形态等概念的附属物，"尽管有小说的社会存在这样一个事实，也不能把它简化为社会学的现象，仅仅将美学、文化和政治视为阶级、意识形态或利益的次要形式。"① 他强调文学叙事对于历史的决定性作用，"文学自身不断涉及并以某种方式参与了欧洲的海外扩张，然后创造出威廉姆斯说的'情感结构'，正是这一结构，支持、说明并巩固了帝国的实践。"这时候，萨义德又明确地将意识形态和小说叙事视为帝国主义产生的动力。在《文化与帝国主义》的"导言"中，萨义德这样谈论他的方法："我的方法是尽可能地聚集于特定的作品，首先将它们作为创造性或富于想象力的伟大作品来读，然后将它们作为文化与帝国的关系的一部分加以呈现。我不认为作者机械地为意识形态、阶级或经济历史所决定，但是我相信，作者肯定处于他们社会的历史之中，在不同程度上塑造了历史和他们的社会经验，也被这种历史和社会经验所塑造。"这里，萨义德将文学叙事对于历史的塑造放到了被历史塑造的前面。这显示出他既愿强调历史的决定作用，又不愿意被动地看待文学及意识形态的心理。无怪乎巴特·穆尔－吉尔伯特在其《后殖民理论》一书中认为：萨义德最终也没有完全弄清楚帝国与小说到底哪一个是决定性的力量。很显然，这仍然是既倾向于马克思又不愿意放弃福柯的结果。

萨义德对于福柯的批评，另外还有一个更为重要的维度，即认为他的理论缺乏一个非西方的视角，无形中局限于西方中心主义的视域

---

① Edward W. Said. *Culture and Imperialism.* Published by New York：Vintage Books，1994．P87.

之内。萨义德认为，福柯的话语理论及其对于知识/权力的分析尽管十分犀利，却完全局限于西方历史的范围内，"福柯似乎没有意识到，在这个范围内，话语和规则的观点是十分武断的欧洲式的"①。这种忽略使得西方整体性的东西——如以东方为他者的东方主义思维——不能得到解释。萨义德的《东方主义》即是将话语理论延伸到西方与非西方关系上的一种分析。如果从种族主义的立场观察，西方文化的局限则很容易显露出来。《东方主义》一书论述的东方主义话语自不待言，《文化与帝国主义》更进一步，对于西方革命运动、激进理论也进行了意想不到的清理。萨义德指出，东方主义并不仅仅属于统治集团、保守阶层，令人难堪的是，欧洲中心主义一直渗透在长期以来被我们认为最为进步的欧洲工人运动、妇女运动及先锋艺术运动中。而欧洲批判理论，包括萨义德所欣赏的西方马克思主义，也毫无例外地存在着种族主义的思想，"尽管法兰克福学派的批评理论在统治、现代社会与作为一种批评的艺术所带来的补救机会之间的关系上具有较强的洞察力，但对种族主义理论、反帝抵抗运动和帝国内部的反抗实践方面却一直顽抗地沉默着。"法兰克福的当代理论家哈贝玛斯甚至公开表示：对于"第三世界的反帝国主义，反资本主义的斗争"没有什么评论，即使"我知道那是一种欧洲中心论的有局限的看法"。萨义德的这些批评，揭示了欧洲现代文化自身没有意识到的根本局限，用霍米·巴巴的话说：西方之所没有完成现代性，并不是像哈贝玛斯说的那样未能耗尽现代性的潜能，而是未能将现代性贯彻到非西方世界去。

对于西方内部的反殖民思想传统，萨义德看起来显得颇为苛刻而且有点自相矛盾。前面我们说过，在《东方主义》一书中，萨义德本着话语理论，决定论式宣称每个西方人都是东方主义者，最后在文末却又不无矛盾地指出存在着例外。在《文化与帝国主义》一书中，

---

① Edward. W. Said. *Criticism Between Culture and System*, *The world*, *the Text*, *and the Critic*. Published by Harvard University Press, 1983, P178－225.

萨义德有所变化，但他对于西方历史上的反殖民思想似乎心存敌意，态度暧昧不清。萨义德常常在书中一如既往地批评包括马克思主义在内的西方反殖民思想与东方主义的逻辑关系，如认为马克思、恩格斯关于"印度社会根本没有历史"和认为摩尔人是一个"怯懦的民族"的论述是典型的东方主义话语，对此误解本书在有关马克思的一章笔者已有辨析。萨义德虽然不无迟疑，但仍然盖棺定论："欧洲理论与马克思主义作为解放的一个因素没有能证明自己是抵抗帝国主义的可靠同盟，相反，人们可能怀疑它们就是几个世纪以来把文化与帝国主义联系起来令人厌恶的普遍主义的一部分。"① 在《文化与帝国主义》一书中，萨义德指出了西方历史上的反殖民主义前驱，"至少从 18 世纪中叶起，在欧洲就有关于拥有殖民地利弊的辩论，其背后是巴德罗·拉斯·加萨斯、弗朗西斯科·德·维多利亚、弗朗西斯科·苏阿列兹、加蒙和巩蒂冈维护土著人民的权利和批评欧洲人的虐待的立场。多数法国启蒙思想家，其中有狄德罗和孟德斯鸠，都支持阿贝·雷纳尔反对奴隶制和殖民主义的立场，持此同样观点的还有约翰逊、库朴和贝克，以及伏尔泰、罗索和伯纳丁·圣·彼埃尔。"他甚至不无矛盾地列出了马塞尔·梅勒（Merle Marcel）编撰的《欧洲反殖民主义运动：从拉斯·加萨斯到卡尔·马克思》，并称赞这是一本很有帮助的书。但他接着又否定了这些前辈，否定的理由除了认为他们没有最终逃脱东方主义视野外，这次又找到了一个更为充足的理由：这些思想家对于殖民主义的批判仅仅限于政治经济，而忽略了文化的方面，"一整套有系统的研究（从霍布斯、卢森堡和列宁这样的批评者在帝国主义最具侵略性的阶段所做的研究开始）将其主要归于经济和界定清晰的政治过程（连较为激进的约瑟夫·熊彼特也是如此）我在本书中提出的理论是，文化扮演了一种非常重要、真正不可或缺的

---

① Edward W. Said. *Culture and Imperialism*. Published by New York: Vintage Books, 1994. P336.

角色。"① 事实上这些前辈并没有完全忽略文化的维度，但从文化角度对于西方帝国主义、殖民主义的分析倒确实是《文化与帝国主义》一书的专长。比如萨义德在这本书中对于奥斯汀、狄更斯、康拉德、吉卜林、加缪等经典作家作品与帝国主义关联的分析，基本上是前所未有的（除了阿契贝对康拉德的分析），而他对于譬如西方小说的起源与英国殖民主义关系的分析、对于西方现代主义与殖民地世界的关联的分析，都相当新颖精辟，启发了后来的后殖民文学。与《东方主义》一样，唯一能够让萨义德不加保留地称赞的，是当代的一些优秀的批评。他在书中多次提及：在西方东方主义领域的内部，一些当代优秀学者能够打破旧的东方主义传统，反对西方中心主义。有趣的是，在萨义德看来，这些学者之所以能够取得如此成就，重要原因之一是受到了他本人及后殖民批评的影响。

---

① Edward W. Said. *Culture and Imperialism*. Published by New York: Vintage Books, 1994. P267.

女性主义后殖民主义

一、何谓女性主义后殖民主义

女性主义后殖民主义在国内尚是一个陌生的名词，尽管它在西方理论界已经是一个重要学术派别。在这里，女性主义和后殖民主义不是并列关系，而是偏正关系，"女性主义"修饰"后殖民主义"，指女性主义角度的后殖民批评，它是后殖民理论的重要组成部分。女性主义后殖民主义的内涵和创新，大致来自于"女性主义"和"后殖民主义"的交集，概而言之可分为两个方面：一是女性主义领域的后殖民主义批评，二是后殖民领域的女性主义批评。这样说起来好像有点绕口，下面分而述之。

（一）

女性主义领域内的后殖民主义批评，简言之，是批判西方女性主义的白人中心主义倾向。这种批判首先来自于第二阶段女性主义运动时期的美国内部，来自于美国国内黑人及有色人种对于女性主义白人中心的质疑，它的产生甚至早于后殖民理论自身。

先简单介绍一下女性主义在美国产生的背景。20世纪六七十年代以来的女性主义运动属于西方女性主义运动的第二阶段，这一阶段女性运动的特征是女性意识的觉醒和对于男权中心主义的批判。19世纪以来的第一阶段西方女性运动以追求妇女的社会权利为目标，及至 20 世纪初，这场运动以西方社会关于妇女财产权、选举权等法案的通过而胜利告终。但令人意想不到的是，这一系列法案并不能保证妇女的独立，原因是被贝蒂·弗里丹（Betty Friedian）称之为"女性奥秘论"的西方男权社会意识通过对"女性气质"的规定和宣扬，使妇女自动地回到家庭中去，甘心于受支配的附庸地位。这种"女性奥秘论"的大体意思是：女性有其与男性不同的本性，她们适合的社会角色是妻子和母亲，女子的本性只有通过性被动，受男性支配，培育母爱才能实现，家庭是实现女性价值的最佳场所，教育、工作等都是实现女性本性的障碍。贝蒂·弗里丹便是二战以后大量走回家庭的美国妇女中的一个，她在做家务如给厨房地板打蜡时，并没有产生社会所宣扬的女性价值自我实现的喜悦，相反只是感到烦琐和悲哀。开始她怀疑是自己出了毛病，但在调查的过程中，她逐渐发现多数美国妇女都有她这种难以启齿的烦恼，她终于觉悟到并不是她们错了，而是社会对于女性角色的定位错了。她愤而写出了一本名为《女性的奥秘》（*The Feminine Mystique*）的书，在书中她披露了自己调查的结果，用事实批判了这种"女性奥秘论"。这本书于 1963 年出版后，在社会上引起了极大共鸣，反响强烈，它启发了美国妇女对于男权社会意识的怀疑和质疑，成为第二阶段女性主义运动的开端。这一阶段女性主义运动的理论标志，是 7 年后（1970）出版的凯特·米利特的《性政治》（*Sexual Politics*）一书。在这本书中，米利特从政治的角度看待两性关系，认为历史上男性和女性的关系一直是一种权力支配的关系，它是我们文化中最为根深蒂固的压迫关系。她从意识形态、生物学、社会学、阶级、经济、教育、强权、人类学和心理学等方面对男权中心主义意识进行了全面的理论清理，并对亨利·米勒、劳伦斯、诺曼·梅勒、让·热内等著名作家小说中的男权意识进行了深刻的剖析和无情的批判，这本书被视为第二阶段西方女性主义文学批评形成的标志。

女性意识的发现和对于男权意识的批判，其实并非始于此时。英国的伍尔芙早在 1929 年就写出了《一间自己的屋子》，而法国的西蒙·波伏娃在 1949 年出版过《第二性》，这些书在它们自己的时代里不能被充分理解，这时却被重新"发现"了。它们与大量的新论著一起，构成了第二阶段女性主义运动的主流话语。

好景不长，在女性主义质疑男性中心主义的时候，女性主义自身也受到了质疑。应该说，美国的女性主义运动从开始起主要是白人女性、特别是白人中产阶级女性所发起的运动，而随着美国国内黑人女性及有色人种女性加入女性主义运动，这一运动的"白人中心主义"倾向就逐渐受到了质疑。

黑人女性主义批评开始于 20 世纪 70 年代，80 年代增多，被主流女性主义所注意。1982 年，著名黑人女性主义者安吉·劳德（Audre Lorde）应邀参加在纽约的一次人文学会议。其后，她将此次会议的感想写成一文章发表，题为"主人的工具不会毁坏主人的屋子"。在这篇文章中，她激烈地批判了美国主流女性主义的白人中心倾向。她发现，会议的论文都是以白人中产阶级女性为主体的，完全没有涉及黑人、第三世界女性及同性恋等。安吉·劳德感觉到，在这里，女性等同于白人中产阶级女性，其他人似乎没被考虑在内，她巧妙地质问：为了你们能够参加女性主义会议，别的女性得同时为你们清洁屋子、看孩子，那么你们怎样看待这些女性呢？她们是女性吗？在她看来，除了"种族女性主义"，这还能是怎样的一种理论？主流女性主义本来是一种批判理论，却将批判囿于白人中产阶级的范围内，很不彻底。她指出："设想在这样的时间和这样的地方，讨论女性主义理论却不检视我们众多的差异，不涉贫穷妇女、黑人及第三世界妇女和同性恋诸问题等问题，是一种特别的学术傲慢。"

安吉·劳德以"一个黑人同性恋女性主义者"的身份出现在会议上，挑战主流女性主义理论，固然说明她的勇敢，不过她之所以能够受到邀请，在会议上填补主流女性主义所缺乏的维度，也说明了主流女性主义对于黑人女性主义的注意和容忍。但安吉·劳德觉得还很不够，她诘问："为什么在会议上看不到其他黑人女性和第三世界女性？""难道我是黑人女性主义唯一的来源？"学院女性主义对于这一问题的通常回答是："我们不知道去问谁?"安吉·劳德认为,这是逃避责任,这种态度使得黑人的艺术不能出现在女性展览中,使得黑人女性的作品不能出现于女性主义的出版物中,使得黑人女性的著述不能出现在阅读书目中,除了"特别的第三世界女性专集"。安吉·劳德引用谚语"主人的工具绝不会毁坏主人的房子",说明主流女性主义虽然开始容忍黑人女性的批评,但是仅此而已,它绝不会容忍真正的改变。她指出:黑人女性的解放不能仅仅停留于纸面上,而要见诸于反抗行动中,"我们这些站在为社会所定义的女性圈之外的人,这些被差异的熔炉所铸造的人,这些穷人、同性恋者、黑人、老人,都知道生存并不是一种学术技巧。我们要学会怎样忍受不从众甚至受辱,怎样与主流以外的人联合起来寻找一个使我们振兴的世界。学会保持我们的差异,并使它们强大。"①

美国最有影响的黑人女性主义者,大约是贝尔·胡克斯(Bell Hooks)。贝尔·胡克斯1952年出生于南部肯塔基州的一个黑人家庭里,她从小生活在男权和种族色彩浓重的环境里。到斯坦福大学念书以后,她开始接触到女性主义理论,女性意识萌动,成为积极的女性运动参加者。不过,作为班上唯一的一个黑人,不久她就发现女性主义运动中并没有黑人的位置,女性主义虽然反对男性中心,却并不在意白人中心。1981年,贝尔·胡克斯出版了她的第一部著作《我不是一个女人吗? 黑人女性与女权主义》,自此以后,截至2007年,她已经出版了近30部著作。在《我不是一个女人吗? 黑人女性与女权主义》的"前言"中,贝尔·胡克斯说明了她的思想历程和写作意图,"当我开始写作《我不是一个女人吗?》的时候,我的主要目的是记录对于黑人女性社会地位的性别歧视的影响,我想以具体的证

---

① Audre Lorde. The Master's Tools Will Never Dismantle the Master's House // Cherrie Moraga and Gloria Anzaldua (eds). *This Bridge Called My Back*: *Writings by Radical Women of Color*. Published by New York: Kitchen Table Press, 1983. P94 – 101.

据，反驳那些声称黑人妇女不是性别压迫的受害者以及不需要解放的反女性主义者的论调。在我的工作开展以后，我日益意识到，我只有从女性主义的角度同时检讨种族主义和性别歧视主义的政治，才能完全从整体上理解黑人女性经验及我们与社会的关系。因而，这部书试图检讨在奴隶制时期性别歧视主义对黑人女性的影响，黑人女性的贬值，黑人男性的性别歧视，近来女性主义运动中的种族主义，以及黑人女性对于女性主义的参与。"①由此可见，贝尔·胡克斯是两面出击：她既批判黑人种族主义运动中的男性主义，同时又批判女性主义运动中的种族主义。

贝尔·胡克斯在哥伦比亚大学第一次接触女性主义理论，是在蒂丽·奥尔森（Tillie Olsen）教授的妇女研究的课堂上。女性主义理论震撼了贝尔·胡克斯，她第一次醒悟到这个男权主导的社会中的性别主义。她从自己的亲身经历中体会到，父权制社会就是让女性把自己看得不如男人，成为男人的附属。女性主义倡导"姐妹情谊"，让人认识到女性之间可以团结起来，保护自己的权益，批判男权统治。贝尔·胡克斯将女性主义延伸到为主流女性主义所忽略的黑人社会。在她看来，黑人社会的男权中心无可置疑，却少有触及。② 即使在黑人争取平等的种族革命运动中，依然充斥着歧视女性的父权制男性主义。贝尔·胡克斯认为，黑人解放运动仿佛只是一场黑人男性的解放运动，女性必须为此牺牲。如果女性提出自身权益的话，就会被认为是干扰黑人革命运动，成为"叛徒"。她说："在当代女性主义运动中，黑人男性为了表示自己胜人一等，表明自己并没有向主张重新思考性别主义的女性主义投降。面对黑人女性如艾丽丝·瓦克（Alice Walker）的女性主义小说写作时，黑人男性表现出趾高气扬的性别主

---

① Bell Hooks. *Ain't I A Woman*, *Black Women and Feminism*. Published by Gloria Watkins, 1981. P13.

② Bell Hooks. *Passionate Politics*, *Feminism is for Everybody*. Published by South End Press, 2000.

义，他们将艾丽丝·瓦克及其他黑人女性视为叛徒。黑人男性对于女性主义思想的蔑视，在此显露无遗。"①

更加可悲的是，尽管黑人女性义无反顾地参加女性主义运动，但在主流女性主义那里，黑人女性同样得不到支持。在蒂丽·奥尔森教授的课程中，贝尔·胡克斯找不到黑人女性的材料，女性主义中的"女性"似乎并不包括黑人女性在内，"姐妹情谊"似乎也只是白人女性之间的情谊。在贝尔·胡克斯开始从事女性主义批评的时候，女性主义者不愿意面对种族问题，不愿意面对白人之外的女性，并且指责贝尔·胡克斯把黑人问题搅进去是干扰了性别问题的注意力，这种批评与黑人男性的批评有异曲同工之妙。

如果说蒂丽·奥尔森等女性主义者唤醒了贝尔·胡克斯的女性意识，那么其后对于法农、敏米（Memmi）和麦克兰·爱克斯（Malcolm X）等人的阅读则启发了她的种族意识。正如法农看到了马克思主义思想的西方本位，贝尔·胡克斯也发现了女性主义的白人中心主义，她由此开始与西方主流女性主义的分道扬镳。她提倡革命的女性主义，以区别于白人中产阶级的女性主义，"自从我开始写作女性主义理论的二十多年的时间里，我一直坚持严格区别革命女性主义政治与那种被广泛接受的特权阶级女性向同等阶级男性争取社会和经济地位的女性主义版本。"② 两种女性主义的差别在于，主流女性主义只是为了白人中产阶级争取权益，而革命女性主义却不但反对父权制，同时也反对种族主义，追求更为彻底的平等。贝尔·胡克斯认为，主流女性主义在争取性别平等的时候是充满勇气的，但她们所主张的姐妹情谊却由于种族主义的限制而不能贯彻到底。在早期废奴运动的时候，白人女性都站在白人种族主义的立场上，将白人女性的选举权置

---

① Bell Hooks. *Feminism*, Bell Hooks. *Killing Rage*, *Ending Racism*. Published by Gloria Watkins, 1995. P93.

② Bell Hooks. *Revolutionary Feminism*, *An Anti - Racist Agenda* // Bell Hooks. *Killing Rage*, *Ending Racism*. Published by Gloria Watkins, 1995. P98.

于黑人男性之上。而在后来的女性主义运动中，当白人女性获得与白种男人相等的社会地位时，她们却反对黑人女性获得同样的权力，她们会立刻停止更为激烈的种族斗争和阶级斗争。贝尔·胡克斯谈道：在 19 世纪末 20 世纪初第一阶段白人女性主义运动中，她们有意将黑人排斥在外。尽管如此，还是有黑人女性参与了女性主义运动，不过她们只是跟在白人的后面。到了 70 至 80 年代以后，在主流社会受教育的新一代黑人女性才开始与白人女性分庭抗礼。贝尔·胡克斯说："我在书中一遍又一遍地重复，白人女性的种族主义应该受到强烈地挑战，它不应该成为阻止黑人妇女和男性从事女性主义政治的障碍。"① 值得高兴的是，在黑人女性的帮助下，越来越多的白人女性主义者开始注意到种族问题，支持黑人女性，不过，贝尔·胡克斯指出，这些白人女性却不能被主流社会所关注。

贝尔·胡克斯自黑人角度所进行的种族批判，有两个特征值得称道。

第一，她深入到精神和心理的层面，批判内在种族主义。贝尔·胡克斯指出，看起来第二代白人女性主义者已经不像第一代女性主义者那样公然排斥黑人女性，但她们的做法事实上更可怕，因为她们将白人中心的价值观念内化在黑人心里，以此操纵黑人。贝尔·胡克斯的这一看法，显然受到了法农对于黑人精神创伤分析的影响，她自己也明确地承认这一点，并将自己的批判视为对于 20 世纪 60 年代以来法农等黑人反殖民运动的继承发展，"阅读弗朗兹·法农和阿尔伯特·敏米，我们的领导开始谈及殖民化，以及对于思想和想象进行非殖民化的必要。""结束白人至上的社会运动，涉及与美相关的内在种

① Bell Hooks. *Revolutionary Feminism*, *An Anti - Racist Agenda* // Bell Hooks. *Killing Rage*, *Ending Racism*. Published by Gloria Watkins, 1995. P98.

族主义的问题，其程度之强烈与 60 年代黑人革命运动相仿佛。"①以"美"的观念为例，人们已经注意到，黑人女孩自我评价很低，她们宁愿自己是白人的形象，而不是黑人，她们喜欢白色娃娃胜过黑色娃娃。这就说明了白色中心的社会陈规，已经潜在地殖民了孩子的心理。黑人女性主义因此需要打破主流社会所塑造的黑人肮脏、丑陋、可怕的形象，建立"黑人是美丽的"的观念。白人中心的观念并不限于白人社会，而且同样流行于黑人社会，这才是更为严重的地方，因此需要在心理层面抵抗殖民化，"抵抗同化的压力，是我们消除白人中心至上主义斗争的一个部分。"②

第二，她将批判付诸于行为，讨论实际的反抗方法。一种反抗是反凝视。贝尔·胡克斯注意到，凝视是大人惩罚小孩，白人奴隶主惩罚黑人奴隶的方式，大人或奴隶主这时候会说："对你说话的时候看着我。"在法农的启发下，贝尔·胡克斯发现"凝视"的同样可以作为反抗的空间，白人可以看过来，黑人同样可以看过去，即反凝视。"通过这种勇敢的凝视，我们挑战性的宣称：'我不但要看，并且我的目光要改变现实。'"③另一种反抗方式是释放自己的愤怒，发出自己的声音。贝尔·胡克斯认为，为了维持巩固白人至上的秩序，白人通常教育黑人压制自己的愤怒，多数黑人都"内在化了这一信息"，做到了这一点。贝尔·胡克斯自己也是这样，而在她读到法农等人的作品以后，才真正敢于释放自己对于种族主义的怒气。释放怒气的重要方式是顶嘴，发出自己的声音，挑战权威。她自己也实践着这一方

---

① Bell Hooks. *Black Beauty and Black Power*, *Internalized Racism* // Bell Hooks. *Killing Rage*, *Ending Racism*. Published by Gloria Watkins, 1995. P119.

② Bell Hooks. *Overcoming White Supremacy* // Bell Hooks. *Killing Rage*, *Ending Racism*. Published by Gloria Watkins, 1995. P187

③ Bell Hooks. *The Oppositional Gaze*: *Black Female Spectators* // In Bell Hooks. *Black Looks*: *acd and Representation*. Published by London: Turaround (PSL) Ltd.

式。有一次在飞机上碰到白种男人因为座位问题歧视黑人女性的事件，她勃然大怒，奋起反抗，争取性别和种族平等的权利。贝尔·胡克斯后来总结自己的经历，"目睹愤怒驱使我成长和变化的过程，我深切地明白了，它不但具有破坏而且具有建设的力量。我一直清楚，愤怒是一种抵抗斗争的必要形式。"①

（二）

斯皮瓦克的突破来自于她的两个背景：一，她的身世背景。她虽然也是生活在美国的大学教授，但她并不是美国内部少数群裔，而是来自于美国之外的印度。二，她的理论背景。她较早在美国从事"后学"批评。这种背景使得斯皮瓦克在批评西方女性主义的种族主义时，不再局限于美国国内，不再局限于黑人、白人之间，而能够着眼于"国际框架"，并且将批判上升到"表现"和"话语"的高度，从而进入了后殖民的视野。

《一种国际框架里的法国女性主义》（1981）一文批评的不是美国女性主义，涉及的对象也不是黑人，而是法国著名女性主义者克里斯蒂娃的"中国表现"。克里斯蒂娃于1974年四五月间访问中国，回国后写下《关于中国妇女》一书。这部书看上去没有"种族歧视"，相反却大力称赞了中国文化和妇女，并认为中国给1968年五月革命后的欧洲带来了新的希望。斯皮瓦克从"他者化"的角度，发现克里斯蒂娃的"称赞"其实是东方主义话语的一部分。

1984年，莫汉蒂发表了著名的《在西方的注视下：女性主义与殖民话语》一文，试图较为全面地疏理西方女性主义的东方话语。她选择了法国泽德出版社的"第三世界女性"丛书作为分析对象。莫汉蒂发现，这些著作虽然研究对象不同，却有一些共同的先在共识，即把第三世界妇女塑造成了单一的对象。莫汉蒂试图追踪这些女性主义话语形塑第三世界女性主体的过程，分析其背后的帝国主义动力。

---

① Bell Hooks. *Killing Rage*, *Ending Racism*. Published by Gloria Watkins, 1995. P16.

莫汉蒂认为，这些著作分析第三世界女性的共同点是将第三世界女性定义为男性暴力的牺牲品。她分别专门讨论了西方女性主义话语分析范畴的 5 种类型：第三世界女性或者被表现为男性暴力受害者（Fran Hosken），或者被表现为殖民过程的受害者（M. Cutrufelli），或者被表现为阿拉伯家庭系统的受害者（Juliette Minces），或者被表现为经济发展过程的受害者（B. Lindsay and the Liberal – WID School），或者被表现为某宗教符码的受害者（P. Jeffery）。在莫汉蒂看来，这种分析思路的主要问题在于，第三世界女性被严重的同质化了，无论空间（在非洲还是在伊斯兰），无论时间（古代或当代），无论阶级（中产阶级或底层妇女），无论身份（母亲、妻子或姐妹），无论宗教（伊斯兰或基督教），第三世界女性仅仅与标志着专制主义的男性相对，而成为同一的受害者团体，"将'女性'视为一种稳定的分析范畴的问题所在，是建立在从属这一抽象概念之上的非历史的普遍的女性统一体。这种分析及其由此而来的构想，不是将女性的生产视为特定本土语境中的社会经济政治团体加以论证，而是将女性主体的定义局限在性别身份上，完全忽略了社会阶级和种族身份。"莫汉蒂将这种方法上的普遍主义归结为 3 种："一，普遍主义的证据是经由算术的方法达到的，如戴面纱的女性愈多，性隔离和女性控制就愈普遍。""二，如再生产、劳动的性分工、家庭、婚姻、家务、等级制等，常常被滥用，而并不在本土文化和历史语境中具体化。""三，一些作者将组织分析的主要范畴与这个范畴的证据和例子相混淆。"

这种同质化的第三世界女性受害者的形象的含义是什么呢，莫汉蒂在这里看到了殖民主义的运作。第三世界女性客体的背后，事实上浮现的是西方女性主义主体，"这种均质的第三世界女性因为她的女性性别（意思是性压制）和'第三世界'（意思是无知的、贫穷的、受愚昧文化约束的、宗教的、驯服的、家庭倾向的、受害的等等）而过着一种本质上残缺的生活。在我看来，这恰恰与作为受教育的、现代的、可以控制她们自己身体的、'自由'做出决定的西方女性的自我表现形成鲜明对比。"①在社会关系之外限定第三世界女性，"受害"与否依照的是西方的标准，这种想象的核心是西方种族中心主义。只有将第三世界定义为他者或边缘，西方才能作为主体和中心再现自己，女性主义的第三世界撰写必须在这种权力结构被看待。

第三世界的落后形象，是因为西方的"先进"而自动呈现出来的，西方发达地区即是依照自己对于科学知识和观念创造的垄断来控制世界。在阿普菲尔－马格林（Frederique Apffel－Marglin）看来，对于第三世界女性的知识观念，在前期是直接的"文明教化"，在后期则是现代社会的发展理论。如果说，前者的殖民色彩较为明显，后者则不易分别。阿普菲尔－马格林在《女性主义的东方主义与发展》一文中，清理两者之间的历史脉络，认为两者事实上是一种同构关系，"文明教化"固然是殖民主义，发展理论也不例外。这种批判新颖而有力，予人以启发。

前面提到，莫汉蒂分析了当代西方女性主义中的殖民主义，弥补了萨义德东方主义话语的不足，不过，莫汉蒂尚未接触到历史上的西方女性与殖民主义关系，阿普菲尔－马格林补充这一点。她的《女性主义的东方主义与发展》一文第一节的题目，是"维多利亚时代的殖民主义女性主义"。文中谈到，白人男性统治者在国内虽然压制白人女性主义运动，但在海外，他们却将白人女性变成了愚昧落后的第三世界女性的追随目标；白人女性在国内虽然反抗白人男权统治，但到了海外，她们却成为殖民统治的帮凶。在这里，种族大过了性别。在殖民地，西方女性从来不把本土女性视为她的同类，反倒认同殖民话语对于当地女性的贬低，"在殖民主义的叙述中，女性典型地被表现为本质是被动的。被殖民女性视为无助消极地遭受着她们自己落后、野蛮和悲惨的文化。"因为在这种贬低中，白人女性自身才成为"文明的象征"和"进化的顶点"。而在白人殖民者与本土女性发生

---

① Chandra Talpade Mohanty. *Under Western Eyes*：*Feminist Scholarship and Colonial Discourses // Feminist Review*, no. 30.

冲突的时候，西方女性主义者并不站在本土女性的一边，反而支持白人男性，"无论女性主义者在西方社会与内部与男性统治有多少矛盾，在边境之外，女性主义者就从白人男性统治的批判者变成了它的温顺的婢女。"①

20世纪以后，殖民主义的历史逐渐结束，西方有关第三世界的话语由殖民性转为现代性，现代化的发展理论取代了"文明教化"。阿普菲尔—马格林认为，其中殖民主义并没有消失，只不过变得更加隐晦，"正如维多利亚文化是由帝国主义宣传所塑造的，20世纪也是由对于发展的更加微妙的、人道主义的、帝国主义的宣传所塑造的。"②

发展理论针对的是第三世界的贫穷，这种贫穷就像从前女性主义话语中的面纱、殉夫等一样，是必须予以革去的落后东西。改变的方法是让第三世界女性进入现代资本主义市场体系，成为经济上具有生产能力的独立个体，这里对于第三世界的判断和解决方案显然都来自西方，"再一次，针对于第三世界女性位置的标准是根据已经'解放'的（以前是'文明'的）第一世界国家女性：自主的、经济独立的、完全融入商品世界的西方女性。"第三世界女性如果不言及压抑和不平等，就是错误的；如果说到对于家庭、环境的依赖，就是"原始感觉"的结果。阿普菲尔－马格林认为，女性发展理论与从前的殖民话语，在二元对立的思维方式上是一致的：文明、解放、自主的西方女性与受压迫、落后的非西方女性，这种二元对立是以西方为主体而出现的。所谓"发展中的女性"，不过是改头换面的殖民主义，只是名称不同，"在19世纪，被殖民女性是英国女性主义'文

① F. Apfel－Marglin, Suzanne L. Simon. *Feminist Orientalism and Development* // Wendy Harcourt ed. *Feminist Perspectives on Sustainable Development.* Published by London and New Jersey：Zed Book Ltd, 1994. P28.

② F. Apfel－Marglin, Suzanne L. Simon. *Feminist Orientalism and Development* // Wendy Harcourt ed. *Feminist Perspectives on Sustainable Development.* Published by London and New Jersey：Zed Book Ltd, 1994. P31.

明'活动的对象；在 20 世纪后期，后殖民女性则变成了被称为发展的规划'解放'的对象"。

在阿普菲尔－马格林看来，发展理论是西方现代文化中自然与文化二元论的产物，建立在人对自然的支配上。第三世界女性与自然和家族、族群的依赖共存，被看作是愚昧落后的表现。在环境问题日益突出的今天，这种理论亟待反思。阿普菲尔－马格林认为，情况也许相反，西方工业社会将自然作为掠夺的资源，将妇女造就为工业社会中与他人隔离的理性机器和现代社会的商品，也许这才是妇女真正的灾难。而第三世界的女性所体现的，事实上是个体与人类、人类与自然的和谐关系。阿普菲尔－马格林以东方生命观念说明，人与自然原是相互融通的一体，人的身体原是由外界的空气、水和食物构成，两者无法分离，"健康被理解为人与外界的良好的平衡，疾病则是平衡的缺乏。"在神的土地上，人与自然、人与人都是和谐交融的，生命只有自然地生产和再生产，没有商品和市场。阿普菲尔－马格林的结束语说得很好，兹引如下："女神的丛林是社群再生自己的地方，它是公共的土地，所有的男性村民共同生活。代代相传延续了生命，没有自然与文化的区分。女性的生产、煮食、照看牲口或其他活动，与男人的工作一样，对于生命的生产与再生产都非常重要。人类活动并不隶属于市场和产品，毋宁说，他们是更大的生产与再生产这个世界的宇宙活动的一个部分。"①

如阿普菲尔－马格林这种对于西方"发展中的女性"的现代性话语的批判，已经获得了社会的诸多承认。20 世纪 80 年代的"发展中的妇女"（Women in Development）话语，到了 90 年代已经转变为"妇女、环境与发展"（Women, Environment and Development）。

---

① F. Apfel－Marglin, Suzanne L. Simon. *Feminist Orientalism and Development* // Wendy Harcourt ed. *Feminist Perspectives on Sustainable Development*. Published by London and New Jersey: Zed Book Ltd, 1994. P41.

（三）

反殖民主义理论家，从马克思、法农到萨义德等等，主要由男性构成，他们在批判西方殖民主义的时候，常常忽视了女性的视角，这一点自然会受到女性主义的批评，这种批评构成了女性主义后殖民主义的另一个领域。

与萨义德及霍米·巴巴对于马克思主义的反感不同，斯皮瓦克大体上是支持马克思主义的。斯皮瓦克并不反对话语实践和微观抵抗，但她认为马克思主义的阶级理论，特别是国际分工理论，能够带来对于西方殖民主义更为清楚的观察和较大结构的抵抗。不过，斯皮瓦克同时从女性主义的角度质疑了马克思。斯皮瓦克认为，马克思和弗洛伊德一样，在理论上具有性别的盲点，"他们似乎只是从男人的世界及男人自身获得依据的，因而证实了有关他们的世界和自身的真理。我冒险断言，他们对于世界和自身的描绘建立在不适当的根据上。"①这种观点当然有可商榷之处。

同样，凯图·卡特拉克（Ketu H. Katrak）是很钦佩法农的，她在《非殖民文化：走向一种后殖民女性文本的理论》一文中试图借助于法农有关殖民暴力的几个概念——不仅是身体的，更是语言、文化和心理的，用以分析她所选择出来的几个后殖民女性文本。不过，从女性的角度看，她并不满意于法农。

我们还记得，法农在谈到被殖民主义扭曲的黑人心理时，着重批判了黑人女性，认为黑人女性的最高理想是试图变成白人，或者不再退回到黑人。卡特拉克认为，法农对于黑人女性过于苛刻，原因不仅在于法农的这种说法依据的只是中产阶级女性的经验，而不是农民及城市工人阶级的经验，更在于法农在建立他的推翻殖民社会的方案时，并没有分析女性承受的来自于殖民者和男性的双重压力。像通常的革命意识形态一样，法农没有注意到女性在父权制社会中的特别处

---

① Gayatri Chakravorty Spivak. *In Other World*：*Essays in Cultural Politics*. Published by London：Routledge，1988. P78.

境，而只是简单地希望女性通过参与社会斗争解放自己。从女性主义的视角看，问题在法农这里必须得到质疑：所谓民族解放事业是否同时解放了女性？女性参与革命，是破坏了还是巩固了传统的父权制？这种担心并非杞人忧天，研究表明，在独立后的阿尔及利亚，传统的伊斯兰的和男性的压迫性随着解放战争的胜利而"全面复苏"。卡特拉克认为，理论批评——无论是西方的还是非西方的——通常都以男性为主，排斥了女性经验，这是一个不能被女性主义容忍的现象。①

《东方主义》一书主要讨论西方的东方主义话语，不过，瓦莱里·肯尼迪（Valerie Kennedy）注意到，萨义德在概括西方的时候常常是把女性等同于男性的，并未顾及女性的特别之处。譬如，萨义德在《东方主义》里谈到，在19世纪的欧洲，性得到体制化，没有"自由的"性爱，这时候东方就成为欧洲人寻找性爱的地方。书中提到，"事实上，没有任何一个在1800年以后书写或旅行于东方的欧洲人，能使他或她免于这种要求。"萨义德在这里特别提到去东方寻找性爱的人，包括"他与她"。肯尼迪认为这是一种很奇怪的说法。她认为，欧洲女性在国内外都受到父权制的约束，说她们和男性一样去东方寻找自由性爱，这几乎是不可能的。另外，肯尼迪还指出，萨义德说19世纪的欧洲没有自由的性爱并不准确，因为他忽视了欧洲另外一个阶层的女性——妓女。欧洲的男性很容易通过消费，合法地在妓女那里找到自由性爱。看起来，无论是欧洲的上层女性还是下层女性，似乎都不在萨义德的视野之内。

事实上，在欧洲，女性的思想与男性并不完全一致。萨义德如果注意到女性的不同情形，或者不至于得出每个欧洲人都是东方主义者的结论。肯尼迪认为，的确有不少女性旅行家或作家是不同程度的东方主义者，她们尤其在碰到东方女性的时候表现出典型的男性式的嘲弄语调，然而，另外一些女性，如玛丽·沃特勒·玛特古（Mary

---

① Ketu H. Katrak. *Decolonizing Culture*: *Toward a Theory for Postcolonial Women's Texts*. Modern Fiction Studies, 1989.

Wortley Montagu）却对东方女性持一种完全不同的态度，"她们常常同情，有时欣赏，有时在一定程度上将自己等同于东方女性，或者进行比较，却未必贬低东方女性。"有的女性，如安妮·白森特（Annie Besant），"既批评帝国主义，又批评父权制"①。在肯尼迪看来，萨义德正确地提出了东方主义是一种人为的意识形态建构，却没有注意到这是一种男性主导的文化建构，如此就忽略了欧洲女性本身的被支配地位，"对西方来说，他者植根于东方之中；对于男人来说，他者植根于女性之中。对于西方男性来说，女性和非欧洲是合一的。"②

萨义德身为男性，重点关注的角度是种族，很容易漠视"性别"的范畴。他曾在与雷蒙德·威廉姆斯（Raymond Williams）的谈话中，明确表示他对于"种族"的强调优先于"女性"。萨义德在论述东方主义的时候，的确多次将西方/东方的殖民关系与男性/女性的权利关系相提并论，《东方主义》一书的开头，即以福楼拜与埃及舞女的关系作为东方主义的隐喻，可惜萨义德并没有因此将女性的角度带入东方主义论述。

以女性主义身份加入后殖民主义，其主要火力是从后殖民角度批评西方女性主义，不过它同时又转过身来批评后殖民主义本身的男性主义，这恐怕是男性后殖民理论家所没有预料到的。

二、斯皮瓦克

（一）

斯皮瓦克（Gayatri Chakravorty Spivak）以其"女性主义、马克思主义的解构主义者"的身份，在西方学术界素享盛名。需要纠正的

---

① Valerie Kennedy, Edward Said：*A Critical Introduction.* published by Polity Press in association with Blackwell Publishers Ltd. 2000. P42.

② Valerie Kennedy, Edward Said. *A Critical Introduction*, published by Polity Press in association with Blackwell Publishers Ltd. 2000. P425.

是，论者在引用这一称呼的时候，总认为这一说法来自于柯林·麦肯比（Colin MacCabe）为斯皮瓦克的《在其它的世界里》（1987）一书所作的"前言"①。其实不然，柯林·麦肯比的说法事实上来自于斯皮瓦克本人早年的表述。在发表于 1979 年的《解释与文化：旁注》一文的结尾，斯皮瓦克说："作为一个女性主义、马克思主义的解构主义者，我对于教学实践理论的理论实践感兴趣，它会让我们在解释产生的时候，建设性地质疑它的特权。"②在我看来，"女性主义者、马克思主义者的解构主义"的确构成了斯皮瓦克的独特之处，足以成为本文论述斯皮瓦克思想的起点。正是这多重立场让斯皮瓦克能够从不同的角度看问题，从而从多方面推进后殖民理论。应该说明的是：第一，人们似乎没有注意到，斯皮瓦克并非一开始就是一个"女性主义者、马克思主义的解构主义者"，而是经历了一个过程；第二，斯皮瓦克的这三种思想并非仅仅相得益彰，而是彼此诘问，不断冲突的。

斯皮瓦克早年毕业于英美文学专业，博士论文研究的是叶芝，1974 年以《重塑自我：叶芝的生平与诗歌》为名出版，这是斯皮瓦克的第一部著作。不过，在爱荷华大学读博士期间受到保罗·德曼指导的斯皮瓦克最早成名于翻译介绍德里达的解构主义。1976 年，斯皮瓦克在美国翻译出版了德里达的《语法学》，她在此书的长篇前言中首次向美国人详细介绍评论了德里达及其解构主义。在解构主义的背景下，囿于本人的性别，斯皮瓦克感兴趣于女性主义的立场。她发表了《女性主义与批评理论》（1978）、《三个女性主义读本：玛克勒斯，瓦伯勒，哈贝玛斯》（1979）等文章。如此，一方面在尚对解构主义陌生的美国学术界介绍德里达及解构主义，另一方面进行女性主

---

① Moore – Gillert, B. J. *Post – colonial Theory*: *Contexts*, *Practices*, *Politics* (1997)；Stephen Morton, *Gayatri Chakravorty Spivak* 等书均持这一说法。

② Gayatri Chakravorty Spivak, *In Other World*: *Essays in Cultural Politics*. Published by London：Routledge, 1988. P117

义批评实践，构成了斯皮瓦克在学生时代英美文学专业之后早期学术批评的主要内容。解构主义和女性主义是两种不同的理论，有相互排斥也有相互发明之外，从上文提到的《解释与文化：旁注》一文中，我们可以看到斯皮瓦克交叉使用这两种理论的魅力。

关于"公"与"私"，传统的解释是，政治、文化、社会、经济等属于"公"的领域，而感情、性、家庭等属于"私"的领域，宗教、心理、艺术等在宽泛的意义上也属于"私"的领域。这种分类的前提不言而喻，"公"的领域较"私"的领域更为重要。在女性主义看来，这种分类是男性政治的结果，是女性歧视的表现。女性主义运动致力于颠覆这样一种等级秩序，强调"私"的领域才是更为重要的。在斯皮瓦克那里，女性主义的驳诘固然有力，但仅仅是批判的第一个层次。自解构主义观之，女性主义颠倒"公私"不过是翻转的二元对立，在思维上并无改变。斯皮瓦克首先解构"公"与"私"之间的截然分明的界线。她认为：既然女性主义已经指出，每一个"公"的领域其实都离不开感情和性，而家庭的空间也不仅仅完全是私人性的，如此交织不清，"公""私"如何进行翻转呢？斯皮瓦克认为，阻止这种女性主义颠倒'公''私'等级的方法，是解构主义，"解构让我们质疑所有的先验的观念论。基于这种解构的特别之处，男/女、公/私的置换标志着一种转换的界线，而非彻底颠倒的欲望。"[1] 由此出发，斯皮瓦克对于自己的女性主义立场有着超越性的自觉反省，她认为："指出女性主义的边缘位置，并不意味着我们要去为自己赢得中心地位，而是表明在所有的解释中这种边缘的不可化约性。不是颠倒，而是置换边缘和中心的差别。"[2]

可能与解构主义的特征有关，斯皮瓦克不愿固守某种理论，而喜

---

① Gayatri Chakravorty Spivak. *In Other World*：*Essays in Cultural Politics*. Published by London：Routledge. 1988. P103.

② Gayatri Chakravorty Spivak. *In Other World*：*Essays in Cultural Politics*. Published by London：Routledge. 1988. P107.

欢尝试不同角度和立场的观察。据斯皮瓦克自述，到了1979年和1980年，"种族"和"阶级"的思想开始侵入她的思想。这里的"种族"与"阶级"，都与马克思主义相关。在与马克思主义的关系上，斯皮瓦克与萨义德形成了奇妙的对比。在萨义德那里，马克思主义被当作西方东方主义话语的一个组成部分；对斯皮瓦克来说，恰恰是马克思主义启发她对于新的历史条件下西方殖民主义的批判。

1982年3月，在韩国首都首尔，一家名为Control Data的美资跨国企业的237名女工举行罢工，要求增加工资。结果6名罢工领导被开除和监禁。7月，女工挟持2名来访的美方副总裁作为人质，要求释放罢工领导。美方公司愿意放人，但遭到韩国政府的阻挠。7月16日，企业里的韩国男性工人殴打女工，使很多妇女受伤，2名妇女流产，以此结束了争端。女性主义通常认为：女性走出家门，参加社会工作，是获得解放的途径，这种理论在此显然远远不够。另外，殴打女工的韩国男工是直接元凶，但直接将批判对象变成韩国男权主义似乎也没有抓住要害。看起来"慈善"的美资至关重要，它们在这里起到了什么样的作用呢？

斯皮瓦克觉得马克思主义给我们提供了一个观察跨国资本问题的理论框架，她说："在工业资本主义的早期阶段，由于殖民地提供了原始材料，殖民宗主家得以发展他们的工业基地。殖民地本地的生产由此受到削弱和破坏。为了减少周转的时间，工业资本主义需要建立适当的配套，如铁路、邮局和教育的单一分级系统等文明设施就这样出现了。如此，伴随着第一世界的工人运动和福利国家机制，它们也逐渐地生长于第三世界的土壤里。工人可以提出更多的要求，而当地政府得到贷款。使旧的机器制造业迅速过时的电讯业，尤其如此。"①这种经典马克思主义论述，让斯皮瓦克看清了在第三世界女性困境中国际资本的位置。她谈到，韩国本国买办企业虽然是韩国女工的迫害

---

① Gayatri Chakravorty Spivak. *In Other World*：*Essays in Cultural Politics*. Published by London：Routledge. 1988. P90.

者，但他们本身并不是利润的主要获得者，剩余价值的获得者在美资，他们才是事情的操纵者，"美方的经理们监视着韩国男人杀害他们的妇女。"美方的管理者否认对于他们的指控，有人居然说："的确，Chae 失去了她的孩子，但'这并不是她的第一次流产，此前她已经流产两次了。'"斯皮瓦克愤怒地认为：这种资本主义生产较之古代的奴隶制生产相去不远。

令斯皮瓦克失望的是，西方女性主义居然站在美国资本家的一方，为其歌功颂德，"我要赞扬 Control Data 公司致力于雇用和促进妇女……"① 这一事件，让斯皮瓦克对于西方女性主义的局限有了认识。在阶级地位上，西方女性主义处于资产阶级位置，不愿同情下层；在种族上，西方女性主义又是西方中心主义意识形态的体现者，对于非西方的女性难以认同。如此，才会顺理成章地出现西方女性主义对于韩国女工的令人愤慨的评论。

这是不是意味着斯皮瓦克就此成为马克思主义者而抛弃了女性主义呢？否！在这篇题为"女性主义与批评理论"的文章里，斯皮瓦克一方面用马克思主义批判女性主义，另一方面又反过来以女性主义质疑了马克思主义。斯皮瓦克认为，马克思和弗洛伊德一样，在理论上具有性别的盲点，"他们似乎只是从男人的世界及男人自身获得依据的，因而证实了有关他们的世界和自身的真理。我冒险断言，他们对于世界和自身的描绘建立在不适当的根据上。"②此时对马克思主义颇有热情的斯皮瓦克，在文中又演绎了一番马克思的使用价值、交换价值和剩余价值的经典理论。不过此番引用目的却不在参照，而在质疑。斯皮瓦克的问题是："一个女性无报酬地为丈夫和家庭工作，这里的使用价值何在？""男人普遍认为工资是价值生产的唯一标志，

---

① Gayatri Chakravorty Spivak. *In Other World：Essays in Cultural Politics*. Published by Routledge. 1988. P91.

② Gayatri Chakravorty Spivak. *In Other World：Essays in Cultural Politics*. Published by London：Routledge. 1988. P78.

我们应该如何与这种观念斗争？""否认女性进入资本主义经济的含义是什么？"斯皮瓦克更有兴趣的是马克思的"客观化"和"异化"的概念。马克思曾谈到：在资本主义体系中，劳动过程使其自身及工人客观化为商品，由此造成人与自身关系的断裂。在此，斯皮瓦克认为马克思忽略了妇女的生产：生产的场所"子宫"及产品"孩子"。她认为，离开了这一点，对于资本主义生产及其与人的关系的分析显然不全面。斯皮瓦克的野心颇大，她强调，不能仅仅满足于在男性的法权中指出女性的例外，或者从女性主义的角度抵制马克思主义，"我们必须着手纠正马克思主义者的文本得以建立和运行的生产和异化的理论。"马克思的文本，包括《资本论》，预设了一种道德理论：劳动的异化必须取消，因为它损坏了主体对于工作和财产的拥有；斯皮瓦克指出，"如果从妇女和生育的角度，重新审视异化、劳动和财产的生产的性质和历史，它会让我们超越于马克思之上来解读马克思。"①

斯皮瓦克以解构主义、马克思主义质疑女性主义，以女性主义质疑马克思主义，对于解构主义，她也毫不例外地加以质疑。斯皮瓦克认为，解构理论对于女性主义实践应有助力，但德里达本人却近乎性别歧视主义者，他在涉及女性时候，书写立即变得自我中心和不着边际，难以看到父权制对于女性的压制。于此，斯皮瓦克认为，在以解构主义批评女性主义的同时，必须同时以女性主义启示解构主义。她说："近年来，我同样开始看到，与其说解构主义为女性主义打开了方便之门，不如说女性话语同时也为德里达打开了一条通道。"② 1990年，斯皮瓦克在接受采访的时候说："有一段时间，我对于解构主义非常恼火，因为德里达看起来既不像马克思主义者，同时还似乎是个

---

① Gayatri Chakravorty Spivak. *In Other World：Essays in Cultural Politics*. Published by London：Routledge. 1988. P79 – 80.

② Gayatri Chakravorty Spivak. *In Other World：Essays in Cultural Politics*. Published by London：Routledge. 1988. P84.

性别歧视主义者。但那是因为我想让解构主义做它做不了的事，我通过了解它的局限发现它的价值——不是让它承担一切。"①这话语表明，斯皮瓦克一方面毫不留情地从马克思主义、女性主义等角度批判解构主义，另一方面又试图理解其特定价值。

萨义德重福柯轻德里达，斯皮瓦克正相反。斯皮瓦克认为，福柯的问题在于，他没有认识到非西方世界的方面，因而自己事实上站在"国际劳动分工的剥削者的方面"。斯皮瓦克感叹："让当代法国知识分子想象可以容忍欧洲的他者世界里的无名主体，这是不可能的。"②面对这种批评，斯皮瓦克调侃地说，福柯可能会嘀咕"对于不知道的事最好闭嘴"。不过，斯皮瓦克认为，比起福柯来，德里达要好得多。斯皮瓦克发现，早期德里达曾对于历史上的欧洲中心主义做过分析。德里达谈到，在17至18世纪的欧洲，存在着3种歧视：神学歧视、中文歧视和象形文字歧视。这种"欧洲意识"认为，只有希伯来和古希腊才是上帝的真迹，中文适合于哲学，但它仅仅是一个将被取代的蓝图，埃及文字则过于尖端而难以破译。德里达将这种"书写的欧洲科学中的种族中心主义"，称为"欧洲意识危机的症状"③。在斯皮瓦克看来，这是欧洲从封建主义向资本主义转型时期的产物，在此考察欧洲殖民主义经由他者认识构造自己的过程是十分有趣的。

面对女性主义、马克思主义和解构主义，斯皮瓦克可谓各取所需。据斯皮瓦克自述，她从马克思那里取来的是全球的视野和资本的动作，从女性主义那里取来的是女性主体性的理论，从解构主义那里得来的却是处理前两者的方法，解构主义不是一个"做"的理论，而是一个"看"的方法。面对这样一个"女性主义、马克思主义的

---

① Gayatri Chakravorty Spivak. *The Post－colonial Critic*：*Interviews*，*Strategies*，*Dialogues*. Edited by Sarah Harasym. Published by London：Routledge. 1990. P133－134.

②③ Gayatri Chakravorty Spivak. *A Critique of Post－colonial Reason*：*Toward A History of the Vanishing Present*. Published by Harvard University Press. 1990. P263.

解构主义者", 人们自然而然的疑问是斯皮瓦克如何能够将这三种立场不同的理论融为一体, 形成自己的思想呢? 斯皮瓦克的回答出人意料: 她不认为需要将三者融汇起来。她欣赏福柯的"非连续性"概念, 认为: "与其寻找一个雅致的一致性, 或者制造一个结果冲突的连续性, 还不如在某种意义上保留这些非连续性, 这就是我想做的。"①她甚至认为, 寻找一个连续性的体系的想法本身就是殖民主义影响的结果。

斯皮瓦克的说法未免有点耸人听闻, 事实上, 她在运用女性主义、马克思主义和解构主义等不同方法的时候固然常常相得益彰, 但有时却自相矛盾, 这并非保持"非连续性"可以轻易打发。

（二）

关于斯皮瓦克在后殖民理论方面的贡献, 我们可以从"殖民话语"和"反话语"两个方面进行讨论。在殖民话语分析上, 萨义德对于东方主义已有过深入的讨论, 但男性身份却让他在性别上成为盲点。斯皮瓦克的贡献主要在于对西方女性主义的后殖民批判上, 她在这个方面的著名文章有《一种国际框架里的法国女性主义》（1981）和《三个女性的文本与帝国主义批判》（1985）等。在反殖民话语方面, 萨义德基本上无所建树, 他的东方主义论述主要限制于西方话语, 而将东方看作沉默的他者, 这一直是批评家的诟病所在。斯皮瓦克在这方面也许贡献更大, 她参与了印度的"庶民研究小组", 致力于讨论殖民统治下的庶民的发声问题, 写出了很有影响的如《庶民能说话吗?》（1988）等文章。

来自第三世界的女性主义者斯皮瓦克, 在省察到后殖民的视角后, 自然而然地首先对西方女性主义中的西方中心主义倾向予以了批评。斯皮瓦克的这种批评, 既体现在对于西方女性主义东方论述的解

---

① Gayatri Chakravorty Spivak. *The Post – colonial Critic*: *Interviews*, *Strategies*, *Dialogues*. Edited by Sarah Harasym. Published by London: Routledge. 1990. P13.

剖上，也体现在对于西方女性主义自身经典论述的分析上。

《一种国际框架里的法国女性主义》一文中对于克里斯蒂娃《关于中国妇女》的分析，可以体现斯皮瓦克对于西方女性主义东方论述的后殖民批评。在斯皮瓦克看来，克里斯蒂娃对于中国的称赞，事实上站在西方立场上"他者化"中国的行为。斯皮瓦克在文章中引证了克里斯蒂娃《关于中国妇女》一文的开头："一大群人坐在太阳下面，她们无言地等待我们，一动不动。她们眼神镇定，一点好奇都没有，或许有轻微的愉悦和担心：无论如何，她们绝对属于一个与我们毫无关系的群体。"①斯皮瓦克以此引述说明克里斯蒂娃与中国户县农民的距离，她的引述到此为止，实际上这段话的下文也许能够更为形象地说明两者的差距，让我从《关于中国妇女》一书中把这段引出来："她们分不清我们的男或女，金色或褐色，脸部或身体的特征。她们仿佛发现一些奇怪特别的动物，无害但错乱。没有进攻性，却在遥远的时间和空间的深渊的那一边。我们组里的一位说：'不同的物种——在她们眼里，我们是不同的物种'。"②从这种友好戏谑的近乎面对动物式的观摩中，我们很容易发现背后隐含着西方女性的优越。面对如此陌生的中国女性，克里斯蒂娃居然敢于根据很有限的西方汉学资料大胆地展开她的论述或者想象。斯皮瓦克说："谈到古代中国，她发现了一种更古代的母系和婚姻社会（资料来自于 Marcel Granet 的两本书——开始于 20 世纪二三十年代，建立在'民间舞蹈和传说'之上，还有列维－斯特劳斯关于亲属结构基本结构的一般性的书），并将这种儒家传统延续至今。开始这只是一种有趣的推论，但 10 页之后这种推论就转变成了心理因果关系。"克里斯蒂娃以"女娲补

---

① Gayatri Chakravorty Spivak. *In Other World：Essays in Cultural Politics.* Published by London：Routledge. 1988. P137.

② Kristeva, Julia. *About Chinese Women.* First British hardvover edition published by Marion Boyars publishers Ltd, 1977. Originally published in France in 1974 as Des Chinoises by Edition des Femmes.

天"等传说推论出中国古代"阴性"文化的特征，并将此延伸至现代中国。她甚至断言："如果有一天问题（在社会主义社会家庭之外的各种升华形式中寻找一条性能量的管道）必须被提出来，如果中国传统的分析（"批林批孔"运动似乎正在着手）不被打断，中国可能会不加拘谨和充满崇拜地达到这一点，更甚于基督教西方的追求'性自由'。"在斯皮瓦克看来，克里斯蒂娃的言论不过是西方18世纪中国文化热的延续，她仅仅从自己的文化系统出发看待中国。克里斯蒂娃的问题不仅仅在于数据粗糙，更重要的是其背后的西方本位和优越感。她指出："无论'基督教西方'作为一个整体是否追求性自由，对于中国的预言肯定是一种慈善行为。我以为，它起源于殖民主义乐善好施的症状。"中国古代文化无疑同样存在着严重的男权中心倾向，克里斯蒂娃对于中国的赞赏等于把中国排挤出"女性主义"的视野之外。

斯皮瓦克认为，法国与英美女性主义无论有多少区别，她们的问题焦点应该是："不仅仅问我是谁？而是问谁是他者妇女？我怎样命名她？她怎样命名我？这不就是我要讨论的问题吗？事实上，正是这种难以处理却又很关键的问题的缺席，使得作为主体的'被殖民妇女'将（西方女性主义——引者注）调查者们看作来自其他星球自由来去的可爱的富于同情心的生物，或者看作这样一种人：她们依赖自己在殖民论中的位置，将'女性主义'看作是先锋阶级的独有，将其为之奋斗的自由看作奢侈品，最终等同于某种'自由的性'。这当然是错的，我们观点是，在我们最为复杂的研究中，在我们最为慈善的冲动中，仍有一些东西是错的。"[1]斯皮瓦克的意思是，西方女性主义最需要反省的问题是种族的他者问题，她们将"女性主义""自由"等看作西方世界的产物，与第三世界女性并无关系。尽管克里斯蒂娃论述中国妇女采取的是表面上称赞的立场，实际上她甚至并没有

---

[1] Gayatri Chakravorty Spivak. *In Other World*: *Essays in Cultural Politics*. Published by London: Routledge. 1988. P150.

把第三世界妇女看作同类；当然，第三世界妇女也并没有将她们当作同类。斯皮瓦克由此激进地说：西方女性主义走出教室后，对于第三世界女性没有什么用处，或者有害无益。"有害无益"的说法看起来有点过激，但斯皮瓦克自有解释："举个最简单的美国的例子：即使更多的妇女被雇用，或者在会议上增加女性主义议题，这种天真的胜利也会导致欠发达国家的妇女的无产阶级化，因为多数美国大学都有可疑的投资，多数会议旅馆都以极其无情的方式雇用第三世界妇女。"①

斯皮瓦克自第三世界的角度对于西方女性主义的后殖民批判，十分犀利，当然也不无偏激。这里不妨为克里斯蒂娃说几句话。《关于中国妇女》一书对于中国的表现自然是东方"他者"化的产物，不过需要指出的是，作者对于这一点并非没有自觉。《关于中国妇女》一书明确地分为两个部分："从这一方面"（From this Side）和"中国妇女"（Chinese women）。作者明言就是从西方的角度观察中国，为1968年五月革命之后的欧洲、特别为西方女性主义寻找参照。克里斯蒂娃对于自己的西方位置其实是有察觉的，她在书中的第一章就声称：中国户县农民是被她这样的"普遍的人文主义者，无产阶级兄弟之情和（为什么不？）虚假的殖民文明"所塑造的。她还明确谈到，发现东方"他者"是为了质疑西方自己。在1974年还没有后殖民主义这个术语的时候，克里斯蒂娃就能够反省到自己的"殖民性"及其与"他者"的关系，是难能可贵的。就此而言，斯皮瓦克对于克里斯蒂娃的批判显然过于严厉。其实，在"东方"他者化这个问题上，西方批评家克里斯蒂娃固然应该检讨，斯皮瓦克自己其实也难逃其咎。斯皮瓦克以第三世界的身份批评克里斯蒂娃，但这一身份事实上是可疑的，因为她本人是美国哥伦比亚大学的教授。斯皮瓦克出身于第三世界的印度，后来受到西方教育，留在西方工作，这种人能

---

① Gayatri Chakravorty Spivak. *In Other World*：*Essays in Cultural Politics*. Published by London：Routledge. 1988. P291.

否作为第三世界的代言人实在是个问题。事实上，真正的第三世界批评家常常批评斯皮瓦克这种类型的学者以"第三世界"代言人的身份在西方谋利，这并非毫无道理。对此，斯皮瓦克本人对于自己的特殊地位也供认不讳，并有反省。

《三个女性的文本与帝国主义批判》对于《简·爱》的分析，可以体现斯皮瓦克对于西方女性主义经典文本的后殖民批评。在该文的开始，斯皮瓦克就指出："如果不记住作为英国社会使命的帝国主义曾经是英国构建其文化的一个关键部分，那么我们便无从解读19世纪英国文学。文化表现中的文学的功能，是不可忽视的。在19世纪英国文学的阅读中，这两个明显的'事实'一直被漠视，它本身就证明了不断向演进为现代形式的帝国主义的持续成功。"① 我们知道，指出西方经典文本的"不清白"，揭示其在西方帝国主义意识构成中的作用，从种族角度对其进行文化清理，这是萨义德继东方主义论述之后另一本著作《文化与帝国主义》（1993）的主要内容。萨义德在《文化与帝国主义》的"导言"中对于叙事与帝国主义关联的强调，是我们所熟知的。看来，斯皮瓦克很早就意识到了这一点，她对于西方经典文体的帝国主义分析主要侧重于女性主义方面。

夏洛蒂·勃朗特的《简·爱》是西方女性主义的一个"崇拜文本"，小说的女主人公简·爱是女性主义个人主义追求的典范。斯皮瓦克自后殖民的角度进行观察，发现了其中的种族问题。在她看来，简·爱的成功，其实是建立在对于来自加勒比海的殖民地女性伯莎的压抑的基础之上的。简·爱在和男主公罗切斯特结婚的时候，才发现他原来已经是有妇之夫，他的太太就是被关在家里楼上的伯莎。为合理化罗切斯特和简·爱之间的崇高爱情，小说竭力为罗切斯特开脱，证明他的无辜和清白。书中交代，罗切斯特的父亲把财产全部给了哥哥，而为了不让罗切斯特过于贫穷，就让他娶了富有的加勒比海商人

---

① Bart Moore - Gilbert, Gareth Stanton, Willy Maley. *Postcolonial Criticism*, Published by Addison Wesley Longman Limited, 1997. P146.

女性主义后殖民主义

的女儿伯莎，婚后罗切斯特才发现伯莎家有精神病史。在简·爱等人眼里，伯莎不过是一个疯狂的野兽，"在房间的深处，一个人在黑影里来回窜动。那是什么？是野兽还是人？分不清楚：它匍匐着，似乎用四肢；它抓着、嗥叫着，像奇怪的野兽；但它披着衣裳，马鬃般的黑中带灰的密密的长发遮住了她的头和面孔。"①罗切斯特和这样一个"人"生活在一起，自然令人同情。伯莎后来成功地点燃了房子，把自己烧死了；罗切斯特为了救伯莎弄瞎了自己的眼睛，而简·爱不计较罗切斯特的残废而嫁给了他。这是一幅合理又感人的设计：伯莎自取灭亡，让出了新娘的位置；罗切斯特不但因为伯莎的自杀而得以开脱，还因为救伯莎时弄瞎了眼睛而赢得了道德上的同情；简·爱也用自己的牺牲精神验证了爱情的纯洁；最终罗切斯特的眼睛逐渐痊愈，结果皆大欢喜，他们一家人过着幸福的生活。在这里，一切都建立在伯莎之死的基础上。

在西方的语境里，伯莎的牺牲被视为理所当然，小说的合理化叙事从来没有遭到过怀疑；但在后殖民的语境里，伯莎却成为一个问题。出生于加勒比海的作家洁恩·瑞丝（Jean Rhys）在读到《简·爱》的时候，即被伯莎的命运所吸引，她后来写下了关于伯莎的小说《宽阔的藻海》。斯皮瓦克在文中征引了《宽阔的藻海》一书中批评罗切斯特、为伯莎辩解的一段话："说实话，她并没有去人们说的你的英格兰的家里，并没有去你那漂亮的房子里恳求娶她。不！是你千里迢迢来到她家向她求婚。她爱你，给了你一切。现在你不爱她了，你毁了她，你拿她的钱怎么办？"多少年来，我们已经习惯于西方经典的传统诠释，来自于第三世界的后殖民视野的确启人深思。可以补充的是，据小说交代，罗切斯特之所以娶伯莎，并非出于强迫，他在第一次见到伯莎的时候就被她吸引了，认为她很漂亮，并明确承认自己爱上了她。另外，罗切斯特与简·爱的爱情是否那么崇高也值得怀

---

① Bart Moore-Gilbert, Gareth Stanton, Willy Maley. *Postcolonial Criticism*. Published by Addison Wesley Longman Limited, 1997. P150.

疑。在小说中，罗切斯特开始并没有看上简·爱，而是迷恋美貌的布兰切·印格若（Blanche Ingram），并准备和她结婚。在受挫之后，才注意到简·爱。也就是说，从伯莎，到印格若，到简·爱，罗切斯特可能不过是一个见异思迁的公子哥而已。斯皮瓦克精辟地指出："在这个虚构的英格兰，她（伯莎）必须扮演她的角色，扮演自我向'他者'的转变，放火烧屋并且杀掉自己，由此简·爱才能成为英国小说中的女性主义个人主义女英雄。我只能将此读为一般的帝国主义认识论暴动的寓言，殖民地主体为了殖民者的社会使命的荣光而自我牺牲的建构。"① 她甚至认为伯莎之死是殖民者将其作为"好妻子"的有意识安排，她提醒读者，如果明白了英国殖民政府对于印度寡妇殉葬的合法操控，就会理解这一点。

在西方，女性主义本来是一种激进批判理论，它从女性性别的立场上批判男权中心主义。出人意料的是，这种激进批评理论在维护女性的时候却将非西方女性排除在外了。也就是说，西方的"男性/女性"仍然建立在"西方本位/东方他者"这一种族主义框架之下，西方女性主义与西方男性共享了西方中心主义的殖民性立场。作为女性主义者的斯皮瓦克对此感到遗憾，"当女性主义批评的激进视角，又重新产生了帝国主义的公理后，似乎特别地不幸。"②

上文提到的《在国际框架里的法国女性主义》一文，主要内容是批评以克里斯蒂娃为代表的法国女性主义，却是以第三世界的批评开头的。斯皮瓦克提到，一位沙特阿拉伯大学的年青苏丹女士告诉她："我写了一篇关于苏丹女性割礼的结构功能主义的论文。"这颇让斯皮瓦克心有戚戚。她引用了沙达威（Nawal el Saadawi）对于阿拉伯世界妇女阴蒂切除过程的描绘，让我们目睹这一血淋淋的残忍过

---

① Bart Moore – Gilbert, Gareth Stanton, Willy Maley. *Postcolonial Criticism*. Published by Addison Wesley Longman Limited, 1997. P154.

② Bart Moore – Gilbert, Gareth Stanton, Willy Maley. *Postcolonial Criticism*. Published by Addison Wesley Longman Limited, 1997. P146.

程。然后指出，西方的结构功能主义所采用的客观分析立场，无非是对于现有社会（性别）体制的拥护。如此，我们就不能不感到将两者拉在一起是如何的荒谬。这里谈论的，事实上是萨义德在《东方主义》一书中所涉及的东方世界"自我殖民化"的问题。即西方的东方主义论述已经影响以至主宰了东方人对于世界及对于自己的想象。正是在这种背景下，苏丹年青女学者才会将西方的结构功能主义视为普遍、高级的理论形式，以之规范阿拉伯世界的女性经验。斯皮瓦克由此联想到，自己目下在美国大学教授的位置同样是一个尴尬的问题。她自我剖析道：一个印度加尔各答上层社会的女性接受西方教育，成为美国的大学教授，选择女性主义，这一事实本身就是意味深长的。的确，西方女性主义在面对第三世界女性的问题时，就像结构功能主义一样构成了一道障碍网。由此，斯皮瓦克觉得最好的方法是给自己提出一个问题："我能为她们做什么？"①

萨义德仅仅用"自我东方化"就将第三世界打发了，斯皮瓦克却不愿意这么简单，她接下来对"第三世界"究竟能否发声及知识分子如何表现"第三世界"等问题进行了深入的探讨。斯皮瓦克发表了一系列的关于"庶民"的文章，其中包括 1985 年发表的标志着她与"庶民研究小组"建立合作关系的文章《庶民研究：解构主义历史学》，及 1988 年发表后来被反复转引的《庶民能说话吗？》等。福柯和德努兹认为：如果被压迫者得到机会，或者通过联盟政治团结起来的话，他者能够表述自己。斯皮瓦克从西方之外提出了问题：第三世界的被压迫阶级能表述自己吗？以古哈等人为代表的印度"庶民研究小组"注意到，关于印度的表述长期以来被殖民者和本地精英所垄断。关于印度民族及其意识的形成发展，殖民主义历史学家认为应该归功于英国殖民统治，而本地民族主义者则认为应该归功于印度资产阶级，唯广大的被压迫阶级没有发言的空间，处于沉默的状态。

---

① Gayatri Chakravorty Spivak. *In Other World*: *Essays in Cultural Politics*. Published by London: Routledge, 1988. P135.

"庶民研究小组"打算通过对于被压迫阶级历史的研究，释放广大人民的声音，形成古哈所谓"人民的政治"。斯皮瓦克对于"庶民研究小组"的工作是欣赏的，她本人也参与了其间的工作，但她却从方法上对于"人民的政治"提出了疑问。

就研究对象而言，斯皮瓦克认为被压迫阶级很难精确定义，所谓"精英之外的大众"的说法并不周延，殖民统治者、本土精英与下层大众之间其实存在着一个广大的模糊不清的地带。而且，大众之间也存在性别、职业等完全不同的情形，由此产生的意识也不尽相同。如此，就很难说有一个清晰整齐的大众意识。就真正的下层而言，斯皮瓦克认为，他们根本没有机会发出自己的声音，即使发出声音，也没人听到。在1993年的一次采访中，斯皮瓦克举了一个例子，说明底层的声音无法被听到。18世纪的孟加拉国原有完整的管道浇灌系统，土地领主支配他们的农奴进行管理。英国人来了之后，解散了封建体制，把领主变成了纳税人，农奴也不存在了，水渠就没人管了。英国不明白水渠的用途，以为是运输水道或其他什么，也不派人管理。天长日久，水渠臭了，英国人就把它们拆毁了。后来一个稍稍精明的英国水利检察官偶然发现水渠的用场，他们才意识到最好的方法就是恢复荒废的水渠。斯皮瓦克说："我们不断地听到农民反抗失败的故事，一直持续到今天。这是一个底层阶级不能'说话'的例子。"有人可能会说，底层并非不能发出自己的声音。斯皮瓦克解释说，"庶民不能说话"的意思是，即使百姓能够说话，也没人能够听得到。或者这种声音会被一种"精神感应"的东西所主宰，转变成了另外的声音。

这就牵涉到另一个重要问题，即"庶民研究小组"能否反映底层阶级声音？斯皮瓦克的答案是否定的，她认为，"庶民研究小组"虽然希望站在底层的立场上，表达大众的声音，但他们并没有代表被压迫阶级的专利，这些知识者只能"表现"底层大众。"庶民研究小组"的成员，多是受西方教育的知识者，他们能够在多大程度上代表大众肯定是个问题，而他们与西方知识的关系肯定又是暧昧不清的。斯皮瓦克本人坦承：作为一个后殖民知识分子，自己处于全球资本主义所提供的西方学院的特权位置上，与西方话语事实上是一种"协商"的关系。她认为，试图通过借助于第三世界的背景而获得一个清白的论述立场的想法是不现实的。这样一种自我反省的视野，在我看来是斯皮瓦克较萨义德以至霍米·巴巴高明的地方。

值得一提的，斯皮瓦克在谈到底层阶级被压抑的时候，特别突出底层阶级中女性被压迫的地位，"庶民能说话吗？"事实上主要讨论印度寡妇自焚（sati）的情形。斯皮瓦克强调，如果说底层阶级受到了统治阶级的遮蔽，那么同时受到男权压迫的底层女性则可以说受到了双重遮蔽。整体上说，无论在殖民话语和反话语的分析方面，斯皮瓦克都着眼于女性。如此看来，斯皮瓦克大约可以算得上是一个女性主义的后殖民理论家。

从多元文化主义到少数话语

一

在国家内部主导民族与少数民族关系的论述上，20 世纪七八十年代之后兴起的是多元文化主义（multiculturalism）。这种变化，大致是平等政治向差异政治转变的结果。如果说内部殖民主义论述主要在美国，多元文化主义论述则主要在加拿大，这里要谈论的两位著名学者威尔·金里卡（Will Kymlicka）和查尔斯·泰勒（Charles Taylor）均来自加拿大。

多元文化主义的论述之所以多出自加拿大，源于加拿大独特的种族问题。加拿大是多民族国家，主要居民是英裔和法裔加拿大人，后者主要聚集在魁北克省（Québec）。魁北克讲法语的居民占 82%，为保持自己在加拿大的特殊地位，当地政府就语言问题通过了一系列法律，其中一项规定哪些人的子女可以在使用英语的学校就学，另一项要求拥有 50 名以上雇员的企业必须使用法语，还规定不用法语签署的商业文件为无效。1980 年，魁北克省甚至就独立问题在全省举行首次公民投票，结果要求独立的主张遭否决（59.5% 对 40.5%）。1987 年 5 月，10 个省的总理与加拿大总理布瑞·穆热勒（Brian Mulroney）在渥太华附近的米其湖（Meech Lake）度假胜地举行会议，主要目的是拟定协定，以争取魁北克对 1982 年加拿大权力宪法决议的承认。《米其湖协定》（*Meech Lake Accord*）的主要内容之一是重申魁北克是一个"独特社会"，它有保存和加强这种地位的权利。这样一个修正案，引起了极大的讨论，对于很多自由主义者来说，这样一种集体权力的维护是完全不能接受的。

威尔·金里卡的《自由主义、共同体主义和文化》（1989）是英美世界较早讨论多元文化主义的著作，这本书及其随后继之而来的其他著作使他成为这一领域很有影响的学者。在这些著作中，威尔·金里卡从理论上质疑了现有的自由主义学说，追求少数族集体权利的合法性。

威尔·金里卡认为，多民族国家的少数族权利问题，长期以来一直奇怪地脱离于自由主义的视野之外。美国虽然号称多民族整合的国家，不存在特殊的少数群体文化，但事实上却存在着土著印第安人居留地，享受特殊保护。而加拿大、澳大利亚、比利时等国家，事实上都存在着针对土著权利的特殊立法。按照自由主义的理论，只有个人权利得到保护，集体权利是受反对的。如果按照自由主义的假设，这些针对土著的特殊权力是应该取消的，不过这些措施对文化多元国家又非常重要的，一旦取消，后果不堪。那么，如何从理论上解释这种冲突呢？令人吃惊的是，包括罗尔斯、德沃金在内的自由主义理论家长期以来对此缄默不言，至今仍然没有讨论过少数族权利的理论含义。其中的原因，威尔·金里卡后来谈到，是自由主义理论事实上假设了一个文化同质性的立场，没有顾及少数族所带来的特殊问题，而国家对于少数族的立法保护，似乎成了一种特例。土著的集体权利是否正当？如何诉诸于一种正义的理论？自由主义是否一定与此相对立？这些都是威尔·金里卡思考的问题。他批判自由主义对于少数族权利的排斥，不过，他并不从根本上反对自由主义，而是认为少数族权利与自由主义的原理并不冲突，他试图修正现有的自由主义，以说明少数族权利的合法性。

威尔·金里卡从特定文化群体身份的角度，为少数族进行辩护。正是对公民个人自由权的优先性考虑，才使自由主义反对集体权利。在自由主义看来，个体是道德价值世界的最小单位，它并没有给集体留下任何空间。威尔·金里卡从个人自由的目的开始谈起。按照自由主义的说法，保障个人自由的目的，是为了可以追求好的生活目标，而这种追求是以我们所形成的价值信念为基础的。自由主义认为，个体可以自由地选择眼前的价值观念。不过，价值观念的选择范围本身却是不可选择的。人的生活观念，并不是从零开始的，只能从自己的文化背景中进行选择。人必然要受制于自己的文化共同体，文化成员的身份会影响个人的认同。自由主义者应该关心文化结构，这倒不是因为文化结构本身具有道德地位，而是因为个人必须凭借文化结构才能进行选择。如此，文化成员身份应该成为一种基本的善，对它的考虑是表现对于个体平等关怀的一个重要部分。威尔·金里卡声称，强调文化成员的身份基本善的重要性，并不是一个反自由主义观念，它并不是认为群体要比个体重要，也不是主张国家支持一种文化观念，而主要是考虑到文化成员身份是共同体之中个体构成的一个重要部分。

这种特殊的文化成员身份，使得少数族在自由主义所设定的公正平等中，事实上受到不平等的待遇。威尔·金里卡提到，上述自由主义所申言的"国家中立"，从美国的历史和现实政治上看，其实并不竟然。事实上，不仅仅是美国，所有的自由主义民主国家都试图在自己的疆域内扩展一种社会主流文化。这种民族文化建构并不排除在宗教、个人价值、生活方式等方面的差异性，但它却具有种族性的基础，在诸如官方语言、教育的核心课程和获取公民资格的条件等方面都有硬性规定。比如英语在美国具有法律地位，学校必须使用英语，政府人员也必须使用英语，移民必须学习英语才能获得公民资格。对于语言不同的少数民族来说，这种主流民族文化的事实对他们是不公平的。有人质问，为什么少数群体文化成员，比如土著人，要拥有更多份额的资源和自由呢？自由主义认为，每个人都应该具有同样的资源和自由，去追求各自所喜欢的东西。威尔·金里卡认为，这其实恰恰是因为少数族没有获得相同的资源和自由。具体而言，由于在投票等方面处于劣势，少数族在政治决策权、公共资源等方面都容易吃亏。自由主义主张机会均等，人应该为自己的选择承担责任，不过少数族生活于其中的语言及文化却是不可选择的，而是选择的前提，这使他在选择的时候就要付出更大的代价。自由主义虽然强调选择的平等，但并不忽略境况的差异，它寻求人们不因先天性因素——如残废等——而吃亏。在这种自由主义宗旨下，我们必须承认少数族所面临的是先天的不公正。由此，一定程度的集体权利可以作为对土著人造成集体性影响进行纠正的补偿。

不过，主张少数族权利的人面临着一个困难，即集体权利容易损害个人权利，如有的少数民族否认儿童的教育权和保健权，有的少数民族强调把妇女约束在家庭事务中，如果允许这些少数族的权利，那么势必削弱了群体内部的个体自主能力。这正是自由主义理论反对集体权利的理由所在。对此，威尔·金里卡主张将少数族的集体权利划分为两类：第一类是对内限制，即针对自己的成员，旨在防止群体分离的限制；第二类是对外限制，用于保护少数族不受外部社会的政治、经济压力。威尔·金里卡倾向于支持第二类集体权利，即对外保护而不是对内限制。①

威尔·金里卡事实上是以自由主义者自居的。他认为，当代自由主义由于无意识中在一种同质文化的前提下进行操作，因而没有顾及到少数族权利这一维度，从而需要得到修正。他显然赞成如加拿大政府那样，在自由主义的框架内容忍少数族的权利，加拿大1982年宪章对于少数文化予以保护，把基本权利与少数豁免权区别开，在公平对待与保护少数文化间采取灵活政策，威尔·金里卡认为这符合自由主义的原理。

支持加拿大政府这种做法的，还有我们下面要讲到的查尔斯·泰勒。在查尔斯·泰勒看来，这种灵活的政治模式使自由主义躲开了消灭差异、导致同质化的指控。不过，查尔斯·泰勒较威尔·金里卡要激进得多，他认为，加拿大政府的这种灵活政治只是暂时的，自由主义的普遍性还面临着根本上的质疑。

查尔斯·泰勒的《承认的政治》大约是多元文化主义最著名的

---

① Will Kymlicka. *Liberalism*, *Community and Culture*. Published by Oxford University press Inc. , 1989. *Contemporary Political Philosophy*, Published by Oxford University Press, USA（February 21, 1991）.

文章。这篇文章原是查尔斯·泰勒于 20 世纪 90 年代初在普林斯顿大学的演讲，后来艾·盖特曼（Amy Gutmann）将这一演讲及其评论编在一起，题名为《文化多元主义与承认的政治》，由普林斯顿大学 1992 年出版。此书出版后，反响很大。等到 1994 年这本书以《文化多元主义》为题再版的时候，它早已经有了意大利文、法文和德文等多种语言版本，这次再版增加了哈贝马斯和哈佛教授阿匹亚（K. Anthony Appiah）的回应文章。伴随着世界种族问题的凸显，多元文化主义因为查尔斯·泰勒的这篇文章及其争议而变成了当代政治文化的焦点之一。

在《承认的政治》一文中，查尔斯·泰勒花了不少篇幅，梳理文化多元主义与自由主义的思想脉络。

在过去的等级制度之下，"荣誉"意味着特殊化。自 18 世纪末以来，随着个人认同观念的出现，普遍平等的现代尊严观念代替了荣誉观念。"伴随从荣誉到尊严的进步而来的，是一种强调所有公民平等的普通主义的政治，这种政治的内容是权利和资格的平等。必须全力避免的，是'一等公民'和'二级公民'的出现。"这就是平等的政治的概念。对于平等化有不同的理解，譬如在一些人看来，平等只涉及公民权和选举权，另一些则认为它应该扩大到经济领域，不过，公民平等的原则已经被广泛接受。查尔斯·泰勒特意提到，"它近期的最大胜利，即是由 1960 年美国民权运动争取而来的。"

与此相对的，是差异的政治。如果说，平等的政治强调个人的平等，差异的政治则强调个人的差异，强调对于独特性的尊重。很明显，差异的政治其实是建立在平等的政治基础之上的更高要求，它对于平等提出了不同的理解，即因为实际差异的存在，真正的平等是应该受到差别对待，"所以，如果本土自治政府达成一致的需求，土著成员应该得到其他加拿大人得不到的特定的权利和权力，一些少数民族将会得到专有的权力，以保留他们的文化团结，如此等等。"对于主张平等政治的人来说，这是不能忍受的，他们认为这是对于平等原则的背叛，是一种倒退。少数民族却不这么认为，他们认为，在多文化的社会环境里，少数文化应该得到平等的尊重，但白人主流社会却做不到这一点，白人社会不能正确地评价其他文化，更易导致压迫和歧视。

查尔斯·泰勒对于平等政治与差异政治的区别，概括如下：

> 这两种政治模式，都建立在平等尊重的基础之上，却构成了冲突。一种观点认为，平等原则要求我们无差异地对待每个人，其根据是每个人都是同等的。另一种观点认为，我们必须承认以至培养特殊性。第一种观点指责第二种观点违反了非歧视原则，第二种观点指责第一种观点将一种对他们来说不真实的同一模式强加于人，从而否定了他们特定的认同。如果说这种同一模式本身是中立的——不倾向于任何特定模式，就已经很糟了。抱怨通常更进一步。他们认为，平等尊严政治所号称的无差异中立原则，其实是一种霸权文化的反映。其结果是，少数民族或被压制的文化被迫采用一种异化的形式。因此，所谓公正无差异的社会不但是非人性的（因为压抑身份），而且本身是高度歧视性的，它以一种微妙、无意识的方式进行。①

按照流行于英美世界的以罗尔斯、德沃金等为代表自由主义理论，个人权利永远放在核心位置，集体目标是不能被接受的。按照德沃金的说法，有两种道德承诺：一种是实质性承诺，即我们有追求好的生活的权利；另一种是程序性承诺，即无论我们的目标差别，都要公正地平等对待。他认为，自由民主社会的特点在于，在何谓好生活这一点保持中立，而平等地对待所有的公民，以保证公民之间能够平等交往。这种自由主义观所说的人的尊严主要在其自主性，这与其说是个人拥有何谓好生活的见解，不如说是个人选择、思考这种见解的权利。也就是说，将人主要理解为自我决定或自我选择的主体。如果

---

① Charles Tayor. *The Politics of Recognition*, *Multiculturalism*, *Examining the Politics of Recognition*. Edited and introduced by Amy Gutmann. Published by Princeton University Press. 1994. P25 – 73.

国家支持某种实质性观点，支持某种美德，那么它就会破坏它的程序性规范，不能平等对待少数拒绝这些观念的人。由此，如少数权力这样的集体目标，是不能得到自由主义支持的。

在这两种政治模式中，查尔斯·泰勒的选择是明确的：支持差异政治，强调对于少数文化承认的重要性。在《承认的政治》一文中，作者是从论述承认与身份的关系开始的。文中认为，一个人或者一个群体的认同，部分是由他人的承认引起的。如果得不到他人的承认，或者得到他人扭曲的承认，就会对我们的认同造成显著的影响。比如黑人，多年以来白人社会设计了一种贬损的形象，并且以暴力将这种形象强加于黑人之上。久而久之，黑人不知不觉接受了这种负面设计，并带入到自我认同之中，这对于黑人无疑是极大的伤害。无论在民权运动之前或之后，相对于白人主流文化，少数文化一直处于弱势地位，因此，黑人以及其他少数民族，首先要追求对于自己民族特性的尊重和保留。

在查尔斯·泰勒看来，反对集体目标的自由主义的中立观一旦面对少数文化就会出现问题。少数文化具有先天的集体目标，而且相对主流文化处于弱势，如果按照中立的标准，不能在法律上对于少数文化加以保护，那么显然是对于少数文化的不公。查尔斯·泰勒以魁北克为例来说明这一点。在魁北克，保护和发展法国文化是不言而喻的好事，因此它们需要宪法对于它们在英语国家中的特殊地位加以保护。英语居民依据自由主义程序性观点，认为承认魁北克为特殊社会就是承认了一个集体目标，因此是不可行的。但在魁北克人看来，强制推行主流社会模式会伤害魁北克的特殊利益，会让他们在加拿大无处容身。

自由主义观认为，自由主义可以提供一个价值中立的平台，让所有来自不同文化背景的人在此基础上交往并存，当然在这种自由主义框架内必须做出诸如公共领域和私人领域、政治和宗教之分，以便把争议安排在一个与政治无关的领域内。查尔斯·泰勒认为，拉什迪的《撒旦诗篇》所引起的争议证明这种观点是完全错误的。在伊斯兰等非西方国度里，往往并不存在政教分离的情况，你无法把政治与宗教区别开来。自由主义所奉行的世俗世界观，不过是基督教发展出来的政教分离的结果，因此至少在穆斯林等其他文化看来，它只是西方特定文化的政治表述，不能代替其它文化。文化多元主义认为，西方将这种文化强加于人，其实缘于它的殖民主义历史。因此，我们所需要的，不仅仅是少数文化的保留，而是必须承认它与主流文化的同等价值。

如何才能做到这一点呢？查尔斯·泰勒对双方都提出了建议。对于少数文化或非西方文化而言，如想获得承认，必须要斗争。这种斗争早已经开始了，一个世纪以来的民族主义思潮足以证明这一点。民族主义之所以发生，在查尔斯·泰勒看来，主要就是因为某个群体得不到平等对待，黑人运动如此，魁北克人也如此。查尔斯·泰勒认为，在这个方面，法农早已经给我们做出了榜样。在《地球上不幸的人们》一书中，法农主张暴力革命，查尔斯·泰勒认为，未必每个人都能接受暴力革命，但斗争则是必要的。比如，在教育和人文界，世界经典不应该完全为白种男人所占据，少数文化也应该争取自己的位置。对于西方人来说，承认另一种不同的文化的平等地位绝非易事。索尔·贝娄（Saul Bellow）说：祖鲁文化如果能够出现托尔斯泰，我们也愿意读。罗杰·金巴尔（Roger Kimball）说得更露骨：西方文化与多元文化之争，是文明与野蛮的抉择。这些蔑视少数文化的言论背后，隐藏的是根深蒂固的西方种族中心主义。查尔斯·泰勒建议西方人采用伽达默尔所说"视野融合"（fusion of horizons）的方法，学会理解与自己所习惯的文化不同的其他文化。只有持一种开放的意愿，放弃中心的心态，才能平等地看待不同文化的价值。①

二

威尔·金里卡和查尔斯·泰勒都揭示了自由主义与少数民族集体

①　Charles Tayor. *The Politics of Recognition*, *Multiculturalism*, *Examining the Politics of Recognition*. Edited and introduced by Amy Gutmann. Published by Princeton University Press, 1994. P25 – 73.

利益的矛盾，不过威尔·金里卡侧重于补救，试图以自由主义原理包容少数民族问题，查尔斯·泰勒也同意这一做法，但他认为自由主义还面临着异文化的根本质疑。可以看到，多元文化主义的讨论事实上主要在于自由主义及其矛盾，对于少数民族话语本身事实上并没多少讨论。

少数话语肇始于 1986 年在加州大学柏克利分校召开的以"少数话语的性质和语境"为题的会议，会议论文及其他相关论文后来出现在《文化批评》的两个专辑上，并于 1990 年编纂出版，专辑和专著的编者都是简·默罕默德（A. R. JanMohamed）和大卫·劳埃德（D. Lloyd）。在这本同名专著的"序言"中，两位编者对"少数族文化"定义如下："所谓少数话语，我们意指一种联系在征服和反抗主流文化过程中不同少数文化的政治和文化结构的理论表达。这个定义建立在这样一种原理之上，即尽管存在着文化差异及特殊性，但少数族群却享有被主流文化支配和排斥的共同命运。"①

将世界上性质不同的少数文化放在一起进行讨论，无疑是一种新的尝试，这种尝试显然困难重重，简·默罕默德申请会议时的遭遇可以说明这一点。在人权运动取得胜利、文化多元主义进入视野、少数族和女性学者得到主流承认的情况下，讨论少数话语应该是理所当然的事情。不过，在简·默罕默德为这个会议向美国人文科学捐助会（NEH）提出申请的时候，对方却认为将性质不同的少数文化放在一起讨论是一件近乎荒唐的事情，予以了否决。简·默罕默德认为，这种否定恰恰证明了西方主流文化的傲慢，从而也证明了少数话语讨论的必要性，"这种评价的意识形态含义不证自明：第一，当欧洲人聚在一起讨论各自的文学时，他们被看作能够跨越语言障碍进入熟练沟通，这种沟通不仅在会议上得到鼓励，并且在跨国家的各种大学里以比较文学的形式得得机制化。相反，当少数民族和第三世界人民想要开始类似的讨论时，他们的对话被人文主义意识形态视为没有条理的胡言乱语，即使他们为此目的打算运用一种欧洲统治语言。第二，西

① Edited by Abdul R. JanMohamed and David Lloyd. *The Nature and Context of Minority Discourse*. Published by Oxford University Press, Inc., 1990.

方人文主义者认为，被欧美帝国主义野兽化、被西方霸权边缘化的美国本土印第安人、非洲人等彼此之间没什么相关的东西可说。第三，必须阻止少数民族通过广泛的概括及其他方法互相接近。"① 在简·默罕默德看来，这种行为与从前禁止黑人学习文化等殖民主义政策有类似的地方。

除了这种白人主流文化的意识形态限制，NEH 的评价意见在某种程度上也的确折射出了少数话语的技术性困难。意见认为：一个大会能够在美国同时汇聚并讨论非裔美国文学、亚裔美国文学、美洲本土文学、非裔加勒比文学、澳洲土著文学、毛利人文学等等，不免漫无边际：难以想象一个美洲本土文学专家会有多少东西可向一个非洲文学专家宣讲；如果将这些文学进行归纳，则更不可思议。将语言、文化、地域等各不相同的文学，集中到一起讨论，的确不太容易。意见中所提到的学术上的通天塔，即语言的问题，彰显出少数话语的历史困境：本来是从少数文化立场上批判主流文化的会议，却被迫运用他们所反抗的殖民者的语言，否则无法沟通。

这些各不相同的少数民族，有一点却是共同的，即在其国家内部都是少数、边缘和被支配的。也许仅此就够了。在《少数话语的性质和语境》一书的"序言"中，简·默罕默德和大卫·劳埃德谈到，他们的用意是双重的：一是在不同的少数文化中划定一个领域，二是干预美国的文化教育政治。"序言"在谈及论文集所收论文内容时，概括说："发表在这个集子里的论文，所关注的常常是各自共同体的不同的当下问题，然而却共同反映出少数话语的性质和语境：关于少数族的建构，关于少数族群在'表现自身'的努力过程中文化斗争的特性，还有，为了建立一种少数话语理论，对于抗议霸权文化所需要的有关认识论、政治和文化后果的讨论。所有这些论文，尽管各种各样，都探索和表达了少数文化的不同方面，迄今为止，当前的教育

---

① Edited by Abdul R. JanMohamed and David Lloyd. *The Nature and Context of Minority Discourse*. Published by Oxford University Press, Inc. , 1990. P4.

系统仍然只投入在统治意识形态的再生产之中，而对少数文化不屑一顾。"① 从这本书的内容和简·默罕默德、劳埃德所写的总结性"序言"来看，作为一种新的概念的少数话语的确值得期待。

关于少数文化的讨论，首先被强调的常常是它似被统治文化所压迫和伤害的命运。在西方主流文化的意识形态之下，少数文化不免遭遇贬低和蔑视，这看起来是后殖民理论所讨论的东方主义在西方国家内部的显现。这本论文集中收录了一篇讨论美国亚裔文学的论文，依兰·金（Elaaine H. Kim）的《经由文学定义亚裔美国现实》，我们不妨由此看一看亚裔文化在美国的地位。这篇文章的第一节就谈到，"虽然我们不再处于直接的殖民统治之下，但有关亚洲的笨拙的种族想象却继续盛行于西方，并且同时扩张到了亚裔美国人那里。" 在美国流行电影中，充斥着"穿着日本军服的越南人、邪恶的坏蛋以及如在电影《第一滴血》（Rambo）中看到的面目不清的野兽般的人群"，以及"《龙年》（Year of the Dragon）中纽约唐人街穿着工装的黑社会歹徒"。亚洲人的形象常常是邪恶的异教徒、滑稽的仆人以及性感的异国情调的东方女人等，与作为主人、传教士的白人相对，这种模式化的表现已经直接影响了亚裔美国人对于自己的理解。另外，文章还谈到，在西方种族想象中，少数族还有不同的阶层和分类。如果说，白人在上，黑人在下，那么亚洲人则处于中层。亚洲人常常被用来贯彻白人的指示，是"中间少数族"和"优秀少数族"。②

兰西·哈特桑克（Nancy Hartsock）引用敏米（Memmi）的说法，来概括西方主流文化创造"他者"的特征：一，"他者"永远是一种社会价值的缺乏；二，"他者"被看作是不透明的；三，"他者"不被看作正常人类社会的一员，而属于另外一个低级混乱的世界。哈特

---

① Edited by Abdul R. JanMohamed and David Lloyd. *The Nature and Context of Minority Discourse*. Published by Oxford University Press, Inc., 1990.

② Elaine H. Kim. *Defining Asian American Realities Throgh literature*, *The Nature and Context of Minority Discourse*. Edited by Abdul R. JanMohamed and David Lloyd. Published by Oxford University Press, Inc., 1990. P146 – 168.

桑克运用萨义德的"东方主义"论述，进一步分析西方的这种"他者"创造。他认为，萨义德非常清楚地显示出了这种意识形态构造的政治维度，萨义德将东方主义的创造看作是一种权力意志的扩张，他说："东方主义，是一种支配、重建、凌驾于东方之上的西方话语。"哈特桑克赞成萨义德的说法，即：欧洲文化对于"他者"的否定的另一方面，其实是对于自己的中心身份的确认，"我断言，对于贬低他者的哲学和历史创造，正是处于时间和空间之外的超验的、理性的主体创造的必要前提。"①

简·默罕默德以"善恶二元论"来概括西方主导文化的结构。在他看来，善恶二元论不但是西方殖民主义话语，也是西方人道主义的关键所在。按照这种善恶二元论，我们将永远在政治、经济、文化各个方面扮演"他者"的角色。简·默罕默德对于"善恶二元论"的论述，开始于他对于殖民文学的讨论。他认为：在开始与殖民地相遇的时候，面对差异，殖民者有两种选择：如果平等接受这种文化，则与自己的文化相矛盾，而质疑使自己成为主体的文化并不容易；如果他以自己的文化为中心，将殖民地文化视为异己，则不需要质疑自己的文化，也不需要去费力理解不同的文化。西方殖民主义的选择当然是第二种，"它并不探讨种族他者，只是肯定自己的种族中心假想；它并不实际描述'文明'的外在限制，只是简单地符码化和保存自己的精神结构。"殖民文学的想象，即由这种二元对立的结构所造成，"殖民文学所探讨和表现的，是一种处于文明边缘的世界，这是一个尚未被欧洲所驯服、未被其意识形态所详细地符码化的世界。这个世界被看作是无法控制、混乱、不可企及以及邪恶的。为征服和控制的欲望所驱使，西方帝国主义将殖民主义领域看作是一种建立在种族、语言、社会风俗、文化价值以及生产模式差异基础上的对抗。"显然受到了话语理论的影响，简·默罕默德认为，殖民主义意识形态与文

---

① Nancy Hartsock, Rethinking Modernism. *The Nature and Context of Minority Discourse*. Edited by Abdul R. JanMohamed and David Lloyd. Published by Oxford University Press, Inc., 1990. P17-36.

学之间的关系并不是单向的，而是相互的，也就是说，"意识形态不仅仅简单地决定了小说，反过来，经由一种共生的过程，通过表达和为殖民主义的位置、目标辩解，小说也形成了意识形态。"①

这种二元对立的殖民主义文化结构，不但巩固了西方统治文化，同时也影响了被殖民者对于自己的定位。盖茨（Henry Louis Gates. Jr）在文章中曾提到卡豪（John C. Calhoun）的种族主义言论，"如果他能找到一个黑人懂得希腊语语法，他就会相信黑人也是人，应该像人一样对待他。"可悲的是，一位少数族知识分子克鲁梅尔（Alexander Crummell）为了证明他是文明人，果真去学习希腊文化，并且蔑视一切非洲语言，将它们称为"未开化的野蛮人的语言"。这一事例表明，如克鲁梅尔这样的少数族知识分子，已经被西方的人道主义话语实践所征服、所主体化了。盖茨指出，克鲁梅尔并不孤独，包括参加少数话语会议的西方移民知识分子，其实都是他的后裔，因为他们并不使用自己的语言，而且他们的知识结构都来自于西方。②

简·默罕默德和大卫·劳埃德很关心少数族文化的命运。在主流文化控制下，少数文化不是走向灭绝，就是走向同化。原来不同模式的历史，被一种单一的历史所取代。主流文化是标准、强势的，少数文化则被看作是幼稚、不完善的。少数文化的前途，只能是追随主流文化。简·默罕默德和大卫·劳埃德强调，需要警惕主流文化对于少数文化的收编。主流文化的霸权统治，常常伴随着对于差异的吸收、甚至赞扬。多元文化主义能够包容异己，看起来十分宽大，却为简·默罕默德和大卫·劳埃德所拒绝。他们认为，多元共生是从主流文化角度出发的，巩固了一种中心/边缘的格局。对于多元文化主义来说，

---

① *The Economy of Manichean Allegory*: *The Function of Racial Difference in Colonialist Literature*, Critical Inquiry, 12（1），1985.

② Henry Louis Gate, Jr. *Authority*, （*White*）*Power*, *and the*（*Black*）*Critic*; *It's All Greek to Me*, *The Nature and Context of Minority Discourse*. Edited by Abdul R. JanMohamed and David Lloyd. Published by Oxford University Press, Inc.，1990. P72 – 101.

种族文化差异只是一种异国情调，是一种装饰。它可以接受墨西哥风味的烹调，却禁止西班牙语作为美国学校的教学语言。更重要的是，它从根本上拒绝承认主流文化对于少数文化的破坏。文中专门提到，在主流文化中很受欢迎黑人霹雳舞，事实上来自于巴西奴隶戴着锁链的舞蹈，它后来作为主流文化的审美性差异被好莱坞接受，"如此，少数话语正如马克思在《论犹太人问题》一文中形容宗教时所说意识形态模式——既是悲惨的升华又是悲惨的表达，不过这里又有着重要差别，少数族形式，即便是悲惨的升华，也需要被理解是为了生存、为了保存另类文化身份及政治批评的策略。"①

在少数民族饱受伤害，少数文化遭到破坏的情形下，少数话语的首要任务就是重建少数主体。少数文化一直受到压制和约束，为的是资本主义主体有效地进行，少数话语需要表达少数文化的身份价值，阐明其主体位置的含义。

有关少数文学内涵的阐述，最有名的文本是德勒兹（Gilles Deleuze）和加塔利（Felix Guattari）讨论卡夫卡的著作《走向少数文学》。在德勒兹和加塔利看来，少数文学有以下3个特征：第一，非地域化。少数族在创作时运用的不是自己的语言，而是主流文化的语言，如卡夫卡运用德语，美国黑人运用英语，乌兹别克人运用俄语。这种运用使得少数文学在语言上显示出"陌生化"的效果，卡夫卡对于德语的挑战即是一例。第二，政治化。在主流文学中，社会环境仅仅作为一个背景而存在，而在少数文学中，由于空间的狭小，个人的关注往往指向政治化。第三，集体性。少数文学并不属于这个或那个大师，由于边缘性，作家们常常共同构成一种集体行为，文学积极

---

① Edited by Abdul R. JanMohamed and David Lloyd. *Introduction: Toward a Theory of Minority Discourse: What Is To Be Done?" The Nature and Context of Minority Discourse.* Published by Oxford University Press, Inc. , 1990. P1 – 16.

担负着集体甚至革命的角色和功能。① 德勒兹和加塔利的观点，已经成为少数文学论述的经典，不过这些结论还是受到不少质疑和补充。

在《少数族话语的性质和语境》一书的"序言"中，简·默罕默德和大卫·劳埃德讨论了德勒兹和加塔利有关少数文学集体性的问题。他们认为，德勒兹和加塔利有关集体性特征的概括是准确的，不过，将少数文学的集体性归因于为少数族作家缺乏才能，没有文学大师的说法却有问题。他们更同意法农的说法。法农认为，由于少数族的文化受到了阻断，因而未能按照西方文化那样朝向个人的方向发展。在简·默罕默德和大卫·劳埃德看来，少数话语的集体性质也得之于这样的一个事实，即处于少数族之中的个人，总是被迫接受同样的待遇，由于被推向统一的客体地位，因而个人便倾向于将其转化为统一的主体。

在这本论文集中，简·默罕默德另有一篇专论美国黑人作家赖特（Richard Wright）的文章。这篇文章从另外的角度，讨论了德勒兹和加塔利的论述。在开头引用了德勒兹和加塔利所说的少数文学的三大特征后，他认为这些概括对于欧洲作家卡夫卡来说是准确的，但欧洲内部的卡夫卡之于德语的关系并不能完全代表少数族与西方主导文化的关系。在他看来，构成这些特征的基础首先是少数族否定西方文化霸权的意志，这种意志之所以重要是因为长期以来西方文化霸权对于少数文化的否定——"阻止少数文化认识到它们作为人类一员的全部潜能，排斥他们参加市民和政治社会的资格"，如此如果不能阻止这种文化霸权，少数文化就无法参加到主流文化之中。简·默罕默德以赖特为例，详细阐述了少数族这种否定意志的重要性。②

---

① Gilles Deleuze and Felix Guattari, Kafka: *Toward a Minor Literature*, trns. By dana Polan, Forawrd by Reda ensmaia. Published by The University of Minnesota Press, 1986. P16 – 27.

② Abdul R. JanMohaved. *Negating the Negation as a Form of Affirmation in Minority Discourse*: *The Construction of Richard Wright as Subject*. *The Nature and Context of Minority Discourse*. Edited by Abdul R. JanMohamed and David Lloyd. Published by Oxford University Press, Inc., 1990. P1 – 16.

　　瑞南特·罗萨德（Renato Rosaldo）在论文《政治，家庭与笑声》一文中同样认为，德勒兹和加塔利的文章具有欧洲中心主义和精英主义的倾向。"当德勒兹和加塔利声称，'只有少数族是伟大和革命'的时候，他们的政治设计以及颠倒的势利就很明显了。当他们断言少数文学作家因为缺乏才能而其具有政治和集体价值的时候，他们的颠倒的势利于是变成了俯就。"在罗萨德看来，卡夫卡、乔易斯能否代表少数族文学是值得怀疑的，欧洲内部的卡夫卡、乔易斯的写作与真正的少数族写作是不一样的。罗萨德以两位墨西哥裔美国作家帕兰德（Paredes）和盖纳内（Galarza）为研究对象，挑战了德勒兹和加塔利的概括，"并不是非地域化，在我看来，墨西哥裔美国人的创造性抵抗空间是边界，是双语的位置，而不仅仅是英语"；"并不是简单的集体性，帕兰德和盖纳内将他们的社群想象为一种线性的家族，同时是集体性和俄狄浦斯关系的象征"；"并不是直接的围堵的政治，我发现一种笑的政治，幽默和笑声具有颠覆性"。①

　　对于美国文化教育体制的批判，是少数话语重建过程中的重点。这一点很容易理解，少数话语的倡导者多是在西方大学任教的少数裔学者，他们本身就是在西方主流文化教育体制中受到排挤的，建立少数主体及理论势必首先要打破现有的体制。在《少数话语的性质和语境》一书的"序言"中，简·默罕默德和大卫·劳埃德谈及了少数族学者在西方学术机构里被边缘化的遭遇，这既是种族歧视之于个体的表现，也是少数族问题被排除于学术领域之外的结果。少数族被排挤，正如妇女之贫困化、第三世界人民被妖魔化、同性恋被驱逐，都是由于资本主义劳动分工的结果。简·默罕默德和大卫·劳埃德指出："少数话语的理论提出另一个问题：'变成少数'的理论和教学需要什么？很清楚，需要文化和人文教育的意义深远的转变。"他们认为，在教学上引进新的教学大纲及课程是简单的，而在实践上达到

---

　　①　Renato Rosaldo. *Politics*, *Patriarchs*, *and Laughter*, *The Nature and Context of Minority Discourse*. Edited by Abdul R. JanMohamed and David Lloyd. Published by Oxford University Press, Inc., 1990. P124－145.

预期目标并不容易。在形式上，不仅需要不同材料的研究，更需要有效地干预现有的学科分类。已经有所谓"积极行动"（affirmative action），即创立如种族、女性、同性恋等方面的研究的边缘性性学科，或者在大系里雇用一两个少数族学者。简·默罕默德和大卫·劳埃德认为这还远远不够，必须提出与"积极行动"相对应的思想理论，他们提出以下两点对策：一是西方主流人道主义早已破产，从少数族的立场看，一种可行的人道主义必须集中于政治批评；二是主流文化主体往往容易滥用权力，而被支配、被统治的少数族则更容易看到权力误用的可怕后果。在他们看来，"对于被统治的牺牲品的关注，不但必须是少数话语的中心，而且也应该是非欧洲中心的、非美学的'人道主义'——也就是说，一种人类潜能的乌托邦探索——所关注的中心。"①

---

① Edited by Abdul R. JanMohamed and David Lloyd. *Introduction: Toward a Theory of Minority Discourse: What Is To Be Done?*" *The Nature and Context of Minority Discourse.* Published by Oxford University Press, Inc., 1990. P1–16.

附 录

学术自述： 学术的无奈与精彩

（《中国社会科学报》2011 年 6 月 14 日）

谈起我的学术的时候，外人多多少少感觉有点奇怪，原因是我涉及了几个看起来不太相干的领域。说好听一点，这是兴趣广泛；说不好听的，则是用心不专。不过，之所以造成这种局面，倒并非因为我自信自己具有超强的跨专业能力，而是出于无奈。人在多大程度上能够决定自己呢？大概很少，即使在学术研究这种较具个人性的领域。

结缘香港文学研究

说起来，我是正宗中国现代文学出身。本科论文写的是艾青，硕士论文写的是徐志摩。在硕士毕业后，惯性地写作发表了一些有关徐志摩、鲁迅、茅盾、沈从文的文章。其后，就随着阅读兴趣的转移而离开了现代文学。那个时候的阅读，主要偏于理论方面，无论中西，出版了一本书名为《存在与虚无》。

确立博士论文的时候，我想偏于文论方面，导师杨义先生却不同意，他希望我做香港文学。我读博的时间是 1995 年，香港即将回归，杨义先生的"定题"大概与此有关。不过，当时我对于香港文学，除了金庸之外，一无所知。杨义先生自己并不研究香港文学，我进入这一领域可谓两手空空。当时的香港文学研究正热，仅《香港文学史》就已经出版了五六部。不过，相关研究并不是没有问题。正如香港学者李焯雄所指出的：台港澳文学尽管与大陆不同，但仍被纳入现实主义的论述模式，总"离不开现实主义的（不论什么主义，无非是现实主义的加深、歧出、变调、超越或反动）"，这事实上是中国文学史撰写的共同问题。我自然不希望重复这种大同小异的中国文学史撰写方式，而觉得香港是讨论"历史叙述""文化身份"及"都市经验"的最佳切入视角。2000—2001 年，我去英国剑桥大学，一方面查阅香港的历史资料，另一方面学习后殖民理论，进一步确认了我对于香港文学的重新定位。

2003 年，《小说香港》一书由三联书店出版，被收入"哈佛燕京丛书"。该书在相关学界，特别在香港引起较大反响。香港唯一的文学评论刊物《香港文坛》在 2003 年 8 月号刊载了"赵稀方《小说香港》评论专辑"，"专辑"所收录的海内外 4 篇论文论述了《小说香港》面世的意义，认为："赵稀方的这部专著可以说标志着内地的香港文学研究走出了初步阶段，而进入了一个深度研究时期。"《亚洲周刊》在 2003 年 6 月号推荐的港台大陆三部优秀图书中，大陆部分推荐了《小说香港》一书。2004 年 7 月开始的"第五届香港文学节"认为：在新近的香港文学研究中，"最引人注目的关于香港文学的学术著作，则应首推中国社会科学院年轻教授赵稀方的专著《小说香港》"。《当代文坛》2005 年第 4 期发表计红芳《内地香港文学研究之我见》，认为："《小说香港》的出现标志了 21 世纪内地香港文学研究的一个新起点。"

《小说香港》其实只是一个规范性研究，我心里很清楚，香港文学很需要在报刊、史学等实证方面的进一步开拓，我觉得自己已经窥到门径。可惜的是，博士毕业后，我竟然不得不与香港文学告别了。

接触翻译文学史

毕业刚刚留所的时候，杨义先生主编了一套多卷本《中国翻译文学史》，他对我提过多次，我并无兴趣。后来，一个写三四十年代的学者觉得一个人无法完成，需要人帮忙分担，杨义先生又来找我。我不习惯与别人合作，无奈之下只好提出，让自己独立写一卷，那就是"新时期卷"。选择"新时期卷"其实是自找苦吃，因为这是唯一一个没有前人著述的时段，基本资料都需要自己积累。

当时似乎还没有人注意到，翻译研究是西方理论的一个相当前沿的研究学科，国外有所谓"翻译研究的文化转向"和"文化研究的翻译转向"的说法（Susan Bassnett）。我开始写出来的东西不像是文学史，而像是思想史，于是乎在 2003 年单独出版了《翻译与新时期话语实践》，而在此基础上写就的《翻译文学史》（新时期卷）直至2009 年才随多卷本一同出版。这两部书从翻译角度对于新时期文化的评说，引起了学界注意。《中国比较文学》分别于 2006 年和 2010年刊发了对于这两部书的专业评论。北京外国语大学教授顾钧在2010 年 2 月 10 日《中华读书报》上发表了《文学史原来可以这么写》的文章，惊叹文学史写作新模式的产生。

后殖民理论研究的"进与出"

真正由自己选择的专题研究，大概只有"后殖民理论"。这个理论领域的题目，其实也是由港台文学研究所引起的。因为香港、台湾都曾受到殖民统治，我的研究自然免不了后殖民视角，而当时祖国大陆、台湾、香港的后殖民论述众说纷纭，引起我系统研究后殖民理论的想法。2001—2002 年在剑桥的时候，我就已经开始系统学习；2005—2006 年去哈佛一年，专门研究后殖民理论。直到 2009 年，《后殖民理论》由北京大学出版社出版，被收入陈平原教授主编的"文学史研究丛书"。因为是汉语学术界第一本系统讨论后殖民理论的著作，也因为此书独特的"殖民主义""新殖民主义""后殖民主义""内部殖民主义"话语谱系追踪方法，此书面世后较受欢迎。《文学评论》2010 年第 1 期发表长文《读赵稀方的〈后殖民理论〉》，将此书称为"填补了空白的开拓之作"。《西方理论动态》《中国社会科学报》等报刊都发表了评论文章。

《后殖民理论》完成后，正好有出版社约请我写一部完整的 20 世纪翻译文学史。我索性把这个题目报到院里，没想到迅速获批，成为社科院重点项目。于是，我再一次转到了翻译文学史研究上。世事果然难料。

所做的题目，常常并非自己的选择，这的确无奈。不过，反过来想，没有接触，大概无从产生兴趣。我进入港台文学、翻译文学史和后殖民理论研究之后，都产生了浓厚的兴趣。多涉及一些领域，大概未必是坏事。假如，博士毕业后，我一直在香港文学研究领域，专则专矣，局面却未免过于逼仄。不同的领域，也许可以互相补充。我愈来愈感觉到，它们在纵深的地方都相互贯通着。2009 年我所出版的另一部书《后殖民理论与台湾文学》，便是融通台港文学与后殖民理论的尝试。

学术访谈： 学术解魅与反抗虚无

——访中国社会科学院文学研究所赵稀方研究员

（《甘肃社会科学》2013 年第 4 期）

赵稀方　　张宝林

一、关于翻译与翻译文学研究

张宝林（以下简称张）：赵老师，您好！受《甘肃社会科学》主编胡政平先生委托，我利用这次来社科院文学所做访问学者的机会，对您做一次学术专访。您近年来的研究主要集中在港台华文文学、当代理论和翻译文学这三个领域。在《翻译现代性——晚清到五四的翻译研究》一书的"后记"中，您曾写到："前两个领域的著作较有反响，独有翻译研究应者寥寥。"其实，您的翻译研究已经开始引起学术界的关注，相关评论文章时常见诸报端，您从事翻译研究的敏锐学术眼光和独特学术个性无不受到称赞。您的一些观点不但被经常引用，也得到了学术界的回应，比如中山大学的王东风教授曾针对您的研究写过回应文章。

赵稀方（以下简称赵）：我感觉，自己的香港文学、后殖民理论研究的影响较大，翻译文学研究的影响相对比较小。不过，你讲得也对。翻译研究的影响主要限制在外语圈，我接触不多而已。

王东风的文章，是一场学术争论中的一篇。引起争论的是我写的一篇有关《红与黑》翻译讨论的文章，曾在《东方翻译》发表过，也收入了《二十世纪中国翻译文学史·新时期卷》。这篇文章讨论发生于 1995 年的"《红与黑》事件"。法国小说《红与黑》出现了诸多汉语译本，引起了一场大讨论，涉及很多翻译家和海内外学者，最后许钧教授还编了一本书《文字·文学·文化——〈红与黑〉汉译研究》。我在文章中认为，这场发生于 20 世纪 90 年代的讨论对于中国翻译很有贡献，不过从理论上折射出了中国翻译研究观念的落后。多少年来，我们一直停留在意译和直译这样一个古老角度，70 年代以来西方翻译文化研究的思路在中国还较少为人了解和运用。5 年之后，许钧教授觉得这个问题还可以进一步深发，又在《外语教学理论与实践》组织了一场"〈红与黑〉汉译大讨论再思考"，其中包括中山大学王东风教授的《"〈红与黑〉事件"的历史定位：读赵稀方"〈红与黑〉事件回顾——中国当代翻译文学史话之二"有感》、上海外国语大学谢天振教授的《对〈红与黑〉汉译大讨论的反思》、南京大学许钧教授的《理论意识与理论建设——〈红与黑〉汉译讨论的意义》等文。

有趣的是，许钧教授发起这样一场讨论的潜台词是不太同意我的观点，但谢天振教授和王东风教授的文章却都支持我的看法。谢天振教授的文章一开头便旗帜鲜明地支持我的观点，他认为我将这场大讨论的内容归结为一个假问题时，的确让人为之一震，"然而冷静一想，却又不能不同意稀方教授的这个'耸人听闻的结论'"。王东风教授则在讨论中注意到了我的研究方法，他提到，"从他的论文和专著看，文学史的研究显然是他的一个利器，而他近期的研究则显然偏向中国的翻译文学史。"这种研究方法，与外文系的学者比较起来，有自己的优势，"作为一个以史学见长的学者，他的论著有着史学研究所特有的严谨，文献与史料都来自第一手，几乎看不到二手的转引；同时，与仅仅依赖于史料堆积甚至二手史料堆积的所谓翻译史研究不同，赵稀方的翻译史研究难能可贵的地方在于他有着史学家高屋建瓴的眼光，能在特定历史断层处独具慧眼地发现具有标本价值的文献，借此以还原出那个特定时期的历史风貌。"

我以前和外文系的学者没有打过交道。我第一次参加外语翻译学界的活动是参加 2006 年佛山的翻译研讨会，当时我作为特邀嘉宾。外语学界大概觉得我的翻译文学史研究思路有独到之处，所以请我讲一下。王东风是外语学界研究翻译理论的，对理论比较敏感，那次会议讲韦努蒂（Lawrence Venuti），这是很新的理论，在会上引起注意，但有人发现我在 2003 年的书中就已经谈到韦努蒂了。

张：做翻译研究的时候，中文系的学者和外文系的学者似乎有不一样的地方。您觉得区别何在？为什么会有一些比较明显的区别？

赵：中文系和外文系的翻译研究，应该说各有所长。可以想象，外文系的翻译研究较多侧重语言，而中文系的翻译研究较具文史脉络。不过，可喜的是，两者在靠近。

在今年《中国翻译》第一期上，我发表了研究《新青年》翻译的文章。川外廖七一教授也研究《新青年》的翻译，但与我差别较大。我基本上还是做现代文学研究，不是从语言理论出发的，希望借翻译把思想的线索理清楚。通常的外文系学者写的翻译史，只是一个基本作家作品的翻译介绍，多数没有深入研究。我的《新青年》翻译则写了 5 万字，其实是以翻译为线索，研究思想史上《新青年》如何从晚清走来，如何形塑现代？

张：《翻译与新时期话语实践》是您翻译研究的第一个重大收获。您觉得这本书的特色是什么？另外，您当时为什么要去做翻译研究？

赵：《中国社会科学报》对我做过一次采访，我当时提到了翻译史研究的缘起。博士毕业之后，杨义老师主持《二十世纪中国翻译文学史》的写作，想让我参加，我谢绝了。但推脱不掉，我就提出，如果写的话，就单独写一卷。杨义主编的《二十世纪中国翻译文学史》本无"新时期卷"，当时还没有论述新时期翻译史的著作，我倒觉得这一段比较有挑战性，就接受了"新时期卷"的写作。《翻译与新时期话语实践》一书出版于 2003 年，较为侧重理论；《中国翻译文学史·新时期卷》迟至 2009 年才出版，较侧重文学史。

我做翻译研究是先从后殖民理论进入的，首先接触的是本雅明《翻译者的任务》、萨义德《旅行的理论》、斯皮瓦克《翻译的政治》，及特贾斯维莉·尼南贾纳、劳伦斯·韦努蒂等人的理论著作。我的翻译研究较为接近后殖民及文化研究的思路。后来，才反过来了解了20世纪70年代以来西方"翻译研究"文化派别的思路。在西方，存在"翻译的文化研究转向"与"文化研究的翻译转向"的汇合。

　　张：《翻译与新时期话语实践》涉及的主要是新时期的翻译，您去年出版的《翻译现代性》关注的是晚清到五四这一时段。关于五四的翻译，学术界有不同的看法。有些学者认为，五四先驱在通过翻译接受西方启蒙主义话语的时候，自觉或不自觉地掉入了西方殖民主义的陷阱，似乎有自我殖民化的嫌疑。您如何看待这个问题？

　　赵：这一点较为复杂。事实上，翻译是一种主体确认，是从他者的角度进行自我评判。早年主张西化的论者，像鲁迅这些人，他们是借用"他者"来批判和改造中国文化。至于这个"他者"是谁，究竟怎么样？其实并不是特别重要。他们只是要取一种和我们对立的文化系统来进行自我批判，他们对于"他者"的翻译实际上是一种想象化的过程。比如说，鲁迅虽然写了《摩罗诗力说》和《文化偏至论》，但实际上，他对西方文化的了解是有限的。真到了《学衡》派，真正到了哈佛，到了西方文化的内部，就会发现要树立这样一种"东/西"二元对立是非常困难的。

　　张：晚清到五四这一时段，也曾发生过很多有关翻译的论争。比如，新文化运动者对于林纾翻译的批判，表面上看是针对翻译方法——直译和意译，但这里面是不是还存在话语争夺的问题？

　　赵：新文化倡导者对于林纾的批判，最厉害的是刘半农和钱玄同写的"双簧信"。我觉得这不是个人恩怨，而是时代差异。林纾时代，中国刚刚翻译外国小说，中国国力衰弱，但文化强大，因此是我化外国。林纾把西方小说译成中国文言小说，以中国传统道德伦理改写西方文化。到了五四，鲁迅、陈独秀等人认识到，不能以己化人，这样的翻译就没有意义，翻译恰恰是为了引进异质性的文化。《新青年》对这个论述很多，钱玄同、陈独秀、鲁迅、周作人都写过文章。他们认为，正因为我们和他们不一样，所以才把他们翻译过来，要是他们和我们一样了，就没必要去吸收。林纾当时出名，在于他"能以唐代小说之神韵，迻译外洋小说"，但刘半农和钱玄同的"双簧信"中认为，这实在是林先生最大的病根。他们认为，译书应以原本为主体，翻译的时候只能以本国文字去凑就外国文，绝不能把外国文化改造成中国文化。

新文化倡导者和林纾之间的冲突，其实是历史发展的不同阶段的冲突。胡适等新文化运动倡导者后来对于林纾有较高评价，但这绝不能抹杀五四批判林纾的历史贡献。这是两码事。在林纾那个阶段，中国人只能以这种形式来翻译外国文学，否则中国读者不能接受，你要是一开始就像周氏兄弟那样"直译"肯定不行，他们在1909年翻译的《域外小说集》只卖掉40本，就是个失败的例子。林纾具有启蒙作用，新文化倡导者是读他的书长大的，但五四时代反对林纾也是必然要发生的，我们要把这个区分清楚。

张：前几年，学术界曾就翻译文学的属性和地位展开过激烈讨论，但翻译文学是20世纪中国文学"重要而又独特的组成部分"，已成为大多数学者的共识。既然如此，那就应该将翻译文学作为20世纪中国文学史写作的重要内容来处理。但近些年出版的文学史著作，并没有把翻译文学包含进去。您觉得这是为什么呢？

赵：这涉及观念的问题。开始时期的现代文学研究，专门有翻译的篇幅，后来没了，只谈外国文学对作家的影响，但具体的翻译却不提，而归到外国文学史去了。王宏志在《重释信达雅》一书中索性提出：翻译文学是中国文学而不是外国文学，因为翻译家用的是汉语，阅读和影响都在中国国内，与被翻译的那个作家和国度没有关系。中国作家，在现代作家中有很多可以读外文，不过不可能懂所有外文，所以还须看译本，当代作家则基本上不能直接阅读外文，对翻译依赖性很大。中国当代作家所受到的外国作家的影响，准确地说，是受到了中国翻译家译文的影响。莫言就说，他受到的不是外国作家的影响，而是中国翻译家的影响。莫言认为"翻译家功德无量"。他说："像我们这样一批不懂外语的作家，看了赵德明、赵振江、林一安等先生翻译的拉美作品，自己的小说语言也发生了变化，我们的语言是受了拉美文学的影响，还是受了赵德明等先生的影响？……我的语言受了赵德明等先生的影响，而不是受了拉美作家的影响，那么谁的语言受了拉美作家的影响呢？是赵德明等先生。"邓友梅也说过，五六十年代中国抒情诗的格式，其实受到俄苏诗歌翻译文体的影响。其实，人家本来并不这样写，诗歌翻译变形尤其厉害，翻译家创造的翻译体被我们的作家们模仿。

张：翻译不仅与我国的现当代文学创作有很大的关系，近些年来，对我们的学术研究也产生了很大的影响。比如，王德威、李欧梵等人的现代文学研究成果翻译进来之后，对国内的现代文学研究冲击很大。

赵：是的，翻译跟中国当代写作的关系非常直接，新时期以来，从现代派到萨特热、拉美文学热等，都与中国文坛的创作有直接呼应的关系。学术研究也是这样，中国当代的一些评论家喜欢用一些新的思想和比较时髦的术语，但不能阅读原著，因此特别依赖翻译。有一次曹卫东就对我说，他把哈贝马斯关于公共领域的书翻译过来以后，才导致了中国评论家大量运用这一术语进行研究，翻译的作用就这么明显，它会给我们带来一种新的话语。王德威被翻译过来，我们才注意到"没有晚清，何来五四"。李欧梵被翻译过来，我们才知道如何讨论"上海摩登"，翻译导致了学术研究话语的转变。不过，这是另外一个问题了。

张：我最近看到有人从形象学的角度介入翻译研究，有研究某一作品在中国的翻译和接受问题的，也有研究域外作家在中国形象变迁的。您如何看待这种翻译研究的思路？

赵：这是一种比较文学的路子，北京大学孟华教授擅长于这种研究。从这个角度来研究中国文学，我觉得也很有意思。需要注意的是，这其实是我们对西方文化的构建，虽然跟西方有关系，但实际上主要是中国的认知。正如萨义德的东方主义，它是西方关于东方的话语建构，与东方自身并无关系，并且他并不认为存在一个真实的东方。用福柯的理论来看，事物的存在方式只有话语，没有别的方式，我们要研究的，是对于它的描述。

二、关于理论研究

张：运用后殖民理论研究形象问题，大多侧重于社会文化机制对形象塑造所产生的影响。如果过多地从外部展开分析，是不是就忽视了形象塑造者的主体性作用呢？

赵：东方学本身就是一种话语机制，这种机制使得任何一个西方人在谈论东方的时候都会陷于其中。萨义德也反对话语机制这种决定性的作用，不过在《东方主义》一书中，他觉得这一点是很难逃避的。按照阿尔都塞的说法，个人的主体是由社会意识形态建构起来的，个人的作用微乎其微。什么是自己？个人的成分并不多，比如你早出生 20 年，晚出生 20 年，思想就会完全不一样，受制于当时的时代。这样一来，个人如何才能逃脱这种被动的社会文化建构，这是一个重要的问题。萨义德在《文化与帝国主义》等书中提出反抗的思想，事实上是对话语机制的一种突破。

张：您一直比较偏爱理论，最早写的文章大多与理论有关。后殖民理论是您这几年关注较多的一个领域，也出版了专著，反响很大。请您谈谈您的理论研究吧。

赵：我本科论文做的是艾青，硕士论文做的是徐志摩。硕士毕业后，我继续做了一阵中国现代文学，比如鲁迅、茅盾、沈从文，后来就转向思想史和哲学方面去了。当时我比较喜欢读哲学方面的书，西方现代哲学和中国思想史籍都爱读，大概由此产生了一个中西比较的视野。我写过《庄子与中国启蒙文学源流》，试图把中国思想和文学结合起来；写过《论老子思想对胡适的影响》，试图将现代与古代的思想对比观察；写过《胡适与实用主义》，试图疏理中国现代思想与西方哲学的关联。一般认为，胡适的思想是搬用杜威的实用主义，我发现并不是这么简单，胡适事实上用中国古代的自然主义思想改造了杜威的实用主义。现在我们知道，这其实就是翻译的不透明性。我当时没有从翻译角度来看，而是从比较哲学的角度来看。我当时做的大部分是比较诗学和比较哲学，比如说《中西诗学比较管见》《重新认识欧洲浪漫主义》和《中西"表现"理论思想异同辨析》。

后殖民理论研究可以算是我博士毕业之后的第一个自主选择。为什么要选择研究后殖民理论？这实际上是与我的港台文学研究有关。我在做港台文学研究的时候，不时要碰到后殖民理论。因为这两个地方曾经是殖民统治地区，出现了大量的关于后殖民理论的论争，莫衷一是，我希望把这个理论给弄清楚。

刚开始的时候，我是去英国剑桥大学做研究。在两个单位，一个是东方研究所，另一个是 Trinity College（三一学院）。后殖民研究就是从那时开始的，我做的时间很长。后来社科院文学所评奖，《后殖民理论》一书得了一等奖。我觉得，研究某一个理论家，至少要把他的书及所有资料读完，才敢讲话。比如斯皮瓦克、萨义德本人著作很多，研究著作更多，都要看。这是做研究的一个基本要求，但在国内很少有人能做到这一点。比如有人研究斯皮瓦克，就看一两篇文章，还是译文。这是很冒险的，你根据某篇文章认为他对这一问题是这么看的，但别的书里怎么说的你又不知道；并且，很多思想家的思想都有一个发展过程，刚出道的时候是这么说的，过两年他的思想可能就有所变化。要根据那一两篇文章，无法把握其内在的脉络，这肯定是不行的。

如果把港台研究与后殖民理论结合起来，会有一种特别的视野。2005 年下半年，耶鲁大学请我去演讲，题目就是"一种主义，三种命运"，研究后殖民理论在祖国大陆、台湾、香港的理论旅行。"八十年代末"造成了大陆后殖民主义"中国/西方"的对峙，在中国的后殖民批评中，后殖民理论是作为一种消解西方现代性话语、建立中国的"民族性"的工具而出现的。"八七"后对于国民党统治的抵触，则使得后殖民主义在台湾成了反抗中国的理论武器，从而奇妙地形成了"台湾/中国"的对峙。在香港则是"九七"，其效应则是"西方—香港—中国"的夹击。香港处于英国殖民统治下，至"九七"后回归中国，这原是十分简单的逻辑。但反常之处在于，香港已经是一个较祖国更为发达的资本主义地区，而回归也并非港人自觉的决定。这一情形决定了香港后殖民理论的独特面目。

三、关于香港文学研究

张：前面谈的主要是翻译研究和理论研究，其实您最早成名是因为做香港文学研究。您说您最初做香港文学是杨义老师的意思，那杨老师为什么会让您做这个题目？您觉得您研究这一领域获益最大的是什么？

赵：本来我博士论文想做理论，想把理论和整个现代文学结合起来，相当于文论，但后来杨老师不同意，让我做香港文学。中国社会科学院是国家研究机构，对于学术研究的格局有整体考虑，对于学生的题目选择也有针对性，比如说让黎湘萍老师做台湾文学。但香港要回归，需要有人做香港文学，杨老师就让我做香港文学，这就是我做香港文学的开始。

这里有一个问题。经常有人说学生做论文时，应该按学生的兴趣去做，如果你给的题目他不感兴趣，可能就做不好。其实，你不进入这个领域的话，你就认识不到它的价值，也不可能有兴趣。我感觉做香港文学开阔了我的视野，这曾经是现当代文学被忽略的一个空间。

张：有很长一段时间，学术界并不重视大陆之外的中国文学。我看到您曾写过一篇文章，说文学史的某些章节需要重写。

赵：对，我们在做中国现当代文学研究的时候，往往只涉及祖国大陆文学，完全不顾及海外。比如说，我们梳理 20 世纪中国现代主义的发展轨迹，从 20 年代一直到新时期，中间空了 50 到 60 年代，很遗憾。其实，现代主义在五六十年代的台湾和香港很发达，我们内地的学者不知道。不但很发达，而且重要的是，是内地学者和作家出去以后延续下来的。再比如说，旧派通俗小说的线索，在1949年后也终止了，但它们又在台港得到了延续，香港金庸新派武侠小说可以说是一个代表。

和海外学者、台港学者交谈时，我发现他们的视野要比我们开阔很多。大陆学者完全不去谈海外，但海外学者却具有华文文学的视野，会从不同地域华语文学的视野看待问题。王德威和我谈起香港文学来如数家珍，他对香港文学的熟悉程度完全不亚于我。后来，我们俩在《当代作家评论》合做了一个香港文学研究专辑，我写"九七"以前，他写"九七"以后。他熟悉的不止于香港，对台湾更熟悉，对祖国大陆当代文学也很熟悉。在知识面上，我们的大陆评论家差了不少，需要补课。这是我做香港文学的收获。

张：您接下来还有没有到其他相关领域进一步开拓的打算？

赵：国内香港文学研究的热潮，在1997年香港回归以后就衰落了。我倒是觉得，研究还很不充分。《小说香港》主要是从文化认同和城市文化角度来做的，下面还可以进一步做历史研究和文化研究。台湾方面提出要重版《小说香港》，我开始打算增补一下，后来发现大概要另写一本书。香港是一个后殖民空间，在这里，我们很多的文学史叙述框架都受到了挑战。

我现在研究的是香港早期的一个刊物，叫《小说星期刊》，它是1924年创办的。所有香港文学史都没用中国现代文学史的框架，没有从新旧文学的对立谈起。再看《小说星期刊》，事实并不是这样，香港早期的对立是语言上英语和中文的对立，白话文和旧文学反而是盟友。早期香港的官方语言是英文，官方推行英语学校，传教色彩很浓，当地人也热衷于学英文当买办，这样可以挣钱。如此，从私塾而来的中国旧文学就成了中国文化认同的主要园地，我们不能沿用大陆五四框架进行新/旧批判。考察《小说星期刊》，我们发现文言、白话混杂共处，安然无恙，关系不像大陆那么紧张。新文学工作者很难在社会上找到位置，因此立不住脚，这一点从新文学的穷愁主题之多可以看得出来。另一个问题是，因为香港社会的殖民和商业性质，文学启蒙无法展开，而是以通俗文化为主，无论文言、白话，多是通俗文学，其内在性质很值得分析。

研究香港很难采用一种纯文学的角度，我这次打算从报刊出发，以泛文化的形式进入。香港最早的中文刊物是《遐迩贯珍》，创办于1853年，系英人创办，从此可以考察早期香港的社会形态及殖民者的文化表达。

报刊之外，电影也可以包括进去。香港文学的影响其实很小，除了通俗小说，其他的我们几乎没人知道，但香港的电影非常成功，影响也特别大。香港的电影市场仅次于好莱坞，胜过印度，它应该是香港文化研究的重要部分。我现在就在补充一些香港电影史的知识。比如20世纪50年代，从邵氏开始，像李翰祥的黄梅调、风月片、宫廷剧。邵氏除李翰祥之外，第二个核心人物是胡金铨，他的代表作是《龙门客栈》。电影和文学有共同性，但也不一样。看电影时，观众是完全被它调动的，镜头到哪里，我看到哪里。文本阅读你可以停下来想，而电影却只有把电影看完了之后才去评论。香港电影已经有很多研究，但与文学不搭界，我觉得可以建立一种综合性的文化研究。至于我以后会做成什么样子，现在也不知道。

张：您刚才谈到，您先从报刊着手研究香港文学。您为什么要先从报刊开始呢？

赵：历史是什么？是文本。后现代史学观念的一个重要看法，就是历史文本化。历史上的报刊，是触摸历史的最切实的途径。不太有人注意香港早期报刊，它们其实还是很有文化价值的。《小说星期刊》以中华民国为立场的，不过有香港本地色彩。刊物刚开始有论坛、说荟、翰墨筵、剧趣、丛谈、谐林，还有中西新闻，种类非常繁杂，与同时期祖国大陆的期刊体例不太一样。有意思的是，他们把这本刊物送给上海的通俗文学大家许廑父、徐枕亚看，他们俩还给《小说星期刊》写了"对于小说星期刊的批评"一文，刊登于1924年第12期。许、徐两人提到，小说刊物登载新闻之类，不合体例，另外言情小说过多。《小说星期刊》认同的是大陆的通俗文学，这是大陆文坛对于香港文坛的一次规范。《小说星期刊》后来果然就变了，新闻没有了，说荟等也变成了小说、散文、诗歌等现代体例。

四、学术解魅与反抗虚无

张：您能具备这么宽广的学术视野，取得这么多的成绩，我想除了您个人的才气和勤奋，还与您多次到海外做学术研究的经历以及与海外学术界的广泛交流有很大关系吧？

赵：首先说明，我并无才气，也没有什么成就。说到出国，当然有关系，不过大概主要是心理的、无形的。出国的人很多，而真正有收获的人并不多。对我而言，我感觉真正的收获是在心理上的解魅。看到了最好的研究是什么样子，自己做研究的时候就心中有数了，知道以什么样的路径来做。要是没有这样的经历，总觉得人家很神秘，做出来的东西看不懂。至于收集资料，当然也很重要，要是没有资料的话，也就没法去做研究。你来北京访问，对这个也应该有体会吧！

张：最后问您一点更为私人化的问题。您在原来工作的地方30岁刚过就晋升了正高职称，成就一定的学术地位，但您却克服了诸多不便，到社科院攻读博士学位，接着留在文学所这样一个人才济济的地方工作。请问您为什么会做出这样的选择？是什么动力让您当年选择了"出走"？

赵：对我来说，来北京是解魅的第一步，去剑桥和哈佛是解魅的第二步。要达到某种境界，就要不断地克服高度。来北京之前，我和大家一样，很钦佩当时的杰出学者，如杨义、汪晖、赵园等这一批社科院文学所的学者。他们的知识到底是怎么生产出来的？你在下面是无法看清楚的。来这里就是一个解魅，和他们熟悉以后，才明白原来如此，发现到底是怎么回事，发现你自己同样也可以做得很好。再看国外的那些学者，像王德威、李欧梵、萨义德、霍米·巴巴等，在国内都觉得是如雷贯耳的名字。从烟台到北京和从北京到剑桥、哈佛的感受是一样的。你必须先有充分的知识储备，比如到哈佛以后，我已经阅读过霍米·巴巴的著作，这样参加他的学术讨论的时候，听他一讲，发现很容易理解，也就可以对话了。王德威讲课的时候，是世界华文文学的视野，如果你不明白台湾文学、香港文学、马华文学等等，就无从进入他的学术讨论。

对于我个人而言，还有一点很重要。我觉得我自己做学问的动力和一般人不太一样。年轻的时候，我的虚无思想比较严重，老是觉得人生没有意义，这大概和我阅读庄子及萨特等西方现代哲学有关。我写的第一本书叫《存在与虚无》，主要是清理自己的思想。在这本书里面，我考察了中外思想家抵抗虚无的诸种途径，有文学的、哲学的、宗教的各种方法。对于鲁迅来说，就是反抗绝望；对于周作人来说，是"伟大的捕风"。我不是伟人，但人生的空虚同样需要填补，这就是学术。学术对于我来说，首先是一种职业，然而学术更给我提供了人生的意义和价值。周作人在《伟大的捕风》中说："对于虚空的唯一的办法其实还只有虚空之追迹，而对于狂妄与愚昧之察明乃是这虚无的世间第一有趣味的事。"在自然面前，我很宁静，人只是自然的一个部分；然而，人是唯一可以反思生存意义的物种，这种思考是人类对于自身有限性的克服，我珍惜这种思考，所以我所选择的多是与思想有关的研究。在山东，我破格为副教授、正教授，成为全省最年轻的学术带头人，但这些对我来说都不重要，重要的是进一步的见识。

张：在这样一个非常世俗、功利的时代，您能保持这样良好的学术心态，将学术视为实现人生意义和价值的方式，非常值得我们学习。在刚才的访谈中，您结合自己的学术经历，既就翻译与翻译文学、后殖民理论和香港文学研究等3个方面的问题做了精要的回答，也对学术研究中经常出现的一些问题发表了深刻的见解，肯定会对我们有所启迪。赵老师，谢谢您百忙之中接受这次专访！

赵稀方华文文学学术年表

1996 年

《刘以鬯与二十世纪中国现代主义》，（香港）《香港笔会》1996 年第 9 期。

1997 年

《香港小说的现代性命题》，《文学评论》1997 年第 4 期。获陈忠联人文科学奖。

1998 年

1. 《香港文学本土性的实现》《世界华文文学论坛》1998 年第 2 期。

2. 《评香港两代南来作家》，《开放时代》，1998 年第 11 – 12 期。

1999 年

1. 《言情的特定时空——香港言情小说论》，《世界华文文学论坛》1999 年第 1 期。

2. 《乡土的姿态——关于黄春明、海辛乡土小说的文本分析》，《小说评论》1999 年第 1 期。

2000 年

1. 《市场消费与文化提升》，《中国社会科学院研究生院学报》2000 年第 5 期。

2. 《上海文化与香港文化》，（香港）《文采》2000 年第 7 期。

3. 《寻求文化身份——也斯小说论》，《小说评论》2000 年第 1 期。

2001 年

1. 《历史的放逐——香港文学的后殖民解读》，《开放时代》2001 年 5 月号。收入《文学所纪念文选》，中国社会科学出版社 2003 年版。

2. 《城市文化与香港文学》，《超越自我》，2001 年 11 月花城出版社出版。

2002 年

1. 《侣伦小说的文化认同含义》，（香港）《香江文坛》2002 年第 8 期，2002 年度《文学评论》推荐优秀论文。

2. 《作家与城市——侣伦与张爱玲的香港叙事》，《新视野，新开拓》，复旦大学出版社 2002 年 10 月第 1 版。

2003 年

1.《西西小说与香港意识》《华文文学》2003 年第 3 期。

2.《九七前香港文学的叙事与想象》《当代作家评论》2003 年第 5 期。收入林建法主编《21 世纪中国文学大系——2003 年"文学批评"》。

3.《小说香港》(专著),三联书店(北京)2003 年 5 月版,收入"哈佛燕京丛书"。香港《亚洲周刊》(2003 年 6 月号),推荐《小说香港》一书。2004 年 7 月开始的"第五届香港文学节"推荐《小说香港》。获中国社会科学院文学所优秀学术成果奖。

2004 年

1.《历史,性别与海派美学》,(美)《中外论坛》2004 年第 2 期。

2.《台湾乡土文学与殖民性问题》,《回顾两岸 50 年文学讨论会论文集》,台湾中国文化大学出版社 2004 年版。

3.《寻找一种叙述方式》,《香港文学》2004 年 7 月号。

4.《一种主义,三种命运——后殖民理论在两岸三地的理论旅行》,《江苏社会科学》2004 年第 4 期。

5.《重绘文学地图——从中国文学走向中文文学》,《中华读书报·十年特刊·学术》2004 年 8 月 11 日。

6.《评台湾后殖民文学史观》,《世界华文文学研究》第一辑,百花洲文艺出版社 2004 年 9 月第 1 版。

7.《后殖民香港》,(香港)《香江文坛》2004 年第 12 期。

8.《走出香港意识——近年来香港小说的想象与叙事》,《多元文学语境中的华文文学》,山东文艺出版社 2004 年 9 月第 1 版。

2005 年

《香港文学的年轮》,(香港)《作家月刊》第 31 期,2005 年 1 月。

2006 年

1.《离散:一代飞鸿的后殖民空间》,(美)《中外批评》2006 年第 2 期。

2.《五十年代美元文化与香港小说》,(香港)《二十一世纪》2006 年第 12 号。2009 年获中国社科院文学所勤英奖。

2007 年

1.《后殖民时代的香港小说》,《香港文学》2007 年第 7 期。收入《香港文学选集系列》,香港文学出版社有限公司 2009 年第 1 版。

2.《在殖民地台湾,启蒙如何可能?》,《中国社科院文学所学刊》(2007 年 12 月,中国社科出版社），第一期。台湾文学馆"台湾现当代作家研究资料汇编暨资料库建置计划"专案授权收藏。

2008 年

1.《台湾：新殖民与后殖民》，（台湾）《人间》2008 年第 1 期。

2.《东方历史与民族主义》，《上海文化》2008 年第 2 期。

3.《从食物和爱情看后殖民》，（香港）《城市文艺》2008 年第 9 期。

4.《九七前后的香港小说》，（香港）《"腾飞的岁月——1949 年以来的香港文学"研讨会论文集》，香港大学中文学院"腾飞岁月"编辑委员会 2008 年 12 月第 1 版。

2009 年

1.《后殖民理论在台湾的演绎》，《文艺研究》2009 年第 2 期。

2.《香港：边缘的政治》，《香港文学》2009 年第 3 期。

3.《想象香港的方法》，《全球化与文学》，山东教育出版社 2009 年 1 月版。

4.《后殖民理论与台湾文学》（专著），台湾人间出版社 2009 年 5 月初版。

5.《后殖民理论》，北京大学出版社 2009 年 10 月初版。获中国社科院文学所科研成果一等奖。

2010 年

1.《论台湾的新殖民主义》，《事件与翻译——东亚视野中的台湾文学》，中国社科出版社 2010 年 7 月第 1 版。

2.《后殖民理论与香港文化》，《身份、叙事与当代中国经验》，社会科学出版社 2010 年 11 月第 1 版。

2011 年

1.《评张翎的〈阿喜上学〉》，《香港文学》杂志 2011 年 6 月号第 318 期。

2.《香港有陶然》，（香港）《文学评论》2011 年第 15 期。蔡益怀编《陶然作品评论集》，香港文学评论出版社有限公司 2011 年 9 月初版。

3.《也斯创作的本土意识》，陈素怡编《也斯作品评论集》，香港文学评论出版社有限公司 2011 年 9 月初版。

2012 年

1.《由小说看香港》《香港文学》2012 年 5 月号，总 329 期。

2.《香港，看不见的城市——读董启章的〈永盛街兴衰史〉和〈地图集〉》，（香港）《文学评论》2013 年 6 月第 26 期。

3.《香港作为方法——陈冠中的小说叙事》，（香港）《香港文学》2013 年 6 月号。

4.《九七后的香港小说》，（台湾）《东华汉学》2013 年 6 月第 17 期。

2013 年

1. 《香港，看不见的城市——读董启章的〈永盛街兴衰史〉和〈地图集〉》，（香港）《文学评论》2013 年 6 月第 26 期。

2. 《香港作为方法——陈冠中的小说叙事》，（香港）《香港文学》2013 年 6 月号。

3. 《九七后的香港小说》，（台湾）《东华汉学》2013 年 6 月第 17 期。

后　记

华文文学研究这一领域，我入道并不早，应该是从 20 世纪 90 年代开始的吧？能查到的最早发表的港台文学方面的论文，是发表于《香港笔会》1996 年第 9 期的《刘以鬯与二十世纪中国现代主义》，由此算来，我在这一领域的研究也近 20 年了。期间虽然旁涉了其他领域的研究，但港台文学研究一直并未间断。从研究编年上看，从 1996 年至今，我居然每年都有相关论文发表。

在港台华文文学研究中，我一直较为关注理论与历史的关系，故此"选集"名为"历史与理论"。说到理论，文学史研究者常常不以为然，担心理论套用。事实上，我倒是历史研究在先，理论研究在后的。作为博士论文的《小说香港》，1995 年开始，1998 年通过博士论文答辩，2003 年由三联出版社出版，而《后殖民理论》一书大致从 2001—2002 年去英国剑桥开始的，迟至 2009 年才出版。事实上正是在港台历史研究的纠缠，才让我追踪后殖民理论。阅读港台学界的研究，"后殖民"一词屡屡碰到，还常有论争，如 1994—1995 年《香港文化研究》有关后殖民的争论，2000—2001 年陈映真和陈芳明在《联合文学》上的争论。为弄清楚这些是非曲直，索性专门研究后殖民理论。后殖民理论本身是殖民史研究的理论上升，港台殖民史有自己的特殊之处，正是这种不同，给我们带来了历史的张力。

在海外学界，理论并不稀罕，材料却让人注意。在材料方面，只要你肯下功夫，日积月累，总会有收获。今年 2 月，去香港中文大学参加"流离与归属——二战后港台文学与其他"研讨会，我发表的论文是《50年代美元文化与香港小说》。发言结束后，香港中文大学图书馆主任马辉洪先生就来问我："50年代反共小说你是从哪得来的？这些资料极为罕见，我们都看不到。"我回答："是哈佛大学的馆藏。"马先生其实是香港文学资料专家，掌握"中文大学香港文学特藏"。我曾蒙他帮忙，看过特藏。今年5月，去台湾参加"第6届文学传播与接受国际学术研讨会"，我发表的论文是《〈伴侣〉与〈小说星期刊〉——香港早期文学新论》，论文评阅人是香港著名学者陈国球先生。陈国球先生近年关注香港文学，正在编"香港文学大系"。他问我所掌握的香港早期报刊来自何处，我说："港大图书馆。"他不平地说：港大图书馆的资料让内地学者看是对的，但不能不让我们香港本地的学者看。

要说资料，我跑的地方不算少。

香港主要是港大图书馆和中文大学图书馆，中文大学虽有"香港文学研究中心"，有专门的"香港文学特藏"，但论到旧报刊，还是历史悠久的港大更为丰富。一件有趣的事情，是有关香港最早的新文学期刊《伴侣》的。前港大图书馆馆长杨国雄说得上是最有名的香港报刊史专家，他在书中说，只看到《伴侣》6-9期，"因为缺藏《伴侣杂志》的创刊号，无法看到该刊的发刊辞。"① 神奇的是，我却在港大图书馆查到了《伴侣》的1-9期，也看到创刊号。原因我想可能是这样的：港大图书馆存有大量未经整理的馆藏，只能慢慢解冻面世。不了解这一点的人，开始没查到，从此以为没有，不再去问。杨国雄先生之所以没有看到更多的《伴侣》，大概是因为他早几年就退休去了国外，而他的相关记述也是根据以前的情况来写的。

台湾的图书馆，我看的时间更长。2007年，我去台湾国立成功大学台文系客座。2012年，又去台湾国立东华大学客座。这就有了充分的时间，在台湾的图书馆里看资料。客座期间，住在校园附近，

---

① 杨国雄：《清末至七七事变的香港文艺期刊》，《香港文学》1984年1-4期，总13-16期。

去图书馆咫尺之遥，又单身一人，无所事事，所以整天泡在图书馆里。那种丰富，那种寂寞，让人记忆犹新。

北美中文史料最为丰富的图书馆，是哈佛燕京图书馆。欧洲中文史料最丰富的地方之一，是荷兰莱顿大学图书馆。这两个地方，我都非常熟悉。《小说香港》中有关英国在香港的早期档案报刊材料，则来自于英国的剑桥大学图书馆和大英图书馆。

材料是基本的，不过我并不觉得史料就是一切。希望能够赤手空拳进入历史的说法，是不可信的。历史研究是需要理论视野的。每个人都有自己的思想立场，这种立场决定了你对史料的取舍和运用。因此，更重要的是，在历史与理论之间进行互动。

比如说，《小说星期刊》的意义，不止于发现了最早的香港新文学作品，更提供了香港文学现代性的另类选择。《伴侣》之受重视，其根本原因在于它是香港第一个白话刊物，而《小说星期刊》虽然发表了不少白话小说，但却是一个以文言为主、文白夹杂的刊物。这表明，我们是以中国现代文学史的"白话/文言"的新旧二元对立的方式来理解香港文学史的。香港文学史常以 1922 年《文学研究录》等刊作为香港旧文学的代表，以 1927 年鲁迅来港演讲及随之而来的 1928 年《伴侣》的诞生作为新文学的开始。《文学研究录》中被列举出来的反对新文学的文章，是章士钊的《新思潮与调和》，而新文学的呐喊则是鲁迅的演讲。章士钊与鲁迅的对立，事实上只是内地新旧文化在香港的一种位移，并不来自于香港文化内部。事实上，中国五四时期激烈否定中国传统文化的激进主义，在今天已经受到越来越多的质疑，而香港文学对于传统和现代的混杂，却给我们提供了现代文学起源的另一种思考。

在赖和研究上，资料已被发掘得较为完备，但研究者对于资料的选择运用却明显受到现代启蒙主义框架的约束。在论述赖和的时候，人们常常从他对台湾封建道德的愚昧阴暗的批判开始，譬如他的小说中对于吸鸦片、赌钱、祖传秘方等国民劣根性的批判，然后再转出他对于殖民统治的抗议，这显然出自"反封建"的现代性眼光。一旦将殖民性的维度带入现代性，问题立刻就会浮现出来。很显然，在受到压制的殖民性空间和时间内，出现了一种反现代性的殖民性。殖民性构成了现代性的断裂，但它既质疑现代性，又加入现代性。它构成一种滞差的结构，从而重述现代性。阅读赖和的作品时，我们总感到无法将赖和与启蒙主义论述严丝合缝地扣在一起，其间总存在着似是而非的地方，其原因盖在于此。从后殖民的立场看起来，在西方启蒙现代性的框架内论述殖民地台湾原就是似是而非的，作为台湾新文学开创者的赖和恰恰给我们提供一个反省和挑战台湾文学史叙述的机会。

近年来耗费了不少时间的，是另一个领域，即翻译文学研究，已经出版了《翻译与新时期话语实践》《中国翻译文学史》及《翻译现代性》几本书。此选集究竟是"世界华文文学研究文库"，于题不合，也就不收入了。

我今年正好五十，五十而知天命，这个时候出"选集"，有点盖棺定论的味道。我一向不是那种扼住命运喉咙的人，更没有拿破仑那种"我要粉碎一切障碍"的狂妄，现在更是日益清晰地听到了卡夫卡所说的"一切障碍都在粉碎我"的那种筋骨断裂的声音。从无狂妄，不过以前还有憧憬、有自信、有奋斗，现在所有的一切，都变得不那么分明了。你所感觉到的，是烟尘散尽，时光流转，是半夜醒来深入骨髓的荒芜。